El Príncipe que se Enamoró del Dragón

del Dragón

Libro 1

Jerry R. M.

Primera Edición: Diciembre de 2022

© 2022 por Jerry R. M.

ISBN: 979-8-9864080-0-2

Notas de la Autora

La historia es ficticia. La cultura, los personajes, la construcción del mundo y todo lo relacionado con el libro El príncipe que se enamoró del dragón son puramente ficticios. Ninguno pretende ser una representación de ningún país o cultura en ningún momento de la historia. En la historia puedes encontrar violencia, acción de combate con diferentes armas, lenguaje soez leve, asalto, autodestrucción, intimidación, sangre y muerte por parte de dragón.

Contenido

A mis padres. Por creer en mí antes de que yo lo hiciera.

El Príncipe que se Enamoró del Dragón

Jerry R. M.

Prólogo

Normalmente las historias comenzaban con un "*Había una vez un caballero alto, guapo y fuerte que se enfrentó con valentía al dragón.*" A veces, los caballeros eran primogénitos, herederos del trono, poéticos y a menudo, cantaban para la doncella. Entonces, cuando se ponían su armadura para enfrentar a la bestia, era el dragón quien salía huyendo.

Esas aventuras parecían suceder en todas las historias, menos la mía.

En mi caso, no sabía de batalla. Yo era el cuarto hijo y ni siquiera sabía lo que era la valentía.

Por eso, quien salió corriendo, fui yo.

Acto Uno

La Competencia de Fuego

Capítulo 1

Para bien o para mal, haber sido perseguido por un dragón ha sido lo más extraordinario de toda mi vida. Cuando su mirada penetró en la mía, vi imágenes de mi vida destellando ante mis ojos, preguntándome como diablos llegué a ese momento. Quería saber dónde estaba el error. Quizás fue el momento que decidí entrar a las ruinas...

No.

Fue después, cuando sin darme cuenta provoqué al dragón y lo tuve ahí, tan cerca que respiraba en mi cara. *Fue mi culpa,* pensé, repasando en mi mente una y otra vez los recuerdos mientras sus garras se clavaban en el suelo agrietado y una luz comenzaba a brotar de su garganta. Nunca había sentido miedo como el que me paralizó en ese momento, cuando escuché ese fuerte rugido que me sacudió el cabello salvajemente debido a su aliento.

Esto... era más que miedo, era algo que nunca antes había experimentado en mi vida. Los nudillos se me pusieron blancos por la fuerte presión, contuve la respiración lo suficiente como para sofocarme, perdiendo mi sentido del equilibrio como si mis pies se convirtieran en gelatina. Pensé que era mi perdición. Pero luego me miró fijamente a mi alma con esos enormes ojos amarillos y pensé que mi mayor error fue entrar en esas ruinas, cuando sabía que estaba prohibido hacerlo.

Resulta que estaba equivocado. Ese no fue mi mayor error.

⁂

—¡Omhet! —me gritaron.

Me levanté lanzando una maldición al sobresaltarme.

—Estoy despierto —mentí, restregándome los ojos mientras me sentaba en mi cama.

—Tarde —me regañó mi hermano Cayetano, halándome por mi camisa para sacarme de la cama—. ¿Por qué siempre tengo que despertarte como una dichosa niñera?

—Me puedes dejar durmiendo —contradije, para luego bostezar ruidosamente, bostezo que fue interrumpido por un golpe sobre mi frente. Siseé del fastidio y añadí—: ya dije que estoy despierto.

—Por si acaso —respondió con su sonrisa burlona, para luego salir por la puerta y dejarla abierta a su paso.

No importa que ya tuviese dieciocho años, ser el hermano menor me dejaría siempre con el agraciado privilegio de ser fastidiado por el resto de mis hermanos. Era una maldición, estoy seguro. Una que no se rompía con ningún beso de sapo, al parecer.

Me preparé casi corriendo en medio del pasillo, poniéndome la parka encima del resto de la ropa. Vivir en el reino más frío de la unión traía sus desventajas, como tener frío básicamente todos los días de tu vida.

A punto de entrar al comedor Annally me agarró por el codo.

—Siempre apurado y hecho un desastre —me regañó, arreglándome mis vestiduras. Annally era más que una servidora, ella fue quien me crió tanto como mi madre —. Si te levantaras cuando te lo ordeno, no estarías hecho un asco.

Viré los ojos en blanco. No es como que mi familia le importe tantísimo cómo yo me veía ¡ni se dan cuenta que falto en la mesa! Por eso, me escapé de mi servidora, pasándole por debajo del brazo haciéndola gritar mi nombre cuando me metí al comedor y la dejé afuera. La vieja Annally estaba perdiendo mi ritmo. Antes era imposible poder escaparme de ella, pero ahora ni siquiera podía mantenerme el paso. *Al fin.*

Me detuve apoyándome en la puerta cerrada tomando un momento para suspirar hondo, antes de cruzar el pasillo y llegar al comedor. Los escuché antes de verlos. Mi familia, tan ruidosa y bulliciosa como siempre con múltiples conversaciones, ruidos de sillas siendo arrastradas y risas estruendosas que resonaban en el salón. Para ser una familia real no era una forma convencional de estar en el comedor. Un poco complicada, a veces, pero era mi familia y aunque se volvía un poco agobiante, así era como funcionaba nuestra pequeña unidad.

Honestamente, era un caos.

Pero, era mi caos favorito.

Crucé la mesa y me senté en mi lugar, entre medio de mi hermana menor y Cayetano. Como imaginé, ni siquiera reaccionaron al verme llegar, pues estaban tan sumidos en su conversación y su infinito banquete que más hubiese molestado una mosca que mi ser.

La gran mesa estaba rodeada, ante todo, por el mismísimo Rey de Glacier, Guillermo Espino. Se notaba que era el rey por su ropa extravagante, su cabello corto y su barba arreglada. Se comportaba de una manera que dejaba claro que no era un hombre ordinario. Algunos lo llamarían un padre amoroso, yo diría que es infernalmente estricto.

El primogénito, también llamado Guillermo, me recordaba a nuestro padre en casi todos los aspectos, *casi*. Era estricto, leal y odioso. Personalmente, sospecho que una hechicera le quitó el corazón o tal vez nuestra madre lo alimentó con vinagre en lugar de leche para amargarlo hasta la médula. Me reí de la imagen y, por supuesto, me escuchó. Levantó una ceja y me miró fijamente, lo que me hizo pensar que de alguna manera había leído mis pensamientos. Sin embargo, tal vez no tenía que ir allí. Me burlaba de él a menudo, por lo que era natural sospechar que lo hacía todo el tiempo.

Quiero decir, el odioso tenía veinticinco años y ni siquiera había encontrado una buena dama que lo aguantara. Ni siquiera tenías que preguntarte por qué, sabías que era difícil de manejar después de conocerlo a él y su *exquisita* personalidad. No quiero sonar pesimista, pero me alegra que esté soltero. Nadie podría soportar a un hombre como él. Lo sé por experiencia.

Demasiada experiencia.

Quizás lo que diré no sea posible para el futuro rey de Glacier, pero ojalá nunca se casara con nadie.

—No empieces, Omhet —dijo Cayetano, dándome un codazo demasiado fuerte para ser considerado amistoso.

Fruncí el ceño, frotando mi costado. *Ah*, entonces dije eso en voz alta. Eso explica el empujón.

—Primero te casas tú, lo sabes —respondí. Me encantaba bromear con Cayetano porque era fácil de irritar, pero con su protectora personalidad y su aspecto encantador, realmente podía atraer a cualquier doncella que quisiera.

A diferencia de mi tercer hermano, Rodrigo, cuya vil actitud hacía pensar a cualquiera que estaba planificando el fin de la humanidad mientras todos dormían. Me incliné y le susurré esto a Cayetano.

—Eres cruel —respondió, pero luego se rió con disimulo.

—Llámame cruel cuando toda la familia real esté ensangrentada en medio de la noche y Rodrigo se corone rey. Nada más hay que mirarle para saber sus intenciones.

Cayetano casi escupió la bebida cuando lo dije con tanta seguridad ¡no era broma!, pero él simplemente trató de controlar la risa.

Mi hermana a mi derecha hizo un comentario aún peor al añadir:

—Yo creo que nos mataría a todos con un cuchillo.

—No —dijo Cayetano con cuidado que nadie escuchara —. Creo que lo haría con veneno.

—¿Con veneno? —repetí insólito —. ¿No es esa una técnica utilizada solo por mujeres?

—Precisamente —irrumpió Rodrigo.

Hicimos una pausa, tensos. *¿Nos había escuchado?* Rodrigo continuaba mirando a nuestro padre, quien aún mantenía la conversación que había tenido con nosotros.

—Pensarán que fue alguien más —continuó Rodrigo, girando su mirada hacia nosotros —. Así cuando me encuentren como el único sobreviviente pensarán en mí como la víctima que sobrevivió, no el asesino que logró su cometido.

Mi hermana se encogió en el asiento, pero Cayetano lanzó una carcajada ahora sí interrumpiendo la conversación entera.

—Fue un chiste, ¿de acuerdo? —protesté.

Así comenzaba nuestra habitual mañana. Con bromas fluyendo de un lado para el otro, mientras el rey trataba de continuar su conversación en medio de la algarabía, donde nuestra madre era la única que prestaba total atención. Cuando nuestros platos estaban vacíos generalmente era hora de partir, con el rey saliendo primero, seguido de nuestra preciosa reina. Pero hoy, el Rey no estaba de pie y la Reina apenas había tocado su comida. Fruncí el ceño. Algo era diferente y solo ahora me había dado cuenta.

Justo cuando estaba a punto de preguntar al respecto, la voz de mi padre se elevó.

—Hemos recibido una invitación del reino capital.

Automáticamente, todos dejamos de comer. ¿Una invitación? ¿A nosotros? *imposible,* quería comentar, pero hasta en momentos como éste sabía que no era sabio siquiera respirar.

—Como saben, en ocho meses se cumplirá cien años de la leyenda del dragón. —Lo pensó por un momento antes de añadir con menos fuerza —. Cien años de un reino sin rey.

Ah, sí, la leyenda que nunca moriría. La historia se compartió en todas partes, hasta de niños nos gustaba fingir que éramos los héroes salvando a la damisela en apuros de la espantosa bestia que la había atrapado. Pensé que era una historia... un mero cuento infantil, pero, el reino de Andebeck lo clamaba como verdad. Una hechicera había convocado a un dragón, interrumpiendo la ocasión más importante; la boda de la princesa. Nada soportó las llamas, los muros se derrumbaron y nunca más se supo de la princesa secuestrada por la maliciosa hechicera. El único milagroso sobreviviente había sido su padre, el rey, cuyas últimas palabras habían sido un decreto: *ni una sola alma se convertiría en rey a menos que rescataran a Laila Blume.* Cientos de hombres valiente lo intentaron, pero nunca regresaron con vida.

Las ruinas aún permanecían, en lo alto de la región montañosa de Andebeck. Lo que una vez había sido un hermoso espectáculo para ver, ahora era un recordatorio desolado y macabro que nadie se atrevía a visitar. No si querían evitar a la bestia.

Era una clara estupidez, de verdad.

Pensar que la princesa todavía estaba viva o incluso sugerir que el dragón la vigilaba, afirmando que podían escuchar sus rugidos de vez en cuando ¡Absurdo!

¿Recordaban el hecho de que habían pasado cien años desde entonces? Era demasiado. Simplemente me encogí de hombros.

—Que se rindan y busquen a un sobrino, le pongan corona y resuelto el problema —comenté.

Cayetano me dio otro codazo en el costado. Gruñí queriendo fulminarlo con la mirada, pero mi padre continuó:

—La última promesa del rey Arién Lois Blume sigue vigente: nadie será rey, hasta que Laila sea quien vuelva a Andebeck y el dragón sea ejecutado.

—¿Rescatada? Han pasado cien años, ¿Y si está muerta?

Tanto mi madre como mi padre me miraron fijamente, probablemente preguntándose cómo me atreví a hacer esa estúpida pregunta en primer lugar.

Mi padre me ignoró por completo.

—Es por eso, por lo que el reino de Andebeck ha tomado la decisión de celebrar el primer siglo de la leyenda, para crear *la competencia de fuego*.

«La competencia de fuego», repetí en mi mente, sintiéndolo un poco trillado, pero no quise interrumpir esta vez. No cuando mi curiosidad ha sido despertada.

—Los cuatro reinos y las siete cortes ofrecerán voluntariamente a un miembro de su familia para participar en esta competencia. —Una sonrisa orgullosa apareció en sus rasgos, una que no compartimos. Todos los reunidos alrededor de la mesa nos callamos de repente, no nos gustaba hacia dónde se dirigía esto —. Será entrenado y enviado a luchar contra el dragón. Quien lo consiga será coronado rey de Andebeck.

Nadie estaba tan entusiasmado con la idea como él.

¿De quién fue la idea de convertir una masacre en una *masacre*? ¿Tan desesperados estaban? ¿Y quién sería lo suficientemente valiente para no solo asistir a esta farsa de competencia, sino también para ganarla y luchar contra un dragón? ¡Si es que estaba ahí para empezar!

Mi padre estaba exaltado con todo este calvario y era fácil saber el por qué. Si uno de nosotros ganara traería la gloria a este olvidado reino nuestro. Honor, riquezas, reconocimiento, aliados: resolvería todos los problemas de Glacier. Dicho así, sonaba razonable.

Pero no para mí.

—Si uno de nosotros tiene que ir, yo apuesto por Guillermo —dije rápidamente, haciendo que mi hermano mayor me fulminara con la mirada, pero me importó un comino, continué —: no es que quiera que te mueras, pero es que eres el más fuerte —dije con sarcasmo.

—Guillermo no irá —dijo el rey como si fuese obvio —. Es el sucesor a la corona, no puedo darme esos riesgos.

Nos miramos el uno al otro con insistencia. ¿Quién sería el afortunado de ir a esta loca misión suicida? Guillermo estaba a salvo. Mi hermana también según mi padre, porque todavía era menor de edad, ¿pero para el resto de nosotros? Para ser honesto, sabía que yo estaba potencialmente fuera de la ecuación. Padre me veía como el más débil, o como le gustaba llamarlo, "físicamente inadecuado". Me desplomé contra el respaldo de mi asiento, un poco molesto por el repentino recordatorio. No es que quisiera ir a luchar contra un dragón, de todos modos.

Me limité a ver a mi familia discutir como si esto se tratara de una situación de vida o muerte. ¿O lo era?

—Padre, lo siento, pero yo no sé pelear ni con mis hermanos —dijo Cayetano rápidamente —. No hay chance para mí, es ridículo. No pienso morir en vano. Seguro habrá docenas de voluntarios ahora mismo —dijo Cayetano, señalando a Rodrigo, haciendo todo lo posible por desviar la atención hacia nuestro tercer hermano. Era obvio que estaba asustado. ¿Quién no lo estaría?

—Cayetano tiene razón. —Interrumpió nuestra madre —. Exponer a nuestros hijos por algo que tal vez sea una vil manipulación, me parece innecesario. Andebeck sólo quieren crear un ejército para matar a la bestia. Nada más.

Un fuerte golpe en la mesa silenció a todos.

—Un Espinho tendrá que ir —interrumpió mi padre —. No pienso quedar como el único reino que no mandará ni un solo voluntario, porque mis hijos son unos cobardes. De lo contrario, yo escogeré.

—Entonces envía a Rodrigo —gritó Cayetano.

—¿Por qué yo? —Se defendió Rodrigo.

—Si a Guillermo le pasa algo, yo soy el próximo sucesor a la corona, ¡tú deberías ir!

—Y si a ti te pasa algo, yo seré el próximo sucesor a la corona.

Todo se salió de control. Padre se puso de pie, gritó, trató de detener la cacofonía que ahora tenía lugar en el comedor. Puñetazos en la mesa, fuertes acusaciones, incluso mi hermana Estefanía salió del salón con Annally. Era un caos. Sólo Guillermo y yo permanecimos relativamente callados. Él estaba disfrutando del espectáculo mientras terminaba su desayuno, sabiendo que su nombre no sería llamado para la competencia.

Se suponía que yo debía sentir el mismo alivio. Era una oportunidad de oro para reírme de todo lo absurdo, pero algo me detuvo y créanme, fue algo estúpido. Algo loco. Algo para lo que estaba tratando de reunir fuerzas. En este campo de batalla improvisado, el rey buscaba a alguien que representara a este pequeño reino olvidado.

Pequeño y olvidado... como yo. Pequeño. Olvidado. Ni siquiera existo como una opción para la mayoría de las cosas. A diferencia de mis hermanos, de quienes esperaban grandes cosas, pero nunca de mí.

—Iré yo —dije en voz alta, a la vez que me ponía de pie.

Lo único que se escuchó después de eso fue el último bocado de mi hermano siendo tragado.

Ese momento, justo ahí. Ese fue mi mayor error.

Capítulo 2

No había visto ni al rey, ni a la reina salir de su habitación por el resto del día. Ni siquiera pude concentrarme en mis tareas diarias, solo pensando que tal vez había cometido un error. Había estado mirando la nieve que caía por Krea sabe cuánto tiempo, admirando la belleza de mi reino. El esplendor de la nieve era suave, como la seda que hacía las sábanas de mi cama, pero al tacto era frío, como los chillidos de mi madre provenientes del interior de la cámara real.

—¡Él no sobrevivirá!

Un suspiro escapó de mis labios, como otros mil que ya se me habían escapado. Sentado en el arco de la ventana, esperando mi veredicto, no pude evitar perderme en la pelea que había estado ocurriendo durante la última hora.

—Él ya no es un niño y necesita esta experiencia más de lo que tú crees ¡Tienes que aprender a dejarlo ir!

—¡No pretendas entenderlo, porque no lo conoces!

Miré fijamente la nieve, cada copo que pude encontrar, siguiéndolo hasta el suelo, cuando un áspero sollozo me impidió contemplar el encantador pueblo, no lejos de los muros del castillo. Mirar la nieve caer por la ventana sobre los pinos, las praderas y las cordilleras no estaban calmándome en lo absoluto.

—Él no será capaz de soportar la presión de un reino tan horrible.

Soy el cobarde.

—Es la perfecta oportunidad para que deje de verse como un niño y se convierta en hombre —respondió el rey, en tono enfadado.

Débil.

Mis manos de repente agarraron mi cabello, tirando con fuerza y creciente ansiedad. Ya no podía escucharlos, tenía que hacer algo, tenía...

—Si esta es una de tus estúpidas bromas, mejor que lo digas ahora mismo —gruñó Guillermo en forma de advertencia —. Estás llevando esto demasiado lejos.

Mis hermanos habían estado allí conmigo dentro de ese pasillo, preguntándose qué pasaría ahora. Al parecer, también lo estaba todo el personal y ni siquiera los había notado para empezar. Rápidamente volví a mirar a Guillermo, ignorando lo mejor que pude la preocupación que molestaba al tranquilo personal del castillo. El silencio que reinaba por la delicada situación era peor. Nunca hubo un momento en que mis hermanos y yo no estuviéramos bromeando, peleando o buscando cualquier excusa para fastidiarnos. Y quería discutir. Sacarle un gruñido a Rodrigo, bromear con Cayetano, escuchar reír a mi hermana, cualquier cosa. Este silencio absoluto no era normal.

Entonces, cuando Guillermo habló, lo desafié a continuar, a que discuta, pero Cayetano me lanzó una mirada de advertencia cuando se dio cuenta. Retrocedí, mirando por la maldita ventana de nuevo. Que para ser justos había sido mejor idea de todos modos. Guillermo, él... bueno, él era el primogénito, el que heredaría la corona. Era un hombre muy rígido. Un gran político y estratega, sí, pero lo que tenía en perfeccionismo le faltaba en amabilidad. Las emociones eran una carga para él, al parecer. Había sido criado para ser rey prácticamente desde que nació y yo, junto con el resto de mi familia, lo veíamos como si ya lo fuera. Demandaron de él todo lo que se puede esperar de un gran político desde antes de siquiera aprender a caminar. Como si fuera un acto de castigo, yo fui todo lo contrario. Me habían mimado y envuelto en mantas protegiéndome de las demandas del mundo. Para ser justos, comparado a él, yo lo había tenido fácil. Siempre podía ver el odio en sus ojos cuando me miraba, por eso y por razones que no sabía si alguna vez descubriría.

Realmente no quería nada de esto. Solo quería demostrar que también era un Espinho, tan digno como todos ellos y que tengo la capacidad de ir a esta competencia e intentarlo por el bien de nuestro reino. Puede que no sea la mejor opción, pero ¿tenía que ser la migaja sobrante de mi familia?

Suspiré suavemente. ¿Cómo llegué a esto?

Antes de que pudiera oír nada más, la puerta se abrió de golpe y todos en el pasillo se quedaron helados. Me enderecé y vi salir a la reina. Los ojos enrojecidos e hinchados y el cuello empapado de lágrimas. Por dios Krea, esta mujer me ha llorado mi tumba desde hoy. Ella me miró, casi se derrumbó de nuevo en un doloroso sollozo, pero luego se dio cuenta de la audiencia que se había reunido y logró controlarse. Llamó a Annally y se fueron, seguro a orar al templo.

Miré a mi hermana y le hice un gesto con la cabeza que entendió bien, porque salió disparada detrás de nuestra madre, la agarró de la mano y se fue con la pobre. Si alguien podía ayudar tanto en la oración, era Estefanía.

Unas manos sobre mis hombros me devolvieron al momento presente, saltando alarmados por el toque repentino. Era el rey, quien me sostuvo mientras miraba directamente a mi alma como si lo estuviera haciendo por primera vez en nuestras vidas. Me quedé quieto, mirando tan de cerca el rostro de mi padre que se sintió extraño.

—Prepárate, porque mañana harás historia.

Y eso fue todo. Tan repentinamente como había aparecido se fue, seguido de cerca por su guardia. Desconcertado miré su espalda alejándose, sintiendo a mis hermanos acercarse a mi alrededor, sorpresivamente tan confundidos como yo.

—Sabes —dijo Guillermo, desordenando mi cabello aún más. Empujé su mano totalmente irritado. No soportaba que me tocara —. Creo que nos engañaste allí por un segundo. Creo que sí puedes sobrevivir.

—¿En serio? —estaba extrañado.

—¡Claro! te esconderás hasta que todos se mueran, como un vil cobarde.

—¡Guillermo! —espetó Cayetano —. Está lo suficientemente asustado, ¿quieres parar?

—No estoy asustado —mentí entre dientes, sabiendo muy bien que estaba aterrorizada.

Todos comenzaron a dispersarse lentamente, ahora que las cosas se habían calmado un poco. Fui el último en irme, tratando de entender qué diablos había sucedido desde que comenzó mi día, cuando vi que Annally trató de encontrarme a mitad de camino para ofrecerme algo. Té probablemente para calmar mis nervios. Así que me escabullí apresuradamente a mi habitación. No estaba de humor para enfrentar a nadie en ese momento. Necesitaba estar solo.

Una vez en mi habitación, me dejé caer espalda contra la puerta, suspirando profundo. Estaba más que exhausto, pero la idea de dormir me era imposible, así que me dirigí al balcón. Iba tras el frío, el gélido abrazo calmando mis pensamientos, hasta que todo pudo ser más claro. Más calmado.

La noche dio la bienvenida a las cuatro lunas en el cielo, donde solo la mayor se veía más que las demás. Me sostuve de las barandas y exhalé todo el aire contenido, casi en un gemido.

¿Qué he hecho?

¿Por qué dije que sí a esto?

La peor parte era que, sabía la respuesta sin tener que pensarlo tanto. Después de todo, era dolorosamente obvio.

Quería ser visto.

Que me notaran por una vez.

Me escucharan.

Dolía ser nada para esta familia. Quería ser... *más.*

—¿Es verdad entonces? —un suave susurro salió de mi habitación. Me sobresalté, aunque sabía a quién pertenecía —. ¿Matarás al dragón mañana?

Estefanía se veía aún más nerviosa que yo, así que traté, por su bien, de lucir como solía hacerlo. Sonreí, algo que florecía cada vez que mi hermana estaba cerca.

—Por supuesto que no —dije, abrazándola fuerte. La piel de su parka color vino me hizo cosquillas en la nariz —. Tomará bastantes meses de entrenamiento antes de que eso suceda. Por favor, no tengas miedo.

No ahora mismo.

Ella casi sonrió. Casi. Sus ojos se perdieron mientras miraba al horizonte, al pueblo lejano. Llámale melancolía, pero me le quedé mirando, notando lo mucho que me recordaba a nuestra madre. Su belleza era paralela a la de ella, piel tan blanca como la nieve, cabello largo y suave tan negro como la noche. Quería protegerla a ella y su inocencia y calidez que sabía que esta competencia eventualmente le quitaría. Entonces caí en cuenta... ella no estaría conmigo después de esta noche. Me iba mañana. Se me cortó la respiración.

—Rezaré Krea por ti todos los días cuando vayamos al templo —prometió.

A través de la tristeza, sonreí.

—Confía en mí, no tengas miedo. Prefiero que todos los demás duden de mí menos tú.

—Nunca dudaré de ti, nunca lo he hecho. Solo... prométeme que volverás a casa.

Tragué saliva.

—Omhet —ella insistió, arrastrando mis ojos a los de ella en un instante cuando todo su cuerpo comenzó a tiritar. No era el frío lo que la hacía temblar.

—Volveré, lo prometo.

Estefanía asintió, y respirando más tranquila, comenzó a irse. Yo no estaba listo para ir adentro, por eso me senté en la baranda del balcón y miré mi reino una vez más. Despidiéndome de un lugar el cual no quería dejar.

—Omh —llamó antes de irse, sus pies se detuvieron junto a las puertas del balcón —. Cuidado con el dragón, no quiero que sufra antes de morir.

Eso... fue un pensamiento extraño. Simplemente asentí, sin saber qué decir a eso. Aunque tengo que admitir que me hizo pensar por el resto de la noche. Si no hubiera sido por mi hermana, no se me hubiese ocurrido pensar que la criatura era... bueno, una criatura viva que respira. Una peligrosa bestia salvaje, sí. Pero un ser vivo, al fin y al cabo. Si todavía estaba vivo después de todos estos años, me hizo preguntarme si estaba cansado y deseando libertad. Si tal vez quería simplemente vivir y no ser parte de un complot de hechiceras para destruir y conquistar.

Negué con la cabeza, preguntándome qué me pasaba. Preocuparme por una criatura legendaria era lo contrario a lo que debería mover mis pensamientos. Aunque todo esto me hizo pensar, si tal vez el dragón ansiaba su libertad tanto como la ansiaba yo.

Capítulo 3

El golpe en la puerta al abrirse me despertó, pero no tanto como cuando abrieron las cortinas. Gruñí cuando los rayos del sol resaltaron sobre la nieve, haciendo que entrecerrara mis ojos. Me estaba sentando en la cama, cuando escuché la voz de Annally. ¿Me estaba hablando a mí? Cuando comencé a responderle me di cuenta de que no, ella no estaba hablando conmigo.

Fruncí el ceño ante la confusión. Normalmente ella llegaba sola, preparando mi baño, organizando mis ropas de la mañana. Todo aquello, mientras explicaba mi estricto calendario del día, sabiendo que probablemente haría *apenas* la mitad. Pero esto era nuevo. Definitivamente no era usual que se dirigiera a otros miembros del palacio, dándole órdenes de una manera a la que no estaba acostumbrado.

Mis ojos cansados captaron la conmoción en mi habitación, donde había tres guardianes que estaban detrás de Annally, enredando mis pensamientos. ¿Llevaban el uniforme de guardia real de Glacier? Llamé a mi servidora, queriendo saber por qué le estaba explicando en detalle mi rutina, así como mi dieta, mi guardarropa y mis medidas, por todos los dioses. ¿Quiénes eran? ¿Por qué estaban aquí? ¿Y por qué estaban al tanto de información que solo Annally sabía de memoria? Eran los soldados del rey. No necesitaban saber lo que vestía para dormir, ¿no?

Un toque de nudillos sobre la puerta, seguido del rostro sonriente de mi padre me dejó congelado.

—Buenos días.

Ahora sí estaba estupefacto. Mi rey estaba en mi habitación, cosa que era inusual. ¿Qué rayos estaba sucediendo? ¿Había él estado en mi habitación antes?

No recuerdo si alguna vez lo estuvo. No pude evitarlo, me le quedé mirando como un idiota.

Él pareció curioso al mirar alrededor.

—Tu habitación es pequeña —comentó de la nada, mientras se acercaba a mi cama.

Seguí su mirada, dándole un vistazo hacia la chimenea en mi sala privada, que estaba junto a mi dormitorio. Tenía un comedor para dos personas, un baño privado y un estudio. Comparado con la habitación de mi hermano Guillermo, ésta era pequeña, pero era a lo que ya estaba acostumbrado.

Luego me fijé lo casual que se veía, casi haciéndome jadear. Su vanidosa y excéntrica forma de ser era impecable. Por eso, verlo en una gruesa camisa y faltándole su cotidiana joyería y corona hubiese sorprendido a cualquiera. La cama se hundió con su peso al sentarse a mi lado, a la vez que su mano peinaba su cabello canoso hacia un lado, viéndose elegante.

Inmediatamente, me moví un poco más, no solo para darle espacio, sino para alejarme. Era demasiado pronto para mí, todavía procesando todo después de lo revueltos que estaban todos. Tener al rey sentado a mi lado, en mi cama, como un típico padre lo haría, estaba empeorando la confusión. La comida fue el único consuelo, que trajo una sensación de normalidad al comienzo de mi día. Mi estómago gruñó ante la avalancha de diferentes olores.

Uno de los servidores dejó la bandeja en mi cama y mi boca se abrió al verla. ¿Estaban tratando de alimentar a un ejército? Había pan recién horneado, huevos, fruta fresca y mi plato matutino favorito, arroz dulce con canela y pasas. *¿Estoy muriendo?* Quería preguntar, pero me quedé callado. Ahora no era momentos para bromas. ¿Y se suponía que debía comer ahora mismo? Ni siquiera me había bañado.

Un ligero golpe sobre mi espalda me sobresaltó.

—Come bien, que te espera un largo viaje —me dijo, para luego tomar de la bandeja la taza de café.

Exhalé de forma lenta, pero hice tal como me pidió. Y honestamente, la comida se veía increíble, así que me lancé a comer, mientras sentía la mirada de mi padre encima de mí.

—Tanto que explicar, pero, tan poco tiempo —musitó de la nada.

Entre sus palabras, este delicioso banquete y Annally, era difícil concentrarse, pero, cuando ella habló con los tres guardianes acerca de las preparaciones del viaje a Andebeck, todo recobró sentido. El recuerdo de que me iba de mi único hogar hizo mi estómago retorcerse en un nudo. Dejé caer el tenedor cuando el apetito comenzó a menguar.

Volví a mirar al rey, que me contaba sobre Andebeck y lo diferente que era comparado a Glacier. Era absurdamente caluroso, especialmente durante el verano. Me explicaba de su hostil cultura por el tremendo miedo en el que vivían y su sobrepoblada metrópolis. Siguió describiéndome todo lo que podía, cosa que me frustraba darme cuenta lo poco que conocía de Andebeck. Mis tutores habían estado tan enfocados en enseñarme del folclor y la leyenda, que olvidaron mencionar, aunque fuera una onza de lo que realmente era su cultura. De por sí ya estaba perdido y ahora saber sabiendo que conocía menos del mínimo no estaba ayudando a mi ansiedad.

—¿Sabes a dónde vas a ir? —me preguntó mi padre.

Me distraje de nuevo, viendo con la rapidez que cerraron mis maletas y comenzaron a salir con prisa por la puerta, uno tras del otro. Cuando me di cuenta lo distraído que estaba, rápidamente devolví la mirada al rey, contestando lo más rápido que pude.

—El reino Andebeck, la capital de la unión.

Asintió.

—Seguirás siendo tratado como realeza, pero deberás entender que el entrenamiento será riguroso como cualquier preparación de guerreros. Cada reino y cada corte enviará un voluntario, no dejes que vean tu miedo o te arruinarán la vida.

—No tengo miedo —interrumpí con fastidio, poniendo los ojos en blanco, pero él continuó como si yo no hubiese dicho nada.

—El entrenamiento durará ocho meses. Quiero que te hagas notar, que todos recuerden que acá arriba en las cordilleras existe gente —dijo con mucho entusiasmo y lo entendía, ya que esta competencia era una oportunidad perfecta para por fin dar a conocer nuestro reino. Lamentablemente Glacier era un reino olvidado cuando se trataba de eventos importantes —. Quiero que hagas aliados con los hijos de los reyes más importante. Intenta de conocer alguna doncella hermosa, ¿quién sabe? si pudieras comprometer una princesa sería mejor...

—Su majestad —traté de interrumpir con vergüenza.

—Si no puedes convencer a una princesa que se enamore de ti, entonces una hija de un noble cortesano será suficiente.

Mi rostro estaba tan sonrojado que lo sentí arder.

—Padre —lo interrumpí —. No iré a comprometerme con nadie.

—Por supuesto que lo harás. Eres guapo, lo heredaste de tu padre —bromeó. Era una orden escondida en broma —. Trata de esconder tus chistes y verás que puedes casarte primero que Guillermo.

—Solo para fastidiarlo lo tomaré en consideración —asentí y los dos nos reímos a la vez.

Cuando la risa menguó, nos quedamos en silencio un momento, mirando a la vez el cuarto ahora vacío. Esto era real. Estaba a punto de irme.

El rey suspiró.

—Jamás pongas en vergüenza el apellido. Eres un Espinho, no eres menos que nadie en el resto del mundo —dijo ahora en un susurro.

Lo miré, tragando saliva. Si había una razón principal por la que hacía todo esto era por él.

Eso hizo darme cuenta de que no me ha explicado lo más importante.

—Padre, me has hablado de todo excepto del verdadero enfrentamiento ¿No está preocupado?

—¿Por qué lo estaría? —respondió como si nada —. No vas a enfrentarlo. No vas siquiera a verlo. —Arrugué la frente, confundido, sin entender a dónde quería llegar con todo esto —. Omhet, no habrás creído que enfrentarías la bestia, ¿verdad?

Levanté mis brazos, confundido.

—De eso se trata, ¿no? —pregunté con sarcasmo, no por querer faltare el respeto, sino porque estaba terriblemente aturdido.

—¡No tienes chance! —respondió dándome otra palmada en mi espalda que por poco tiro el plato en la cama —. Seguro el reino del desierto lo haga en un día. No te necesitan. —Su tono de voz me hizo sentir como si fuese un idiota —. De ti lo único que quiero es que tu frente siempre esté en alto, mientras dejas una buena impresión de nuestro reino.

Me quedé con la boca abierta, incapaz de responderle. Esto no podía ser cierto.

—Disfruta tus vacaciones —concluyó mi padre, poniéndose de pie —. Después me contarás toda la hazaña cuando regreses. Tus hermanos sentirán celos de ti.

Siguió hablando mientras salía de mi habitación, pero no escuché nada. Estaba demasiado aturdido. Empujé la bandeja lejos de mí y me volví a dejar caer sobre la cama. Mi apetito se había arruinado.

❧ ❧

—Me veo ridículo —me quejé, mirándome frente al espejo.

Annally me regañó por mis palabras, pero ¿cómo no podía ver que parecía un impostor en estas ropas? La gran idea de Annally de prestarme la vieja ropa de guardia de Guillermo había fracasado. Me quedaron demasiado grandes. Eran de Guillermo cuando tenía mi edad, pero había estado entrenando desde antes de aprender a escribir, así que tenía músculos por todas partes. ¿Por qué pensó Annally que encajaría en este uniforme? Por el amor de Dios, esto era ridículo. La última pieza que se agregó al uniforme fue la parka platino con el interior turquesa y blanco, los colores oficiales de Glacier.

Rodé los ojos mientras me abría paso por el pasillo. Era hora de irse.

Cuando llegué a la escalera principal, encontré a mi familia esperándome junto a las dos puertas de salida con expresiones serias fijas en mí. Observé cómo mi madre intentaba ocultar sus lágrimas detrás de un pañuelo, lo que me hizo suspirar. Toda esta fanfarria de despedida me estaba poniendo nervioso.

—Madre, no voy a morir.

Intentó sonreír, pero cuando las palabras intentaron salir de su boca, no pudo expresarlas del todo. Así que se quedó callada. Eso hacía cuando trataba de mantener sus emociones en su lugar, lo sé porque yo era igual que ella. Habría simpatizado si hubiera tenido tiempo para concentrarme en eso. El rey la mantuvo quieta cuando trató de abrazarme, él también sabía lo emocional que podíamos ser. Esto no pretendía ser un adiós lloroso, al contrario, es un honor representar a Glacier dentro del reino más poderoso.

—Oye. —Me volví hacia mis hermanos cuando Cayetano me llamó —. No estaré cerca para protegerte. —Miré de reojo a Guillermo, mientras él miraba su reloj de bolsillo, impaciente porque terminara esta escena —. No hagas enemigos, no estés solo, pero, por sobre todas las cosas, no hagas nada estúpido.

—Lo sé...

—Omhet, hablo en serio. No voy a estar allí. No voy... —exhaló con frustración —. Si pasa algo... *cualquier* cosa, vas a volver, ¿entendido?

Nunca había usado un tono tan asustado conmigo. No desde hacía mucho tiempo, así que me quedé atrapado en su mirada, incapaz de responderle.

Quería decirles algo al resto y al menos abrazar a Estefanía, pero el rey me sacó a rastras y atravesó las puertas sin un minuto más de sentimentalismos. Inmediatamente, la nieve comenzó a adherirse a mi cabello, a pesar de que su caída fuera suave y elegante. Rápidamente nos dirigimos hacia los muros del palacio, donde un carruaje ya estaba esperando en la salida. Cuatro caballos relincharon en silencio, esperando tranquilamente la orden de moverse. Todo el asunto me recordó mi inminente partida de todo lo que conocía. No pude evitar el impulso repentino de mirar hacia atrás a mi familia y mi hogar, mirando los ojos temerosos y llorosos de Estefanía mientras las puertas se cerraban detrás de mí. *Volveré,* hubiese querido decirle a la única persona en este mundo que más extrañaría.

Dirigí mi atención al carruaje una vez más, viendo al rey saludar a uno de los guardias que había visto antes en mi habitación.

—Omhet, ¿te acuerdas de Cheikh? —Me señaló al hombre de piel oscura, vestido de pies a cabeza con el uniforme de la guardia real. Tenía una medalla de oro que nunca había visto en otros soldados, brillando con orgullo en su pecho. Lo reconocí. Él era la persona más importante para mi padre, después de Guillermo.

—Señor —me saludó. Su impresionante altura y su enorme figura intimidaban. Asentí en respuesta, sintiendo sus ojos oscuros puestos en mi figura. Me estremecí un poco.

—Será tu recurso y protección más importante mientras estes en Andebeck. Es mi mano derecha, el general más grande que jamás haya honrado a Glacier. —dijo con una sonrisa, dándole una palmada amistosa sobre el hombro de Cheikh —. Y mi mejor amigo.

El rostro severo de Cheikh sonrió brevemente ante las palabras del rey. Luego, evitando sus ojos con respeto, se volvió hacia sus compañeros, señalándolos con su barbilla cubierta por barba.

—Me gustaría presentarte a mis compañeros. —Los otros dos, que también habían estado hurgando en mi habitación, se nos acercaron desde la parte trasera del carruaje —. Este es el general Shin —señaló al hombre que me recordaba casualmente a mi madre: ojos delgados y cabello lacio, negro azabache, que asintió en mi dirección. —Y este es Lucas. —Luego señaló al otro hombre, cuyo cabello castaño claro se destacaba junto a su piel bronceada. Estaba distraído, limpiando sus anteojos empañados —. Son los mejores guerreros de Glacier y, a partir de ahora, seremos tu sombra... tus guardianes.

No sabía si lo decía como algo bueno, pero aun así asentí con la cabeza. Al menos la sonrisa de Lucas era de bienvenida. ¿Quizás no eran tan estrictos como parecían?

—Shin es un especialista en combate y su arma preferida son las espadas —explicó mi padre, haciendo que Shin asintiera —. Lucas es complicado —dijo en broma, haciéndolo reír —. Es un erudito. Si quieres sobrevivir en el ambiente hostil de Andebeck, es mejor que prestes atención a lo que tiene que decir. Puede parecer un buen tipo, pero será el más rápido en actuar cuando surja el peligro.

Mis guardianes me estudiaron tanto que todo lo que quedó fueron mis huesos desnudos, como si evaluaran la mejor manera de cumplir con su misión. Estos hombres eran los mejores en lo que hacían, pero incluso ellos sentían el peso de mantenerme a salvo como si fuera una frágil misión que soportar durante los próximos meses.

—No les causaré ningún problema. —Les prometí con seguridad, asintiendo con respeto —. Que sus vidas sean para proteger la mía, como la mía para proteger las suyas—dije el pacto de guarda glacierana.

Los tres asintieron, así que me giré hacia mi padre, sabiendo que era hora de irme, pero sin tener idea de cómo despedirme. Aunque apenas lo conocía, lo respetaba profundamente. Para todos podía ser el rey de Glacier, pero para mí él siempre será mi padre.

—No lo defraudaré —le prometí, listo para irme.

—Regresa a casa —me pidió y asentí. Me tomó por los hombros y me miró a los ojos —. Y trata de comportarte como un Espinho. Los chistes déjalos para cuando nadie los pueda escuchar, ¿de acuerdo?

—Eso no tiene ni sentido —me quejé.

Luego me abrazó y eso tenía aún menos sentido. Me congelé, incapaz de moverme o actuar. ¿Se había detenido el tiempo? Ciertamente se sintió así. Apreté los puños, manteniéndome quieto. No podía entender por qué, pero estaba seguro de que llevaría este momento conmigo por siempre.

—Por favor, hagas lo que hagas, Omhet, no te enfrentes al dragón.

Capítulo 4

Nunca había salido más allá de los límites de mi reino y tener que llegar a la estación del tren fue una experiencia que me torció el estómago. Todo pasó tan rápido que apenas podía procesar cada momento que estaba ocurriendo. Cheikh me dirigía el paso, mientras los otros dos permanecieron a mi lado para asegurar que nadie se me acercara demasiado. Creo que ninguno de nosotros esperó que hubiese tantas personas despidiéndose de mí.

—¡Príncipe! —me llamaban de varias partes y traté de enfocarme en todo a la vez

—Ten, para la suerte... —una persona logró agarrarme la mano y colocar una pulsera de hilo. Otro me tiró una flor que pisé sin querer.

—Omhet —me llamaron de nuevo. Esa voz la reconocí, el dueño de una tienda que solía visitar con mi hermano, que tanto visitaba—. ¡Una loción para el sol!

Iba a preguntar para qué necesitaba una crema para el sol, pero Cheikh no me dejó. Continuó empujando el montón para abrir el paso. Las personas eran tan agradables y amistosas que sentía que me despedían como si fuera un familiar lejano, no un hijo de monarca. Me querían dar obsequios útiles que me servirían en Andebeck, pero el silbido del tren ya estaba sonando alto y claro anunciando su partida. Me despedí como pude y entré a mi cabina con el pasaporte en mano.

Hicimos nuestro camino a través de las cabinas y no nos detuvimos hasta que entramos en nuestra sección privada al final del pasillo. Solo entonces mis guardianes pudieron relajarse.

Miré a mi alrededor, sorprendido de que la cabina fuera más grande de lo que parecía desde el exterior. Me asomé luego por el estrecho pasillo, encontrando la puerta corrediza donde estaba mi habitación con baño privado.

—Debiste dejar que me despidiera —me quejé con Cheikh, mientras intenté abrir la ventana para decir adiós.

Cheikh llegó de la nada y cerró la ventana antes que pudiera asomarme. Iba a protestar, pero él simplemente me fulminó con la mirada sin decirme nada más. Claro, la seguridad ante todo, o al menos imaginé que eso era lo que pretendía. Me quejé y me dejé caer con los brazos cruzados en el primer sofá que encontré. Era difícil socializar con estos tres. No podía imaginar lo que se necesitaría para hacerlos sonreír.

—¿Cuánto tiempo estaremos en el tren? —pregunté, sintiendo cómo lentamente comenzó a arrancar.

—Tres días —respondió Lucas. Los otros parecían no querer prestarme atención.

Quería hacer más preguntas, pero Lucas se quitó sus espejuelos, trepó las piernas sobre la mesa y se espetó más en el asiento. Shin se sentó en la barra y comenzó a hablar en el antiguo idioma con el servidor. Y Cheikh no parecía tener intenciones de sentarse. Se quedó de pie junto a la conexión de las demás bodegas en guardia. Hice una mueca, pues algo me decía que este viaje sería eterno con seres tan amargados.

El primer día en el tren pasó lentamente.

Miraba a través de las ventanas mi ciudad quedando atrás, jugueteando entre mis dedos con la nueva pulsera de hilo en mi muñeca. Sentía que me ayudaba a liberar toda la tensión que había acumulado desde que mi padre anunció la competencia. Mis ojos captaron el hermoso paisaje de Glacier a través de la ventana. Veía los paisajes de nieve y, en algunos casos, los ciervos corriendo por el bosque. El viaje fue cuesta abajo porque mi reino quedaba en las cadenas montañosas más altas de este continente. Es por la localización que apenas recibimos visitantes y eso complicaba la situación para todos.

Pero era mi hogar.

Me senté en silencio durante horas, mirando por la ventana, sintiendo melancolía mientras el tren descendía tan bajo que el paisaje comenzó a cambiar. La nieve que caía comenzó a ser sustituida por lluvia y pronto comencé a ver pasto en lugar de nieve.

—La competencia no ha comenzado y ya dos cortes se han unido al reino del desierto —comentó Lucas, leyendo un periódico mientras tomaba café.

—*Mmm...* — fue lo único que asintió Shin, sentado en la barra, mirando por la ventana. Tenía una copa en la mano, pero no tenía ni idea qué estaba tomando tan temprano por la mañana.

—¿Qué cortes quedan? —preguntó Cheikh, quien tomó asiento en la barra igualmente.

—Daonna y Nova Cerise, pero se espera que llegue una más —Cheikh hizo un sonido de contradicción, como si no le gustara lo que estaba escuchando.

—Daonna son problemáticos. Buscad información acerca de Cerise.

Antes que Cheikh se fuera a marchar, Lucas ya estaba respondiendo.

—Nova Cerise es el único territorio que practica magia en la academia. La familia Farhad son los que han dirigido la casa durante las últimas tres generaciones y la hija mayor, Odette, es la que representa en la competencia.

—¿Está soltera? —preguntó Cheikh.

¿En serio, Cheikh?

—No. Ha estado comprometida durante dos años, pero... —Se detuvo a pensar, con los ojos cerrados por un breve momento —. *¿Cómo se llamaba?* ¡Oh! Sí, Adeline... su hermana menor, *lady* Adeline, es soltera y tiene diecinueve años.

¡Por las cuatro lunas! ¿Cómo sabe tanto? Lo dijo como si supiera todo de memoria.

Me puse las manos en los bolsillos y me recosté en la pared, tratando de entender este juego de reinos y de cortes. Había cuatro reinos invitados y siete cortes, pero al parecer, ganar una de esas cortes como aliado era bueno.

—¿Por qué no mejor hacer alianza con un reino? —pregunté —. ¿Qué acaso no somos parte de la Unión? ¿No es la alianza lo que mi padre quiere?

Los tres se giraron hacia mí a la vez. El silencio que siguió luego de mi pregunta me hizo sentir arrinconado.

—No funciona así —dijo Cheikh, cuando al fin se dieron cuenta que yo existía —. Es una competencia, por lo que un reino no se aliará con otro. No ganarían nada al hacerlo.

—Por supuesto —asentí como si tuviese total sentido, pero estaba confundido. Tal vez debí haberme quedado callado.

Cheikh exhaló, encontrando paciencia donde probablemente no la tenía para un niño como yo. Esto es algo que debí haber sabido ya, al parecer.

—No se preocupe por nada, señor —concluyó —. Ya estamos haciendo los movimientos pertinentes para encontrar al menos un aliado. Puede dejar el asunto en nuestras manos.

Sonríe y cállate el resto de la competencia, es lo que estaba diciéndome, básicamente. Sin esperar respuesta, volvieron a discutir las cortes como un juego de ajedrez. Suspiré sintiéndome como un completo inútil, así que me volteé y me encerré en mi cabina.

Dormí durante horas e incluso no salí ni para comer, todo lo disfruté en privado. Mis tutores se negaban a tener una conversación normal conmigo, entonces, ¿por qué molestarme en intentarlo? Me senté en una mesita pintoresca junto a la ventana dentro de la cabina, terminando mi comida, perdido en mis pensamientos. Eran tan serios y rígidos y solo hablaban entre ellos, respondiendo estrictamente lo que era necesario. Incluso mis mejores chistes cayeron en oídos sordos. Eso fue cruel, vil incluso. Sintiéndome ya un poco solo, decidí quedarme donde estaba por el resto del viaje para evitarlos.

Un golpe repentino en la puerta anunció que alguien estaba a punto de entrar en mi cabina.

—Llegaremos mañana. Ten el uniforme listo.

Eso fue todo lo que dijo Cheikh, asomándose por la puerta de mi cuarto. Ni siquiera me había molestado en usar algo para dormir, excepto pantalones. Me levanté para buscar donde había dejado mi uniforme. Ahora que no tenía un servidor que me ayudara, tenía que empezar a ser más organizado, o lo estropearía todo antes de llegar.

De repente me di cuenta de que Cheikh me estaba mirando. No, a mí no. A mi espalda. Rápidamente me puse la primera camisa que pude encontrar y continué buscando mi uniforme, sin mirarlo.

—¿Has oído cómo me hice la cicatriz? —pregunté casualmente.

Cheikh miró hacia otro lado. Creo que estaba avergonzado.

—Lo siento, no quería ofender. No debí mirar...

—Es sólo una cicatriz —respondí encogiéndome de hombros. Era una gruesa línea diagonal a lo largo de toda mi espalda. Como si alguien hubiese tratado de abrirme con una espada por la mitad... porque eso fue exactamente lo que sucedió.

Cheikh comenzó a irse, pero vaciló.

—¿Es cierto lo que dicen los rumores? —se atrevió a preguntarme, así que me detuve y lo miré, —¿Es verdad que el incidente te costó la vida tres veces?

Me reí.

—¿Tres veces? Por supuesto que no. Era solo mucha sangre y... —Intenté continuar con mi broma, pero me quedé callado al recordar el evento. Incluso miré en otra dirección. —No soy bueno en el combate con espadas. Esa fue la primera y la última vez que lo intenté.

Cheikh asintió. Tanto él como yo queríamos dejar el tema. ¿Por qué nuestra primera conversación tuvo que comenzar con un tema tan terrible? Una situación que sucedió hace diez años, cuando yo solo tenía ocho.

—Prepárate para mañana —concluyó y se fue.

La última mañana en el tren me desperté sudando. Mi cuerpo estaba hirviendo y las sábanas estaban empapadas con mi sudor, como resultado de las altas temperaturas. Me quité... casi me arranqué la camisa y corrí desesperadamente hacia la ventana para abrirla todo lo que pude. Me estaba sofocando, ¿Cuánto calor podría soportar un ser humano?

Entonces me di cuenta de que ya no estábamos en las montañas. Asomé la cabeza por la ventana, pero apenas podía verlas porque estaban muy lejos. Solo se veían las cimas cubiertas de nieve. Todo lo demás que podía ver era verde. Grama verde, árboles verdes, *verde, verde, verde* y ni un pino a la vista. ¡Y el cielo! Era tan *azul* con bandadas de pájaros volando sobre nubes de un blanco tan puro que rivalizaba con la nieve en casa. ¿Cómo se había transformado todo tan rápido en tan poco tiempo?

Mi sonrisa y asombro se desvanecieron cuando vi un túnel acercándose rápidamente. Grité cuando casi me rozó la mejilla y caí sin gracia sobre la cama.

De inmediato, mis tres guardianes entraron en la habitación, con espadas en manos. Me habría reído cuando Lucas tropezó y casi se cae, si no fuera por la cara agresiva que tenían los tres.

—¿Por qué gritó?

—Casi me decapita el túnel.

Shin, refunfuñando, cerró la ventana con fuerza. Una advertencia silenciosa para que no la abriera de nuevo.

Cheikh bajó su espada, decepcionado.

—¿Estás buscando tu cuarta muerte o qué? —Se suponía que su comentario era un regaño, pero lo consideré insultante. Cheikh no tenía idea de cuánto me dolía que usara mi pasado. Él no entiende... nadie lo entiende —. Si hay alguien que podría morir antes de llegar a su destino, serías tú.

—¿Esa es tu idea de chiste? — pregunté ofendido.

—Yo no bromeo, señor —concluyó saliendo de mi cuarto —. Vístase, nos bajamos en una hora.

◈ ◈ ◈

Llegué al reino Andebeck.

La emoción me embargó como si comenzara la mejor aventura de mi vida. Porque, siendo honesto, lo era. Imaginaba la metrópolis abarrotada de todo tipo de personas y culturas como una sola. Me imaginé a los vendedores, las tiendas, las famosa academia y sus prestigiosos edificios. No podía esperar a ver todo, moviéndome nerviosamente por la cabina buscando todo lo que necesitaba para prepararme.

Rápidamente, busqué mi ropa en mis valijas, pero todo lo que encontré fueron uniformes de manga larga y mis parkas. Fruncí el ceño.

—Oye —llamé asomándome por la puerta, todavía sin camisa que ponerme
—. ¿Será que a Annally se le olvidó la ropa ligera para la ocasión?

Hacía calor, por todos los cielos. Necesitaba ropas que fueran frescas, no que
me cocinaran lentamente.

—Usará su uniforme en todo momento —respondió Cheikh, hostil como de
costumbre.

—No puedes hablar en serio —protesté y él enarcó una perfecta ceja —. Como
quieras.

Después de ducharme, me quedé mirando el uniforme en mi cama. Me rasqué
la cabeza, todavía molesto. ¿Cómo podría sobrevivir a este horrible calor? El
silbato del tren me sacó de mi ensimismamiento, avisando a los pasajeros de
su llegada. Rápidamente me puse mi uniforme lo mejor que pude, pero sin la
ayuda de Annally fue más una improvisación. Pero, prefiero improvisar que
pedir ayuda.

Antes que pudiera abrocharme la parka, Shin llegó de la nada a sacarme de mi
habitación. ¿Estábamos tarde?

—La ceremonia de bienvenida será en cuatro horas —escuché que Lucas le
dijo a Cheikh, mientras miraba su dorado reloj de bolsillo —. Con el carruaje
y escolta llegaríamos a tiempo para acomodarnos, prepararnos y hasta para el
almuerzo.

Cheikh asintió y me señaló con la cabeza que siguiera a Shin.

El sol no me molestó tanto cuando salí, pero me detuve para mirar la estación.
A diferencia de Glacier, la estación era abierta y sin techo debido a que es un lugar
donde apenas cae la nieve. Localizado en el corazón de la ciudad, abarcando una
gran parte del territorio para que las masas caminaran cómodamente.

Y por Krea, cuánta gente había.

—No se aparte ni un centímetro de nosotros, señor —me ordenó Lucas
posándose a mi lado —. No mire a nadie a los ojos, no trates de hablar su idioma
y sobre todas las cosas, no trate de parecer un turista.

—Pero soy un turista.

Cheikh puso los ojos en blanco, mientras nos apuraba a través de la multitud.
Estuve a punto de hacer otra broma, pero tan pronto como salí de la estación,

mis palabras se atascaron en mi garganta. Andebeck era impresionante, incluso mejor de lo que imaginaba.

Las gaviotas vagaban por doquier, ya que la ciudad quedaba en la costa. Los edificios estaban anidados y sus techos de terracota contrastaban hermosamente con sus paredes exteriores de estuco amarillo. Mis pies seguían moviéndose por las calles empedradas, mientras miraba todo el espectáculo y escuchaba el sonido lejano de los barcos que zarpaban. Pero lo que hacía especial este lugar era la gente. Tantas culturas con vestimentas diferentes hacían difícil discernir cuál era la tradicional de Andebeck. Algunos estaban vestidos cómodamente. Las mujeres mostraban sus piernas, brazos y cuello libremente y su cabello estaba recogido en diferentes estilos, adornado con joyas. Los hombres vestían ropa ligera que envidié con fervor. Otros vestían de acuerdo con su ocupación. Miré a los académicos, estupefacto por sus túnicas cortas prístinas y ordenadas. Pescadores, trabajadores del campo, panaderos, marineros, todos tenían sus prendas específicas, haciendo de las calles una explosión de color.

Era extraño cómo no miraban a nadie a los ojos, mientras pasaban corriendo por delante de nosotros, para ir a donde sea que fueran. Su piel bronceada era prueba de que pasaban la mayor parte del tiempo bajo el sol, brillando con un sustento que el mío ni siquiera podía comparar. Mi piel era tan blanca como la nieve, hasta el punto de que se podía ver más de una vena. Me preguntaba si mi piel podría soportar las olas de calor como ellos. Y comparando lo que ellos vestían con lo que yo tenía puesto, lo hacía aún más notable. Una ridícula parka, en medio de un reino que casi comenzaba su verano, me hacía parecer más un turista que cualquier otra cosa. Me crucé de brazos, mirando a Lucas irritado.

—Esto no está funcionando, ¡me estoy sofocando en estas ropas! —me quejé —. Quiero vestir con estilo pirata también...

—Omhet, por los cielos, callaos— me gritó Cheikh mirando a nuestro alrededor.

Alguna que otra persona se detuvo a fulminarme con la mirada.

—¿Quieres que nos den exilio antes de llegar? —me criticó Lucas halándome por el brazo para seguir moviéndonos.

—¿Dije algo malo? —pregunté sin entender, dándome cuenta un poco tarde que algunas personas se me quedaron mirando.

—¿Sabes lo fácil que es ofender en este reino? Moveos y no vuelvas a hablar —me ordenó Lucas con cierto nerviosismo.

No quería insultar a nadie. Al contrario, admiraba lo que vestían. Tuve que morderme la lengua y seguir a mis guardianes, casi empujando a la gente en nuestra prisa. Sentí que, si miraba demasiado la ciudad, me distraería y me perdería, lo que en realidad no sonaba tan mal. Lástima que la gente no me hacía sentir seguro de esa idea. Yo estaba tan fuera de lugar entre el gentío que incluso se detenían a mirarme.

Cheikh comenzó a caminar más rápido.

—¿Cuál es el problema? —pregunté mirando a mi alrededor.

—Los estás mirando a los ojos —me regañó Cheikh.

Finalmente nos detuvimos donde esperaban los carruajes y una fuerte conmoción atrajo nuestra atención. Había un grupo de personas que eran visitantes como yo, proveniente del reino del desierto, Ettezi. Un carruaje se estaba preparando para ellos. Me di cuenta con entusiasmo, mientras mis ojos miraban a los guerreros más fuertes de la unión. Un joven se destacó de los demás en la forma en que vestía y se comportaba. Supuse que era un príncipe.

—Quisiera poder saludarlo —susurré, listo para acercarme, cuando Cheikh levantó su mano impidiendo que siquiera diera un paso.

—Si quieres perder tu mano tan pronto la acerques para saludarlo, por favor, déjame saber para escoltarle hacia el príncipe Karl —dijo con sarcasmo.

No podía imaginar que el príncipe fuera más hostil que mis guardianes, pero me guardé el comentario. En cambio, miré hacia atrás y me maravilló el poder absoluto que irradiaban de ellos. Incluso sus guardias se veían majestuosos mientras sostenían sus lanzas, vestidos con uniformes tradicionales de color verde oscuro y mostaza. El grupo de soldados era tan numeroso que tuvieron que seguir a pie detrás del carruaje. El príncipe fue el único privilegiado en entrar a la gran carroza. Su altura y fuerza eran tan intimidantes que me hizo sentir pequeño. Su piel bronceada apenas brillaba de sudor, probablemente porque estaba acostumbrado al calor de su tierra.

De repente, el carruaje comenzó a avanzar y jadeé audiblemente del asombro. ¡No tenía ningún caballo! Se movió solo, pero ¿cómo? ¿qué demonios?

—La tecnología de Andebeck es increíble, ¿no? —me dijo Lucas con admiración.

No pude responder, los tres guardianes parecían acostumbrados, pero yo ni siquiera sabía qué brujería era esta. En mi reino todo era iluminado con aceite y velas, transportación a caballo y solo teníamos dos teléfonos en todo el reino, pues nada de semejante tecnología era accesible para la comunidad. No supe cómo reaccionar.

—Necesito que todos los ciudadanos se retiren, estos caminos son restringidos —nos ordenó un guardián de Andebeck.

—Tenemos transportación reservada —anunció Cheikh mostrando su invitación.

Los guardianes ni siquiera se inmutaron en ver nuestra invitación cuando se cuadraron uno al lado del otro, cubriendo el camino por completo.

—No estamos esperando a ningún otro reino. Los tres ya han tomado su transportación...

—Cuatro reinos invitados —interrumpió Cheikh —. Somos el reino Glacier, el reino número cinco.

El guardia miró a su compañero totalmente confundido.

—Las cortes trajeron su propia transportación —trató de explicar.

—No creo que sean una corte tampoco —respondió su compañero señalando la invitación.

El guardián arrebató la invitación de la mano de Cheikh y su semblante pareció más confundido que sorprendido.

—De todos modos, no hay más transportación, tendrán que ir andando —concluyó y abrió el camino —. Bienvenidos, supongo.

Era como si una parte de ellos no creyera por completo que éramos invitados. Nos miraban nuestras ropas, las valijas en nuestras manos y la invitación como si fuéramos impostores. Esto no me estaba gustando para nada.

—Bien —dijo Cheikh con fastidio y me miró —. Son cuatro horas andando, tal vez tres si te acoplas a nuestro paso.

Tragué con dificultad. No sabía cómo caminaría tres horas con valijas y ropas tan calurosas, pero no parecía que había otra opción. Miré a mi alrededor, viendo que las personas comenzaron a acumularse, no para mirarme a mí, sino para admirar el reino del desierto partir con sus asombrosos guerreros detrás. El gentío los saludaba y hablaban entre ellos mientras los señalaban con admiración. Hasta me empujaron por el hombro tratando de tener mejor vista a la caravana.

—Lo que sea, quiero salir de aquí.

La gente estaba dejando dolorosamente en claro que yo no pertenecía a este lugar y que nuestra llegada era nada menos que una molestia.

Glacier no era bienvenido aquí.

Capítulo 5

Caminar hacia el palacio de Andebeck fue una experiencia sofocante que sentí eterna. Mi emoción desapareció en el momento en que el calor penetró cada poro de mi piel. La parka que había usado ahora colgaba sobre mis hombros, puesto que ya estaba sudando lo suficiente sin siquiera tenerla puesta. Incluso mi cabello estaba pegado contra mi cara. Fue ridículo. Los caballos de la caravana pasaron junto a nosotros y me tragué el impulso de gritarles pidiendo ayuda y transporte. Un mosquito me picó en la cara ya quemada por el sol y lo aplasté. Estaba irritado porque, aparte de todo lo demás, también tenía que lidiar con picadas de mosquitos. Esto era una horrenda tortura. Sin comida, sin agua, ni siquiera podía recordar si había desayunado y estaba bastante seguro de que ya era mediodía. No tenía idea de cómo mis tres guardianes podían hablar como si esto fuera parte de su rutina mañanera. Ya estaba agotado.

—¿Todo bien allá atrás? —preguntó Cheikh, mirándome por encima de su hombro.

Cada vez me quedaba más lejos de ellos.

—¿Podríamos tirar a la porra las valijas al menos? —pregunté, respirando con la boca entreabierta —. Estas no son condiciones para un príncipe.

Por fin los vi reír a los tres, pero no estaba haciendo un chiste. Increíble.

—¿Usted sabe el entrenamiento que está a punto de enfrentar? —preguntó Lucas, deteniéndose a esperarme.

—No lo asustes —interrumpió Cheikh —. No quiero que de media vuelta de regreso a Glacier. No aún.

Me quitaron las valijas que arrastraba, mientras se reían. Nada de esto tenía sentido. ¿Por qué no tenía los privilegios que el reino del desierto? No podía permitir que me menospreciaran, era lo último que mi rey hubiese querido.

Por ahora no hice más que caminar arrastrando los pies.

Nos alejamos de la costa, las enormes academias, los muelles y los edificios. Ahora caminaba en senderos con un bosque frondoso a izquierda y derecha, subiendo veredas y caminando por encima de troncos. Era tan aislado, que me pregunté si el palacio fue construido para esconderse de alguien... o de algo.

La respuesta la tuve cuando miré a mi derecha. Más allá del bosque, vi una montaña, donde no había árboles, pero un castillo... no, unas ruinas. Me detuve un momento y sentí mi corazón acelerarse.

Fue la primera vez que vi las ruinas... las ruinas donde yacía el dragón.

—No se detenga —me ordenó Lucas, pero no reaccioné.

Probablemente podía llegar a caballo si encontraba algún camino, pero por ahora, ni siquiera quise imaginarme qué rayos había allá arriba. Las ruinas estaban aisladas y sumergidas en la sombra que proporcionaba la montaña, haciéndolas más aterradoras de lo que imaginé que serían. Por ahora, lo dejé fuera de mi mente, obligándome a concentrarme en el camino por delante. Primero, tenía que priorizar el lío en el que me encontraba y cómo Andebeck había decidido tratarme como si fuera un problema más con el que lidiar.

—¿Por qué los ciudadanos de Andebeck son tan indiferentes?

—Glacier fue el último reino en añadirse a la unión —explicó Lucas, el único que esperó por mí —. Muy pocos reconocen nuestro hogar.

—Pero, estoy aquí para ayudar, no quiero ser un estorbo para nadie...

—¿Por qué crees que el rey insistió tanto en que consiguieras aliados? —me interrumpió, sin esperar una respuesta —. Ahora, avanza y deja de hablar o te quedarás sin el poco aire que te queda.

Me haló por la camisa y protesté del cansancio.

A pesar de los cálculos que había hecho Cheikh, la caminata tomó sobre cinco horas por mi culpa. Dentro del mismo corazón del bosque, llegamos frente a dos puertas de hierro con torres adyacentes a cada una. En las torres, los guardias se cuadraron y tocaron sus tambores para anunciar nuestra llegada. Pensé que me recibirían con un saludo más amistoso, pero en cambio, guardias armados con mosquetes salieron por pequeñas puertas en la base de las torres, listos para defender su territorio.

—Quédese atrás —ordenó Cheikh levantando una mano con la invitación en ella.

Nervioso, miré a los guardias que se acercaban a la defensiva. No cómo si fuéramos invitados, pero como si fuéramos invasores. Shin y Lucas se detuvieron delante de mí con sus armas aún envainadas, pero sus manos lo suficientemente cerca como para agarrarlas en caso de que las necesitaran. ¿A quién quieren impresionar con semejante guardia? Aquellos guardianes imperiales tenían dichosos mosquetes. Un disparo contra una espada.

Ya extrañaba a Glacier y no llevaba ni un solo día en Andebeck.

—¿Qué hacen aquí? ¿Con qué permiso está en estas avenidas? —gritó el oficial.

Ocho militares cerraron el camino, con el general encarando a Cheikh. Le arrancó la invitación y la leyó un momento. Se hizo silencio y los únicos sonidos que se escucharon fueron de los pájaros y el ligero susurro de las armaduras de los guardias. Luego me di cuenta de los vigilantes en las torres, y aunque todavía no alzaban sus largos mosquetes, era desconcertante.

—Los reinos y las cortes ya están en el patio, la ceremonia ha comenzado —explicó el oficial y apreté mis manos de pura ansiedad, ¿será que llegué de tan lejos para nada?

—Somos del reino Glacier —anunció Cheikh —. Hemos sido invitados.

El general procesó esta información y luego habló en el antiguo idioma a sus compañeros cercanos. No podía entender a qué tipo de conclusión llegaron, pero una vez que asintió, todos colgaron sus mosquetes en sus hombros y se relajaron.

—¿Tienes pasaporte?

Chirrié los dientes, ¿por qué tenía que enseñar mi pasaporte? Soy Omhet Guillermo Espinho, cuarto hijo del rey de Glacier. ¡Vamos!

—Príncipe, acérquese —me ordenó Cheikh.

Hice todo lo posible para parecer tan importante como el propio rey cuando di un paso adelante, pero todo lo que logré fue parecer un tonto. Estaba más que exhausto, mi ropa estaba desordenada y sudaba profusamente. Hizo que el guardia frente a mí me mirara como si fuera una broma. Me gustaba contar chistes, no ser uno.

Le mostré mi pasaporte al general y una vez que lo tuvo, lo escudriñó. Me estudió a mí, luego a mis guardias y de nuevo al pasaporte. Dijo algo en ese idioma suyo al resto de los hombres y todos se rieron. ¿Se estaban burlando de mí?

—Su alteza... —trató de pronunciar mi nombre y se trabó.

—Omhet —dije de manera cordial y exasperada a la vez.

—Príncipe Omhet —asintió con recelo —. ¿Es este todo su batallón?

¿Eh? ¿Batallón dijo?

—Sí –asentí con voz firme.

Soy el príncipe de Glacier y tenía que lucir como tal, por el bien de nuestro reino. Mientras esté en este lugar todos sabrán que mi reino y yo existimos. Sin embargo, no importaba, el general todavía me miraba con nada más que burla detrás de sus ojos.

Era casi tan despectivo como Guillermo.

—Bien, entonces —dijo e hizo señas a las torres.

Con un fuerte sonido, las compuertas comenzaron a abrirse, mostrándome un mundo totalmente nuevo. Por fin pude ver el gran palacio de Andebeck. Mientras avanzaba lentamente, me detuve un momento. Todo era enorme. Podía jurar que la capital de Glacier podría caber fácilmente dentro de las murallas del palacio. Era, básicamente, su propia ciudad.

No pudieron ofrecernos carruaje, pero sí caballos. Al fin algo con lo que me sentía cómodo. Terminamos montándonos cada uno en caballos diferentes y gracias a los cielos, el oficial se ofreció de escolta para llevarnos a donde debíamos haber estado hacía cinco horas atrás. Galopamos rápidamente a través de avenidas, debajo de puentes y edificios antiguos, a kilómetros de distancia del palacio mismo. Ya estábamos lo suficientemente atrasados.

No podía mirar mucho, la verdad. El viento hizo que se me humedecieran los ojos, imposibilitando admirar todo a nuestro paso. Cuando redujimos la velocidad y dimos una vuelta al lado oeste del palacio, no pude apartar la vista de la sección más increíble y esencial de esta competencia: los campos de entrenamiento. Había cientos de personas reunidas allí, de pie frente a un escenario. Luché contra el repentino impulso de irme y Cheikh se dio cuenta, arrastrándome lejos del caballo.

—No es momento de entrar en pánico —me advirtió.

Me vi obligado a ponerme la maldita parka de nuevo y dejar nuestro equipaje mientras nos dirigíamos a los campos de entrenamiento. Había alguien dirigiéndose a la multitud desde el escenario, pero no pude concentrarme en ellos. Me costaba ignorar el calor que nuevamente me invadía de pies a cabeza.

Aunque quería erar aquí, no sabía si sentirme emocionado o nervioso. Quería ver cada reino, visitar cada rincón del palacio y esconderme de mis tres niñeras para poder disfrutar de esta experiencia. Pero pronto, comencé a sentirme asfixiado con la atención que ganaba a medida que me acercaba.

Al principio, ni siquiera podía decir cuáles eran las cortes y cuáles los reinos. Podrían ser identificados por sus uniformes, supuse, ya que sus colores anunciaban sus reinos de origen. ¿Acaso estaban teniendo una competencia secreta de quién tenía más hombres en sus filas? Parecía que nadie tenía menos de cien hombres. Luego estaba yo, con mi batallón de tres criadas.

—Entonces, ¿esto es lo que se necesita para que estés callado? —me preguntó Cheikh, guiándome a mi lugar.

—Pensé que no bromeabas, Cheikh —le reclamé con sarcasmo.

Me sentí como un simple mortal entre dioses de guerra. Me gustara o no, tenía que ubicarme en la esquina, al lado de las filas designadas para cada representante. Todos en este lugar tenían experiencia en la lucha o al menos tenían la apariencia de un guerrero. Tragué profundamente. Yo apenas aparentaba mi edad.

No sé si fue mi paranoia, pero de repente tuve la sensación de que habíamos interrumpido toda la ceremonia. «Levanta la cabeza, Omhet, levanta la cabeza», escuché decir la voz de mi padre en el fondo de mi mente. Tal vez dejé de escuchar por los nervios, pero hubo un silencio incómodo como si miles de personas me estuvieran mirando. «Está en tu mente, Omhet, lo estás imaginando, solo respira» escuché la voz de mi padre otra vez. Era lo único que me mantenía en calma.

Unos tambores volvieron a sonar y salté involuntariamente.

Shin me miró de reojo.

Lucas se tragó la risa de burla.

Cheikh suspiró en decepción.

Apreté los dientes, tratando de fingir que estaba bien, pero sabía que no lo estaba. Esto no era para mí.

Me acomodé en la posición con mis tres guardianes detrás de mí, en la primera fila, pero fuera de la vista. Nos paramos junto a hileras de reinos y cortes que me intimidaron más que la idea de un dragón. Me concentré en el escenario, donde estaban los soldados de Andebeck y se tocaban los tambores.

—¡Saluden al ministro de Andebeck! –gritó el portavoz.

Pensé alzar mi mano en saludo, cuando de repente el reino del desierto Ettezi dio un fuerte grito, haciéndome saltar de nuevo. Luego del grito todos hicieron un saludo único de guerreros. Cada representante hizo uno distinto, todos a la vez, hasta posicionarse con rodillas unidas y manos a cada lado de sus cuerpos. Era un saludo rígido y de respeto. Seguía con mi boca abierta, espalda doblada, mirando a todos a mi alrededor saludando de forma tan intimidante.

Cheikh se aclaró la garganta, atrayendo mi atención. Entonces vi a mis tres guardianes dando el saludo de mi reino. Piernas separadas, manos detrás de la espalda, torso recto, pecho elevado y rostros sombríos. Hice lo mismo antes de que nadie pudiera darse cuenta de lo lento que era. ¡Ni siquiera sabía cómo hacer un miserable saludo! Si mi padre me viera, se avergonzaría.

En la alta plataforma hecha de piedra y arena, ocho guardias subieron y despejaron el camino para el ministro de Andebeck, un hombre con una espesa barba oscura y cabello medio. Su mirada era segura y rígida, como si sus ojos pudieran proyectar su posición. Era lo más parecido a un rey que tenía este reino y podía verlo incluso en la forma en que caminaba. A su derecha había una mujer igualmente segura de sí misma, con uniforme de pantalón y capas largas, al nivel de sus tobillos. Su cabello había sido recogido y su mirada era rígida hacia la multitud.

—Bienvenidos sean todos —dijo el ministro delante de un podio, con voz profunda.

Luché contra la debilidad que el calor provocaba desde que llegué aquí, haciendo que prestar atención fuera todo un desafío. Me sentí enfermo, como si el sol me estuviera cocinando. Traté de ocultarlo estirando las piernas y apretando los puños.

—No tense las rodillas –me aconsejó Lucas, pero lo ignoré. Mi concentración estaba firme en lo que pasaba en esa tarima. ¿O era el calor que me tenía agitado? Quizás las dos.

El ministro se acomodó detrás del podio y la mujer que estuvo detrás de él se movió a la fila de los soldados.

—Hoy es un día que quedará marcado en la historia. Once territorios estamos reunidos y...

Doce, quería corregir.

—Es de gran honor para Andebeck tenerlos a todos presente. Hoy, sus batallones estarán distribuidos en diferentes bases que les proporcionaremos y tendrán todo lo necesario para comenzar su entrenamiento. Mientras tanto, cada invitado permanecerá en nuestro palacio con habitaciones designadas para los representantes y sus guardias. Su rutina se presentará cada mañana y nos prepararemos diligentemente para la competencia que se avecina. Mi mejor consejo es el más obvio... —por un momento, miró alrededor de la multitud—. Prepárense para la batalla. —hizo una tendida pausa, provocando un estremecimiento —. Tendrán todos los alojamientos a los que están acostumbrado, pero no se sientan cómodo, porque no estarán aquí de vacaciones —afirmó, haciendo una pausa —. Son lo mejor de sus familias, los más valientes y los más fuertes, pero solo un reino será coronado campeón de este huérfano lugar. ¡Solo uno será el mayor orgullo de su generación! ¡Y solo el victorioso será inmortalizado con honores en la historia de nuestra Unión!

Sus palabras, debo admitirlo, me dieron ganas de traerle el dragón en bandeja de plata. Me inspiraron a dar lo mejor de mí para ganar, pero de repente, mi visión comenzó a nublarse. Algo estaba mal y creo que fue el calor. Por primera vez, extrañaba estar a centímetros de nieve y no en este terrible infierno.

—La competencia de fuego comenzará mañana —continuó el ministro —. Porque el primer día de invierno atacaremos al dragón y, de una vez por todas, lo venceremos.

Un rugido masivo de voces se escuchó en todo el patio. Las emociones se elevaron, como si estuviesen listos para comenzar a entrenar de inmediato. Y aquí estaba yo, jadeando como un perro sediento. Ni siquiera un patético sonido pudo salir de mi boca.

—En ocho meses se cumplirán cien años de miedo, pero finalmente terminaremos un capítulo creado por Tiara y ni esa hechicera ni nadie más será capaz de detenernos.

Tiara, repetí en mi mente. ¿Era esa la hechicera que causó todo esto?

La gente comenzó a aplaudir, estaban enloqueciendo.

—¡La memoria de Laila descansará en paz y Andebeck será aún más próspero de lo que un día fue!

Todos gritaron, interrumpiendo sus palabras, aplaudiendo y celebrando. Traté de, aunque sea, alzar los brazos para unirme a ellos, pero fue entonces que mis ojos se cerraron en contra de mi propia voluntad.

Lo último que recuerdo fue cuando golpeé el suelo con mi frente, cayendo completamente inconsciente. Cheikh gritó mi nombre, personas exclamaron de la sorpresa, pero no pude recobrarme. Todos mis sentidos se apagaron. El calor me había vencido.

Capítulo 6

—Eso fue patético —dijo Lucas, en tono de burla.

Grité de dolor y coraje cuando Lucas me golpeó con la bolsa de hielo en la frente. Lo había hecho a propósito, como si el dichoso chichón no estuviese ahí, latiendo casi como si tuviese vida propia.

—Caballeros, ¿quién tiene un hematoma antes de que comience el entrenamiento? —preguntó Lucas a sus compañeros —. Omhet Guillermo Espinho.

—Vete a la mierda —refunfuñé, tirándome en la cama para cerrar mis ojos con el hielo presionando sobre mi frente.

Estábamos en lo que sería mi habitación por el resto de mi estadía en Andebeck. No sabía qué había pasado, cómo había llegado aquí o quién me había quitado la mayor parte de la ropa. Todo lo que sabía era que tenía un golpe ridículo y que mis guardianes me miraban preocupados al mismo tiempo que se burlaban de mí. Afortunadamente, no fue tan malo como se sintió, pero desmayarse frente a todos los miembros de la unión había sido bastante ridículo. Espero que mi padre no se entere de esto.

—¿Esperas que no se entere? —estalló Cheikh. No me había dado cuenta de que había comentado aquello en voz alta —. El evento estaba corriendo en la radio. Todos los reinos saben qué pasó.

—¿Qué rayos esperabas? Me estaba cocinando en la bendita parka, ¿cómo a nadie se le ocurrió traer ropa ligera?

—No tenemos ropa ligera —explicó Lucas —. Además, fue orden del rey que siempre lleve el uniforme de Gla...

—No está funcionando —interrumpí —. Me veo ridículo. Perderé el respeto usando pelo de alce en mi parka.

—Bueno... — concluyó Cheikh en tono sarcástico—. Al menos pudo llamar la atención, como su majestad quería.

Hubo un corto silencio, cuando de repente Shin se rió. Ni siquiera había escuchado bien su voz cuando el dichoso se estaba riendo de mí.

La puerta de mi habitación se abrió lentamente y entró nada menos que el propio ministro con dos mujeres a su lado. La risa de Shin se evaporó y todos se pusieron de pie, saludando a las personas más importantes que actualmente gobernaban Andebeck. Actué rápidamente moviéndome en la cama para levantarme y hacer lo mismo, pero el ministro detuvo mis acciones. Entonces, me senté, tenso, observando su apariencia y lo inmaculados que estaba de cerca. Sus ojos eran intensos, como si con solo una mirada pudieran hacer que te arrodilles y hagas lo que te dicen sin refutar.

Su presencia te robaba el aliento.

—Aquí hace calor de verdad ¿ah? —Me dijo y sonreí. Al fin alguien con sentido del humor —. Usted debe ser hijo de su majestad Guillermo Espinho —prosiguió, haciendo un saludo de respeto —. Es un placer conocerlo, príncipe...

—Omhet —dije rápidamente, pues era obvio que nadie me conocía.

—Príncipe Omhet —asintió con una sonrisa —. Le aseguro que en los próximos días se acostumbrará al calor. Fue un poco brusco haber estado en pleno sol de mediodía por tantas horas y con semejantes atuendos.

—Eso es lo que he dicho, ministro... am... —Forcé mi mente buscando el nombre del ministro sin éxito —. Lo siento. ¿Cuál es su nombre?

Cheikh se aclaró la garganta, como si hubiese hecho una pregunta estúpida y me lo estaba advirtiendo. Debía callarme ya.

—Mi nombre es Marcus —dijo con calma, pero la sorpresa permaneció detrás de sus ojos. Señaló a la mujer rubia a su lado, su rostro carente de expresión —. Mi mano derecha y consejera, Brenda. — Luego se movió y señaló a la otra fuerza silenciosa —. Y mi hermana, Lois —. Su cabello oscuro y una sonrisa tan seca que apenas llegaba a sus ojos. Se parecía a él, pero mucho más joven.

—Usted creó la competencia de fuego —dije y él asintió una sola vez —. Ha sido un acto desesperado para poder darle un rey a Andebeck. Me permite preguntarle, ¿por qué no toma usted la corona?

Él frunció el ceño. La respuesta no era tan sencilla como esperaba, incluso, sentí la tensión que creció entre ellos. Sin embargo, el rostro de ninguno de los tres cambiaba. Eran seres extraños.

—El padre de Laila Blume dejó un decreto antes de morir que su hija sería la única heredera de Andebeck —respondió Lois, en un tono de voz más firme de lo esperado.

—¿Y qué si Laila está muerta? —pregunté, cuando realmente quería decir, «¿Se dan cuenta que ha pasado cien años?»

—Con la cabeza del dragón en a mis pies podremos continuar el reinado como su majestad Blume hubiese deseado. Mientras tanto, necesitaremos culminar ya con la amenaza que no deja a mi pueblo descansar —concluyó.

Tanta superstición y tanto miedo debía ser agobiante, tanto para él como para el reino entero y más cuando necesitaban eliminar al dragón para poder cerrar el capítulo y darle descanso a Laila Blume y su leyenda.

—Las cortes se han prestado de voluntario para participar de esta gran hazaña y a pesar de que solo los reinos son elegibles para ganar la corona, le recomiendo que aproveche y haga aliados con las cortes —continuó Marcus en tono agradable, como un amigo que da un consejo —. Mientras más conexiones haga, mayor oportunidad tendrá.

Eran siete cortes y tan solo cinco reinos. Si al menos lograra obtener aunque fuera uno de ellos de mi lado así sea como mero amigos, mi padre estaría satisfecho. Además, ¿cuán difícil podría ser para mí hacer un dichoso camarada?

—Descanse por hoy, mañana comenzará lo difícil —concluyó Marcus, haciendo otro asentimiento de cabeza antes de retirarse —. Fue un placer conocerlo en persona, príncipe Omar.

Entrecerré los ojos.

—Es Omhet —masculló cuando ya Marcus se había ido.

Cuando cerraron la puerta me volví a tirar a la cama de manera rendida, mientras Cheikh comenzó a explicarme la rutina que comenzaría al día siguiente. Lamentablemente apenas escuché. Estaba demasiado distraído tratando de asimilarlo todo. Esta habitación era una extraña combinación de estampados de flores y colores llamativos que eran bonitos, pero un poco abrumadores. Un enorme espejo estaba contra una pared chapada en oro. Plantas en macetas y flores en cada rincón, dando a la habitación un aroma encantador.

Era perfecto en todos los sentidos, pero en el fondo, sabía que este no era mi hogar.

Un agudo pinchazo de melancolía me estrujó el corazón cuando miré por la ventana y vi la ausencia de nieve. Después de que toda la emoción se calmara, mi mente finalmente estaba procesando los cambios. Ver el sol deslumbrante escondido detrás de las montañas, en lugar de las nubes grises a las que estaba acostumbrado definitivamente me impactó. Era, sin embargo, un deslumbrante rojo y naranja que, sin importar lo extraño que pareciera era hermoso

—¿Me estás escuchando? —protestó Cheikh, regresando mi atención a él. No paraba de caminar de un lado para el otro delante de la cama —. ¿A qué hora es lo más temprano que despertabas?

—Un poco antes del desayuno o a veces a esa misma hora.

Cheikh se detuvo y miró a sus compañeros, para luego mirarme a mí con fastidio.

—¿Sabes todo el entrenamiento que se termina antes del mero desayuno? —preguntó, atónito de mi vagancia —. El príncipe Guillermo y su majestad el rey ya han tenido el ejercicio del día entero, para luego reunirse con el consejo y ni hablar de su visita de rutina...

—Son hombres ocupados, lo sé, lo sé —dije como si nada y juré haber notado que le tembló una ceja.

Recuperó su postura y continuó:

—Bueno, tu espectacular rutina de no hacer nada termina ahora. Mañana despertarás antes del amanecer, entrenarás, te bañarás, desayunarás con el resto de los reinos y *vas* a dar una buena impresión— *¿Era eso una amenaza?* —. La primera fase del entrenamiento será resistencia. Luego tendrás entrenamiento en fuerza. Después de eso, tendrás... —Abrió un pequeño cuaderno, donde aparentemente había anotado mi tarea diaria —: clases antes de que se sirva el almuerzo.

—¿Todavía no llega el almuerzo? —estallé.

—Y la cena no será hasta las siete de la noche, para luego tener tu hora de rezo como la religión Krea le exige.

—Mi madre ya no está aquí, Cheikh, no necesito seguir mis benditos rezos —le recordé —. ¿Cuánto tiempo me sobrará para dormir?

—Recupéralo en ocho meses —concluyó y cerró la libreta.

—No me voy a desmayar, me voy a morir —dije enterrándome en la cama.

—Dramático —se mofó Lucas, mientras preparaba té en la mesa junto a la ventana.

—Más respeto, ¿quiere? Siento que me tratan como un crío —protesté ofendido. ¿Qué no se supone que soy el que manda? Me siento como si ellos fueran mis niñeras.

—Nosotros tenemos su custodia autorizada por su majestad. Desde el momento que se montó en el tren somos los que tenemos control para lo que sea. Como una familia —explicó Cheikh tranquilamente.

—Si tú eres el padre, ¿puedo al menos escoger cuál de estos dos será la madre? —dije con el mismo sarcasmo. Lucas interrumpió la taza que iba de camino a sus labios para fulminarme con la mirada. Shin resopló, pero creo que trató de esconder la risa que casi se le escapó.

—Príncipe Omhet —suspiró Cheikh en tono cansado, sentándose sobre la cama a mi lado —. Debes tener claro para qué estás aquí para que esta misión funcione.

—Sencillo. Tengo que entrenar fuerte y enfrentar la batalla.

Cheikh me miró como un padre hablando con un niño lento.

—No. Estás aquí para ganarte el respeto de Glacier al hacer al menos un aliado. Y si tienes suerte, tal vez encuentres una doncella que puedas comprometer. Eso es todo. No tienes que preocuparte por el dragón. Te protegeremos cuando llegue ese día.

—Querrás decir que ustedes evitarán que me acerque al dragón a toda costa —dije indignado.

—Correcto —asintió —. Hay once grandes apellidos en este lugar que controlan toda la unión y ya tienen las herramientas para asesinar al dragón. Sería inútil arriesgar tu valiosa vida por algo que seguro el reino del desierto logrará en minutos.

Lo miré boquiabierto, totalmente ofendido. Leí entre líneas las cosas que ni él ni mi padre querían decir; el príncipe del reino del desierto, o tal vez cualquier otro, era mejor que yo. Mi único trabajo en este lugar era estar erguido, orgulloso y lucir bonito. Necesitaba impresionar sin hacer nada más.

—Entendido —asentí, tratando de esconder mi decepción.

Caminaba por los anchos pasillos de un castillo que no reconocí, donde los cuadros de los reyes no tenían rostros y en la ventana abierta solo se veía negrura. Como si la sombra me hubiese tragado. Miré a ambos lados del pasillo y no veía final. Como si este palacio estuviese maldito.

Mi respiración comenzó a agitarse, tanto como mi corazón. Me eché a correr, pero el escenario no cambiaba, el pasillo no se acababa. Sentí miedo. Tenía ganas de gritar, pero cuando lo hice, grité algo que pensé que había olvidado por completo.

—*¡Tiara!* —la llamé varias veces, hasta que sentí su respuesta.

Como un espectro sentí algo detrás de mí haciendo que me detuviera. Era... como unas garras frías aferrándose a mi piel. *¿Qué es esto?*, intenté gritar justo cuando sus garras comenzaron a aplastarme la cabeza, hasta que comencé a quedarme sin aire.

—¿Cuántas veces tengo que gritar tu nombre, muchacho? —me gritó Cheikh, despertándome de un sobresalto —. Estás tarde.

Parpadeé repetidas veces, mirando por la ventana. No estaba oscuro como una sombra, al contrario, podía ver algunas avecillas y la claridad asomándose por las veredas.

Qué horrible pesadilla. ¿Por qué tuve que llamar ese nombre? O más raro aún, ¿por qué nadie ha mencionado ese nombre antes?

—Olvídate del baño, vístete —me ordenó Lucas, tirándome la ropa.

Estaba tan tarde que apenas me dejaron tener mi aseo mañanero. Me vestí con el uniforme de entrenamiento de Glacier, compuesto lamentablemente de mangas largas y botas de nieve... ¡de nieve!

Miré a Lucas con fastidio.

—Tienes que arreglar esto, te lo ordeno —dije con toda seriedad.

—Veré lo que puedo hacer —dijo antes de salir por la puerta.

En el pasillo había un caos mayor, con el servicio y los guardianes de distintos territorios entremezclados. Tuve que hacerme paso entre ellos empujándolos, pues me perdía entre el gentío y hasta entré por una de las puertas de servicio, en vez del pasillo principal.

—Joven, ¿dónde está su lugar? —me gritó uno del servicio —¿En la cocina o la habitación?

—¿Qué? —pregunté. Tarde me di cuenta a qué se refería. —Soy el príncipe de Glacier, ¿dónde está el comedor? —Pero el servicio comenzó a hablar en el viejo idioma, me pasó por el lado y jamás contestó la pregunta.

Miré a Cheikh suplicándole por ayuda.

—Esto no será fácil —dijo en tono rendido y me pasó por el lado.

Me concentré en seguir a Cheikh. Afortunadamente, por mucha gente que hubiera en el pasillo ninguno era más alto que él. No sabía cuántos años tenía, pero imaginé que estaba cerca de la edad de mi padre, a pesar de que su rostro y su piel se veían más joven de lo que el tiempo le habría exigido.

Sonó una trompeta y todos se hicieron a un lado pegándose a la pared más cercana. Hice lo mismo, sin saber qué diablos estaba pasando, hasta que vi a una mujer cuya piel parecía estar pintada por los rayos del sol. Dorado oscuro, como si el mismo desierto estuviera impregnado en su ser. Dirigió a su escolta con pasos que resonaban en las baldosas, haciéndome pegar más a la pared tratando de no obstruir su espacio. Incluso, su mirada exigía respeto, haciendo que no quedara otra opción más que dejarla pasar.

—Por la diosa —escuché la voz de Shin. Creo que ella lo escuchó igualmente, porque juraría que por un mero segundo se miraron a los ojos haciendo que él bajara la mirada.

—¿Por qué todos se detienen por ella? —pregunté confundido. Ella era sorprendente, ¿pero para detener todo el pasillo?

—Es una princesa —explicó Cheikh y resoplé ante su respuesta.

Tan pronto cruzó el pasillo traté de seguirla para ir al comedor, pero luego todo el pasillo cobró vida y fui empujado; algunos subían, otros bajaban, otros simplemente corrían. Tropecé y perdí de vista a mis tres guardianes. Maldije exasperado y comencé a empujar a todos de regreso hasta que llegué a las escaleras principales y me asomé. La princesa de Ettezi ya había bajado todos los escalones y apenas vi el final de su escolta.

No iba a llegar a tiempo.

Demasiada gente subía y bajaba, así que me trepé a la barandilla y me deslicé como un niño. Algunos jadearon, a otros los empujé accidentalmente, pero debo admitir que bajé en el momento perfecto. Me reí un poco cuando miré hacia arriba y me encontré con la mirada severa de Cheikh.

—Te espero al otro lado —le dije, agitando mi mano en despedida de soldado, para luego salir corriendo hacia el comedor.

Capítulo 7

Cuando llegué al comedor principal no había nadie. Los platos estaban siendo acomodados por el servicio no como si ya se hubiese terminado, sino como si *nunca* hubiese habido desayuno.

—¿Dónde están todos? —pregunté, agitado por la carrera.

—Todos se han reunido en la arena. El entrenamiento comenzó —explicó el mayordomo acercándose a mí.

—¿Qué? —pregunté confundido —. El programa decía el horario del desayuno era ahora.

—El calendario cambió. Anoche fue avisado a cada uno de los once territorios.

—Doce —protesté, mientras salía hacia el pasillo de nuevo —, por todos los cielos, somos doce.

Corrí al lado contrario, pero no estaba seguro a dónde iba a este punto. El problema del palacio era el tamaño, haciendo que todo quedara tan lejos que lo sentía como un estúpido y enorme laberinto. Sugeriría ponerle un mapa a cada pared.

Me metí en la cocina sin querer, luego salí al jardín interior y por último, entré a una biblioteca.

—¡Mierda! —maldije, golpeando la puerta con mi pie y alguien dentro me mandó a callar.

Salí y me pegué a la puerta, tratando de calmar mi respiración.

—¿Se ha perdido? —me preguntaron, haciéndome saltar del susto.

La reconocí porque Marcus me la presentó; era su hermana Lois. Una mujer con cabello negro como los cuervos y amarrado en diferentes nudos.

—Lo lamento, alteza, pero estoy buscando el camino hacia la arena —expliqué mirando en todo el pasillo. Lo peor de todo era que hasta el servicio comenzó a desaparecer, quedándome solo. Estaba tarde, podía hasta sentirlo.

—Le enseñaré un truco —dijo, señalándome hacia las ventanas —. Salid por cualquier balcón que encuentre en esta sección del palacio y lo dejará directamente en el patio.

Expulsé el aire con alivio, hice acto de reverencia y sin despedirme salí corriendo por el primer balcón que encontré. Afortunadamente tenía los escalones hacia el patio, donde pude ver desde lejos a todos los reinos ya en formación, mientras Marcus y su mano derecha daban el mensaje mañanero. No creo que haya sido casualidad, pero cuando me coloqué en mi lugar sentí que Marcus me miró con decepción por un momento, para luego culminar su discurso antes de que pudiera entender cualquier palabra.

—Estás bromeando —protesté, con mi respiración agitada.

Había llegado tan tarde que ahora no sabía a dónde iban todos, pero se estaban dispersando y rápido. *Maldita sea.*

—Te toca correr con el reino Ettezi, estás de suerte —dijo Lucas de la nada, detrás de mí.

—¿Cómo llegaste primero? —estallé, volteándome.

Lucas levantó un pequeño maletín.

—Encontré un uniforme nuevo, ¿no fue eso lo que me ordenaste?

—Olvídalo, Lucas —dije pasándole por el lado con actitud.

No fue hasta que vi su mirada confusa que me di cuenta de que me estaba desahogando con la persona incorrecta.

Sin preguntar nada más sobre el horario tuve que echarme a correr con uno de los grupos. Pude llegar a tiempo para escuchar al entrenador terminar de dar instrucciones, mientras mostraba en el mapa por dónde íbamos a correr. Gracioso fue ver a todos frescos, descansados y listos para la mejor carrera de la mañana, mientras ya yo me veía fatigado del agotamiento. Uno de los príncipes me miró confundido y traté de recomponerme cuando en realidad estaba ahogado.

Un disparo me hizo voltearme asustado, *¿qué rayos...?*

—Omhet, muévete —me ordenó Cheikh, *¿De dónde salían mis guardianes?*

Ah, el disparo era para iniciar la carrera. Cheick me haló por la camisa y me hizo correr más rápido de lo que podía. Para mi guardián era una rutina relajada, pero a mí me tomaba dos pasos llegar a uno solo de él.

—Tus piernas son largas —me quejé.

—Las del dragón lo serán aún más, mi señor.

Bufé, pero traté de mantener el paso.

El sol se levantó dándonos la bienvenida, mientras corríamos entre los árboles y los puentes sobre los jardines. El territorio dentro de los muros era lo suficientemente extenso para perderse y hasta para dar la impresión de que tenía su propio bosque. Los caminos estaban trazados, pero me enfocaba por no despegarme del resto que corrían delante de mí, cada uno con sus guardianes al rededor. Hasta se reían mientras trotaban, como si fuera un ejercicio tan sencillo, que no causaba reacción en ninguno de ellos.

Tenía que acercarme, me estaba quedando atrás. Quería ser parte del grupo, de ver bien sus uniformes y aprenderme sus nombres.

Hasta que tropecé con una simple rama y caí de frente.

Estaba tan fatigado, que Cheikh tuvo que halarme por mis ropas para ponerme de pie.

—¿Y es así como te quieres dar a conocer? —preguntó Cheikh, escuchándome jadear.

—Yo ni de niño corría —respondí, empapado de sudor.

Era un tipo delgado con más pelo en mi cabeza que cerebro. Debí haber hecho más ejercicio en mi vida, me sentía tan asfixiado.

Quería volver a Glacier.

Extraño el frío.

Quería sentir brisa de verdad y no el dichoso vapor subiendo desde el suelo.

—¡Sal del camino! —gritaron.

Me empujaron haciéndome caer... de nuevo. Me hubiese querido levantar, pero no solo el príncipe, sino sus guardianes casi me pasaron por encima, haciendo que me arrastrara fuera del camino. Sólo pude identificar al príncipe del reino Ettezi y llámenme paranóico, pero el empujón se sintió personal.

—Ya comienza a darse a conocer —dijo Cheikh, estirando sus brazos y piernas, como si estuviese listo para otra ronda de ejercicios.

—No de la forma que el rey quería —respondí, levantándome pesadamente. Me sacudí como pude y me quedé mirando por el camino entre los árboles como todos continuaron su ejercicio —. No de esta forma —repetí con frustración.

—Anda, a correr— me ordenó —. No puedes volver caminando, sería fatal para tu imagen.

¿Qué imagen?, hubiese querido responder, pero me limité a terminar la carrera en silencio. El pobre Cheick tuvo que explicarme hasta cómo respirar para poder rendir mi resistencia, posición de mis manos y hasta la forma en pisar era una en específica. El guerrero más importante de Glacier estaba enseñándole a un niño a correr. Podía sentir su entera frustración en sus órdenes, como si él, tanto como yo, no quisiera estar aquí.

Cuando llegué de regreso a la arena no encontré a ninguno de los tres reinos que se suponía que había corrido, más todos se dividieron en grupos con sus guardianes y se repartieron en diferentes estaciones. Esta sensación de sentirme siempre fuera de lugar estaba colmándome la paciencia.

Lucas y Shin me esperaban con toalla y jarra de agua en la mano, donde parte del agua me la tomé, pero la otra me la eché por encima. Necesitaba un momento de descanso y apenas había empezado. No me quedó más que sostenerme de mis rodillas a respirar profundo. Necesitaba calmar mi agitada respiración, ¿qué no había algún truco para eso también?

—Derecho, debilucho —me regañó Lucas.

En medio de una protesta traté de pararme derecho y controlar mi respiración. Me preguntaba si me veía tan mal a como me sentía.

—Oye, pequeño —me llamaron a mis espaldas.

Respiré hondo y limpiándome el cuello con la toalla me volteé. Era una princesa, una que había visto ya. Fue la doncella que paralizó todo el pasillo con su mera presencia del reino de Ettezi. Tenía su usual uniforme de entrenamiento; con su pantalón ajustado y camisa de botones. El mismo que usaban sus guerreros, con la diferencia de una medalla en su lado derecho. Su rizado cabello era castaño y sus ojos marrones me miraban con severidad, pero su tono de voz era agradable.

Al menos más agradable que la mitad de las personas que había conocido últimamente.

—¿A mí? —pregunté. Salió en un tono más alto de lo que pretendía, así que me aclaré la garganta y lo intenté de nuevo —. ¿Me estás hablando a mí? —se escuchó mejor, mi tono de voz varonil o eso trataba de aparentar.

No era común que una mujer de preciosa tez morena, caderas espectaculares y ojos grandes se dirigiera a mí.

—¿Hay otro pequeño por aquí? —preguntó ella con sarcasmo.

Rápidamente miré a Lucas a punto de señalarlo, pero él me fulminó con la mirada.

—Príncipe Omhet, a su servicio —me presenté, tragándome el chiste con dificultad.

—¿De dónde eres exactamente? —preguntó cortante. Sentí que todo lo que ella quería era averiguar quién era y no necesariamente tener una conversación. Bueno, al menos era algo. Esto era lo que mi padre quería, ¿no?

—El Reino de Glacier. Está ubicado en Timantti, la montaña más alta entre las cordilleras —dije con orgullo en mi voz.

Ella asintió, arrugando la frente como si me estudiara de arriba abajo.

—¿Te han obligado a venir? —preguntó, con pena todavía brillando en sus ojos. Le iba a responder, pero ella ni siquiera me dejó hablar —. ¿Necesitas ayuda? Puedo lograr que te dejen regresar a tu hogar.

—¿Qué? ¡No! —dije con una sonrisa, tratando de demostrarle que tenía todo bajo control —. Todo está más que bien, no se debe molestar ni en pensarlo.

—¿Seguro? Es que, me quedé preocupada cuando lo vi desmayarse ayer durante la bienvenida.

Me rasqué la cabeza.

—Verás, toda mi vida he vivido en menos de cuatro grados. El calor es nuevo para mí —explicaba mientras miraba el suelo, tratando de esconder mi vergüenza.

De repente, otro empujón. Esta vez logré sostenerme de Cheikh sin tener que caer.

—El calor, el correr, el ejercicio y hasta entrenar es nuevo para ti —respondió ahora el príncipe de Ettezi, el mismo que me empujó mientras corría. Él era tan deslumbrante como ella, pero la arrogancia detrás de sus ojos oscurecía su belleza —. ¿Qué rayos hace un niño tan débil con tres niñeras aquí? Es un poco humillante verte de un lado para el otro, niño.

Lo fulminé con la mirada. Iba a responderle con violencia cuando de repente ocho guerreros de su propio reino se posaron detrás de él. Eran personas altas, fuertes y con bastante probabilidad de ganar este ridículo juego. Me hizo recordar por qué ellos eran el mejor reino guerrero de la Unión y lo pequeño que era yo a comparación. Di un paso hacia atrás involuntariamente. Me sentí intimidado y acorralado.

—Karl, déjalo —le pidió la princesa —. Sólo vine para ver que estuviese bien.

—¿Bien? —repitió el tal Karl —. La niña es todo ternura, nada más —dijo y se echó a reír con tres más.

Mi mirada se oscureció. ¿Cómo es posible que tuviera que decirme las mismas humillaciones que me decía Guillermo? Cerré mis puños con rabia y cuando fui a responder, Cheikh colocó su mano sobre mi hombro, callándome de inmediato.

—Espero que cuando llegue el momento de atacar al dragón seas útil como carnada al menos.

No respondí. Si lo hacía, caería en más ridículo todavía, pues ni siquiera tenía las palabras correctas y mucho menos el cuerpo físico para enfrentarlo. Me había dado justo en mi punto débil, recordándome lo inútil que puedo ser.

—Perdona a mi hermano —se disculpó Khloe, empujándolo lejos de mí —. Karl, muévete.

—¡Déjame ver si llora! —protestó Karl, a carcajadas.

Me volteé, viendo que hasta Lucas se estaba riendo. *Claro que lo estaba.*

—No le hagas caso —dijeron a mi lado. Si no fuese por lo que estaba pasando me hubiese sorprendido de que fuese Shin quien había hablado. Desde que lo conocí apenas lo había hecho.

Quería escuchar su consejo, podía sentir que quería ayudarme y levantarme el ánimo, pero la humillación me dejó a la defensiva. Fingir que las palabras no molestaban era una habilidad que no siempre podía tener.

—Me da igual —respondí con hostilidad, moviéndome de su lado.

Caminé hacia la primera estación que vi disponible, sintiéndome perdido no por el hecho de que no sabía a dónde ir, sino porque pareciera que no pertenecía aquí.

Nunca había practicado artes marciales, levantamiento de pesas, esgrima, disparo de mosquete, ni tiro con arco y se esperaba que entrenáramos en todas esas disciplinas. Era fácil perderse en estos campos de entrenamiento y estaban sucediendo demasiadas cosas simultáneamente. Los entrenadores de todo Andebeck organizaron los grupos de cada representante en diferentes secciones, pero ¿cómo podrían acomodarme? Siendo el único en mi reino, salvo por tres inútiles criadas. Todos los demás parecieron haber traído sus propios entrenadores, guerreros y grupos para ser sus guías en cada categoría.

Escuché la risa de aquella princesa junto con su hermano, mientras eran presentados con las armas pesadas. Parecía que habían nacido para esto. Cuando mis ojos se encontraron con los de ella tuve que desviar la mirada, claramente sonrojado al haber sido atrapado mirándola a ella y a su hermano tan fijamente.

De todas las cosas que podían crecer dentro de mí vergüenza era la más peligrosa, pues el miedo se podía debatir con la práctica, pero la vergüenza podría hacer que te rindieras.

—Omhet de Glacier —escuché mi nombre de un entrenador de Andebeck —. ¿Ya hizo su evaluación?

—Lo haré ahora mismo, señor —asentí con respeto moviéndome al fin.

Estar detrás de cada participante hizo darme cuenta de que yo era uno de los más bajo del grupo.

—Príncipe Alexander de Atsoc, veintidós años —llamó el entrenador al único rubio de la fila —. *Lady* Odette de Nova Cerise, veinticuatro —llamó a la *lady* de la cabellera más blanca que haya visto —. Princesa Khloe de Ettezi, veinte. —Luego le hizo señas al próximo —. *Lady* Sani de la corte Sierra Adaza, treinta y ocho...

Una vez que comenzaron a llamarnos a cada uno por su nombre y edad, me di cuenta también que era el más joven. Tragué con ansiedad. Ninguna otra persona era adolescente, ¡por los cielos! esto se sintió como un ridículo error.

Era el turno del príncipe del desierto. El gran, inmaculado e intocable Reino de Ettezi. *Maldito* Karl.

Su evaluación incluyó pesas y, por lo que pude ver, se veían enormes. Tragando saliva, miré mis brazos. Mi fe comenzó a disminuir. Casi puse los ojos en blanco cuando el entrenador anunció que Karl se había ganado el título de hombre más fuerte de la competencia, ya que las pesas que había levantado eran las más pesadas de todas.

Así que, de momento, parecía que Ettezi era el favorecido, ¡pero vamos! Apenas era el primer día, ¿tenían que ser tan apresurados con su elección?

Esperé que se alejaran antes de acercarme al entrenador, pero éste ni me miró a los ojos, se quedó mirando su libreta con fastidio. Era el último, esto debería ser algo rápido y fácil para él.

Me acerqué unos pasos más y aclaré mi garganta. Nadie me observaba, estaban todos ocupados con la siguiente estación del día.

—Príncipe Omar —me miró con desdén.

Por supuesto, todos miraron en mi dirección cuando el entrenador me llamó. Permaneciendo delante unos segundos esperé su orden, mientras que por dentro estaba mortificado. ¿No podían todos dejar de mirar?

—Omhet —respondí entre dientes.

Apenas asintió y yo tuve que tragarme el insulto que quería darle. Me había convertido en nada más y nada menos que el circo del lugar.

—Los objetivos del lugar serán sencillos al principio —explicó el entrenador —. Al ser el primer día sólo quiero ver su capacidad y entonces le daré una rutina escrita para las próximas cinco semanas. Vamos a ver lo que puede hacer y lo que no, así puedo aconsejar por qué áreas debe comenzar.

Asentí, estaba listo.

—Comience con flexiones en barra fija. A ver cuántas puede hacer.

Observé la barra de la estación, hojeando rápidamente las herramientas y los bancos para levantar pesas. Y como siempre sucedía en Andebeck, todo se hacía bajo los duros rayos del sol. Recé para no desmayarme de nuevo, especialmente porque estaría haciendo flexiones en barra por primera vez en mi vida.

Respiré profundamente, tratando de concentrarme. Me sostuve de la barra con ambas manos, con mis piernas en el aire. *Bien, bien.* Ahora a lo siguiente. Intenté subir, utilizando la fuerza de mis omoplatos, de mis hombros, de mis gruñidos, de mis nalgas apretadas... pero no subí.

—Cuando esté listo puede comenzar —me dijo el entrenador, esperando a que comenzara. ¿Qué no vio que ya lo intenté?

Me dejé caer al suelo y respiré profundamente mientras me llenaba las manos de tierra para que no resbalaran. Volví a intentar las flexiones, levantando mi cuerpo con mis manos en la barra. Gruñí más de lo que subí, pero ahora sí pude subir un poco. Regresé al suelo, escuchando risitas cerca de mí. Me volteé, viendo al tal Karl con su hermana riéndose sin disimular. Esto no era bueno.

—¿Tienes algo más? —pregunté, tratando de ignorarlos.

El entrenador negó con la cabeza, escribiendo en su reporte. Tenía diferentes estaciones, seguro había algo que pudiera hacer, como tal vez levantar las pesas o hacer flexiones en el suelo. Arrancó el papel luego de unos minutos y me lo dio con rostro socarrón.

—Ya ha terminado su evaluación —dijo con prisa.

—Pero...

—¡Siguiente!

Cerré los puños alrededor del papel. Miles de cosas me pasaron por la cabeza a la vez, haciendo que gruñera entre dientes del enojo y lo injusto de esta situación. No ayudaba que mi público se doblaba de la risa, entretenidos por mis faltas y mi debilidad física. Sin poder hacer nada al respecto me marché de regreso a mis criadas, tratando de ignorar todo y todos. Debo admitir que, por una vez, se me hizo imposible ignorar la burla. Las carcajadas se volvieron cada vez más obvias.

Casi podía escuchar la risa de Guillermo luego de haberme cortado la espalda. Hice una mueca, sintiendo más que nunca la cicatriz en mi espalda.

Capítulo 8

Me di una ducha larga y tendida, tratando de prepararme para todo el caos que seguramente enfrentaría, pero incluso cuando cerré los ojos bajo el chorro de agua, todo lo que pude escuchar fue el entrenamiento retumbando en mis oídos. Los choques de espadas entre sí, las flechas lanzadas, las pesas al caer al suelo, los disparos de los mosquetes, los gruñidos de los que peleaban en la tarima, todo se mezcla en mi cabeza. ¿Y qué estaba haciendo mientras los guerreros entrenaban? Ejercicios de resistencia simples. Me sentía excluido, como si no fuera parte de la competencia.

Me apoyé contra la pared de la ducha, tratando de calmarme, esperando que el agua hirviente pudiera quitarme estos pensamientos por arte de magia.

No funcionó.

¿Qué haría si no pudiera encajar en este lugar? No podía volver con las manos vacías. De solo imaginar la reacción de mis padres y mis hermanos...

La vergüenza sería demasiado para mí. En ese caso, preferiría no volver a casa. Soy el cuarto hijo. El que nunca heredará la corona, ni será consejero del futuro rey, ni tendrá un asiento en el consejo. Guillermo nunca lo permitiría, de todos modos. El punto es que, estoy destinado únicamente para casarme con alguien que beneficie a mi reino. Y no me importaba, de verdad. Solía disfrutar siendo el sobrante de mi familia. No tenía responsabilidades como mis hermanos mayores y lo aproveché más de lo que me gustaría admitir.

Asistí a todos los festivales que celebró Glacier, con mi hermano Cayetano. Mi favorito era «El Festival del Beso» que se celebraba cada primavera. Es tan divertido... y bastante intenso. Durante mi cotidiana rutina, me escapaba de mis aburridas lecciones con Estefanía y nos perdíamos en la ciudad, no por horas, sino por días. Conozco cada tienda y muchas de las familias de mi reino, como si fueran parte de mí. A veces no cenábamos con nuestros padres por la hartera que nos dábamos en la ciudad.

En fin, mi rutina no fue para nada lo que mis padres esperaban de mí y tal vez ya se habían acostumbrado. Tal vez me vieron como el pequeño irresponsable Omhet que ni siquiera podía compararse con mis hermanos. No lo sé, y tal vez nunca lo sepa. Acepté mi destino y aproveché cada aspecto de mi desdicha al máximo.

Pero ahora... he encontrado un propósito y no puedo estropearlo. Por mi rey, no puedo.

Cuando salí del baño, mi ropa estaba sobre la cama y la miré con desdén. Incluso me molestaba vestir los colores de Glacier, así que me puse el uniforme de color neutro que encontró Lucas. Era ligero y refrescante. A pesar de las mangas largas, no sentí calor. Quería darle las gracias a Lucas, pero me encontré solo en mi habitación.

Se habían ido sin mí.

Miré alrededor de la habitación desolada por un momento, tentado a dejar que mi desgano ganara. Pero no. Hoy no. No *todavía*.

Por una vez supe a dónde tenía que ir sin perderme, yendo directo al comedor, pero vacilando antes de entrar. Podía escuchar a todos dentro acomodándose y por mucho que traté de recordarme que yo también era uno de ellos, mi mente me gritaba lo contrario. «No eres menos que los demás», me había dicho mi padre. Entonces, con la frente en alto, entré.

Había una gran mesa en forma de *"U" y* en el centro estaban Marcus y su hermana, socializando mientras todos se acomodaban. Me senté en una de las esquinas, tratando nuevamente de memorizar las caras y si podía, sus nombres. Era como un emocionante desfile de culturas frente a mí. Todos éramos tan diferentes, donde lo único que nos unía era la armonía y la promesa de que compartíamos una alianza. Cada reino lució sus colores e incluso sus banderas en sus uniformes. Creo que era el único que no llevaba nada de casa, ni siquiera una medalla.

Traté de socializar e incluso reírme de algunos de los chistes que escuché, pero sentí que todos me miraban y no de una forma agradable. Me di por vencido. En cambio, traté de distraerme observando lo que me rodeaba. Suspiré con frustración, pero seguí mirando alrededor, mientras jugueteaba con mi pulsera de hilo. Las cortinas doradas se abrieron y el candelabro sobre nuestras cabezas no necesitó ser encendida, porque sus cristales brillaban con los rayos del sol. Estudié las texturas de los manteles y los adornos de barro de la mesa. Este lugar gritaba lo exótico que era donde quiera que mirara.

Me di cuenta de que ya había tenido suficiente. No fue cuando el sirviente comenzó a atender a todos menos a mí, o cuando la conversación entre mis vecinos me seguía dejando fuera. No, fue cuando las personas sentadas a mi lado alejaron sus sillas de mí, dejando un gran espacio a mi alrededor. Fue entonces cuando supe que ya había sido suficiente.

Siete casas que no querían conocerme. Cuatro reinos que me miraban como la peste. Sin embargo, no podía culparlos, porque a veces hasta yo quería alejarme de mí mismo.

Dejé el pañuelo sobre la mesa, me levanté y me fui sin disculparme. Era todo lo contrario de lo que me habían enseñado en mi reino, rompiendo todos los protocolos de etiqueta en menos de un minuto. Era consciente de que incluso Marcus me había estado mirando, pero no me importó.

Aquí nadie esperaba nada de mí tampoco.

Caminé por los pasillos del palacio, admirando que hubiera un lugar como este, donde las alfombras eran de un color vino profundo y el techo estaba pintado como si fuera una enorme obra de arte.

Salí al primer balcón que encontré, para alejarme de los sirvientes que trotaban apresuradamente por los pasillos, solo para poder tener un poco de paz.

—Padre —susurré, mirando al vacío —. ¿Qué harías en mi lugar?

No obtuve respuesta a mi pregunta, pero en el fondo, sabía que esto era algo que tenía que descubrir por mí mismo. Respiré profundamente, mirando las montañas lejanas, pero, no fue exactamente el paisaje lo que atrajo mi curiosidad. Eran las ruinas, escondidas en las sombras proyectadas por las montañas.

Ocho meses para entrenar e invadir ese lugar desolado. Mis ojos se enfocaron, tratando de encontrar o ver un poco del legendario dragón, o alguna tipo de movimiento, por mínimo que fuese . Los latidos de mi corazón se aceleraron cuando me pregunté qué podría estar escondiendo ese lugar. Si tan solo pudiera ir y...

Sacudí esas cavilaciones fuera de mi mente y salí del balcón para dispersar esos locos pensamientos. A falta de una idea mejor, me dirigí al comedor destinado al personal de palacio, que por el momento estaba siendo compartido con los ejércitos de cada territorio. Este comedor no tenía decoraciones lujosas, ni mesas largas, mucho menos luces colgando del techo. El suelo de piedra resonaba cuando la gente lo pisaba, la única fuente de luz eran las ventanas abiertas y todos comían en bandejas de madera.

Fue un caos total. Ni una sola alma siguió la etiqueta apropiada. Se reían, hablaban en voz alta y usaban todos y cada uno de los utensilios disponibles para comer. Inmediatamente me encantó, sintiéndome más en casa aquí que rodeado de nobles. Con las manos dentro de mis bolsillos, me dirigí hacia mis tutores, que habían estado sentados juntos, terminando su comida. Ni siquiera me notaron, hasta que empujé ligeramente a Lucas para poder sentarme a su lado, en la larga banca. Se callaron como si hubiera interrumpido su divertida conversación.

—Omhet —me saludó Lucas—. ¿Estás bien?

Ellos no me rechazaron, pero parecían extrañados de mi presencia en ese comedor. Los únicos que visitaban este lugar eran guardianes, servicio personal del palacio y los ejércitos. Básicamente, cualquier persona que no sea representante.

—¿Qué quieres comer? —preguntó, levantándose rápidamente.

—No tengo hambre —dije desganadamente.

Lucas miró a Cheikh y a Shin. Creo que los tres se dieron cuenta de mi desgano, así que Lucas no dijo nada más y se retiró. No tenía ganas de hablar con nadie, sólo estaba esperando que pasaran las horas del desayuno para volver al entrenamiento.

—Esto te animará —regresó Lucas poniendo un plato delante de mí —. No es el mismo, pero sabe increíble.

Lucas colocó lo más similar al desayuno típico de Glacier: arroz dulce, con canela y uvas secas. Solo sentir el olor de especias me hizo sentir mejor. Estuve a punto de lanzarme al plato, cuando un resoplido me detuvo. Miré de reojo y vi los guardianes de Ettezi diciendo algo en su idioma mientras me señalaban. La paranoia me estaba ganando, maldita sea.

Por más que intenté ignorarlo, no pude. ¿Y qué si se daban cuenta a mi alrededor que me trataban como un crío? Preferiría que me dieran comida de lata, fría, con una cuchara, de esos de baja calidad, como hacían las inigualables milicias.

—Lucas, si me tratas como mi madre jamás dejarán de verme como un niño.

—Mira el lado positivo, al menos no tienes que pasar las estaciones con el estómago vacío —dijo, dándome un codazo para animarme.

Tirando la etiqueta por la ventana más cercana, dejé caer mi rostro en la mesa, cansado de tanto que había sucedido en tan corto tiempo. Solo necesitaba un minuto. Un momento nada más para volver a ser el gracioso y sarcástico Omhet de siempre.

—Necesitas levantarte —me dijo Shin, parecía nervioso.

—¿Levantar mi espíritu o mi cabeza? —pregunté con sarcasmo.

—Las dos, *ahora.*

No supe por qué pareció tan apremiante, hasta que escuché a Cheikh hablar.

—Su majestad, le cedo mi asiento —dijo, poniéndose de pie.

Vi a Cheikh levantarse, dejando a la hermana de Karl sentarse delante de mí. Estas mesas eran más pequeñas, así que acerqué mi plato más hacia mí para darle espacio. No la miré, fingí que no estaba, mientras jugaba con la comida en mi plato.

—Princesa Khloe —se presentó.

La miré y asentí. Luego volví a mi desayuno. Ella parecía que quería buscar conversación, pero a mí se me habían ido las ganas hasta de decir un chiste. Algo nuevo en mí, la verdad.

—¿Se siente bien? —preguntó Khloe a Shin.

Mi guardián la miró, pero al parecer, cuando se encontró con sus ojos se volvió temeroso, porque no se atrevió a responderle. Increíble, tras su faceta de serio, es tímido *también*. No sabía si se había paralizado por su belleza, por ser princesa o simplemente por tener a alguien que se haya atrevido a hablarle directamente.

—¿No se supone que estés en el comedor real? —pregunté, para que dejara de hablarle a mi guardián.

Ella me miró, viendo lo serio que estaba ahora. Shin pudo volver a respirar al ella despegar la mirada. Pobre chico, la princesa lo puso nervioso.

—Debería —asintió como si nada y añadió —: pero te vi salir. Quería saber que estabas bien.

Ella me seguía como una madre seguía a un niño, haciendo que apretara más mi mano en mi plato.

—Príncipe Omhet —me llamó Khloe —. ¿Puedo saber qué hace aquí, en esta competencia?

Puedes hacerlo. Solo responde como si nada.

—Mi rey quería a alguien para representar la familia. Heme aquí, me ofrecí de voluntario. Nada más —respondí y volví a mi plato para desayunar. O intentarlo.

—¿Quiere estar aquí? —preguntó. Al parecer no entendía nada o tal vez que fuera yo quien esté representando a mi reino no tenía sentido para ella.

Para nadie...

—Sí, sí quiero estar aquí.

¿De verdad quiero estar aquí?

¿Debería regresar para evitar más humillaciones?

No pertenezco a este lugar.

—Mi cuerpo demuestra lo contrario, pero, sorpresivamente, quiero estar aquí —insistí, no sé si a Khloe o la hostil voz en mi mente.

Ella asintió y sonrió un poco.

—Puedo ayudarle— se ofreció y no sé si sentí lástima o pena en su voz, pero me interrumpió el resto de mi comida. —. Podemos entrenar juntos luego del desayuno.

De repente, me di cuenta de que mis tres guardianes corrieron detrás de Khloe en silencio y comenzaron a asentir y a hacerme señas para que aceptara.

«Te tiene lástima», escuché la voz de Guillermo. *Oh, no.* Esa voz no. Prefería la de mi padre, o la mía propia por más deprimente que fuera, pero no la de mi hermano.

Cerré los ojos y respiré hondo. No debí haber salido hoy de mi habitación.

«¿Qué ganaría un reino tan poderoso como Ettezi ayudándote? Está jugando contigo, pequeño», insistió la voz de Guillermo.

¡Cállate!, le grité, sintiendo mi pierna temblar bajo la mesa.

—Estoy bien —estallé y me puse de pie, malhumorado. Habiendo dicho eso me fui, dejando la comida en la mesa.

—Ya veo que su reino no es lo único frío en Glacier —la escuché murmurar mientras me alejaba.

Aunque algo en mi interior me gritó que me detuviera y le pidiera disculpas, no pude hacer más que alejarme de todos.

⊱⋅ ──────── ⋅⊰

Brillante, Omhet, lo arruinaste de nuevo, pensé con frustración.

No regresé, porque sabía que ahora mismo no iba a poder arreglar nada. Primero tenía que recomponerme antes de intentar cualquier otra cosa.

Todavía quedaba tiempo hasta que los representantes regresaran al campo, así que aproveché para recorrer la arena yo solo. Estación por estación, pude ver las mesas preparadas con armas, herramientas de ejercicio y hasta había una carpa con manuales de supervivencia ¿Quién hubiera pensado que se habría hecho tanta organización por un dragón que, probablemente, ni siquiera existe? Agarré una de las espadas, pero se sentía incómoda en mi mano, así que la dejé caer sobre la mesa. Recuerdo lo que esa cosa me hizo. Recuerdo el baño de sangre y mi llanto. No hubo nadie para salvarme...

Nadie, excepto Guillermo, con la espada chorreando, mirándome desangrar.

Pensé que iba a morir.

¡Basta! Juraste no pensar en eso hace ocho años, me recordé, enterrando mis recuerdos en el fondo de un abismo.

Quiero salir de aquí, pensé, cuando me volteé y me topé con Shin, como si me hubiese estado observando todo este tiempo.

Me sorprendió ver que me había seguido hasta aquí y ahora estaba recostado en una mesa cercana, contemplando la arena de manera relajada. Su cabello negro y liso se movían al viento delante de sus ojos, mientras me observaba. Le devolví la mirada sólo unos segundos. ¿Por qué era él el que estaba aquí? Su seriedad era su sombra y, a veces, parecía que no le gustaba estar cerca de mí. *Pero está aquí*, por eso descarté semejante pensamiento.

—Déjanos ayudarte, Omhet —pidió Shin y no sentí lástima en sus palabras, al contrario, lo sentí preocupado. —Todos los reinos trajeron sucesores y consejeros de guerra, no seas testarudo, no podrás hacerlo tú sólo.

No respondí. Me estrujé el cerebro tratando de encontrar una forma de que él me ayudara. No era como que él pudiera agarrarme por las piernas para hacer flexiones, o hablar por mí para entablar conexiones para mi reino. *Por cierto, ¡buen trabajo al arruinar tu primera oportunidad con la princesa del desierto, Omhet! Mierda...*

—¿Quieres enorgullecer a tu padre, a tu reino?

—¿Cómo? —interrumpí —. Apenas corro lo suficientemente rápido para alcanzar al más lento de todos.

Shin suspiró. Podía ver que no sería fácil y eso me desganó más.

—Olvídate de correr. No estás aquí para para eso, sino para...

—Sí, sí, ya sé, para hacer aliados

Rascando su quijada, pensativo, Shin añadió:

—No sé tú, pero creo le debes una disculpa a la princesa Khloe.

Bufé. Como buen idiota arruiné el chance que tenía con Khloe.

—Si mi padre me hubiese visto hace un minuto atrás, me deshereda.

Khloe era el mejor aliado que podría conseguir y lo acabé de arruinar siendo el tipo más hostil de todos los reinos. Podía hasta imaginar la voz de emoción de mi padre al escuchar que mi primera amiga era la princesa Khloe, del reino Ettezi. Bailaría de la emoción, pues el reino era uno de los más importantes de la Unión. Y lo acababa de estropear y ofender el chance, sin siquiera pedir disculpas. Ella no tenía la culpa de mis inseguridades o mi falta de entrenamiento.

¡Por los dioses, qué estúpido fui!

—Tengo fe en ti —Me eché a reír, incrédulo. Nuevamente suspiró ante mi reacción —. Omhet, aquí todos creen que se necesita ser el más fuerte para acabar con la bestia, pero yo pienso que quien culmine con la maldición de este reinó será el más inteligente.

Miré a Shin. No vi ni un poco de broma en su cara. Para mí pareció un filosófico sin remedio, alguien que estaba usando palabras bonitas para quitarme la cara de rendición que tenía.

Sin embargo, funcionó. Se me escapó una pequeña sonrisa, dándole las gracias con un asentimiento por sus palabras. La sonrisa duró poco, cuando la trompeta sonó haciéndome brincar. Los representantes comenzaron a salir poco a poco, más despiertos que nunca. Marcus de nuevo se paró sobre la tarima, recordando el calendario pautado para hoy y dando por comenzado otro día de entrenamiento.

Mientras tanto me quedé espetado en aquel rincón, viendo a los reinos en formación, escuchando todo lo que Marcus tenía que decir en ese gran comienzo. Nadie se dio cuenta que faltó un reino en aquella fila. Así que disfruté un poco de ese momento que nadie me procuraba y me quedé recostado, escuchando las palabras inspiradoras del gran Marcus.

Mientras eso sucedía, rebusqué en mis bolsillos el papel que me había dado el entrenador. Al leer su contenido, se me escapó un gruñido: solo ejercicio de resistencia y levantar pesas pequeñas para acomodar mi fuerza. Fue una elección lógica y un gran punto de partida, pero ¿estaban olvidando que nos enfrentaríamos a un miserable dragón en ocho meses? Este saco de huesos necesitaba algo más que ejercicios de correr y pesas pequeñas. Necesitaba un milagro, una estrategia, una señal, algo más productivo que esto.

—Anda, vamos a comenzar —me ordenó Shin, cuando notó que no me moví de mi lugar. Marcus se estaba yendo, los restantes estaban comenzando su día de entrenamiento. Mientras tanto, mi cuerpo había elegido quedarse donde estaba.

La frustración aún me atravesaba. ¿Podría posiblemente adelantar el tiempo y saltarme los próximos miserables meses que me esperaban? Quería ir a un tiempo y lugar donde fuera más fuerte, resistente, con un ejército de mil personas a mis órdenes y no estas tres niñeras.

Cuando mis pies finalmente decidieron moverse, seguí a cada representante hasta la primera estación. Estábamos en camino para prepararnos para la batalla más grande que cualquier nación haya visto jamás y para unirnos contra el dragón, como hermanos de armas para liberar a Andebeck de su maldición. O al menos así se suponía que debía ser, ya que faltaba ese sentido de hermandad. En cualquier caso, comenzaríamos lo que todos esperábamos con ansias, con la esperanza de un futuro mejor, lleno de paz y armonía, unidad y camaradería. Nos convertiríamos en grandes guerreros, pasaríamos de niños a hombres y de invisibles a visibles.

Al fin, comenzaríamos el gran y temido entrenamiento...

—Buenos días, siéntense por favor —ordenó el entrenador.

¿...*sentado* en un pupitre?

Después de ese discurso épico en mi mente, este encantador entrenador acababa de rociarme con agua fría con la orden de que nos sentáramos como alumnos en clase, debajo de la carpa blanca. No fui el único que se quejó, pero fui el único que no tomó asiento. Estaba perdido, lo juro. ¿Marcus había mencionado esto? ¿O había estado tan distraído con mis pensamientos que me perdí esta parte?

—Bajo la cubierta del pupitre encontrarán pluma y papel —continuó el entrenador —. Todos los días, después del desayuno, tomaremos clases que se extenderán por cuatro horas. Tendremos talleres de estrategia militar y combate, lecciones de historia...

—¿De historia? —repetí, a punto de un colapso.

—¿Algún problema con la historia? —preguntó.

Juré que lo había susurrado lo suficientemente bajo como para que nadie escuchara. Me pasmé por un segundo.

—Lamento interrumpirlo, entrenador.

—¿Entrenador dijo? —me interrumpió —. Soy el General Méndez, el segundo al mando militar, príncipe Omar.

¡Omhet!

—Mis disculpas, General —dije mientras algunos se reían de mi desdicha. Karl, naturalmente, era parte de esos algunos —. Es sólo que, me parece inútil aprender de historia.

El general entrecerró los ojos, se acomodó sus gafas y me volvió a mirar, tratando de ser paciente conmigo. Notaba que ya quería echarme y i siquiera habíamos comenzado.

—¿Y qué es útil para usted, si se puede saber?

Me aclaré la garganta, no sabía qué contestar.

—Bueno... —lo pensé un segundo —. Puntos débiles del dragón, manejo de armas, primeros auxilios en caso de quemadura de tercer grado...

—Damas y caballeros —interrumpió el General, señalándome —. Tenemos al futuro rey de Andebeck, quien logrará vencer al dragón y ganar la corona. Creo que él podría comenzar desde ya a tomar control —dijo con severo sarcasmo —. ¿Gustaría subir al podio?

Me mordí los labios y lentamente me senté en el pupitre, al fin. Lo último que quería lograr era que los demás me siguieran mirando como el bufón de la competencia... como estaba haciendo ahora mismo.

—Bien, ya que las interrupciones han terminado, comencemos con lo importante.

El general comenzó su lección con una breve explicación de la cultura y la fundación de Andebeck. Apenas noté cuándo comenzó a explicar lo que cada uno de nosotros estará haciendo en su sección. Fingió que nuestro pequeño altercado no sucedió, pero oh, cómo siguió hablando. Al general le gustaba demasiado el sonido de su voz, no se callaba.

—Para ganar esta competencia deben dominar cada una de las estaciones establecidas en estos terrenos— nos recordó —. De acuerdo con lo estipulado en la fase de evaluación y con lo que se indique después en las instrucciones, elegirá una estación adecuada a sus necesidades y solo cambiará a una nueva cuando la primera haya sido marcada como aprobada —. Unos cientos de palabras más y luego nos pidió que lo siguiéramos de regreso a los terrenos. Volviéndose hacia nosotros, añadió —: Les deseo buena suerte durante su entrenamiento. Y que gane el mejor reino, por el bien de Andebeck.

El grupo saludó al general y luego se dispersó a sus estaciones preferidas. Mientras, le seguí con la mirada, confundido todavía de por qué teníamos que tomar clases de historia.

—¿Comenzamos con lo fácil? —apareció Shin a mi lado.

Cada estación estaba ocupada, así que, después de que mis ojos se fijaron en una disponible, me acerqué a la estación de tiro con arco. Me avergoncé de nunca haber empuñado un arco antes, por eso mi curiosidad cobró vida en el momento en que noté al representante de la corte de Nordem, entrenando con el arco. Lo miré y la forma perfecta en que manejaba el arma. No sabía mucho sobre él, ni siquiera su nombre, pero al menos había reconocido el color de su uniforme. Los colores de Nordem eran azul marino y negro. Se decía que eran los mejores al arco y flecha, y su pasatiempo favorito era cazar en el bosque.

—*Lord* Pierre, de la corte Nordem —me recordó Shin, al ver cómo me le quedaba mirando —. Sería tremenda ayuda si logra ser nuestro aliado.

Asentí, hipnotizado por la forma en que Pierre se preparó para tirar de la cuerda. Parecía tener alrededor de treinta y tantos años, o eso parecía debido a su abundante barba donde la mitad de su rostro estaba cubierto por ella. Movió ligeramente la cabeza para dejar que su cabello amarrado cayera detrás de su hombro y se preparó para lanzar. Parecía tan seguro de sí mismo cuando su espalda se enderezó y miró al blanco. Con respiración controlada, dejó volar la flecha y dio justo en el blanco. Sus guardias aplaudieron suavemente.

Miré a Shin, sorprendido.

—Lo hace ver tan sencillo —comenté en voz baja.

Pierre bufó.

—Llevo desde los cuatro años con mi propio arco y flecha —dijo en tono severo —. Por supuesto no puedo decir lo mismo de ti.

—Lo siento, no quería...— Shin me dio un empujón por la espalda, interrumpiéndome. Cuando le miré, me estaba fulminando con la mirada. Al parecer dije algo malo de nuevo.

—Díganle al entrenador que me busque un reto, estoy aburrido —dijo Pierre a sus guardias, yéndose con actitud.

Rascándome la cabeza, me pregunté qué había puesto de tan mal humor a todos en esa mañana. Elegí ignorarlo y agarré un arco. Olvidé las recomendaciones escritas para mí por el entrenador, no me importaba en estos momentos ir a correr o lo que sea.

El arco era pesado, estaba hecho de madera y estaba cubierto con una pintura oscura. Estaba fascinado por la hermosa arma.

—Señor, le recuerdo que todos en este lugar están en un instinto de competencia —me dijo Shin. —. Todos están a la defensiva, tratando de aplastar a los débiles e intimidar a los más fuertes.

—No me intimidan —bromeé.

Shin puso los ojos en blanco. Sabía que odiaba mi broma, pero, no pude evitarlo, me gustaba hacer reír a la gente, aunque fuera un poco. Quería escuchar a Shin reír. Toda esa seriedad tenía que ser considerada una enfermedad, lo juro. Tal vez algún día lo haría. Por ahora, mis ojos se movieron hacia el objetivo. Estaba a unos metros de distancia, pero tuve que cerrar un ojo para enfocar mejor, o al menos pensé que así funcionaba.

—No cierre el ojo, déjelos abierto.

Suspiré y volví apuntar al blanco.

—Incline su torso hacia un lado, apunta el blanco —me ordenó —. Luego ponga la espalda derecha y respire profundamente antes de disparar.

Miré el blanco, respiré profundo y solté la flecha. Cayó justo delante de mis pies. Ni siquiera lo había puesto en la cuerda apropiadamente. Shin cerró sus ojos con frustración, parecía como si se avergonzara.

—De nuevo —me pidió, pinchándose la nariz.

Estiré mi cuello de un lado para el otro, preparándome para el siguiente lanzamiento. Suspiré cuando solté la flecha de nuevo, viendo cómo se unió al primer tiro en el suelo delante de mí.

Este día iba a ser eterno.

Capítulo 9

El séptimo día se convirtió en mi día favorito porque era el único día que tenía para mí. Podía ver a los representantes saliendo de las puertas del palacio desde mi balcón, notando cómo se formaban alianzas en beneficio de sus reinos. Escuché rumores de que Nordem había unido con Atsoc y Sierra Adaza se unió con la gran isla de Puerto Escondido. Parecía que el único reino sin un aliado era el mío. Me quedé pensando en todo esto y en cómo no ha habido ningún progreso en los últimos días, mientras veía a todos irse en grupos. Me di cuenta de que ya se sentían cómodos viviendo aquí.

Regresé a mi habitación dejando la puerta del balcón abierta. Y allí estaban mis tres niñeras, hablando en voz alta mientras hacían bromas entre sí, en la habitación de al lado. Habían creado una relación familiar, mientras que yo ni siquiera tuve tiempo de hacer amigos. Todo el tiempo interactuaban... bueno, Lucas era el que más hablaba. Cheikh escuchó como un padre, pero Shin aprovechó cada oportunidad que tenía de dormir, con la nariz metida en las mantas. Y lo más extraño de todo era cómo dormía donde fuese que encontrara un lugar; en ese momento, estaba en su pequeña cama con la cabeza cerca del borde y los pies colgando del otro.

Sonreí un poco y me alejé de ellos, caminando por mi amplia habitación. Ese primer día libre lo tomé para sentarme frente a mi escritorio, abrir mis cartas y leerlas, mientras jugueteaba entre mis dedos, con la pulsera de hilo. Nunca me quitaba mi pulsera, era lo único que tenía de mi reino.

Tenía varias cartas acumuladas, tomándome mi tiempo en leerlas y sonreír con melancolía en cada una de ellas. Me escribieron todos... menos Guillermo.

Mi padre me recordó cada tontería y reglamento que debería seguir en todo momento. Mi madre básicamente me dedicó un poema espiritual, en nombre de nuestra religión Krea para darme fuerza para el resto de mi entrenamiento. Cayetano me suplicó que regresara comprometido, o no me permitiría regresar. Me reí bastante con él, ¿acaso a Cayetano se le olvidaba mi edad? ¿cuál era la prisa, por los cielos?

Sin embargo, la de mi hermana Estefanía fue mi carta preferida.

Querido Omh,

Conozco tu corazón y sé que debes estar a punto de salir corriendo, si no es que ya vienes de regreso. Si necesitas una razón para quedarte, lee esta carta cuantas veces quieras y entiende que ninguna cosa extraordinaria llega sin sacrificios. Lucha con todo, aunque ya no puedas más. Entrega tus fuerzas, tus emociones, hasta tus lágrimas, pero no te rindas, porque te arrepentirás si te das por vencido. Somos Espinhos, no nos rendimos. No somos menos que nadie.

Frente en alto, ahnani.

Ahnani. Significa hermano mayor, pero no cualquiera, sino aquel al cual admiras, al cual ves con el mismo valor que ves a un padre. Estefanía nunca ha llamado Ahnani a Guillermo, mucho menos a Cayetano o Rodrigo. Me hizo respirar profundo y cerré mis ojos tratando de calmar mis emociones. No sabía cuánto necesitaba que alguien me dijera algo así, por eso tomé la pluma, la mojé en la tinta y le respondí la carta:

Querida Nina,

A ti no puedo mentirte. Quiero rendirme, pero no podría mirarte a los ojos si lo hiciera. No se trata del esfuerzo físico, pero de la presión de querer ser visto como los demás. Quiero proyectar el orgullo de Ettezi, lo extrovertido de Puerto Escondido y la valentía de Atsoc, pero es como si hubiese personificado la falta de visibilidad de Glacier en el mundo. Daré todo de mí, por ti, por los reyes de Glacier y por mí. Te lo prometo.

Fue la única a quien le escribí una carta. La doblé, le coloqué el sello de cera para cerrarla y la dejé en la bandeja para que el servicio se la llevara. Me quedé un rato recostado mirando por la puerta abierta del balcón, escuchando la esporádica risa de mis guardianes.

Tal vez no era parte de ninguna alianza en particular, pero pensé que debería comenzar por lo más sencillo; conocer a mis guardianes. Así que me levanté con pesar, deslicé la puerta y me asomé al pequeño cuarto. Shin seguía dormido en el mismo lugar, como si ni respirara. Cheikh y Lucas estaban sentados en el suelo y se interrumpieron tan pronto me vieron.

—¿Necesita algo, señor? —preguntó Lucas.

Me senté cerca de ellos, con la espalda contra la pared y mis piernas chocando con las de Lucas debido a lo reducido. Era una habitación pequeña *dentro* de mi habitación, para que pudieran permanecer cerca de mí todo el tiempo.

—El rey me dijo que sabías mucho de la Unión —dije en tono jovial —. Me gustaría aprender de los reinos a los que me enfrento.

Hubo una pausa y temí que no me contestara.

Me sentí peor cuando Cheikh se levantó y salió de la habitación. Casi hago lo mismo, porque lo último que quería era molestar. No debí haber entrado. Debí haberme quedado escribiendo cartas.

—Pensé que nunca lo preguntarías —respondió Lucas con una sonrisa alegre.

Le encantaba hablar. Incluso se acomodó mejor en el suelo y habló sin darse tiempo a tomar aire. En resumen, tenía tres cortes disponibles y Lucas hizo todo lo posible para explicármelos.

—Creo que Nova Cerise es la mejor opción. Es el único territorio que usa magia, pero son pacíficos y no tienen intención de pelear como usted —dijo Lucas.

—No quiero ser pesimista, pero somos bastante inútiles como aliados. ¿Qué harán dos territorios juntos si no podemos pelear en la batalla?

—Oh, te lo aseguro, hay muchas estaciones que pueden participar en una batalla que no necesariamente tienen que estar en el campo de pelea —respondió Cheikh.

Cuando volvió a la habitación tenía dos tazas calientes en la mano y se detuvo a mi lado para ofrecerme una. Lo miré por un momento, para asegurarme de que la taza fuera para mí. La tomé y él se sentó frente a nosotros.

No se había marchado para estar lejos de mí. Sólo se fue a prepararnos una bebida. Es... lo más generoso que ha hecho por mí. Reprimí una sonrisa y aunque no puedo decir que me gustara el té, lo bebí e incluso lo disfruté. El té de jengibre podía ser amargo, pero cuando se endulzaba con miel podía llegar a ser agradable. Como Cheikh.

Cheikh interrumpía cada vez que podía, corrigiendo a Lucas hasta que terminaron discutiendo. Escuché con una sonrisa, dándome cuenta de que estos tres no eran tan malos después de todo. Por eso no me quejé de estar en ese cuartito, aunque el mío era mucho más cómodo. Me recordó a casa. Solíamos sentarnos en el suelo, lo más cerca posible durante el implacable invierno para intensificar el calor corporal que, a veces, ni siquiera la chimenea era capaz de emular. Así que me relajé y disfruté la tarde como solía hacerlo en casa con mi familia.

❧❦❧ ❦❧❦

Otro día más de entrenamiento que acabó conmigo por dentro y por fuera. Caí en mi cama a las doce de la noche con solo cinco horas restantes para dormir. Estaba empapado de sudor y quien tocara mi cabello podría sentir la tierra enredada hasta en mi nuca. Estaba hecho un asco, pero no me bañé, no me importó. Simplemente cerré los ojos con la respiración agitada y cansada. Se culminó mi primera semana en Andebeck, pero mi cuerpo lo procesó como si fuese un mes por el dolor que sentía en cada uno de mis músculos. Por primera vez no me molestaba el bullicio de mis guardianes en su cuarto, ni siquiera me molesté en quitarme las botas. Estaba totalmente reventado de adentro para afuera.

La rutina no había cambiado en los últimos días. Las estaciones permanecían en lo mismo, pero la intensidad se había vuelto creativa... *muy* creativa para mis gustos y para completar no podía regresar a mi habitación hasta que cumpliera con mis objetivos. Lo más triste era ver como todos los reinos ya terminaban a las seis, mientras yo siempre era el último en terminar casi a la media noche. La mayoría de las veces me dejaban retirar por pena, no porque haya terminado todos mis objetivos del día.

❧ ☙

Cuando la trompeta sonó la mañana siguiente no reaccioné.

Apenas podía escuchar el sonido del cansancio que tenía. Cuando abrí mis ojos los tenía rojos y pesados, hasta me dolía parpadear. Sentía que tenía pesas amarradas a mis extremidades, ¡no podía moverme! Mis tres guardianes me apuraron para levantarme, así que lo intenté. Realmente lo intenté. Arrastré mis pies hasta la ducha, quedándome bajo el chorro de agua por más tiempo del que necesitaba. Mis ojos se cerraron bajo el chorro caliente, los músculos laxos y exhaustos.

—¡Omhet! —me gritó Cheikh.

—Ya terminé, ya terminé —mentí, con mis ojos cerrados.

Con cada entrenamiento que pasaba, más se agotaba mi energía cuando pensé que me volvería más fuerte. Esto era ridículo, y tan solo pensar que esto era a penas el comienzo me daban ganas de gemir de frustración. Me ayudó imaginarme gritándole a Marcus: *¡Vamos a matar al dragón ahora! Hagamos una emboscada* *con todo el ejército y dividid Andebeck entre los reinos sobrevivientes.* No tiene sentido, ¿Por qué esperar?

Cuando llegué al comedor ya iban a mitad de desayuno. Sus voces eran fuertes compartiendo una camaradería que yo no había comenzado. Suspirando me senté en la silla más lejana, como de costumbre, esperando que los servidores pusieran un plato de comida. Nunca se acordaban de que yo estaba allí. Tal vez fue porque estuve callado todo el tiempo, o tal vez habían elegido ignorar mi existencia, pero siempre se tomaban su dulce tiempo para atenderme. Bostezando, traté de captar su atención saludándolos.

Hasta que, al fin, un mozo se posó a mi lado después de diez minutos esperando.

—Lo siento señor, el desayuno acabó —me dijo, mientras los reinos comenzaban a ponerse de pie.

Quería gritar, pero me tragué mis palabras. En cambio, me levanté después de tomar una manzana de un frutero cercano. Caminando detrás del grupo me di cuenta que había pasado de ser una broma a ser un fantasma. Como un chiste que contabas constantemente hasta que perdía todo su humor. Debería estar agradecido por el indulto, pero ser invisible me molestaba aún más. Hablaba mucho sobre lo importante que era mi presencia para el resto de ellos, lo que no presagiaba nada bueno para mí.

Que fastidio.

Por lo menos no era lo único que había cambiado en mi nueva rutina. ¡Ya levantaba pesas! Mi masa muscular estaba respondiendo, al fin algo positivo que contar. El saber que pronto podría volverme más fuerte de lo que una vez fui me daba esperanzas de que no todo estaba perdido.

Mientras tanto, continué mi entrenamiento con arco y flecha.

Una flecha se fue volando hacia la otra estación, espetándose en la columna de madera. Muchos jadearon, pues casi le daba a alguien.

—¡Omhet! —me gritaron desde las carpas.

—Lo siento —dije apenado.

Escuché una risita a lo lejos. No tuve que voltear para saber que era Khloe. Pensé que se reía conmigo, de modo que le devolví la sonrisa, pero ella me fulminó con la mirada y siguió su camino con sus guardianes. No, no se reía conmigo, se reía de mí.

—¿Cuándo piensa hacer un amigo? —preguntó Shin, posándose a mi lado con una taza de té. Shin siempre estaba detrás de mí cuando de entrenamiento se trataba. La verdad, me había acostumbrado a estar a su lado más que a los otros dos tontos que se pasaban en la caseta, comiendo panecillos y bebiendo café.

Miré a Khloe disimuladamente, viendo que entrenaba en la tarima de las artes marciales. Se veía muy flexible dando esas altas patadas...

Miré a otro lado cuando me atrapó observándole.

—¿No has escuchado de Ettezi? Si le pido perdón me rompe la cara—respondí mientras colocaba la flecha en el arco.

Espalda derecha, pecho hacia afuera, pies alineados hacia un lado, vista fija y respiración controlada. Solté la flecha y fue directo al círculo, pero no dio en el centro. Puse mala cara, pero en el fondo estuve feliz que al menos pude darle al objetivo.

—Mientras más pasa el tiempo, más se alejará la gente de usted.

Solté la siguiente flecha y dio un poco más cerca del centro. Repetí mis movimientos en mi mente, pensando qué podría mejorar. Shin me levantó más los codos y hasta me corrigió la mirada empujándome por la cabeza.

—¿Qué quieres que haga? —le pregunté en tono sarcástico, apuntando al centro lo mejor que pude —. ¿Qué vaya a donde está y la hostigue con mi presencia hasta que ceda? —solté la flecha, pero esta vez se espetó en el suelo. Gruñí y agarré otra.

—Quiero que vaya y se una en combate contra ella.

—¡¿Qué?! —grité, sin darme cuenta de que dejé la flecha volar en mi asombro.

Golpeé en el centro por primera vez. No pude evitar dejar escapar un pequeño grito de alegría.

—Tome ese tiro como una confirmación —dijo Shin antes de beber más té.

Suspiré de nuevo, levantando mi cara al cielo. *Un milagro, por favor,* supliqué al más allá, como si pudiera resolver todos mis problemas con mi llamada desesperada. Al final, llegué a la conclusión de que, tarde o temprano, tendría que moverme y hacer aliados. Ya había establecido que no puedo enfrentar a mi padre con las manos vacías.

Prefiero morir por la golpiza que Khloe me iba a dar cuando le pidiera perdón.

Con eso en mente, dejé caer el arco en su lugar en el estante y me dirigí hacia la estación en la que Khloe estaba. Su ropa había sido confeccionada para el ejercicio y tenía guantes de cuero que protegían sus manos. El sudor goteaba de su frente mientras luchaba vorazmente. La mujer tenía energía, sin duda alguna. Ella esquivó a su entrenador y lo pateó lo suficientemente fuerte como para tirarlo al suelo.

—¡Terminado! —gritó el entrenador —. Eso fue perfecto, Princesa.

Agarré un par de guantes negros para hacer ejercicio y me los puse, con cuidado de proteger mis manos de lo que, sin duda, sería una pelea atroz. Sin una palabra, subí a la plataforma, ajusté mi equipo y me estiré un poco.

Los ojos de Khloe me miraron con una seriedad que me heló, mientras se enderezaba en toda su altura.

—Hay gente haciendo fila —dijo ella con actitud. Realmente esta mujer era rencorosa. Desde que la traté con hostilidad me ha evadido como si fuera una plaga. Tenía que convencerla de que esta vez sí estaba siendo sincero, cueste lo que cueste. Eso era lo que mi padre hubiese querido.

—En invierno el dragón no esperará el turno de nadie —le recordé, posicionándome para pelear.

Ella bufó, cruzándose de brazos. Me miraba como si yo fuera un insolente.

—Bien —gruñó Khloe al darse cuenta de que no me bajaría de la tarima —. Terminemos con esto.

Esperé que esto redimiera mis previas acciones. *Heme aquí, señorita, pidiendo perdón de la única forma que usted entendería, por lo visto.* Mi corazón se aceleró al momento en que ella se posicionó, adrenalina reemplazando mis nervios.

No era la primera vez que peleaba, ya tenía bastante experiencia con mis hermanos. Especialmente con Guillermo. Sin embargo, sí era la primera vez que luchaba contra una mujer. Las expectativas de cómo tratarla estaba en guerra con mi nuevo cometido, pero no podía dejar ir esta oportunidad. Sabía que, si no actuaba ahora -gracias al empujón de Shin-, nunca lo haría. Necesitaba ganarme a Khloe, necesitaba permanecer positivo.

Y sinceramente, estaba ansioso por marcar mi lugar en esta competencia ¿Y qué mejor oportunidad que ésta? Quería demostrarle al mundo que yo, Omhet Espinho, era más hábil de lo que todos creían. Solo necesitaba demostrarlo con un poco más de entusiasmo, eso era todo. Estaba listo para dar lo mejor de mí, enfrentar el desafío que presentó la princesa y demostrar que podía ganar contra ella y cualquier otra persona.

Eso pensaba, hasta que Khloe me dio una patada, golpeándome la quijada. Caí a un lado, con una rodilla en el suelo. ¿Cómo rayos llegó esa pierna hasta mi quijada? ¿Cómo? Me levanté, acomodándome la quijada con la mano, como si se me hubiese salido de la cara a la oreja. Me reí, Khloe me había tomado totalmente desprevenido. Ella seguía seria, esperando por mí con mucha agresividad. La miré, incrédulo. Sí que era buena.

Pero yo también podía hacer esto.

Me acerqué a Khloe, concentrado. Ella volvió a patear y esquivé. Pateó de nuevo, sin darme tiempo de recuperarme. Subí mi mano y le sostuve su pierna. No lo pensé mucho, sino que, con todas mis fuerzas la tiré contra la tarima, de espaldas. Ella intentó ponerse de pie, pero le hice una llave con mis brazos y piernas. Ella gruñó y trató de salir de mi agarre. Así que apreté con más fuerza.

—Sólo tienes que decirme que te suelte y lo haré —le dije, agitado.

Sin esfuerzo alguno logró sacar su brazo y me dio un puñetazo en la nariz.

La solté y caí sobre mi espalda. Por los dioses, no se rendía. Tampoco era muy piadosa, pues aprovechó que estaba en el suelo para sentarse sobre mi cuerpo y darme repetidos puños en el rostro. Tuve que subir mis brazos en forma de equis, protegiéndome. Golpeó y golpeó, dándome en la quijada de nuevo, partiéndome el labio y mareándome cuando me logró dar en la cien. Tenía que salir de esa llave, pero ¿cómo?

Escuché gritos en la distancia que llamaban mi nombre, pero las voces se mezclaron y mis sentidos se oscurecieron por un momento. Si me animaban o me desanimaban, no lo sabía.

Rodé sobre mi cintura y ella cayó debajo de mí en medio de un jadeo. Levanté mi puño para golpearle el rostro, cuando me congelé.

No pude golpearle con mi puño, ¡maldición! ¿Cómo podría encontrar el coraje para golpear a una mujer cuando me habían enseñado lo contrario toda mi vida? Su repentino estallido de risa me sobresaltó, cuando una vez más tomó la delantera gracias a mi vacilación. Golpeando las áreas de mí que ya estaban magulladas, con una sola patada me dejó sin aliento y mi caí en medio de un doloroso gemido.

Fui débil y ella lo sabe.

—Tienes un lado sentimental, Omhet —dijo, sarcásticamente.

Me puse de pie de un salto y esquivé su próxima patada. Tenía que ser fuerte, sin importar que ella fuera mujer.

No esquivé su próximo puñetazo. La atrapé y la rodeé por la cintura, quedando su espalda pegada a mi torso. No perdí el tiempo ahora que la tenía atrapada, así que apreté su cuello con mi otro brazo. Cuando se dio cuenta lo que hacía me golpeó la nariz con la cabeza y caímos los dos. Ella encima de mí y esta vez, no le di oportunidad de recuperarse; rodeé su cuello con mis brazos y la sujeté con fuerza. Me rehusaba a soltarla, no importa lo mucho que lo intentara. Ella se ahogaba. No podía respirar. No pasó más de tres segundos que me dio la señal de rendición. Sonreí y la solté.

Me puse de pie y le ofrecí la mano para ayudarle a incorporarse. Por un momento me había sentido tentado en dejarla ganar. Sin embargo, miré a mi alrededor, viendo que la mitad de las personas observaban la pelea como el mejor entretenimiento del día. Hubiese sido terrible haber perdido delante de tantas personas mirando. No sé si les sorprendía más el hecho que luchaba contra una mujer de forma ruda o el hecho de que al fin haya podido ganar una estación.

—¿Estás bien? —le pregunté, ahora preocupado.

Ella sonrió un poco, acariciándose el cuello.

—Ganaste —me dijo —. Creo que es la primera vez que pasas una estación.

Le devolví la sonrisa, admito me sentí orgulloso. ¡Lo hice! ¡Mi primera victoria! Queriendo saborear este momento, mi sonrisa se amplió, pero pronto fue arrebatada por un repentino golpe en mi rostro que hizo que el de Khloe pareciera débil en comparación.

Inmediatamente caí al suelo, sin aire.

—¡Karl! —gritó Khloe.

Una ráfaga de patadas cayó contra mis costillas, una y otra y otra vez. Gimiendo, escupí de dolor, me sentí enfermo. *¿Qué rayos está pasando? ¿Por qué estaba siendo atacado cuando mi guardia había bajado?* Escuché a Cheikh gritar y correr hacia mí. Estalló el caos. Mis guardianes corrieron detrás de Cheikh, pero eso fue todo lo que noté a través del dolor.

—¡No vuelvas a tocar a mi hermana, desgraciado! —gritó Karl.

Me incorporé mirándolo con rabia, sintiendo la sangre bajar de mi labio. Su equipo entero estaba detrás de él, listo para tirarme al suelo a golpes.

—Seguí las reglas, no le hice daño en ningún momento —le respondí, enojado.

Cheikh, Shin y Lucas me sostuvieron fuerte por los hombros para que no me acercara. Me gritaban sinnúmero de cosas, los tres a la vez, pues querían que me bajara de la tarima, que pidiera perdón, que detuviera como sea esta discusión. Pero no podía. No quería ser débil, además que no he hecho nada mal. Quien tenía que largarse de la tarima era Karl. Así que no me dejé intimidar, aunque hubiese una decena de personas esperando la señal para saltar sobre mí.

—¡Vamos a ver si te parece justo que todos nosotros peleen contra ustedes cuatro, idiota! —gritó, a punto de echarnos a pelear.

¿De verdad insinuó que pelear con Khloe fue injusto? Esa mujer era fuerte, estuvo a punto de partirme la cara dos veces. Definitivamente Karl la estaba sobreprotegiendo, ¡ella no tenía ni un solo rasguño!

—¡Khloe es más que una princesa, es una guerrera! —grité, molesto —. ¡Deberías dejar de mirarte al espejo cinco minutos y verías que ella tiene más probabilidad de cazar al dragón que tú!

Karl me calló la boca con otro golpe. Ahora no defendía a su hermana, defendía su ego y orgullo. No sé qué pasó con Cheikh, Lucas y Shin. Creo que estaban tratando de pelear con los demás. Se había formado un terrible motín en el patio del castillo. Podía ver a otros reinos tratando de detener la pelea, podía hasta escuchar a Khloe gritar tratando de detener a su hermano. Era la pelea más injusta que haya visto. El reino del desierto entero contra cuatro personas. Nunca pude golpear a Karl, me sujetaban dos personas mientras él me golpeaba el rostro, pecho, costillas, abdomen, donde quiera que sus puños pudieran caer.

—¡Karl! —chilló Khloe, desesperada. Ella hizo algo que no esperé. Levantó una fuerte patada y le dio justo en la nariz a Karl, tumbándolo contra el suelo —. ¡Ya basta, animal!

Se escuchó un disparo a través de los terrenos, deteniendo a la multitud en seco.

Nadie se movió. Todos nos giramos para mirar en dirección al palacio, donde Marcus, seguido por sus guardianes armados, se dirigían hacia nosotros. Su uniforme color vino reflejaba duramente el sol y su furia era palpable incluso desde lejos. Fue un disparo al aire para interrumpirnos.

Reinó el silencio mientras Marcus nos fulminaba con su mirada, tratando de entender la situación.

—¿Han olvidado de qué se trata todo esto? —vociferó Marcus —. No me interesa saber qué pasó, ustedes son adultos, deberían saber comportarse. Si esto vuelve a suceder, sufrirás peores consecuencias que un exilio, ¿entendido?

Karl bufó, rabioso. No quería contestar.

—¿Está claro, príncipe Karl de Ettezi? —repitió Marcus.

Karl me fulminó con su mirada. Si fuera dragón, echaría fuego hasta por la nariz.

—Sí, señor.

Satisfecho con su respuesta, Marcus se dirigió a mí.

—Omhet, ven conmigo —dijo al fin, dándome la espalda.

—¿Qué? —grité enojado. ¿Por qué yo? No hice nada. Ni siquiera pude tocar a Karl ni un poco.

—¡Ahora! —gritó Marcus mientras se alejaba.

Refunfuñé al bajarme de la tarima, dejando a todos atrás. Mis tres guardianes me persiguieron, totalmente heridos por esa injusta pelea. Seguro me dirían algo en la noche cuando estuviésemos los cuatro solos.

Hoy no había sido un buen día y no tenía mucha fe con lo que estaba a punto de continuar.

Capítulo 10

—Por tercera vez, príncipe Omhet, le creo —interrumpió con aire de cansancio mientras se apretaba el puente de su nariz.

Me quedé callado, pues si seguía discutiendo no llegaría a ningún lado. Ya había tratado de explicarle que no era mi culpa, nunca hice nada para que Karl fuera tan abusivo conmigo. Desde el primer día de entrenamiento me ha empujado, detestado y burlado. ¿Estaba en mi contra porque era yo del reino más pequeño, o qué? ¿Era divertido hacer sufrir a los débiles? Ya había tenido suficiente, pero que Marcus me haya llamado a mí era el colmo. Fue humillante haber sido retirado a rastras del campo como a un niño regañado. Seguro había perdido lo poco de respeto que pude haber ganado en la pelea con Khloe.

—No creo que esté entendiendo que le acabo de salvar el cuello —dijo con tranquilidad, aunque yo no veía cómo rayos me salvó humillándome —. Si me llevaba a Karl y le daba alguna sentencia sería peor para usted. Karl jamás le perdonaría, buscaría la forma de vengarse y le trataría peor cada día de su vida, si no es que lo mata el día de la gran batalla.

Resoplé, cruzándome de brazos y conteniendo un gemido al recordar lo dolorido que estaba mi cuerpo.

—Se le olvidó mencionar que usted, por ningún motivo, despediría a su príncipe favorito.

Él entrecerró los ojos, pero al final asintió.

—Correcto. —Rechiné los dientes. No pensé que me fuera a escuchar —. No porque sea mi preferido, sino porque es el de mayor potencial para acabar al dragón. No podría perderlo por una reverenda estupidez.

No pude contestar, la rabia me hervía la sangre. Ver cómo Andebeck ya tenía sus reinos preferidos me molestaba hasta la médula. Sin embargo, me quedé callado. Al final, este reino quería acabar con la maldición del dragón y yo era el último en la lista que ayudaba como tal.

—Increíble —dije, poniéndome de pie con actitud.

Aparentemente, nadie en este lugar sería tratado por igual y cuantos más días pasaban, más desconfiaban los reinos entre ellos mismos, obteniendo más hombres y armas para la batalla. Ahora con esto y gracias a Karl pude despedirme de cualquier aliado que pudiera haber ganado.

Y pensar que al fin había logrado ganar una estación, maldición.

—Príncipe Omhet —llamó Marcus cuando abrí la puerta. Me detuve con la mano en la perilla sin querer mirarlo —. Tome el día libre. Descanse, lo merece.

Marcus quería ser agradable conmigo, como si yo fuera la víctima, pero en el fondo sabía que lo único que él quería era proteger a Karl y su intocable reino del desierto. Esta vez no respondí y salí del despacho sin despedirme.

Mis guardianes me esperaban en el vestíbulo más que enojados de lo usual. Los pobres se veían patéticos y adoloridos. El ojo de Cheikh estaba hinchado y un poco morado, Lucas tenía un yeso corto en el brazo, inmovilizando su muñeca, y Shin, con el cabello revuelto, tenía gasas sobre su nariz. Éramos tres criadas en mal estado y una damisela en apuros.

—Príncipe Omhet, están esperando por usted en enfermería —me dijo una enfermera, con falda larga color crema, una blusa de mangas color gris y cabello amarrado en una ajustada dona.

—Estoy bien, gracias —dije, pasándole por el lado.

Ya en mi habitación mis piernas me arrastraron al baño, mi cuerpo clamaba por un largo baño tibio ahora que tenía el resto del día. Después de tomar una ducha, me paré frente al espejo mirando mi horrible aspecto. Tenía la nariz hinchada, el labio partido y cada vez que respiraba me dolían las costillas.

Alguien se aclaró la garganta detrás de mí y supe que no podía seguir escondiéndome de lo inevitable. Cuando me giré, los vi a los tres junto a la puerta, mirándome con frialdad.

—Ya sé lo que me vas a decir —dije apoyándome en el lavamanos —, que soy un arriesgado, un infantil...

—Al contrario —interrumpió Cheikh —. Al fin estás comportándote como tu padre hubiese querido. Sólo te aconsejo que trates de conocer tus límites. Karl está ansioso por buscar cualquier forma para echarte de Andebeck.

El comentario me tomó por sorpresa. Lo último que esperé fue recibir algo agradable de su parte.

—Nadie me saca de aquí, pero admito que me asusté un poco, eran demasiadas personas contra nosotros cuatro y algo me dice que ellos no se van a rendir.

—Nosotros tampoco y eso es lo más que le fastidia —dijo ahora Shin y casi sonrió.

Una pequeña sonrisa se me escapó de regreso.

—Yo digo que ha sido mi día preferido desde que llegué —dijo Lucas, pero Cheikh lo miró con desaprobación.

—Si no te molesta, nos tomaremos el resto del día libre. Te sugiero que no salgas de tu habitación por hoy. Descansa —añadió Cheikh.

¿Que me vaya a dormir? No me lo tenía que decir dos veces.

Pero no pude.

Todavía corría demasiada adrenalina por mis venas. Acostado en mi cama silbé para aliviar el aburrimiento; era eso o mi cerebro correría a mil por hora, repasando en toda la locura ocurrida.

Los guardias se encerraron en su habitación para tomar su siesta y escuché ronquidos, mezclados en conversaciones susurradas. Estaban exhaustos después de un largo día. ¿Qué iba a hacer? No podía salir de la habitación sin su permiso.

¡Un momento!

Si todos estaban dormidos nunca sabrán que me fui, ¿no? Lo que significa...

—Soy libre —susurré, hablando solo.

Emocionado, me levanté de la cama sabiendo que por fin no tenía a nadie vigilándome. Seguro nadie me extrañaría, mucho menos se darían cuenta luego de semejante situación con Karl. Imposible poder meterme en dos problemas en un mismo día, ¿no? ¿cuál era la probabilidad?

Al menos, eso esperaba.

Sin perder tiempo mis pies me llevaron a mi guardarropa donde agarré la ropa más cómoda y fresca que pude encontrar ¡y me olvidé del uniforme! No podría usar esa maldita cosa en mi día libre. Después de cambiarme rápidamente me dirigí al pasillo y en mi prisa mi frente chocó con algo, o mejor dicho, con alguien.

Después de que ambos hicimos una mueca de dolor, noté que Khloe estaba frente a mí, aliviando su último golpe lo mejor que pudo.

—Lo siento, tenía prisa —me disculpé —. ¿Venías a mi habitación?

Ella asintió, pero se detuvo cuando vio mi apariencia luego de la golpiza.

—¡Oh mierda! Lo siento tanto. Mira cómo te dejó.

—Estoy perfectamente bien. Además, gracias a tu hermano mi agenda se despejó —me encogí de hombros e inmediatamente me arrepentí. Cada movimiento que hacía me dolía.

Traté de parecer un tipo invencible frente a la princesa. Una persona intocable, que solo había resultado un poco magullado y no golpeado hasta el punto en que dolía respirar.

—No puedo mirar a mi hermano a la cara después de lo que ha hecho. Pudimos haber sido expulsados de la competencia —dijo enojada, jugando con la punta de su trenza. *No, no lo expulsarían*, pensé, recordando lo protector que Marcus era con ellos —. Por los dioses, estoy tan enojada. Mi hermano es tan sobreprotector, pero eso no excusa su comportamiento. Discutimos horrible hace un momento y te aseguro que no te volverá a tocar.

Sí, claro.

Parecía que sus problemas no habían comenzado hoy y ella ya había tenido suficiente. Asintiendo en silencio, acepté su disculpa por lo que era. Teniendo hermanos propios, entendía completamente su situación.

Rápidamente miré a ambos lados del pasillo y al ver que estaba totalmente despejado una idea se cruzó por mi cabeza. Tenía que darme prisa si realmente quería hacerlo. Antes de que mis nanas despierten y noten mi ausencia.

—¿Nos escapamos? —lancé de repente.

Ella me miró con su ceño fruncido. De momento no entendió a qué me refería, hasta que me miró de arriba para abajo, dándose cuenta de mi ropa. Seguro le vendría bien alejarse de su hermano tan sobreprotector.

—Definitivamente me equivoqué contigo. —Ella se rió entre dientes y una sonrisa traviesa se dibujó en su rostro, olvidándose de las transgresiones de su hermano por el momento —. Espérame en la salida del servicio —me pidió mientras se alejaba corriendo —. ¡No dejes que nadie te vea!

Me escabullí por la salida del personal y luego esperé ansiosamente a la princesa Khloe fuera del palacio, escondido detrás de un pilar. Ella aparecería en cualquier momento. Había pasado media hora y recé para que mis guardianes no se dieran cuenta de que había salido de mi habitación, puesto que era la primera vez en mi vida que me aventuraba solo. Fuera de mi reino solía tener guardias siguiendo cada uno de mis movimientos, haciendo que esta locura se sintiese como una mala idea. Por eso no podía desperdiciar esta oportunidad. Al menos por un rato.

Creo que no era tan malo estar lejos de Glacier después de todo.

Khloe finalmente decidió honrarme con su presencia, bajando rápidamente las escaleras, mientras sus rizos mojados rebotaban con cada movimiento. Cuando vi que vestía la ropa formal de su reino, me hizo sentir avergonzado por mi ropa informal. Su vestido largo y ligero flotaba con el viento alrededor de sus tobillos. Era de un hermoso color turquesa con detalles en blanco y sus sandalias y joyas doradas acentuaban su atuendo.

Me pregunté a dónde nos dirigiríamos.

—¡Vamos, antes que nos atrapen! —exclamó ella, agarrándome por la mano. Me haló en dirección a los establos, haciendo que yo mirase detrás de mí, cerciorándome que nadie nos estuviese siguiendo. Alguien lo tenía que hacer, ¿no?

Sin vacilar más, agarramos dos caballos y nos fuimos del palacio.

⤞⤞⤞⤞ ⤝⤝⤝⤝

Parecíamos dos prisioneros fugados cabalgando tan rápido como los caballos nos permitían, con mis manos aferradas a las riendas y mi vista fija en el camino. Nunca había montado un caballo a esta velocidad, podía sentir la brisa azotando mi rostro y ver los valles pasar deprisa sin un muro que nos detuviera. Fue perfecto.

Aminoramos la velocidad cuando perdimos de vista el palacio, siguiendo a Khloe con calma, dejándola guiar el destino. Miré por encima del hombro y vi que no solo estábamos dejando atrás el palacio, sino que la costa apenas era visible desde donde estábamos. No quería preocuparme, así que traté de disfrutar este tiempo con mi primera amiga. Era increíble que tuviera que dejar que su hermano me rompiera la cara para ganarme su confianza.

Aunque ella hablaba mucho más que yo, no me molestaba. Khloe tenía historias que contar y eran interesantes comparada con mi vida, pues debo admitir su cultura había sido más estricta. A través de sus cautivadoras historias aprendí que Ettezi no siempre había pertenecido al desierto; habían sido piratas y criminales quienes descubrieron las tierras áridas y desérticas de lo que luego llamaron Ettezi. Antes, el grupo había venido de los mares de Puerto Escondido y había sido exiliado por sus transgresiones. Sin que nadie lo esperara, habían creado el reino más fuerte que nadie haya visto, se expandieron y conquistaron cualquiera que intentara dominarlos como los guerreros que eran. Nadie se atrevió a enfrentarlos una vez que se hicieron un nombre.

Sus desiertos tenían arena del color del fuego, el único en todo el planeta que lo tenía de ese color y su cultura veneraba a los guerreros, más que cualquier otro dios. Me contaba de cómo era su familia y lo exigente que eran con sus costumbres y noté que parecía agobiada mientras me lo narraba.

—Fue un milagro que me dejaran venir con Karl— me explicó —. Se suponía que yo estaba aquí simplemente para asistirlo en lo que necesitara, como si fuera una criada. Pero él me prometió que tan pronto estuviéramos fuera de mis tierras me permitiría ser tan libre como él.

No desprecié tanto a Karl cuando me explicó lo mucho que la ha ayudado. Para ella debía ser difícil saber que vivía solamente para ser princesa y no guerrera como ella quería.

—Solía escaparme de madrugada cuando se suponía que durmiese para entrenar en secreto con Karl artes marciales, lanza y esgrima —continuó con una sonrisa melancólica —. Mi fuerza vino de él desde pequeña.

Aunque me diera un poco de pena narrarle a Khloe cuán diferente mi vida era en comparación a la de ella, se lo conté. Ella pasó toda su vida tratando de ser guerrera, mientras que por mi parte viví para huir de mi familia... bueno, de mi hermano.

—Yo soy todo lo contrario. No puedo pelear tan siquiera con espadas. La única vez que alguien me obligó, casi pierdo la vida. —Me di cuenta la forma tan intensa que comenzó a prestar atención a esta parte de la historia, así que cambié mi tono. Me aclaré la garganta y continué: —, así que, aprendí de todo menos cómo pelear. Nuestro reino nunca ha priorizado la guerra o el combate de todos modos. Tenemos una población pequeña, con una grave escasez de recursos y comida que está volviendo loco al rey. Todos los días, si la nieve lo permite, tenemos que importar casi todo lo que consumimos.

Mi vida era una intensa curiosidad para ella. Era extraño, supuse, escuchar sobre el helado Reino de Glacier y cómo la mayoría de la gente apenas sabía de nosotros. Estaba muy lejos, en la cima de la montaña Timantti que, hasta ahora, no me había dado cuenta de lo aislado que estaba realmente.

—Interesante cuan contrario podemos ser —continuó ella, mirando hacia dónde íbamos —. Ettezi está en el medio de tantos territorios que nos hacemos de grandes riquezas con sólo cobrar en las fronteras. Nuestro punto es ridículamente estratégico, nadie de las montañas puede ir a la costa sin pasar a través de nosotros y viceversa. No podemos ni quejarnos, el dinero entra solo.

Silbé. No imaginé cuánto dinero podría significar tener control de todas esas fronteras.

Mi caballo aminoró la marcha, cansado del áspero camino que había recorrido. Era hora de regresar, sobre todo ahora que el camino terminaba y lo que había frente a nosotros eran colinas. Khloe, sin embargo, desmontó y ató su caballo a un árbol.

—Khloe, llevamos dos horas fuera... —decía preocupado.

—Oye —me interrumpió con sonrisa traviesa —. Esto fue tu idea. Ahora asume las consecuencias y baja del caballo. No hemos terminado.

Para ser honesto, me decepcionó un poco el plan de estar en medio de la nada. Quería ir a la ciudad y hacer turismo, comer su comida típica, curiosear en el bazar y comprar regalos para mi familia. Quería visitar su playa y disfrutar de un día tranquilo en sus orillas pero, en cambio, estaba en el tope de alguna montaña aburrida con nada más que hierba alta a nuestro alrededor.

Al menos estaba acompañado por el mejor aliado que mi padre podría imaginar que tendría. Por eso, demonté y salí tras ella.

—¡Khloe, espera! ¿A dónde vamos?

No me respondió, simplemente se asomó al borde y me esperó en el tope. Al llegar a su lado jadeé profundamente mirando la vista desde lo alto. Se veía hermoso, el lugar perfecto para una cita romántica de tanto esplendor que le rodeaba.

¿Cita? mi estómago se contrajo. Sí, esto era lo que quería mi padre, pero yo no. Sin embargo, esto era lo que él me había preparado toda mi vida. Tenía que dejar ir lo que *yo* quería.

—Es... perfecto — susurré, mirando al gran reino de Andebeck. Todo lo que pude ver fue el mar azul y la ciudad en la costa.

—Omhet, no es eso lo que quería mostrarte —dijo como si fuese obvio.

Descartando la idea de una cita, me volteé para entender qué era a lo que se refería.

¿Qué diablos...?

Lo hubiese exclamado si no fuera porque me quedé petrificado con lo que tenía al lado contrario del risco. Justo detrás de mí, a la sombra de una montaña hecha de rocas, estaba el castillo del dragón. Ruinas antiguas en el lugar más oscuro de Andebeck y un lugar prohibido donde nadie, absolutamente nadie, podía estar.

—¿Sabes la mejor parte? —preguntó casualmente —. Entraremos ahora mismo y descubriremos si es cierto o no que existe dicho dragón.

Por todos los cielos de Glacier...

Khloe se rió un poco y dio un paso adelante, caminando hacia lo prohibido.

Me di cuenta que delante me esperaba el peor miedo de este reino, porque mi destino lo trajo frente de mí. Por un momento se me olvidó respirar.

Sin planificarlo, sin siquiera quererlo, lo supe...

Supe que no iba a tener que esperar al invierno para encontrarme con el dragón.

ACTO DOS

LA LEYENDA

Capítulo 11

Soy un idiota. ¿Cómo se me ocurre escapar del palacio con una chica que apenas conozco? Lo que comenzó con un viaje casual, terminó con una idea que podría terminar matándonos. ¿Qué rayos corre por su mente?

—¿Estás loca? —exclamé cuando volví a encontrar mi voz. Di un paso atrás, con mi corazón acelerado, y una sola palabra repitiéndose en mi mente: ¡correr!

Si Marcus o cualquiera de los reinos descubrieran que estaba cerca o dentro del legendario castillo en ruinas me echarían de la competencia sin pensarlo dos veces. Podrían acusarme de ser un tramposo o de querer sacar ventaja acercándome al dragón antes que nadie.

O podría morir antes de que algo de eso sucediera. ¡O peor! Tal vez la hechicera estaba viva. Tiara podría estar observándome desde la torre, o quizás el dragón ya me olisqueó desde donde estaba. Nadie que se ha atrevido a entrar ha vivido para contarlo. ¡Y aquí estaba yo probando mi suerte!

—No creo en cuentos de hadas —admitió Khloe, mirando el castillo con emoción —. Pienso que todo esto es mera leyenda, una simple competencia estratégica para beneficio de Andebeck. Tenemos que descubrir la verdad.

—No —interrumpí rotundamente. Estaba aterrado —. Tengo suerte de estar en la competencia y si me expulsan seré la vergüenza de mi familia y del reino.

—Está bien —dijo poniendo los ojos en blanco —. Iré sola.

Entonces Khloe se fue corriendo directo hacia el castillo como si se tratara de una expedición divertida o una aventura prohibida. Estaba debatiéndome entre ser un cobarde y largarme o perseguirla para tratar de hacerla entrar en razón. Gruñí, frustrado porque ya sabía la respuesta; no podía irme sin Khloe. Si algo le pasaba me echarían toda la culpa. Tenía que convencerla a que regresara, así que corrí tras ella. Esto ya no era divertido e incluso me prometí encontrar otro aliado. Esta chica era demasiado peligrosa para mí.

No había forma de alcanzar a Khloe, corría demasiado rápido. Me acordó a cuando corremos las millas mañaneras y me moría del cansancio antes de siquiera asimilar su paso. Ese reino parece que corre antes de aprender a caminar.

Llegó un punto en el que dejé de mirar hacia dónde corría y en su lugar me concentré en el castillo, viendo cómo me acercaba lentamente a las enormes ruinas. Estaba oculta incluso del sol, ya que la sombra de la montaña la cubría por completo. El suelo a su alrededor era rocoso, las paredes apenas se distinguían y la puerta principal era solo un hueco en las rocas. La única torre que estaba intacta parecía inestable. En fin, no parecía que hubiera nadie dentro de las ruinas. Ni siquiera parecía que un dragón pudiera esconderse dentro sin ser visto desde el exterior. Esto era más que un palacio destruido, esta había sido una gran ciudad. Tuve que detenerme para procesarlo, perdido ante el escenarios con puentes caídos a un lado y muros con evidencias de fuego estaban siendo reclamados por la naturaleza.

Me escondí detrás de una pared derrumbada, jadeando mientras mi corazón se aceleraba. Todo lo que podía escuchar era la brisa que pasaba, pero por un momento, pensé que podía escuchar los ronquidos del dragón. Sacudí mi cabeza para despejarme, seguro que estaba alucinando.

Contuve mi respiración y di el primer paso dentro de la gran entrada al castillo.

No pasó nada.

No escuché nada.

Di otro paso, atravesando lentamente el arco de la entrada principal. *Demonios,* no tenía una espada ¿Cómo acepté a esto? ¡Estoy más loco que Khloe! *No tiene sentido,* pensé, tratando de calmarme, puesto que un dragón no podía entrar ni salir, mucho menos volar, era muy estrecho. Así que, decidí dar lentos pasos sin detenerme, algo confiado por lo que había deducido.

Me encontré en el medio del salón y no parecía tener suficiente espacio para un dragón, pero el techo era inexistente. Cuando miré al cielo la luz del sol me cegó. *Por Krea,* todo tuvo sentido cuando me paré en medio del vestíbulo.

No se trataba de la entrada principal, ¡el agujero en el techo del gran vestíbulo era la entrada del dragón!

En medio de un jadeo rápidamente retrocedí hasta que mi espalda golpeó la pared. La paranoia me invadió mirando de un lado a otro esperando el inevitable rugido de la bestia legendaria. Sin embargo, y estaba muy agradecido por esto, el lugar estaba muy tranquilo. Me quedé quieto porque no confiaba en el silencio y no quería poner a prueba al destino con la necesidad de saciar mi curiosidad. Había un salón decorado con cortinas quemadas y lo que solían ser cristales de ventanas ahora eran grietas y agujeros. Las escaleras estaban en escombros que dirigían al segundo piso, por lo que era imposible llegar a él a través de la devastación que cubría el lugar. El antiguo palacio había sido grandioso y vasto, pero estaba tan oscuro que apenas podía ver más allá de donde estaba parado.

Alguien me agarró de la mano haciéndome gritar fuertemente.

Palomas salieron volando de distintos lugares, saliendo por el hueco del techo. Khloe se echó a reír.

—Te dije que no había nada, cobarde.

—¡Baja la voz! —susurré furiosamente —. Tiene que estar cerca, porque aquí donde estamos parado es básicamente su entrada principal.

Le señalé el área oscura del castillo, pero no se veía nada. Parecían unas ruinas abandonadas, pero el agujero del techo era sospechosamente conveniente.

—Sólo hay una forma de saberlo —respondió y me haló del brazo.

Caminé en contra de mi voluntad. Podía sentir mi respiración tan agitada que me recordó al primer día que llegué a Andebeck y me desmayé delante de todo el mundo. Entramos poco a poco al oscuro cuarto pegados a la pared. No teníamos luz, así que tuvimos que adaptarnos lo mejor que pudimos a la oscuridad.

—Sí que parece una guarida de dragón —susurró Khloe.

El cuarto pareció haber sido una gran biblioteca de tres niveles o un gran salón de baile... no estaba seguro, pero era enorme. Era tan alto y oscuro que no podíamos ver el techo. La buena noticia era que no había ningún dragón. Así que caminé un poco más relajado. Al parecer este era el lado más amplio del castillo y no había absolutamente nada.

—Esperé encontrar una hechicera al menos —admití, todavía nervioso.

Un amplio pasillo aparció cuando cruzamos el gran salón, regresándonos la luz que entró por todos los rotos ventanales. No parece que alguna vez un dragón atacó, parece más como si una batalla se hubiese desatado en todo el lugar. Un escalosfríos corrió por mi cuerpo al darme cuenta que probablemente estaba pisando por donde decenas de personas fueron asesinadas.

Nos detuvimos a mirar por una ventana porque desde ella se veía toda la ciudad de Andebeck. El castillo en ruinas había sido construido estratégicamente: se podía ver claramente todo el pueblo y el mar. Si algún invasor intentaba atacar, la gente de este fuerte estaría lista y la distancia les daría tiempo para reaccionar. Me paré delante de la ventana por un momento, sintiendo la suave brisa mientras admiraba el hermoso reino.

—Te gusta este reino —notó Khloe, recostándose de la ventana.

—Si su gente no fuera tan hostil, te diría que es perfecto.

Su silencio estuvo cargado de ansiedad antes de proseguir:

—¿Y ahora qué? —preguntó, mirando la ciudad—. Si el dragón es una simple leyenda y todo fuese mentira, ¿qué crees que pasaría?

—No lo sé. En Marcus se ve su gran preferencia con Karl, seguro lo escoge a él como rey de Andebeck. Es lo que yo haría, creo.

—Mi hermano piensa que tú estás aquí para manipular a la gente, para buscar casarte conmigo y hacer aliados —. Bufé sin atreverme a mirarla, sentí cuando comencé a sonrojarme —, pero se equivocó. No te veo como un manipulador, al contrario, siempre eres tan genuino. Por eso siempre te metes en problemas.

—¡Caray! Me siento halagado, pero tu hermano tiene razón: estoy aquí simplemente para hacer aliados... ¡No estoy diciendo que quiera casarme contigo! —Enmendé rápidamente, haciéndola reír —. Perdóname. No debí haber dicho eso. —No podía mirarla. No sabía cómo explicar algo tan simple y a la vez tan complicado —. Te aseguro que no lo hago para molestarte ni ti ni a nadie. Solo trato de cumplir la promesa que le hice a mi padre.

—¿Qué es lo que *tú* quieres, Príncipe Omhet?

Nada de esto.

Quiero ir a casa.

No quiero casarme

No quiero obligar a nadie a que me quiera como aliado... o cualquier otra cosa.

—Quiero probarle a mi padre que puedo hacerlo. No me voy a rendir —Respondí tanto a Khloe, como a la voz en mi cabeza.

—Gracias por ser honesto —murmulló y se trepó en el muro de la ventana para sentarse cómodamente —. Debe ser una carga pesada.

—No tienes ni idea —murmuré, mirando la ciudad

—Tu padre debería estar orgulloso de ti. —dijo Khloe y la miré de nuevo como si hubiera perdido la cabeza —. Luchas duro por lo que es mejor para tu reino, incluso cuando puedo ver en tus ojos cuánto detestas la idea de los aliados y los matrimonios forzados. Creo que estás lo suficientemente loco como para hacerlo solo para satisfacer a tu rey. Y creo que eso es tan valiente como estúpido.

—Es para eso que existo de todos modos, ¿no?

—Y en eso es que te equivocas. Por eso me escapé de Ettezi, porque no iba a cumplir un simple rol de hacer lo que esperaban de mí por ser mujer o por tener edad para casarme. Simplemente... no pude. Y tú tampoco deberías. Te aseguro que hay más dentro de ti de lo que tu padre te ha pedido. Solo tienes que encontrarlo.

No pude evitarlo, sonreí. Sentí mis hombros aligerarse cuando me di cuenta de que Khloe no estaba tratando de convencerme de que siguiera las órdenes de mi padre, sino que me estaba quitando el peso de encima.

Ojalá fuera tan fácil, de todos modos. Pensar que el destino existe y tiene algo mejor para mí.

—Khloe —esperé a que me mirara a los ojos —. No quiero casarme con nadie. Quiero unirme a los demás y enfrentar al dragón en invierno.

Tal vez estoy un poco loco, pero no puedo sentarme y esperar a saber si el destino existe o no. Si hay algo mejor para mí, tendré que luchar por ello.

—¡Esa es la actitud! —me dio un codazo en el hombro y reprimí un alarido. ¿Se olvida que tengo moretones por todas partes? —. Tal vez deberías intentar ganar esta competencia. Mi hermano sería un tirano, no estoy bromeando.

—Prefiero enfrentarme al dragón, antes que a tu hermano, gracias.

Dije, desviando la mirada mientras me reía.

De repente, mis ojos se encontraron con los de otra persona.

Era una joven mujer.

Ojos profundamente verdes detrás de una cabellera rojiza me observaban seriamente desde el oscuro cuarto. No era una alucinación, podía ver sus pies descalzos, su vestido desgastado y sus manos sosteniéndose del marco de la puerta. Me miraba como si fuera una advertencia. Como si no fuera bienvenido. Me quedé petrificado, porque su mirada me heló la sangre, hasta tuve miedo de moverme.

—¿Omhet? —me llamó Khloe, preocupada.

La miré asustado.

—Khloe —le señalé la puerta, pero cuando regresé la vista no había nadie —. Nos tenemos que ir, ¡ahora! —Agarré a Khloe por la mano y la halé con fuerzas, haciendo que tropezara por mi brusquedad.

—¿Qué pasa?

—*A*-acabo de ver una mujer —dije, corriendo hacia el pasillo en dirección contraria a donde la había visto. Ni siquiera podía hablar claramente, pero necesitaba salir ahora mismo.

—¡Nos perderemos si vamos por esta dirección! —gritó, tirando su mano de mi agarre —. ¡Omhet, para ya! Tenemos que regresar.

Al final del pasillo una puerta abierta conducía al exterior, pero cuando me asomé y vi el precipicio esperándonos jadeé e intenté detenerme. Me habría resbalado si Khloe no me hubiese halado por mis ropas. El puente que conducía al jardín del palacio se había derrumbado. No había salida en esta dirección. Las otras puertas probablemente conducían a viejos dormitorios o pasillos, siendo por donde vinimos la única salida, como dijo Khloe.

—Seguro te la imaginaste. ¡Cálmate! —vociferó Khloe.

Me restregué la cara con las manos.

—Su mirada era una advertencia ¡No deberíamos estar aquí!

—¿De qué estás tan asustado? Querías enfrentarte al dragón en invierno. Bueno, esta es tu oportunidad —se burló.

No de esta manera. No de esta manera... ¡No de esta manera!

Un rugido nos hizo gritar, paralizándonos al instante. Nuestros ojos se esforzaron por encontrar el origen del sonido, pero estaba demasiado oscuro. El final del pasillo era como boca de lobo.

—Oh *m-m*ierda —balbucí, tratando de hablar bajito —. Creo que te escuchó.

—No es cierto...— susurró ahora cubriéndose la boca —. Omhet, esto no es cierto.

—No quiero ser pesimista, pero creo que estamos a punto de confirmarlo.

Ella no dijo nada. Presionó la mano contra su pecho, como si pudiera evitar que se le saliera el corazón de lugar. Traté de dar otro paso atrás, pero me tuve que sujetar de Khloe cuando sentí la brecha y lo que quedaba del puente roto, así como el barranco debajo de él. Si saltábamos existía la posibilidad de rompernos las piernas y todo sería en vano. Ahora más que nunca necesitábamos correr.

—¿Y ahora qué? —susurró Khloe.

La miré con incredulidad. ¿Ahora me preguntaba a mí? ¿de veras? Si no sabía en un principio, ¿por qué cree que sabré ahora?

Otro rugido retumbó en las paredes, vibrando por un segundo ante su potencia. Ambos gritamos de nuevo y nos agachamos. Humo salió del gran salón, como cuando el fuego comenzaba a calentar.

Estábamos fritos.

—Tal vez sea un truco, *t-t*al vez el dragón no existe y Tiara está haciendo todo esto para asustarnos —tartamudeó Khloe.

La oscuridad se disipó cuando un par de ojos amarillos se abrieron y nos enfocaron. Mi cuerpo se heló a pesar del calor infernal que emanaba de las fauces abiertas del dragón.

Aquella bestia comenzó a asomarse en el pasillo donde estábamos y di otro paso atrás justo en el borde. Cuando lo vi, lo primero que pensé era que tal vez morir al caer no era mejor que ser calcinado por semejante bestia. Tan pronto Khloe lo vio chilló y me abrazó, ahora temblando de pies a cabeza. Me había paralizado, incapaz de mirar nada que no fuera el dragón.

—Por todo el cielo de Glacier —gemí, incapaz de decir o hacer nada más —. Es real.

Tenía que reaccionar y era *ahora*.

Agarrando la mano de Khloe, la empujé por el borde y su grito resonó por el pasillo cuando quedó colgando al vacío. Con un agarre mortal del que no sabía que era capaz, descendí lentamente al suelo y acosté mi cuerpo para acortar la distancia de la caída sobre la que ella colgaba.

—Te soltaré —le advertí, viendo como Khloe gritaba mirando al vacío —. Caerás sobre un arbusto, no será mucho, pero trata de flexionar tus piernas, prefiero que te hieras cualquier parte excepto esa.

—¡Omhet, no! —gritó ella, aterrada. —¡Saltaremos los dos!

—No esperes por mí —le ordené... y solté su mano.

Ella gritó mientras caía. No pude ver si había sobrevivido porque me tuve que levantar...

Jadeé fuerte.

El dragón estaba delante de mí.

Estaba mirándome a los ojos, penetrando mi alma con su mirada. Mi mente me dijo que corriera como el demonio, pero me congelé. Esto era más que miedo, era algo que nunca antes había experimentado en mi vida.

Pero había algo más. También estaba... estaba fascinado.

Me pregunté si el dragón estaba tan curioso como yo... pero no fue así. Todo lo contrario. El dragón se estaba preparando para lo peor y me di cuenta tarde, cuando ya le salía humo por la boca.

Inmediatamente me tiré al suelo justo dentro del arco hacia el pasillo. El fuego salidó disparado por donde acababa de dejar caer a Khloe y traté de cubrirme, agachándome en cualquier rincón que encontré. Un grito de dolor escapó de mí cuando el fuego rozó mi brazo. Tuve que arrancarme la chaqueta para apagarlo, sintiendo que me comía la piel. Una vez apagadas las llamas, corrí y entré por la primera puerta abierta que encontré, tosiendo por la nube de humo que me asfixiaba.

No ha habido entrenamiento que me haya hecho correr como en ese momento. Me sentí como si estuviera volando por los pasillos mientras el dragón me perseguía. *Un gran motivador para hacer ejercicio*, bromeó un rincón de mi mente en medio del pánico. No pude evitar mirar hacia atrás, queriendo ver si el dragón todavía me estaba persiguiendo... y tropecé con una roca. Mis pies se enredaron, haciéndome caer ¡por culpa de una *roca*! *¿En serio?*

Jadeé cuando vi la bestia, esta vez inclinando su cuerpo, porque cuando me encontró se echó a correr como una maldita lagartija. No me alcanzó en segundos por el simple hecho que las paredes lo detenían y el techo se desmoronaba. Me arrastré tratando de correr antes de siquiera haberme levantado, pero mis pies se resbalaban y no podía tomar el impulso que necesitaba. Quería maldecir de la desesperación, pero logré correr mientras sentí cómo el dragón se abalanzaba sobre mí. *¡Mierda!,* quise gritar, pero no salió ruido alguno de mi boca, cuando me sostuve de la esquina y doblé por el pasillo. El dragón chocó con las paredes cuando trató de morderme. No me volteé esta vez, pero fue porque llegué a un pasillo sin salida. No lo pensé, trepé por el derrumbe y cuando el dragón trató de agarrarme, lo que hizo fue empujarme con tanta fuerza que volé por encima de las paredes caídas y me estrellé contra el suelo dentro de una biblioteca abandonada.

Mi espalda golpeó el suelo y me tomó un segundo moverme... un segundo que pareció eterno. Me arrastré hacia el primer rincón al que pude llegar, respirando polvo y sintiendo los rasguños que la piedra y los escombros dejaron en mi piel. Me escondí detrás de anaqueles de libros mientras mis ojos buscaban apresuradamente a la bestia. La biblioteca estaba destruida sin posibilidad de reparación, el techo partido en dos y completamente abierta al cielo. Sin embargo, escalar la pared para llegar al agujero en el techo sería imposible. Nunca llegaría antes que el dragón me atrapase. ¿Tal vez podría quedarme aquí hasta que se olvidara de mí?

O tal vez el dragón me encontraría primero, antes que se me ocurriera algo mejor.

El dragón quebró el resto de la entrada cuando metió su cuerpo y presioné mis labios con la esperanza de que no me escuchara respirar. Hasta miré hacia arriba, diciendo adiós a mi vida y a todos los que conocía.

Cerré mis ojos un segundo, tratando de controlar mi respiración.

¿Así que esto es todo? Pensé, sin sentir miedo o tristeza. Sorprendentemente, una sonrisa cansada se dibujó en mi rostro. *¡Vamos!,* Discutí conmigo mismo, *No se acaba hasta que se acaba. No se acaba hasta que me muera.*

Me atreví a mirarlo, mientras incineraba un anaquel al otro lado del salón. *Oh está realmente molesto.* Pero, lamentablemente, no podía quedarme para disculparme por interrumpir sus dulces sueños. Decidiendo no esperar a que terminara este morboso juego de las escondidas, me puse de pie lentamente y regresé por donde había venido. Con mis ojos fijos en el dragón, salí sigilosamente, caminando marcha atrás. Podía sentir el suelo temblar con todo lo que la bestia destruyó, quemó y arrojó con rabia. Entonces vi su cola azotar.

Bien, tal vez no debería caminar con tanta lentitud.

Me volteé y salí corriendo cuando llegué a la esquina. Ahora el problema era que no tenía ni la más dichosa idea por dónde mierda estaba la salida. Estaba desesperado y no podía siquiera gritar mi frustración.

El dragón me escuchó huir. ¡Me escuchó! Sus patas tronaron alrededor de la misma esquina en la que acababa de girar, dejándome sin otra opción que esconderme detrás de una puerta que logré abrir y cerrar suavemente. Lo escuché olfatear el aire a través de una rendija, buscándome. Me quedé muy quieto, esperando. Hasta que al fin lo sentí alejarse, mientras bramaba y derrumbaba todo a su paso.

No iba a poder regresar al pasillo, así que me giré y, examinando rápidamente el área, vi una escalera en forma de caracol que conducía a una torre. Subí sin pensarlo, desbocado y sin aliento. Entré por la única puerta en la parte superior de las escaleras, con la adrenalina todavía corriendo por mi cuerpo. Una pequeña habitación me recibió y después de entrar lo más rápido posible, encontré lo que parecía un escondite seguro: un cofre en un rincón remoto de la habitación. Al abrirlo, vi sábanas limpias. Sin prestarle atención a mi quemadura y que todo lo demás careciera de importancia, entré y lo cerré.

Esperaría a que el dragón se volviera a dormir para poder escapar de esta pesadilla sin fin.

Capítulo 12

Esta vez el pasillo no tenía salida y las puertas no abrían, pero podía ver una criatura que no era ni dragón ni persona, caminando por medio del pasillo. No podía ver sus pies por causa de una negra y espesa niebla, como si fuera un espectro del infierno. Me paralicé al darme cuenta que no tenía a dónde correr mientras esa cosa caminaba hacia mí. Su piel parecía escamas, sus ojos eran amarillos, pero su figura era el de una mujer, una más alta que yo.

—Impredecible —habló, como si varias voces hablaran a la vez. Me estremecí, sin poder reaccionar —. Eso no me gusta.

Sus ojos amarillos me penetraron la mirada y yo quería preguntar muchas cosas, pero solo pude decir una.

—Tiara —susurré, más como una confirmación que una pregunta.

El ser se detuvo de golpe y me miró de arriba abajo.

—Vete de Andebeck, Omhet —me ordenó con un tono de voz tan aterrador que quise gritarle que se alejara cuando se movió. Entonces tuve su espectro frente a mi rostro —. Este lugar no es para ti.

—Sácame entonces —gruñí fingiendo valentía.

Ella giró su rostro hacia un lado de forma escalofriante y vi que sus manos tenían garras, las que comenzó a cerrar alrededor de mi cuello.

Es una pesadilla, me repetí una y otra vez, pero en ninguna pesadilla que haya tenido antes había tenido problemas para respirar.

—No sabes lo que dices —gruñó espetando sus dedos en mi piel —. Es que, ni siquiera tienes idea...

No podía respirar ni defenderme. Traté de gritar en mi mente para despertar, luchando contra el miedo y el sueño, hasta que golpeé mi frente con la pared.

Gemí acariciándome la frente y luego me toqué el cuello, dándome cuenta de que nada había sido real. ¿Estaba obsesionado de una leyenda? Maldita sea, esa pesadilla fue lo más real que he experimentado en mi vida.

Estaba desorientado por la oscuridad y el calor de horno que hacía, hasta que levanté las manos chocando con una cubierta. En confusa lentitud, me di cuenta de que estaba escondido de un dichoso dragón, dentro de un baúl. *Por supuesto* que iba a sentirme prácticamente ahogado.

Un momento...

¿En qué momento perdí la consciencia? ¿Por qué? ¿Cuánto tiempo llevo aquí? Levanté la cubierta lo suficiente para poder ver, conteniendo mi respiración para no hacer ruido. La abrí un poco más, mirando el cuarto en el que no me había fijado antes. Era muy pequeño para que hubiese un dragón sin ser visto, por lo que abrí la cubierta y salí sin hacer ruido. Este cuarto era un círculo pequeño con la puerta abierta.

Estuve a punto de irme, pero me pregunté por qué la puerta estaba abierta, si yo la había cerrado antes de salir. Aquí entró alguien. Al cruzar la habitación había una mesa con espejo, lleno de accesorios femeninos. Este cuarto no era normal, estaba limpio, sin nada roto, ni tampoco escombros. Era como si no fuera parte de las ruinas o más extraño aún, como si viviera alguien en este lugar. Vi la ventana abierta, con cortinas que se movían lentamente con la brisa de la noche...

Noche... *¡Mierda!* Me iban a matar cuando regresara.

Me asomé por la ventana y vi la ciudad iluminada, haciéndome suspirar ante semejante belleza. Entonces, sentí un movimiento a mi lado que me paralizó. Cortinas cerradas rodeaban una cama y observé durante unos minutos, pero no vi que nada se moviera. Pero había alguien y podía sentirlo. No pude despegar la fija mirada a la cama, cuando noté que detrás de la cortina de la cama había algo... o alguien.

No tenía muchas opciones, pero tomé lo primero que encontré. Agarré una tijera entre los accesorios sobre la mesa y comencé a acercarme con ella en alto. Mi respiración era controlada, cuando mi corazón estaba desbocado ante el suspenso. Podía imaginarme a Tiara, aquellos ojos amarillos como el mismísimo dragón. Podía hasta escuchar su voz en mi mente.

Me atreví a colocar mi mano en la cortina, levantando la tijera con mano temblorosa. Alcé mi arma improvisada por encima de mi cabeza a pesar de mis nervios.

Y entonces...

No ataqué. Al contrario, bajé la mano de nuevo.

Ahí estaba aquella joven mujer, con cabello rojizo y algo que no me había fijado antes; tenía pecas en todo su rostro.

Exhalé el aire de mis pulmones, como si expulsara todo el miedo que me había invadido por un momento. La mujer estaba acostada y pensé que podría no estar vestida, pues no veía nada en su piel salvo la sábana de seda que la cubría. Estaba dormida, pero... parecía enferma. Estaba fatigada. Pude notar su cabello rojizo y su piel empapados de sudor, como si tuviese fiebre. Fruncí mi ceño, preocupado. Sabía quién era. Había escuchado historias por doquier.

Delante de mí estaba una de las personas más importantes para este reino.

—Mucho gusto, Laila Blume —murmuré, para no despertarla.

La hermosa mujer era nada más y nada menos que la princesa perdida de Andebeck. A pesar de todo, tuve que sonreír, pues la dichosa estaba viva. Me arrodillé en el suelo, mirándola de más cerca. Incluso, me atreví a colocar mi mano sobre su frente, retirándola de inmediato. Estaba ardiendo. Tanto era así que me molestó la piel al tocarle. Laila abrió sus ojos, cansada, débil, buscando con su mirada a la persona que la tocó. Sostuve mi respiración de pura anticipación, esperando su reacción. Pero no me pude contener, tenía que decirle algo, lo que fuese.

—Oye —susurré con un poco de miedo —. ¿Estás bien?

¿En serio eso fue lo único que se me ocurrió preguntarle? Era obvio que no lo estaba. Ella me miró, tan sorprendida que abrió sus ojos de par en par con la poca energía que tenía a su disposición.

—¿Qué...? —susurró ella, arrugando la frente. Pareciera como si creyera que yo era un espejismo, porque estiró su mano y me tocó el rostro.

Contuve la respiración. Su mano era suave pero tan caliente que no parecía normal. Levanté la mía y la coloqué sobre la de ella, apretándola un poco.

—Soy real.

Antes de que yo estuviera listo, inmediatamente retiró su mano. Pude ver en sus ojos que quería huir, pero estaba tan débil que ni siquiera podía sentarse.

—Estoy aquí para ayudarle —le dije, tratando de calmarla —. No tengas miedo, por favor, no grite, no quiero que despierte al dragón.

Ella cerró los ojos y los volvió a abrir, como si se forzara a mantenerse despierta.

—Máteme —clamó con voz ahogada —. Por favor.

Mis ojos se llenaron de preocupación. Esta chica no estaba bien.

—¿Me permite poder sacarla de aquí? —dije, más asustado del dragón que de ella. No quería que gritara y que el dragón me convirtiera en su cena —. Puedo llevarla a un lugar seguro...

—¡No! —gritó, provocando que me alejara —. El dragón estará donde yo esté. Me tengo que quedar, vete...

Eso fue lo último que dijo antes de que se desplomara en la cama otra vez, inconsciente. La princesa necesitaba ayuda inmediata, tenía miedo de que muriera delante de mí.

No iba a dejarla sola... no podía. La leyenda estaba viva, ¿acaso después de tan grande milagro iba a ser derrotada por fiebre? De inmediato salí a la búsqueda por algo que pudiera controlarle semejante temperatura, no podía simplemente marcharme y dejarla morir.

Cerré la puerta para evitar que cualquier ruido se escapara de la habitación. Rebusqué en algunos cajones cualquier cosa que pudiera ayudar: medicamentos, comida o incluso un abanico. Quería salir de las ruinas y llevarla a un médico, pero después de su advertencia, sentí que no podía moverla hasta que supiera lo que estaba pasando. ¿Iría el dragón a donde fuera? Es mejor estar seguro antes de causar más caos en Andebeck. Ya tenían suficiente con lo que lidiar y solo había agregado caos desde mi llegada.

Entré al baño y me sorprendí de que todo funcionara, así que llené un tazón con agua. Estaba perfectamente fría gracias al clima de la noche. Abrí todas las ventanas y amarré las cortinas lo mejor que pude para que la brisa pudiera entrar y acariciar su piel. Luego humedecí un pequeño paño en el jarrón, nuevamente arrodillándome junto a ella y mojando su frente. Apretó sus ojos cerrados, pero no despertó.

Fue entonces que, bajo la calma que encontré al cuidar de ella, mis pensamientos tomaron vuelo. Me preguntaba qué pudo haber pasado con la princesa Khloe. No sabía si había sobrevivido o si estaba tirada donde mismo cayó. Estaba tan preocupado por ella. Solo quería tener la certeza de que estaba bien.

Pero, ¿qué voy a hacer respecto al dragón? Era imposible para una bestia tan grande desaparecer como si nunca hubiese estado en estas ruinas. Tenía que estar en los alrededores, buscando su presa. Mi cuerpo se estremeció al pensar en que esa presa era yo. No quería tentar mi destino, ni a la vida, ni a la tremenda bestia hambrienta de... de todo. Decidí quedarme aquí, en donde sí puedo hacer algo más que correr y gritar del miedo.

Y así hice. Me ocupé de la princesa toda la noche. Le cambiaba el paño de agua cada cinco minutos. Se calentaba como si su frente fuera un horno y hasta su respirar era caliente. Esta chica no viviría para contarlo, era imposible para un humano aguantar tan altas temperaturas. ¿Cómo iba a dejarla a merced de semejante enfermedad? Quería llevarla lejos de aquí y buscar a un médico, pero sacarla del castillo implicaba enfrentarme al dragón. Gracias, pero por ahora no. Por el momento no quise tentar mi suerte, así que simplemente me enfoqué en lo que estaba haciendo. Era más prudente, ¿no?

Rogué a Krea que me escuche y me ayude en la pronta recuperación del milagro viviente. No quería tener esta imprudente corazonada de que fuese a morir delante de mí. Rayos. Después de tanto tiempo, recordé a mi madre y su religión, cerrando mis ojos y haciendo aquel rezo que me enseñó. Nunca pensé que me rendiría a las plegarias, pero sentirme más cercano a mi familia fue lo único que me mantuvo en paz, por lo que restó de la noche.

El sol de la mañana me molestaba, pero traté de ignorarlo. Estaba tan cansado, que quería seguir durmiendo. Además, mi cabeza estaba cómoda sobre el colchón de la cama, aunque mi cuerpo entero estuviese en el suelo.

¿El suelo? Me pregunté, levantándome de golpe, sintiéndome como el peor idiota y médico existente. Un gran caballero se hubiese quedado despierto toda la noche o mejor, hubiese matado al dragón y hubiese arrastrado su cabeza al ministro. En cambio, me quedé dormido en medio de rezos desesperados. Brillante.

Me restregué los ojos, buscando a la doncella entre las sábanas, para luego mirar a mi alrededor. No estaba en ninguna parte. Sólo unas sábanas manchadas de sudor. Me incorporé, viendo el sol de la mañana entrar por las ventanas. Miré a todos lados, buscando en cada rincón, pero no la encontré.

Lo que sí encontré fue una nota clavada en la pared con un cuchillo. Arrancándolo, leí su contenido.

Salga y no regrese, prometo que el dragón no le atacará si se va en silencio, pero no prometo nada si regresa a este lugar. Será mi única advertencia.

Hubiera preferido que se quedara y hablara conmigo porque tenía tantas preguntas que quería hacerle. Vaya suerte la mía. Desapareció dejando semejante nota. Quería reírme de lo incrédulo de toda la situación, pero me contuve. Encontré una pluma y escribí mi propio mensaje en el reverso de su carta.

Querida extraña,

No puedo aceptar que este sea su hogar y circunstancia. Pude ver el dolor en sus ojos. Deje que le ayude. Regresaré, aunque le tengo miedo al dragón. No me rindo fácilmente, especialmente cuando sé que alguien necesita ayuda. Si hay alguien que puede reconocer una mirada que clama ayuda, soy yo.

Salir del castillo en ruinas fue una misión confusa. A pesar de que me las arreglé para caminar por los pasillos sin llamar la atención, cada pequeño sonido me hizo saltar.

En el fondo, seguía esperando que la princesa Laila apareciera de repente. Me detuve en medio del vestíbulo principal y miré hacia atrás una vez más antes de irme, esperando que su voz me detuviera o al menos me diera la oportunidad de presentarme.

No pasó nada.

—Eres terca —dije y se me escapó una pequeña sonrisa —. Pero yo lo soy más.

Como si fuera una respuesta, escuché pasos cercanos, por eso me volteé de golpe, pero solo vi la sombra de su rojo cabello marchándose detrás de un pasillo. Eso fue suficiente para hacerme sonreír un poco y marcharme al fin, sabiendo perfectamente que la volvería a ver.

Capítulo 13

Entrar por una de las puertas principales del palacio estaba irrevocablemente descartado. Por esa razón, me escondí detrás de uno de los arbustos del jardín. Había logrado llegar hasta este laberinto de flores sin ser visto, pero llegar hasta mi habitación parecía una misión imposible.

Escondiéndome lo mejor que pude, las espinas de una rosa se enredaron alrededor de mi brazo, haciéndome sisear. Era solo un rasguño, pero fue en el mismo lugar donde el dragón me había quemado. Cogí la rosa y la tiré a un lado. Inmediatamente me arrepentí de tirarla, puesto si alguien viera cómo traté a la flor nativa de Andebeck, podría meterme en serios problemas. La flor simboliza su bandera y el reflejo del apellido Blume; de un profundo color rojo-vino, pero cuando te acercabas, se veía blanca dentro del pétalo. Una belleza única y significativa.

Había caos por todas partes, especialmente en las torres, con soldados armados con mosquetes y una molestosa alarma que parecía anunciar el fin del mundo. Incluso los guerreros del reino estaban reunidos en posiciones de marcha como si estuviera a punto de estallar una guerra.

Resoplé burlonamente, sabiendo que todo esto era porque habían escuchado al dragón ayer y aún esperaban que atacara en cualquier momento. Los generales patrullaban en las calles de Andebeck y tenían seguridad constante hasta en los muros.

Estaban tan distraídos que pude acercarme sigilosamente a una de las puertas de servicio y agradecí que no había un solo sirviente a la vista. Parecía que habían sido evacuados. Solo entonces, corrí por el pasillo sosteniendo mi brazo lesionado y rezando para que nadie me viera.

Fue raro ver el interior vacío como un museo, pero a la vez lo vi como una bendición, porque pude llegar a mi habitación sin ser interrumpido. Entré rápidamente y apreté la puerta luego contra mi espalda, cerrando los ojos para recuperar mi respiración. Necesitaba solo un momento...

Un golpe en la puerta me hizo saltar. Cuando miré a un costado, encontré un cuchillo espetado al lado de mi rostro.

—¡Soy yo! —grité, levantando mis manos.

De tres guardianes solo Cheikh estaba aquí y se posó delante de mí con una cara tan violenta que le tuve más miedo que a la pesadilla de Tiara.

—Lo sé —dijo Cheikh y arrancó el cuchillo de mi lado.

Esa respuesta no me hizo sentir mejor.

Bien, ahí va mi agradecimiento por estar vivo. Tan solo de mirar a Cheikh era fácil discernir que mi muerte no vendría con la bestia de las leyendas, pero sería traída por esta nana delante de mí.

Traté de ser cortés, de ignorar la rabia en su rostro ¿o era eso sorpresa?

¿Un poco de las dos?

Nunca se sabe cuándo se trata de Cheikh.

—Hola —salude con una sonrisa —. ¿Qué tal? Bonita mañana, ¿no?

Ni respondió, sólo actuó. Cheikh me agarró por la camisa sacudiéndome con coraje, a la vez que me interrogaba.

—¿Dónde mierda estabas metido? —gritó, notando más miedo que coraje —. ¡Te buscamos por todas partes!

Me zafé de su fuerte agarre, un pequeño quejido escapándose de mis labios al sentir la herida de mi brazo. La sostuve contra mi pecho, tratando de protegerla lo más que podía, mientras el dolor punzante invadía mis sentidos. La verdad, había sentido tanta adrenalina que no había sentido tanto dolor hasta ahora.

—E-estaba con Khloe dando un paseo, nada más —. dije con voz temblorosa. No tenía experiencia mintiendo y no se me ocurrió practicarlo antes de llegar.

Frunció su ceño y agarró mi brazo herido, su mirada centrada en mi rostro.

—¿Es esto una quemadura?

Su pregunta me paralizó.

—Fue un accidente. —Fue lo único que mi mente pudo responder.

Su mirada cambió drásticamente a la sorpresa cuando entendió lo que quería decir.

—Entonces, ¿fue real? —intenté interrumpir, pero su fuerte voz me interrumpió —. Omhet, ¿despertaste al maldito dragón?

Brinqué al escuchar el grito que pegó, dando un paso hacia atrás para alejarme de su furia. Todos habían escuchado al dragón rugir. Dios, ahora sí estaba perdido.

—Cheikh, realmente fue un accidente, yo no quería...

No me dejó terminar.

—¡De todas las ocurrencias tuyas, esta tiene que ser la peor! Por Krea, Omhet, ¿qué te pasa? ¿sabes lo que has hecho? —No pude responder, simplemente miré al suelo con repentina vergüenza —. ¡Esa bestia pudo habernos matado a todos y destruido Andebeck de nuevo!

No podía defenderme si no me dejaba hablar. Lo intenté de nuevo, pero me interrumpieron unos golpes en la puerta.

—No puedes decirle a nadie... —tensándome, sostuve el pomo para que nadie pudiera pasar.

—Abre la puerta —ordenó Cheikh, pero me aplasté contra ella.

—¡No! Nadie puede saber nada.

—Omhet, sé que estás ahí, abre. — Era Marcus. Me ha dado una orden que sabía no podía ignorar.

Me quedé mirando a Cheikh.

—¿Qué le has dicho?

Volvieron a tocar la puerta y lancé una maldición. Parecía como si la fueran a derrumbar si no lo hacía.

—¿Qué rayos iba a decir? —masculló Cheikh para que no escucharan detrás de la puerta— les dije que no estabas aquí.

—Perfecto— dije, salí corriendo y me metí en el baño.

—¡Omh...Omhet! ¡Mierda! —gruñó Cheikh entre la espada y la pared —. ¿Qué vas...?

La puerta fue abierta interrumpiéndolo. No perdí el tiempo escuchando como tantas personas invadían mi alcoba, sino que me quité toda la ropa lo más rápido que pude y justo antes que invadieran el baño me puse una bata.

—Ministro —lo saludé, amarrándome la bata de forma avergonzada —. Lo siento, estaba terminando de...

—¿Dónde estabas? —me interrumpió.

Tragué hondo, mientras trataba de patear mi ropa, sucia por escombros, detrás de la puerta del baño. No pude lavarme el pelo ni la cara, así que lo mínimo que pude hacer era ocultar el resto de la evidencia. Esto era un desastre.

—Estaba preparándome para un baño... —pero la forma tan amenazadora con la que me miró Marcus me hizo callar, aclararme la garganta y volver a comenzar —. Estaba en enfermería cuando me buscaron. Me quedé dormido en una camilla por los sedantes que me dieron, lo siento.

—¿En enfermería? —repitió Marcus y los guardianes de Andebeck se asomaron detrás de Marcus, junto con Lois.

Le dijeron algo a Marcus, pero fue un susurro en el viejo idioma que no entendía. Sé que respondieron algo como que *"fue buscado" "enfermería"* en la oración, dando a entender que ellos me habían buscado en todas partes. Traté de verme casual, pero hasta los ojos penetrantes de su hermana me tenían nervioso.

—Todo el mundo fuera —ordenó Marcus, levantando su mano para interrumpir a sus guardianes.

Hasta Lois lo fulminó con la mirada.

Marcus la miró con más calma, con evidente afecto y respeto.

—*Ele e ympozlol* —le dijo la hermana y repetí sus palabras en mi mente para memorizarlas y traducirlas luego.

—Confía en mí —replicó Marcus, pareciera como si sostuviera las ganas de discutir delante de mí.

—*Mo-zompyo* —concluyó y con un movimiento de su mano, ordenó a los guardias que la siguieran. Chocó su hombro contra Cheikh sin detenerse a disculparse. Estaba furiosa.

Marcus esperó y luego se aclaró la garganta cuando vio que todos se habían ido excepto Cheikh.

—No voy a ninguna parte —dijo Cheikh.

Marcus pareció irritado por un momento, pero rápidamente volvió a neutralizar su rostro. Cheikh era demasiado protector y me pareció innecesario: Marcus no parecía una persona capaz de matar ni siquiera una mosca. Traté de ser paciente porque sabía que me merecía esto y más. Solo esperaba poder controlar mi boca, porque no quería que nadie supiera lo que había descubierto.

—Apesta —comenzó y parpadeé repetidas veces ¿me estaba ofendiendo? —. A cenizas y polvo. Un olor peculiar, ¿no cree? —Tragué hondo, buscando cualquier respuesta, pero él levantó la mano interrumpiéndome —. Le daré un minuto— concluyó saliendo del baño y cerrando la puerta de golpe.

Me tomó más de un minuto, por supuesto. La mitad del tiempo que estuve bajo el chorro de agua me pregunté qué diablos diría para salir de este lío. Examiné mi brazo, viendo la quemadura desde el codo hasta la muñeca. No se veía serio, pero estaba rojo y ardía terriblemente debido al agua. Me puse una camisa de manga larga y me la abroché, gimiendo un poco cuando sentí que la tela rozaba mi piel. Incluso, me miré en el espejo para confirmar que solo tenía cortes menores visibles. Nada que me fuera a delatar...

Cuando encontré unos dedos marcados en mi cuello.

Me acerqué al espejo sin podérmelo creer. Nadie me ha agarrado por el cuello, ni siquiera Karl. Me toqué el cuello viendo que los dedos eran delgados, pero largos, como los de una mujer...

Como si la pesadilla hubiese sido real.

—¿Qué diablos...? —susurré, sintiendo mi corazón desbocado.

—Tienes tanto que explicar, muchacho —. Me susurraron detrás, haciendo que me volteara en medio de un gemido.

No había escuchado a Marcus entrar y menos acercarse a mí.

—Puedo explicar todo, excepto esto —dije cerrándome los botones —. No sé de dónde salió, solo fue una pesadilla, ella es real... Tiara...

—Tiara dejó de existir hace un siglo atrás, así que, por favor, eluda a más supersticiones, ¿de acuerdo? —Me mordí los labios, pero me quedé callado —. Acompáñeme.

Salí de la habitación y me siguió de cerca. A este punto no sabía si estaba más intimidado por Marcus o Cheikh. Pensé que me llevaría a un cuarto de tortura o cualquier terrible locura que existiera en este lugar, pero no. Al contrario, me llevó a un balcón con una pequeña mesa redonda para dos, con té y aperitivos ya preparados para nosotros. Me confundí tanto que permanecí de pie, a pesar de que Marcus se sentó y señaló el asiento frente al suyo.

—¿Qué hace? —pregunté. No importa cuánto tratara de entender al ministro, él era un dichoso misterio que me estaba comiendo la mente de tantos interrogantes.

—Tienen que verlo conmigo o creerán que fuiste tú quien ocasionó todo esto.

Entonces vi el patio lleno de personas del servicio y guardianes yendo de un lado para el otro. Algunos se detenían para mirarme, como si me hubiesen estado esperando.

Me senté delante de Marcus, tan rígido que no me sentí cómodo. No encontraba cómo quedarme quieto y empecé a juguetear con el brazalete de hilo en mi muñeca.

—Disimula —me pidió preparando el té, con rostro completamente relajado —. Prepárate un té, me da curiosidad cómo lo toman en Glacier.

Resoplé tratando de relajarme y miré a Cheikh en busca de ayuda, pero al contrario se quedó a la distancia, su rígido semblante me miraba como si quisiera golpearme por el desastre que había ocasionado. Traté de concentrarme en lo que Marcus me pedía y comencé a hablar, al principio balbuceando, pero luego más fluido. Le expliqué que rara vez se preparaba té en Glacier porque el rey era adicto al café.

—Su majestad Guillermo suena como un hombre muy admirado —comentó Marcus.

¿Cómo se las arreglaba para ocultar su ira conmigo con tal perfección? Podía sentirlo en su mirada, pero no en su voz. Mis ojos, nuevamente, se desviaron más allá de la baranda del balcón, notando cómo los que entrenaban se paraban a mirar y hasta parecían estar susurrando sobre mí allá.

—Mírame —me regañó Marcus y luego bebió más té. Respiró hondo y continuó como si nada hubiera pasado —. Relaja los hombros y bebe el té con la mayor naturalidad posible.

Lo intenté, pero no fue tan fácil como él lo hizo parecer. Sentí que esperaba más de mí, tal vez más historias sobre Glacier o el café, pero no podía seguir hablando. Quería terminar con esto. Quería volver a mi habitación ahora. Su presencia me abrumaba.

—Vamos al grano entonces— dijo poniendo el té sobre la mesa, enderezándose —. Ayer, poco después del mediodía, se escuchó el rugido del dragón. No hemos escuchado ese sonido desde el festival de la princesa perdida.

El festival de la princesa perdida, no tenía ni idea cuándo fue tal día, pero no me atreví a preguntar por más detalles.

Marcus continuó:

—Las calles de Andebeck fueron evacuadas, la gran mayoría se fueron a refugios bajo tierra y aquí todos los reinos se pusieron su armadura listos para pelear. Pensamos que veríamos el dragón en cualquier momento y que sería nuestro fin.

Mi boca se abrió, sin saber qué rayos responderle.

—Puedo imaginarlo —asentí, tratando de ser empático y de disimular la culpa que sentía al escuchar recontar su relato.

—Sí, puede imaginarlo, porque recordarlo lo dudo, usted no estuvo aquí. —Su semblante cambió en un instante —. Se hizo un conteo en el patio del castillo: reinos, cortes, criadas, mozos, soldados, ¡todos! ¿Y sabes quién fue el único que no apareció?

—Déjame adivinar...

—Llevo días tratando de evitar que todo se salga de control con sus ocurrencias, ¿y ahora esto? —Tomó un cuchillo en las manos y vi cuando Cheikh movió lentamente las manos a su espada. Apreté la taza con pura ansiedad, pero Marcus comenzó a ponerle mermelada a un trozo de pan sin mirarme —. Todos creen que fue usted quien provocó a la bestia. Explíqueme, pues, si es esto cierto, porque estoy tratando de que no ocurra un caos en contra de usted y de su reino, pero la evidencia no lo está ayudando.

Entre mi incredulidad y mis nervios hice lo peor que, rara vez, puedo controlar; me eché a reír. Esto no pintaba nada bien para mí, ni para Glacier. ¿Qué podía hacer para evitar este desastre por ocurrir?

—Señor, yo... estaba durmiendo.

No sé cómo dije eso con tanta tranquilidad, pero lo logré. Marcus alzó las cejas, le dio un mordisco al pan y lo masticó con lentitud, para luego continuar.

—¿Durmiendo?

—Estuve con Khloe al mediodía, caminando juntos por el jardín. Le puede preguntar si quiere. Luego visité enfermería por culpa de la paliza de Karl y me quedé dormido en una de sus camillas.

Los nervios me invadían mientras más le mentía, pero ahora no podía echarme atrás. Si dejaba de darle una razón plausible por mi ausencia, todo el cuento sería en vano.

Marcus miró a Cheikh, como buscando la verdad o la mentira en sus ojos, pero mi guardián me miraba a mí y nada más que a mí. Estaba tan decepcionado que parecía a punto de negar con la cabeza.

—Con todo respeto, señor ministro —dije, tratando de hacer que me creyera—. ¿De verdad cree que yo podría enfrentar a un dragón y sobrevivir? Lo creería de Karl, pero ¿ir yo solo? Suena un poco... tonto.

No dije nada más después de eso. Si no logré convencerlo, entonces aceptaría lo que estaba por venir. Ya con esto me estaba enterrando en mi propia tumba.

Si en esta ciudad se enteraban de que yo había tentado al dragón, no me expulsaría, ¡me matarían!

El silencio de Marcus perduró tanto, que pensé que no lo había logrado convencer. Pero entonces suspiró, asintiendo al fin.

—No es a mí a quien tienes que convencer —su declaración me tomó por sorpresa, pero no me atreví a cuestionar—. Esa es razón suficiente para dar por resuelto el asunto —. Luego se puso de pie —. Solo recítalo frente al espejo hasta que suene mejor.

—¿Señor? —lo llamé, levantándome de mi silla.

Seguí a Marcus, pero parecía haber terminado conmigo, haciéndome sentir más confundido que al comienzo. Me parecía más peligroso que supiera que yo mentía y se lo tomara con tanta calma, que el hecho de que la mentira lo hubiera convencido.

Algo muy extraño estaba pasando.

—No podré protegerte de las bestias que te acecha —dijo, colocando su mano en la puerta. Antes de irse, me miró una vez más —, pero, por favor, avísame cuando encuentres el coraje para decirme la verdad. Estaré esperándolo con ansias —. Quise insistir en mi historia, pero levantó la mano, interrumpiéndome —. Si no estás listo, lo entiendo, pero recuerda, Omhet, estás aquí para salvar a Andebeck nada más. —Tragué con dificultad, pero asentí —. Cuando confíes en mí, te estaré esperando y tal vez la próxima vez te preparé ese café del que tanto hablas.

Se fue sin decir nada más, dejándome completamente aturdido.

—Estás en grave peligro, joven Omhet —dijo Cheikh, posándose a mi lado —. Uno del que ni todo el ejército de Glacier será capaz de protegerte.

Me volteé y lo miré decidido.

—Que así sea —respondí con actitud —, pero de aquí nadie me saca, no importa cuánto traten de intimidarme— concluí y me acaricié el cuello, sintiendo frío donde me dejó la marca *lo que sea* que me haya tocado.

Por primera vez, sentí que el dragón era el último de mis problemas.

Capítulo 14

—Tenemos que hablar —me ordenó Cheikh.

—Necesito ver a Khloe primero —le corté.

—Ella está bien —interrumpió Shin con actitud —, pero no ha salido de su habitación desde que llegó.

Resoplé enojado. No sabía absolutamente de la princesa, salvo que estaba bien y evadiendo ser vista. ¿Cómo llegó al castillo? Necesitaba confirmar, desesperadamente, qué sucedió después de dejarla caer por un puente roto.

—Omhet —llamó Lucas —. Déjame ver tu brazo.

Tantas cosas sucediendo al mismo tiempo me estaban volviendo loco.

Me senté en mi cama, me quité la camisa y le mostré a Lucas la quemadura en mi brazo, mientras ignoraba a Cheikh. Me explicó que no quedaría ninguna cicatriz cuando sanara, gracias a que la camisa que llevé puesta me había protegido. De todas maneras, me urgía que se recuperara rápidamente para evitar que alguien lo viera, por lo que fácilmente obedecí cuando Lucas aplicó ungüento.

Sin nada más que hacer mientras esperaba que terminara su tarea, mis ojos se posaron en Shin, que caminaba de un lado a otro en mi habitación. Nervioso y exasperado, dejé caer mi cabeza sobre el marco de la cama con un suspiro. Mis guardianes estaban peor que nunca.

—Ya deja de moverte, Shin —le pedí con fastidio.

—Todos hablan de usted en el pasillo —dijo Lucas con voz enojada —. ¿Cómo quiere que nos calmemos?

No sabía cómo regresaría al ejercicio al día siguiente, tenía miedo de que al primer interrogante no pudiera disimular mi mentira. *No es a mí a quien tiene que convencer,* me había dicho Marcus y cada minuto que pasaba tenía más sentido.

—Pues tanto nerviosismo no me va a ayudar —protesté y retiré mi mano de Lucas.

—Dije que tenemos que hablar —repitió Cheikh y esta vez lo tres lo miramos con respeto. Cheikh estaba peor que nunca; le debía una buena explicación.

—Bien— accedí, virando los ojos en blanco —, les contaré todo.

Los tres se acomodaron a mi alrededor; Lucas sobre la cama, Shin haló una silla sentándose al revés con el respaldo contra su pecho y Cheikh se quedó recostado contra la columna de la cama, incapaz de sentarse. Les conté todo de principio a fin. Incluso la parte en la que escapar con Khloe fue idea mía, pensando en lo inocente y conveniente que hubiera sido tener a Khloe como aliada. O eso pensé antes de que Khloe decidiera confirmar la veracidad de un mito. Lo que había comenzado como un increíble plan para convertirse en aliados, terminó como una expedición al infierno. Todavía estaba procesando lo que había sucedido: una princesa asustada que yacía enferma en su cama.

Un dragón que había aparecido de la nada.

Una carrera que casi me cuesta la vida.

Una pesadilla tan real como estar despierto.

Mi mano acarició las marcas oscuras en mi cuello cuando hablé de eso. Incluso, Lucas se alejó un poco de mí y Cheikh se tensó mientras contaba la pesadilla.

—¿Tiara? —repitió Lucas, frunciendo el ceño —. Nadie nunca ha hablado de ese ser. Lo único que he escuchado es que desapareció luego de la boda.

—Tal vez no sea real como tú y como yo, pero cuando entré a esas ruinas fue lo suficientemente real —expliqué con voz temblorosa.

—Lo tiene que estar inventando —dijo Cheikh, incrédulo.

Dejé caer las manos con decepción, ¡tienen que estar bromeando! Cuando al fin decía la verdad no me creían.

—Claro, porque yo mismo quemé el brazo.

—¿Cómo es Laila? ¿Como las antiguas pinturas? —me preguntó Lucas. Era el único que pareció entusiasmado con todo esto.

Me tomó un momento responder. Miré hacia la puerta del balcón abierta, perdiéndome en las ruinas que se veían a lo lejos. Describí cómo su cabello rojo se distinguía como una suave puesta de sol de verano, que pintaba el cielo de un naranja intenso que se iluminaba con los rayos del sol.

—No, si es poético el niño —. Se burló Lucas, interrumpiendo mi descripción.

—Estoy tratando de explicar que ella es real. La pintura no es nada en comparación. ¿Sabías que tenía pecas por toda la cara? ¿Cómo se les escapa algo tan crucial? *Y-y* sus ojos... sus ojos esmeraldas, es imposible apartar la vista cuando te atrapa la mirada —me callé cuando me di cuenta de sus miradas —. ¿Qué?

—Nunca había visto los ojos de Omhet brillar por ninguna mujer— bromeó Lucas y antes que terminara le di una patada que lo tiró de la cama.

—No estoy hablando de ella de esa manera...

—¿De qué manera? —insistió Shin. Se estaba burlando de mí.

Me sonrojé completamente y los dejé de mirar.

—Ella no está bien —dije, evitando cualquier descripción más allá de la necesaria —. Tenían que haberla visto, está demacrada; su ropa, su apariencia y hasta su mirada. *C-c*omo si deseara la muerte con cada respirar...

—Es suficiente —me calló Cheikh, moviéndose de su esquina.

Miramos a Cheikh, esperando que dijera algo, cualquier cosa, pero él permaneció un momento más en silencio, analizando la situación. Parecía abrumado por emociones que aún no podía expresar con palabras y no lo culpaba. Todavía estaba enojado conmigo y, por supuesto, sabía el por qué. No podía imaginar cómo se sintieron cuando se despertaron y notaron que no estaba por ningún lado, seguido inmediatamente por el rugido de una bestia legendaria. Debió haber sido alarmante tener su única y más importante responsabilidad de vigilarme y protegerme en cada segundo de mi vida y no encontrarme cuando me buscaron. Cheikh probablemente había estado cerca de llamar al rey para decirle que había fallado y que su hijo había desaparecido gracias a una siesta. Debe haber sido una experiencia desalentadora para ellos.

—Tú... —comenzó a decir Cheick y se detuvo. Podía sentir su lucha interna con todas las emociones y pensamientos que lo nublaban —. Has despertado a la bestia más temida a la que se ha enfrentado esta ciudad, has engañado a la muerte, has puesto en peligro a la princesa de Ettezi...

Tuve el descaro de tratar de interrumpirlo para explicarle que fue idea de Khloe, no mía, pero no me dio espacio para hacerlo.

—Y lograste sobrevivir al dragón con una simple quemadura. Para colmo, has visto las ruinas del viejo Andebeck y la hechicera en tus sueños. ¿Qué demonios tienes de especial?

Me encogí de hombros.

—¿Qué importa si soy especial? La princesa Laila está atrapada allá. — Señalé la ventana donde se podían ver las ruinas.

—Y ahí se quedará por siete meses más —concluyó Cheikh y lo miré confundido —. No volveremos a tocar el tema de la princesa, ni del dragón y tampoco de la hechicera.

—Cheikh...

—¡Es una orden! —me gritó, acercándose a mi rostro —, o le aseguro que llamaré al rey y le contaré todo para que lo saque de este palacio por la oreja.

No pude hablar, eso fue golpe bajo. El más bajo de todos.

—No puedes...

—Dame una razón más, Omhet —gruñó, evadiendo mi título, una declaración silenciosa de cuánto respeto me había perdido.

Finalmente se alejó de mi cara.

Oh, no he terminado contigo. Me levanté y perseguí a Cheikh hasta su pequeña habitación.

—¿Qué se supone que debo hacer entonces? Ella es la prioridad de esta competencia sin sentido.

—Omhet —me llamó Shin. Aunque no dijo nada más, fue una advertencia. Necesitaba parar, pero no pude.

—Tu vida es mi prioridad. Andebeck es responsable de la princesa perdida, esa bestia y todo lo demás. ¿Entendido?

Sin respuesta, simplemente apreté mis manos con ira, ¿Cómo demonios podría estar de acuerdo con eso? No podía simplemente abandonarla, o ignorar su existencia. No después de haber jurado que regresaría. ¿Qué no estaba aquí para ayudar? Definitivamente no, no lo entendía.

—Si hubiera sido yo quien estuviese atrapado en esas ruinas, habrías venido a rescatarme —espeté con enojo.

Lucas puso su mano sobre mi hombro, tratando de alejarme de Cheikh. Los dos detrás de mí querían desesperadamente que me callara.

—Han pasado noventa y nueve años, unos pocos meses más no le harán daño—. Dio un paso delante de mí, tan cerca que me hizo retroceder.

—Pero... —intenté insistir.

—Pero nada —gruñó de nuevo, deteniéndose junto a la puerta de su habitación —. Gracias a tus hazañas confirmaste que la leyenda es cierta, ¿verdad? Si realmente quieres salvarla, ahora es el momento perfecto para que entrenes con fuerza. Pero, sobre todo, deja de ser un maldito dolor de cabeza para los ministros, especialmente para mí. ¡Ahora ve a cumplir con lo único que tu padre te ha pedido y consigue un puto aliado!

Y así, cerró la puerta casi golpeándome la cara.

—Siete meses es absurdo —masculló entre dientes. *Especialmente sabiendo lo enferma que está.*

La princesa no necesita un caballero de brillante armadura para rescatarla en siete meses, ella nos necesitaba *ahora*. La corona no importaba y tampoco el premio. ¿Por qué Cheikh no podía entender que la urgencia del asunto era mucho más importante que esta competencia?

No iba a quedarme aquí sin hacer nada. Simplemente no era una opción.

⚬⚬⚬ ⚬⚬⚬

Estaba delante de la puerta del comedor y pude escuchar las sillas siendo arrastradas mientras adentro se sentaban. Era la hora de la cena y aunque parecía que las cosas continuarían con normalidad, el aire mismo estaba teñido de miedo. Los guardias de cada reino estaban parados cerca de cada ventana, listos y armados para cualquier cosa.

Oh, por los dioses, esto es mi culpa, pensé, dudando si entrar o no.

—Si estás tratando de esconder tu culpa, lo estás haciendo terrible —me criticó Lucas.

Me armé de valor y luego de tantos minutos pensándolo entré al comedor tratando de fingir naturalidad. La conversación se detuvo y los que estaban por sentarse se detuvieron para mirarme. Ignoré a todos y me senté en mi lugar, en la esquina más lejana como de costumbre.

—¿Le sirvo el vino de la noche, su alteza? —me ofreció el mozo, mientras me acomodaba.

Me quedé balbuceando un momento, ¿me estaban atendiendo primero? Ni siquiera me dejó contestar cuando me sirvió en la copa. Traté de no mirar a mi alrededor, de actuar con la misma distancia de siempre, pero sentía tantas miradas curiosas sobre mí que prácticamente me tragué media copa de vino.

Marcus se puso de pie y llamó la atención de todos golpeando el cubierto en su copa.

—Que este día sirva de entrenamiento para todos —advirtió Marcus —. La adrenalina que todos sentimos hoy no será nada comparada con el día de la batalla. Anoche, el final pareció estar cerca con un simple bostezo de dragón —. Algunos se rieron de su porquería de chiste, excepto yo —. Espero que esto sirva como una oportunidad de aprendizaje para intensificar su entrenamiento y oración a los dioses, si crees en alguno. Porque nadie sabe cuánto tiempo nos queda y mucho menos si llegaremos al invierno —. La tensión aumentó en la mesa y supe que no era el único desesperado por ir a matar al dichoso dragón —. Que la sangre de la bestia cubra nuestros pies.

—¡Así será! —asintieron muchos a la vez, levantando sus copas mientras Marcus se sentaba.

Brindé igualmente y bebí, pensando más en Laila que el dragón mismo.

—*Lord* Pierre —llamé al lord a mi lado y él me miró. Pensé que el gran hombre, amante del arco y la flecha me insultaría por haberlo llamado. Sin embargo, me miró curioso —. ¿Has visto a Khloe?

—Si no sabes tú, ¿qué sabré yo? —respondió con actitud.

Sólo Karl estaba aquí en el comedor y no ha habido un momento en que ha despegado la mirada de mí. Esa no era una buena señal, pero por ahora, tenía que ignorarlo. Necesitaba ser paciente y librar a todos de la idea de que yo pude haber sido la causa del rugido del dragón.

Si algo estaba claro, es que ya no era invisible en este lugar y no estaba seguro si esto era bueno o no.

Marcus me miró desde el otro lado de la mesa y me dedicó una sonrisa amistosa, que se sintió más como un recordatorio.

—¿Has probado la sopa? —me preguntaron, haciéndome saltar.

Pude romper con la penetrante mirada del ministro para confirmar que era a mí con quien hablaban.

—No— dije mirando a la mujer a mi derecha; la princesa Alanis de Puerto Escondido.

—Es lo mejor que hacen aquí —dijo y sorbió la sopa de calabaza.

De todas las personas que he conocido, puedo admitir que Alanis de Puerto Escondido es la más fácil de reconocer. Su acento jovial proyectaba alegría como si el brillante sol de su isla irradiara en cada parte de su personalidad. Su cabello completamente recogido permitía que su rostro y su hermosa piel morena se apreciaran como se merecía. No sé si fue casualidad, pero su falda parecía pétalos de su flor nativa, coloridos y tan vastos que el borde caía desparramado por el piso.

—En Glacier lo más típico es sopa —le expliqué, extrañado del hecho de que me hablaran a mí —. Los hogares tienen chimenea y para no desperdiciar ni una sola leña en estufa, se creó la costumbre de cocinar en chimenea. —Me recosté en el respaldo de la silla para contarle mejor —. Los Glacieranos son creativos. No sé qué dones especiales tienen, pero hacen la mejor sopa de la Unión. —Me emocioné mientras hablaba. Echaba de menos hablar de Glacier —. No le digas al rey que dije esto, pero realmente son los mejores cuando cocinan en calderos porque es lo único que tienen.

Fui interrumpido cuando escuché una risa, desubriendo que Pierre había estado escuchando. Tal vez estaba hablando demasiado sobre mi reino, seguramente, ya estaban aburridos de mí.

—Es inteligente —comentó Pierre, ensartando su tenedor en su pescado, sin mirarme —. Conservan la leña y crean a la vez un platillo popular.

La princesa a mi derecha asintió a sus palabras y de repente me di cuenta de que se creó una tranquila conversación entre nosotros tres. No me di cuenta de la interesante cena que tuve, hasta que vi que Karl se levantó de golpe y abandonó el comedor. Estaba enojado y sabía, sin preguntar, que yo era el causante.

—Está celoso —se rió Alanis.

—Siempre necesita atención —me burlé haciéndolos reír —. Permiso.

Me levanté sabiendo que, tal vez, estaba llamando la atención y era lo contrario de lo que quería hacer en este momento, pero no pude evitarlo. Tenía que ir tras Karl, especialmente ahora que, finalmente, podía hablar con él a solas.

—¿Dónde está? —pregunté en tono fuerte, haciendo que se detuviera a mitad de pasillo.

Lo sentí suspirar, como cuando se prepara una persona para pelear. Se volteó y por una vez no lo vi violento, solamente enojado.

—Le fracturaste un pie, ¿qué esperabas? —protestó.

—Fue un accidente...

—Sé exactamente lo que sucedió, pequeño, no tienes que darme explicaciones. Khloe jamás me ha mentido y nunca lo hará, pero... —lanzó un suspiro frustrado —, te debo la vida, por salvar la de Khloe.

Me sorprendí, pues me di cuenta cuánto le costó decirlo, así que me quedé tranquilo cuando se acercó a mí. Tarde me di cuenta de que mis propios guardianes se acercaron detrás, de manera protectora.

—¿Podría, por favor, estar a solas? —les pedí y ellos me fulminaron con la mirada en negación —. Es una orden.

Pero a espaldas de Karl les guiñé el ojo. Solo quería verme intimidante por una vez, hasta contuve las ganas de sonreír. Cheikh expulsó el aire con fastidio, pero al final le hizo señal a Lucas y Shin para dejarme a solas.

—Le espero en su habitación —concluyó, luego de inclinarse en forma de respeto.

Esperé que se fueran, para mirar a Karl nuevamente.

—Quiero verla— le pedí a Karl —. Necesito hablar con ella.

—Oh, no confundas — me interrumpió —. No permitiré que se hablen tan siquiera. No apruebo nada que provenga de tu mediocre reino, Omar.

¡Omhet! Maldita sea.

—Es mi amiga.

—Ya no la necesitas —me gruñó —. Obtuviste la atención que buscabas y eso es todo lo que buscabas desde el comienzo ¿no es así? —no respondí. Sí era cierto que era lo que mi padre hubiese querido, pero eso no significa que vaya a abandonar a Khloe, menos con todo lo que sucedió —. Aleja tu mediocre reino de ella. No me hagas arrepentirme de mi deuda contigo.

—No puedes decidir por ella.

—Ganaré la competencia y lo sabes. —Endurecí la mirada con coraje, pero no quise discutir —. Lo menos que Khloe necesita es un reino como el tuyo cerca de nosotros.

Karl escupió sus terribles palabras y me dio la espalda para irse.

—No eres su dueño —dije, pero él siguió caminando —. Sabes bien que si es Khloe quien gana, serás tú el que tendrás que estrujar tu frente a sus pies.

Karl se detuvo al pie de las escaleras, seguro pensando si me mataba ahí mismo o no. Sin embargo, me ignoró y subió las escaleras con más coraje.

Karl no tomaría la delantera, no le permitiría ganar, mucho menos si eso hacía que tomara más control de Khloe. Sentía que todos los problemas se resolvían de una sola manera: salvando a Laila Blume.

Corrí a enfermería y llamé a la puerta varias veces, pero nadie respondió. Confirmé mirando a ambos lados que estaba solo antes de entrar y cerrar la puerta tras de mí. Encendiendo la luz, corrí hacia un gabinete lleno de medicinas y después de agarrar un maletín cercano, la llené con todo lo que pude encontrar en solo unos segundos. Apenas tenía tiempo a mi disposición porque Cheikh eventualmente vendría a buscarme. Con eso en mente, tomé lo que creí necesario: gasas, medicamentos para la fiebre, una cantimplora llena de agua y sábanas limpias. Cerrando el maletín, me marché no por el pasillo principal sino por la puerta de servicio. Me condujo a un corredor angosto y, a diferencia del resto del palacio, estaba iluminado por velas. Al no escuchar nada detrás o delante de mí, corrí, notando lo resbaladizas que estaban las escaleras y cómo la humedad pintaba las paredes como si fuera un túnel subterráneo.

Salí al patio, donde corrí a los establos, me llevé un caballo sin ensillar y me escapé una vez más.

Cheikh tenía que entender que mi prioridad no era simplemente salvar a un fantasma olvidado por la vida, como Laila Blume, sino que ella era la respuesta a todas mis oraciones. Si Laila pudiera regresar a Andebeck, la absurda competencia terminaría antes de empezar. No permitiría que Karl ganara y podría salvar a Khloe de sus garras. Si pudiera hacerme un favor, le pediría que se deshiciera de Marcus igualmente, puesto que no confiaba en él y en toda su fachada. Pensando en eso, galopé al caballo a través de la noche a toda prisa, hasta que no pudo acelerar más. No se trataba de la competencia o el entrenamiento, se trataba de algo mucho más complicado que todo esto. Una parte de la leyenda contada que no tenía sentido y que era más complicado de lo que parecía. Y estaba dispuesto a desafiar mis miedos para averiguar qué realmente fue lo que sucedió hace cien años atrás.

Llegué a las ruinas, pero no entré. No estaba loco.

No completamente, al menos.

Corrí hasta uno de los árboles que estaba delante de las ruinas y coloqué el maletín delante. Luego, comencé a escribir una torpe y mal escrita nota.

Te traje medicinas y provisiones. Si necesita más, por favor no dude en pedirlo. Si no quieres mi ayuda, déjame un mensaje aquí. Regresaré al séptimo día.

Omhet.

Dejé todo en ese árbol y me volteé hacia las ruinas, dándome cuenta que de noche era diez veces más aterrador que durante el día. Así que incliné mi rostro, hice la plegaria que mi madre una vez me enseñó, para que Krea cuidara a la princesa y luego me monté en el caballo, para marcharme con cierta emoción.

Romper las reglas no era tan malo después de todo, pues prefería hacer el intento, que rendirme a la indiferencia.

Tenía que intentar lo que sea. Por los dioses que tenía que intentarlo.

Capítulo 15

Cheikh entró a mi habitación arrastras, parecía drenado.

Ni siquiera pareció sorprendido de verme despierto, preparándome unas horas antes del amanecer.

—Buenos días ¿qué tal todo? —pregunté, amarrándome las botas.

Rodó los ojos. Veo que su humor no me ha perdonado.

—Acabo de terminar una llamada con nuestro Rey. —Me quedé quieto, con los ojos muy abiertos. *¿Qué? ¿Qué le dijo a mi padre?* —. Debido a lo que sucedió con el dragón, tu familia está cerca de escoltarte personalmente de regreso a casa. Sin embargo, logré hacerlos creer que la historia que leyeron en el periódico era exagerada. Me obligué a mentir por ti. Les dije que no he visto ningún dragón y que estás a salvo.

—Eso no es necesariamente mentira —decía en tono burlón.

—Omhet —me interrumpió en tono severo —. No vuelvas a hacerme esto, por favor —. Fue todo lo que dijo, antes de pasarme por el lado y dirigirse a su cuarto —. Necesito una tarde de ayuno y rezo a Krea. Le ordenaré a Lucas y Shin que te acompañen por el día de hoy.

Sin decir nada más, se encerró en su cuarto y supe que no lo vería más por el resto del día. Se veía más afectado que nunca y podía entender por qué.

Cheikh nunca mentía.

Mi guardián era como mi madre; fiel a su Krea y su espiritualidad, siendo leal y honesto a lo que la ley demandaba. Admiraba eso en Cheikh. Su fuerza interior era notable y por eso su estado de ánimo se había desplomado. Mi padre creería cualquier cosa que este hombre le dijera porque Cheikh no era y nunca ha sido mentiroso. No hasta ahora.

Por primera vez no pude bromear cuando me asomé a su habitación y vi a Cheikh arrodillado ante su cama, con las manos juntas y la frente apoyada contra ellas, rezando en silencio en el antiguo idioma.

Me sentí horrible viéndolo tan derrotado. Mantenerme alejado de él sería lo mejor, así que ni siquiera me molesté en entrar. Simplemente esperé a que salieran los demás, pues lo último que quería era quebrantar el espíritu de Cheikh. Durante sus treinta años de trabajo para el rey, ninguna batalla o entrenamiento lo había frustrado tanto, estoy seguro. Tenía que llegar un adolescente inseguro y desesperado por la validación de su rey, para arruinar su vida.

Haré que valga la pena, le prometí en el silencio, mientras salía con mis dos guardianes, sintiendo el vacío que dejó. Sin Cheikh no era lo mismo.

—¿Crees que estará bien? —pregunté, bajando las escaleras, sin la usual fila de servicio, por lo temprano que era todavía.

—Solo si volvemos a nuestra rutina —respondió Shin con seriedad —. Mientras más rápido dejemos esta tontería atrás, mejor.

Eso sonó más como una advertencia que como una respuesta, pero lo ignoré. Volver a nuestra rutina significaba que tenía que olvidar lo que había sucedido, cuando todavía podía oír en mi cabeza el rugido del dragón y sentir el peso de su cuerpo pisando fuerte mientras corría hacia mí.

El dragón es real.

Laila Blume sigue viva.

No. Peor que viva. Laila está maldita como si tuviera una extraña enfermedad consumiéndola. Tenía que hacer algo y ese peculiar impulso se sintió como una inyección de adrenalina, motivándome a tomarme en serio mi entrenamiento. Por eso, corrí esa mañana con una energía que no sabía que tenía.

Hoy se sentía diferente. Quería vencer a todas las cortes y reinos, tratando de imitar a los expertos que corrían como si no costara esfuerzo, aunque me doliera respirar. No sé qué vigor inusual había despertado en mí la princesa Laila, pero logré alcanzar al grupo. Tal vez podría ganar por una vez. Tal vez podría llegar a la meta antes que los demás, incluso antes que el Príncipe de Ettezi.

Pero cuando estuve a punto de alcanzarlo, la carrera había terminado.

—Respire por la nariz —me ordenó Shin, corriendo a mi lado —. ¡Rayos! ¿Cómo demonios llegaste en cuarto lugar?

No podía hablar. Tuve que aferrarme a mis rodillas, ahogándome en mi propio aire. *Tengo que correr, tengo que ser mejor que los demás, o no podré salvarla,* quise decir, pero no pude. Necesitaba aprender a controlar mi respiración y suprimir mis debilidades, para no volver a desmayarme. Si quería verme como los guerreros, tenía que actuar como uno.

❧ ❧ ❧

—Preste atención a su posición —protestó Shin y me ajustó el arco, hasta encontrar el ángulo perfecto.

Esta estación era divertida, pero Shin me hizo sentir que todo lo que hacía estaba mal. Esta vez no protesté. Simplemente apunté y tiré de la cuerda.

—Respire una vez más.

Haciendo lo que me dijo, me quedé mirando el centro rojo al otro lado del campo. Disparé, pero no dio en el centro. Maldiciendo en voz baja, agarré otra flecha y la coloqué en el arco. Podía sentir a otros arqueros mirándome, pero mi enfoque estaba centrado. Apenas podía oír lo que pasaba a mi alrededor.

—Exhale —dijo Shin con calma —. El arco no solo es una herramienta, tiene que convertirse en parte de ti.

Sentí la cuerda, asimilando cada movimiento, pensando a lo que me enfrentaría en un par de meses. Miré al objetivo y lo dejé volar. No fue perfecto, pero fue mi mejor tiro hasta ahora.

Tomé otra flecha y la solté. Luego lo hice una y otra vez. No podía parar, ni siquiera para hacer uno de mis tontos chistes.

—Objetivo cumplido —me gritaron, haciendo que parpadeara como si despertara de un sueño.

Lucas se rió al otro lado.

—El pequeño cumplió sus objetivos tan temprano. Estoy impresionado.

—El dragón lo cambió de niño a hombre —se burló Shin y resoplé, pero no contesté. No estaba de humor para bromas hoy, ¿qué me pasaba?

Fui a la siguiente estación, donde esperaban mesas y barriles llenos de armas. Tenía que elegir una; había katanas, cimitarras, cuchillos, dagas y sables. Eran muchas.

—Príncipe Omhet, bienvenido —dijo el instructor detrás de la mesa —. Nunca antes habías llegado tan lejos en las estaciones.

Di un paso atrás y choqué con Lucas.

—Lo siento —dije, sin apartar los ojos de las navajas.

—Bueno, ¿qué estás esperando? Escoge una espada —dijo Shin.

Traté de responder, pero de repente, no pude hablar.

—*N-no* puedo.

—¿Qué quiere decir con que no puede? —preguntó Lucas, confundido.

Miré todo el escenario que me rodeaba, sintiendo que mi corazón se aceleraba a pesar de que no estaba corriendo. Delante me esperaba la arena de combate con hombres vestidos con armaduras, entrenadores gritando y espadas resonando.

Pero yo no estaba aquí, no del todo.

—*Despierta, chiquillo de mierda.* —Guillermo me había ordenado, pero yo ya había estado despierto.

Me había aprendido el sonido de sus pasos acercándose y la forma en la que abría la puerta con cuidado, para que nadie más lo escuchara. Lo había estado esperando mientras miraba por la ventana. Todo mi cuerpo temblaba bajo las sábanas. «No le muestres miedo, solo estás alimentando su morbo», mi padre me había regañado, por todas las veces que me escondí en su cama cada vez que escuchaba a Guillermo entrar a mi cuarto.

Han pasado diez años desde este evento y lo tengo más vivo que cualquier otro recuerdo.

Me incorporé en la cama y lo miré con coraje.

—*¡Vete!* —le grité a Guillermo, fingiendo valentía.

—*Seré tu rey. Tendrás que obedecerme. ¿O quieres que mi primera orden sea que te encierre en la mazmorra y te arranquen los ojos?*

—*¿Qué quieres de mí?*

—*Hoy vamos a entrenar. ¡Ahora, muévete!*

Lo perseguí preguntándome a qué tipo de entrenamiento se refería. Hoy no me estaba asfixiando con una almohada o tirando de mi cabello por el pasillo y pensé que significaba que, tal vez, mi hermano mayor finalmente había dejado de lado la inmadurez que mi padre decía que tenía. Porque eso es lo que era mi hermano, un inmaduro ¿No? Un tonto al que le gusta amenazar mi vida con palabras... y acciones.

Cuando abrió la puerta de unas escaleras que bajaban, me detuve. Parecía que me estaba llevando al fondo de una mazmorra o al infierno.

—*Date prisa. Tenemos poco tiempo* —me ordenó.

Me agarró por el hombro y me empujó escaleras abajo. No pude contenerme, comencé a luchar y gritar con todas mis fuerzas. Mi mente me alertaba que Guillermo me estaba llevando para lo que siempre amenazaba; arrancarme los ojos en las mazmorras.

Al ver mi protesta, me tiró del brazo como si me lo fuera a arrancar de lugar. En ese entonces él tenía diecisiete años, con el cuerpo y los músculos de un hombre. Traté de calmarme cuando llegué al campo subterráneo donde entrenaban los guardianes de Glacier. *Tal vez realmente íbamos a entrenar después de todo*, pensé tratando de consolarme. Lo único que iluminaba el círculo eran las antorchas. El resto eran piedras frías. Incluso el suelo estaba resbaladizo por el hielo.

—*¿Ya estás llorando y aún no hemos empezado?* — protestó Guillermo y pateó un barril,tirando todas las espadas al suelo —. *¡Por eso eres la desgracia de la familia! ¡porque eres débil!*

—*Quiero ir a dormir, por favor* —supliqué.

Guillermo recogió una espada del suelo y me apuntó con ella.

—*Si me das la espalda eres hombre muerto. ¡Toma un arma y lucha!* —rugió —. *¡lucha, Omhet! No seas débil.*

Me temblaban las manos cuando cogí la espada, pero no tuve tiempo de levantarla cuando se abalanzó sobre mí en medio de un bramido. Tuve que alzarla con ambas manos y detener la suya. Estaba aterrado. Recuerdo haber gritado *"¡No quiero pelear contigo!"*, tantas veces que comencé a llorar. El miedo me inundó de pies a cabeza.

¿Qué sabía un niño de ocho años sobre pelear con uno de diecisiete? Era superior a mí en todo; en cuerpo, en combate y en experiencia. Guillermo era un animal con espadas, como lo fue mi padre en su juventud. Yo apenas era bueno en las materias de la academia y nada más. Nunca me exigieron que fuera bueno en la preparación física porque con Guillermo y Cayetano era suficiente. Por eso me llamaba el débil y el cobarde.

—*¡Lucha!* —Guillermo gritó, pero mis lágrimas se mezclaban con los fluidos nasales, mientras gritaba pidiendo ayuda.

La espada de Guillermo golpeó la mía tantas veces que salió volando. Traté de salir corriendo a buscarla, porque tenía la sensación de que, si no me defendía, me mataría allí mismo.

—*¡Te dije que no me dieras la espalda!*

Y fue en ese momento que sentí el corte que marcó mi espalda para siempre.

El grito que salió de mí fue lo más fuerte que jamás haya llorado. Guillermo me cortó la espalda hasta desgarrar la ropa, haciendo que cayera en un charco de sangre. No me moví. Me quedé llorando débilmente esperando mi muerte. Guillermo me giró con hostilidad, mirándome a los ojos con la espada en la mano. Me tapé la cara, temeroso de que me cortara el cuello para terminar el trabajo.

—*Lástima que no pueda matarte como quisiera*—fue lo último que me dijo, antes de alejarse y dejarme abandonado en esa habitación a morir.

—¡Príncipe! —bramó Shin.

—¡Mierda! ¡No grites así! —Salté, tratando, *por Krea*, de evitar los recuerdos. Todo volvió con una fuerza abrumadora que no pude ignorar.

—¿Qué le pasa? —preguntó Shin mirando a Lucas.

—¡Nada! —pero para contradecir mis palabras, soné a la defensiva. Respiré profundo, tratando de calmarme —. No me gusta... esto. No necesito aprender a pelear con espadas. Necesito aprender a matar a un dragón a distancia. Una espada solo le haría cosquillas a un dragón.

—Tengo noticias para ti, Omhet —me dijo Shin, haciéndome agarrar la espada en mis manos. *Oh, por todos los cielos* —. Tendrás que aprender a luchar con personas también.

Shin me empujó a la arena. Creo que me estaban esperando.

—¡No, espera...! —Me di la vuelta y Shin se pellizcó el puente de la nariz, respirando profundamente.

—Yo me encargo —dijo Lucas y tomó el lugar de Shin. Lucas colocó sus manos sobre mi hombro y su rostro sereno casi me calmó. Casi —. Eres más fuerte de lo que piensas.

—No se trata de eso. No entiendes...

—Omhet. — Intenté interrumpir, porque nada de lo que él dijera iba a ayudarme, estaba seguro —. La única forma de superar tu miedo y tu pasado es enfrentándolos.

—¿Qué estás...? —Traté de preguntar y miré a Shin, pero estaba demasiado lejos para escuchar lo que Lucas me estaba diciendo.

—Guillermo no está aquí. Estás a salvo. —*Él sabe...* No pude responder. Estaba temblando. —. Estamos aquí. Siempre estaremos aquí contigo.

Asentí, pero no podía mirarlo a los ojos. Él sabía sobre mi pasado y me sentí tan avergonzado. Pero, mi padre no me quiere en la batalla y si quería que cambiara de opinión, primero tenía que superar mis miedos. *Krea, ayúdame.*

Varios entrenadores me estaban esperando. Comenzaron a ponerme una armadura protectora en los brazos y el abdomen e incluso me pusieron un casco en la cabeza por el que apenas podía ver. *No te estás asfixiando. Está en tu cabeza,* lo repetí mil veces. La espada se sentía tan... tan pesada en mi mano.

Cerré los ojos y recordé esos ojos esmeraldas: ella me necesita.

Abrí los ojos y me sentí diferente. Esta vez no iba a huir.

Frente al círculo se estaba preparando el príncipe de Atsoc. Un príncipe con cabello rubio que era significativamente más alto que yo. Pero eso no significa nada. Hasta Khloe es más alta que yo.

Shin se me acercó como si fuera a darme un último consejo antes del duelo, pero su voz era más dura de lo que esperaba.

—No va a enfrentar a ningún dragón —me recordó al oído —. Le juramos al rey que regresaría sano y salvo. No olvide que nuestras vidas están en sus manos. Si te pasa algo, quienes pagaremos las consecuencias seremos nosotros, ¿entendido?

—¿De dónde vino esta repentina amenaza?

—Solo un recordatorio de que conocer al fantasma con ojos esmeralda no cambia nada.

Ya veremos.

No esperó una respuesta antes de irse, pero mis guardianes no eran idiotas, seguro podían sentir mi determinación en todo lo que estaba haciendo, porque algo en mí estaba cambiado. Incluso miré hacia el palacio y vi a Cheikh observándome desde el balcón.

No puedo detenerme ahora, pensé, moviendo la espada en mis manos, estirando el cuello y moviéndome hacia el centro de la arena. Mi oponente también lo hizo. No podía ver su rostro, pero podía sentir que estaba concentrado, blandiendo su arma con naturalidad. *Él no es mi hermano. No me intimida, el dragón es más grande*, pensé, sintiendo cómo mi corazón se aceleraba.

Doblé mis rodillas y me coloqué en el ángulo adecuado, con mi espada paralela al suelo. Hiciera lo que hiciera, no podía bajar la guardia, no de nuevo.

El duelo comenzó cuando el general dio la señal y antes de que tuviera tiempo de reaccionar, mi oponente estaba a punto de atacarme.

—¡En guardia! —gritó Shin. Casi me había olvidado de actuar a la defensiva. Su grito me salvó el pellejo.

El guardián de mi oponente también le gritaba en su idioma. Incluso con más energía que Shin, pero no importaba que mi guardián no estuviese gritándome, porque la calma de Shin era lo único que me mantenía enfocado.

Me atacó desde arriba y sostuve la espada con ambas manos, levantándola por encima de mi cabeza. No solo detuve su ataque, sino que también lo empujé con mi hombro. Luego, le devolví el golpe, pero él lo esquivó. *Oh, él es rápido.* Grité y arremetí de nuevo.

«*Verte da pena*», dijo la voz de Guillermo.

¡Cállate!, grité en mi cabeza.

—¡Defensa! —Shin gritó. Tan pronto como escuché su orden, tomé espacio y la navaja de mi oponente casi me roza el abdomen.

No sabía cómo llevar el ritmo de su espada, movimientos y danzas extrañas que me mareaban y me hacían dudar en cada ataque.

Todo giraba a mi alrededor. Me sentí encerrado, como si todo se hubiera oscurecido en medio del día. No podía respirar. *No puedo hacer esto... ¿En qué estaba pensando?*

Estaba con Guillermo otra vez. Podía verlo frente a mí. Podía sentir el dolor en mi espalda.

No podía concentrarme, así que recibí un golpe sorpresa. Con su puño, golpeó tan fuerte en mi casco que salió volando.

Shin siseó con frustración. No estaba perdiendo contra el príncipe de Atsoc, sino fallando contra mí mismo.

Limpié la sangre de mi labio con mi brazo y pateé el casco con actitud.

—Venga pues, amor —se burló mi oponente y pude ver su sonrisa torcida a través de su casco.

¡Es suficiente! Si no puedo luchar contra mis miedos, entonces voy a luchar con miedo.

No estaba seguro qué rabia me estaba carcomiendo por dentro, pero no volví a escuchar la voz de Guillermo. Y no iba a dejar que volviera.

Moví la espada varias veces, estudié su postura y me concentré.

Su armadura es pesada, pensé, estudiándolo atentamente, moviéndome alrededor del círculo. Sabía que no podía ver completamente a su alrededor ni girar con agilidad, pero era rápido con las manos y fuerte con los puños. Podría arrancarme la cabeza si estuviera frente a mí...

Me moví, fingiendo atacarlo de frente y él se abalanzó sobre mi cabeza. Shin gritó, probablemente pensando que estaba haciendo algo estúpido. Tal vez lo estaba, pero mi truco funcionó porque le corté detrás de las piernas. Dejó caer una rodilla al suelo.

No fue suficiente para ganar, pero cuando trató de levantarse, tardó más de lo debido. Creo que estaba enojado. Como si fuera un acto de venganza, el príncipe se abalanzó sobre mí con tanta agresividad que ya no pude escuchar el grito de

Shin. El sonido de las espadas resonando y los gruñidos de batalla opacaron todo lo demás.

No me di por vencido.

Ni siquiera mostré miedo, porque ya no lo tenía. Visualicé al dragón y me llenó de una energía que no había tenido antes. Estaba motivado. Tenía el desafío de tratar de ser tan fuerte como todos los demás. Tenía una razón para estar aquí; quería salvarla, más de lo que quería matar al dragón y no me importaba el reino ni la recompensa. Quiero ayudar a Laila y rescatarla del infierno que la habían puesto.

Contraataqué, balanceando mis piernas y apuntando hacia adelante con mi espada. Golpeé a mi oponente justo en el pecho, pero era tan difícil obtener la delantera. Cada vez que me acercaba a tener cierta ventaja, era como si una bestia dentro de él despertara, porque me atacó tan fuerte que me empezó a dolerme la muñeca. Golpeó una y otra vez. No dejaba de pegarme y estuvo a punto de tirarme fuera del círculo.

Shin me había dicho que no ganaría el más fuerte sino el más inteligente. Fácil para él decirlo cuando uno de los más fuertes estaba a un paso de sacarme de la maldita arena.

Él ganaría. Estaba convencido. Su postura y estilo tenían una ventaja de experiencia con la que no podía competir. Si esta batalla fuera real, ya me habría matado... *pero no es real,* pensé, *no del todo.* Con eso en mente, esperé hasta el final, cuando mi oponente levantó la mano para comenzar su ataque más feroz y crucial. Me mantuve firme, notando su casco y preguntándome por qué diablos teníamos tanta protección para una práctica tan informal. No era una pelea de verdad.

Le sonreí con diversión y dejé caer mi espada. Shin gritó mi nombre por encima de todos los demás sonidos. Esquivé el ataque y golpeé su casco. No quería quitarle el casco de un puño, no era ese el plan. Solo quería quitarle la capacidad de poder ver.

—Qué demonios... —gritó y dejó caer su espada para quitarse el casco.

Antes de que pudiera quitárselo, le di una patada en el centro del pecho tan fuerte que el pobre voló por un par de segundos antes de caer fuera del círculo.

—Victoria para el Reino Glacier —proclamó el general.

Gracias, Laila, pensé, exhalando el aire de mis pulmones mientras cerraba los ojos. ¿Quién hubiera pensado que aprendería a superar el peor momento de mi vida gracias a ella?

Sabía que a mi padre no le iba a gustar la idea que crecía dentro de mi mente. Un deseo incontrolable de querer hacer lo correcto, aunque contradijera lo que mi rey esperaba de mí. Tal vez me envió a Andebeck por puro interés propio, jurando que podía hacer aliados en su nombre y esperando que regresara a casa sin haber visto nunca un dragón.

Tal vez no me cree capaz por todos los horribles momentos que viví con Guillermo y lo cerca que estuve a mi muerte en cada situación que logré sobrevivir. Bueno pues, estaba completamente equivocado porque había cambiado de opinión. No quería simplemente seguir las órdenes de mi padre y no me importaba hacer conexiones o aliados para satisfacerlo.

Yo, Omhet Espinho del reino Glacier, dominaría todas las estaciones de entrenamiento, porque quien mataría al dragón sería yo.

Capítulo 16

Toqué la puerta con mis nudillos, mirando a ambos lados del pasillo para confirmar que no me encontrara con el guardián de Ettezi. Hasta que se abrió la puerta de golpe y un guardián me encaró de todos modos. Automáticamente se puso agresiva, colocando su mano en la cuchilla que tenía sujeta en su cintura.

Lucas me haló por el hombro para alejarme y Shin sacó su espada antes que pudiera amenazarme.

—Ya —les ordené a mis guardianes. Tenían que calmarse, por los cielos —. Solo estoy aquí para visitar a la princesa.

—No. Sabes bien que no deberías estar aquí —gruñó la guardia, en su pronunciado acento.

—Entonces al menos deja que sea ella misma quien me rechace.

Khloe apareció detrás de su guardia y en su idioma le ordenó retirarse. Luego, se apoyó contra el marco de la puerta, mirándome con el ceño fruncido como si fuera un completo extraño. Mi hombro se relajó mientras la miraba de arriba abajo. Estaba en perfectas condiciones, excepto por un vendaje en el tobillo.

—Al fin —exhalé aliviado —. Llegué a pensar que estabas muerta, ¿por qué te estás escondiendo de mí?

Khloe tenía una actitud que no reconocí, mirándome como si fuera su enemigo. Hasta Shin me susurró que me alejara un poco de ella, pues la situación era impredecible.

—Tranquilo, guardián, no muerdo —le dijo Khloe a Shin y él enarcó una perfecta ceja de manera sarcástica.

—Usted no, pero yo sí —respondió Shin, y Lucas y yo le miramos al mismo tiempo.

Khloe escondió una sonrisa y me volvió a mirar.

—Él me gusta —dijo y resoplé.

—¿Estás bien? —interrumpí, entrecerrando los ojos.

—¿Y por qué no iba a estarlo? —dijo como si nada.

—*Oh,* no sé, ¿no será porque me estás evadiendo? —dije con sarcasmo —. ¿No podemos volver a lo de antes?

—¿Especialmente a la parte en donde no nos hablábamos? Sí, me parece perfecto —respondió con el mismo sarcasmo y viré mis ojos en blanco. Ella estaba imposible —. Mira, no quiero ofenderlo, fue divertido, pero mi aventura contigo terminó.

Me crucé de brazos.

—No fue una aventura —dije apretando mis dientes —. Eres mi amiga, y si alguien te tiene amenazada...

Su risa me interrumpió.

—Vives en una burbuja de fantasía, ¿no, chiquillo?

Me parta un rayo, odio...*odio* esa maldita palabra. No pude siquiera contestarle.

—Omhet, vamos —me ordenó Shin, pero yo la fulminaba con la mirada.

—Vete— presionó Khloe —. Tu paranoia te tiene pensando estupideces.

—Estás actuando como Karl.

—Soy un Ettezi y no puedo pasearme contigo todo el tiempo. —Me ofendió sin esfuerzo, como si lo hubiese planificado —. Mi hermano fue honesto conmigo y me advirtió que si seguía pasándome detrás de ti pensarán que mi reino se ha aliado con el tuyo y no puedo permitirlo. Lo siento, pero me espantarás a los demás aliados.

—¿Desde cuándo eso te importa?

—Desde que me metí en tantos problemas por una mera escapada ¿qué no te das cuenta que donde estés tú existen los problemas? —discutió con severa actitud —. Ahora vete, llegarás tarde al almuerzo.

Ella fue a cerrar la puerta y yo coloqué mi pie para impedirlo. Nos quedamos mirando una vez más. Trataba de encontrar la mentira en sus ojos, pero ella era difícil de leer.

—¿Qué te hizo, Khloe? —insistí.

Casi vi un destello en sus ojos, pero fue por tan breve segundo que no lo vi más.

—No finjas conocerme —concluyó pateando mi pie —. No soy tu damisela en peligro.

Y cerró la puerta sin decir nada más.

Caminé de regreso al comedor sintiéndome enojado por sus palabras y acciones. Ella no era así, o tal vez no la conocía en lo absoluto. Estaba tan confundido.

—Estamos en una competencia —dijo Lucas, tratando de animarme —. Todos mienten, todos juegan con los reinos como un dichoso juego de ajedrez. No creas ciegamente en cada persona que conoces, Omhet.

—Ella no era así —dije frustrado —. No deberíamos abandonarla como si nada.

—Khloe de Ettezi es más fuerte de lo que aparenta —dijo Shin con tanta confianza que no me atreví a contradecirle —. Cuando ella esté lista, le buscará. Mientras, enfóquese en un problema a la vez, ¿no cree?

Asentí. Siempre que Shin hablaba me hacía sentir que no sabía nada o que Shin escondía cosas. Por eso me digné a almorzar en calma, sin mirar a Karl. *Cuando ella esté lista, le buscará,* repetí varias veces, sintiéndome inseguro.

Observé a todos los representantes en la mesa, desde Marcus bebiendo vino con su hermana hasta Karl socializando con sus aliados. Todos actuaron como lo exigía la rutina, pero por mucho que intentaron fingir que no pasaba nada, se sentía todo lo contrario. *Concéntrate en un problema,* me recordé, relajándome lo mejor que pude. Mi problema era el dragón y lo que había descubierto sobre él, nada más por ahora.

—Buen duelo, querido —dijo alguien, a la vez que se sentó delante de mí.

No fue Pierre a mi derecha o Alanis a mi izquierda quien me habló, sino el que suele sentarse delante de mí y me ignoraba por hablar con la corte Nova Cerise a su lado. Por eso parecí confundido.

—Príncipe Alexander del Reino Atsoc —se presentó.

Lo miré sin comprender, olvidando mis modales.

—Me acabas de ganar en la última estación —dijo en un tono confuso porque no lo reconocí de inmediato —. Felicitaciones, luchaste bien.

Tomé agua de mi copa con lentitud, mirándolo determinadamente. No era común que estas personas me felicitaran por hacer algo bueno. Sentía que algo se tramaba. Tal vez debería ser menos rencoroso y tratar de hacer todos los aliados que pudiera, pero no podía confiar en nadie en este lugar. Cada una de las personas que me rodeaban eran tan competitivas, que dudaba mucho que pudieran ser amigables conmigo de la noche a la mañana.

—Gracias, supongo.

—¿Pudiste descansar después de la paliza que te dio Karl? —me preguntó, riéndose un poco.

—Como un bebé —respondí con la misma sonrisa.

Él asintió, tomando de su copa mientras me miraba.

Asintió y esperé que dijera algo más. Sabía que no había terminado conmigo. Podía sentirlo.

—¿Escuchaste sobre el dragón? —lanzó al fin —. Fue aterrador.

¡Ajá! De eso se trataba. Querían saber si yo realmente estaba involucrado con la bestia. Si me descubrían, seguro que entre todos los reinos me devolverían a mi casa en pedacitos.

—Estaba durmiendo. Los medicamentos para el dolor son un poco fuerte, ¿sabes? —dije como si nada.

Estaba mirando a los meseros acercarse uno por uno, mirando a cualquier lado menos a Alexander. Me estaban haciendo sentir incómodo.

El mozo colocó el primer plato delante de nosotros y aunque todos los ignoraban, yo siempre le decía gracias en el idioma de Glacier. En mi hogar el servicio era parte de la familia, por el hecho de que sus vidas comenzaban y terminaban a nuestro servicio. Tratarlos con familiaridad era lo mínimo que merecían.

Arroz. Otro día de arroz. Me pareció una experiencia fascinante que en Andebeck comieran arroz todo el tiempo. Cambiaban los colores, el tamaño del grano y los acompañamientos, pero siempre había arroz.

—Tiene una sola pelea con un tonto musculoso y ya lo considera dolor, ¿ah? —se burló, haciendo a Alanis reír.

—Cuando una flecha atraviese tu propia mano me cuentas lo que es dolor —respondió Pierre, mostrándome el centro de su muñeca donde tenía una marca.

—Cuando enreden su cuerpo en medusas me avisan lo que es dolor —añadió Alanis, recordándome que su isla estaba rodeada por uno de los mares más preciosos.

Cuando sus brazos sean quemados por las llamas de un dragón me dejan saber lo que es dolor, pensé y me reí en privado, notando que Alexander se me quedó mirando con aquellos intensos ojos azules. Tuve que tomar agua para disimular mi chiste interno.

—Vendrás conmigo después del almuerzo —dijo Alexander sin despegar su aguda mirada. Casi me ahogo con el agua— haremos una estación juntos.

—¿Tengo opción?

—Eres el menor de todos los reinos, no creo que tengas opción en lo absoluto —respondió, mientras Alanis me dirigía una mirada provocativa.

—Ustedes tres son crueles —dije encogiéndome en mi asiento.

❧ ☙

Corrí junto con Pierre lo más rápido que pude, tratando de no tropezar con las invasoras raíces de los árboles, chocando con arbustos y enredándome la cara con las ramas. Si bajaba la velocidad tan solo un poco Pierre me gritaba como si fuera mi propio entrenador. Quería tomar un descanso, cuando de repente salté bajo una vereda, encontrándome a Alexander a un par de metros delante de mí. Del susto levanté mi arco y disparé una flecha hacia su torso. No tenía ni idea que una persona podía ser tan rápida como para cortar la flecha en dos con su propia espada, antes que pudiera tocarle.

—¿Cómo demonios? —bramé con respiración agitada.

Pierre disparó detrás de mí, su flecha tan veloz que Alexander no la pudo detener esta vez, tirándolo contra el suelo con la flecha clavada en su protector.

De lo que no nos pudimos proteger fue de Alanis, quién de la nada saltó de lo alto de un árbol con dos largas cuchillas en sus manos. Le cortó el vientre a Pierre, descartándolo del duelo, pero yo saqué mi espada sin filo y le golpeé una de las manos. Ella gimió cuando uno de sus cuchillos cayó, apretando la que le quedaba con más fuerza. Comenzamos a girar en círculo, esperando el mejor momento para atacar. El sudor bajaba por mi frente, estaba tan concentrado que ni siquiera pensaba en estrategias.

Alanis bramó a la vez que me atacó, haciendo que me agachara para contraatacarle con la espada. No sé cómo, pero se movió ágilmente y apareció detrás de mí, trepándose en mi espalda. Estuvo a punto de colocar su cuchillo en mi cuello, pero levanté mi mano y sostuve la de ella, para luego caer el suelo tratando de quitármela de encima. Ella hizo una llave en mi cuello de la cual no me pude zafar.

Intenté respirar y no pude.

Delante de mi rostro vi a Pierre y Alexander, mirando hacia abajo como esperando que yo pudiera liberarme de semejante llave. Hice señal de rendición, pero Alanis apretó más fuerte. Tosí de la desesperación, no pude siquiera mantener mis ojos abiertos.

—No lo sé, chicos. No creo que haya sido él —comentó Alexander, poniendo las manos en su cadera.

—Tal vez está fingiendo —dijo Alanis y apretó más fuerte. Pateé frenéticamente mientras trataba de respirar.

Pedí ayuda con mis manos, ojos y cada sonido que salía de mi boca. Realmente empecé a entrar en pánico cuando vi que nadie estaba haciendo nada, a pesar de que me estaban mirando.

—Mmm... —Pierre hizo un gesto como si no le importara.

—¿De verdad crees que alguien como él podría haber provocado al dragón?

—Si escapó del dragón, escapará de Alanis. Solo espera un poco más —bromeó Pierre.

—No sé, no estoy convencido. Creo que es suficiente.

Mi mente se quedó en blanco mientras mis manos caían impotentes. Estaba perdiendo este duelo... no este duelo, esta trampa.

—Alanis— regañó Alexander.

—No confíes en su inocente rostro.

—Alanis —insistió Alexander.

—¡Como quieras! —ella gruñó y me soltó.

Respiré en medio de un violento jadeo, volteándome a un costado. Intenté levantarme y caí de rodillas, tosiendo tanto que pensé que iba a vomitar.

—Está bien, solo respira por la nariz —me dijo Alexander, pero cuando levantó la mano para tocarme, me arrastré hasta que choqué con el tronco del árbol.

—¡No me toques! —Me las arreglé para gritar ¿Qué diablos acaba de pasar? —. Me ibas a matar —. le dije, tratando de mirarlos a todos a la vez.

—Por supuesto que no —dijo Alanis, cruzando los brazos —. Solo te estábamos probando.

—¿Probando qué? —bramé, pero se me quebró la voz.

Quería cerrar los ojos y respirar lentamente para calmarme, pero tenía miedo de cerrarlos frente a ellos. No era bueno mostrar terror a mis oponentes, pero no había nadie alrededor que pudiera ayudarme. Mis guardias estaban esperando que nuestro entrenamiento terminara en la arena, los entrenadores no estaban a la vista y los tres estaban completamente armados. Esta fue una estúpida emboscada y caí en ella.

—Será hombre muerto en los primeros cinco minutos de la batalla —se mofó Pierre cuando comenzó a irse.

—Vamos, Alex —dijo Alanis, persiguiendo a Pierre —. Necesitamos terminar las estaciones.

Alexander se paró frente a mí, mirándome con... no lo sé. ¿Lástima? ¿curiosidad? Me tendió la mano, pero no la tomé. No confiaba en él. Ya no confiaba en nadie. Todo el mundo estaba siendo innecesariamente cruel.

—¿Vienes? —preguntó Alexander.

Miré a Alanis y Pierre, quienes se detuvieron y me miraron con desprecio.

—No pierdas tu tiempo —dijo Pierre.

—Él no representa una amenaza para nadie. ¿Cuál es tu problema? —Alexander discutió, volviéndose hacia ellos —. Confirmamos que no fue él quien provocó al dragón. ¿Podemos dejarlo en paz de ahora en adelante?

Alanis y Pierre parecieron avergonzados, pero eso solo duró un momento. Se alejaron no solo de mí sino también de él. Eso solo significaba una cosa: Alexander estaba a punto de perder a sus aliados.

—No discutas por mí —le pedí, levantándome —. Perderás más por estar conmigo.

Sin dejarle responder me alejé de ese lugar. El bosque era perfecto para entrenar la estación de combate grupal, pero era terrible para perderse. Era un bosque privado en medio de las murallas, tan separado de la arena que tardé casi una hora en salir. De todos modos, me hizo falta esa caminata para calmarme... calma que fue sustituida por frustración. Los reinos estaban a la defensiva conmigo por lo que pasó con el dragón y estuvieron a punto de destruirme por ello. No sabía qué pensar, pues pude salvarme de esta emboscada y mi fachada los convenció que yo era demasiado idiota como para haber provocado al dragón, pero, eso no me hizo sentir mejor.

Cuando pensé que estaba a punto de tener aliados para poder hacer mi reino... no a mi reino, a mi *rey* orgulloso de mí, es cuando me doy cuenta de que he ocasionado todo lo contrario.

—Omhet —me llamó Lucas —¿Se encuentra bien?

—Excelente. —Traté de actuar con naturalidad cuando mis dos guardianes corrieron hacia mí con toalla y cantimplora de agua —. Perdí como un tonto.

Shin miró detrás de mí a Pierre y Alanis, quienes estaban debajo de la tienda designada, pero seguían mirándome y no de una manera amistosa.

—Debió dejarnos ir con usted —dijo Shin, como si pudiera ver en mi mirada el miedo que me había invadido un momento atrás.

—¿Para qué? —protesté, ahora caminando por las demás estaciones, tratando de alejarme de mi derrota —. Dime quién tiene guardaespaldas de todos los reinos —no lo dejé responder—: solo yo.

—La competencia se está volviendo muy personal —me recordó Shin.

—Siempre lo fue —mascullé, dando a concluida la discución.

Era una competencia, no un juego, ni una fraternidad. Tenía que esperar lo peor de todos y admito que esa era la parte más difícil.

Me senté en la carpa de estudios antes que los demás, tomando agua y recuperándome de mi ejercicio. Al fin estaba solo por un momento. Era agradable haber terminado con todas mis estaciones a tiempo por una vez. Eso significaba que podía irme a mi habitación a la puesta de sol y no a la media noche. Una clase más y se acababa mi tarde. Una inútil clase, en vez de entrenar para matar a una bestia mágica que todavía no sabía de dónde había salido.

En el pupitre de mi lado se sentó alguien y yo respiré con fastidio. Había escogido la última silla para estar solo, por eso fulminé a Alexander con la mirada.

—No soy rencoroso— dije con actitud —. Si buscas el perdón lo tienes, pero por favor, no me veas la cara de idiota...

—No lo veo como un idiota —interrumpió con total honestidad, recogiéndose su largo cabello con una cinta.

—¿Entonces qué quiere de mí? —protesté —. Sé honesto, di lo que quieras decir y déjame solo.

—No puedes estar solo —dijo al fin —. Sí, fue mi idea la emboscada, no voy a pedir perdón por eso, pero tenía que probarte para asegurarme que tú no eres un traidor con cara de inocente. —Lo miré más confundido que antes —. Omhet. —Me sorprendí de que supo pronunciar mi nombre— Todos los reinos están convencidos de que tú fuiste a invadir las ruinas para tomar ventaja y es fácil de creer; eres débil, estás solo y te ves bastante desesperado.

—Gracias —dije entrecerrando mis ojos.

—Te ofrezco mi alianza.

—Espera, ¿qué? —*¿Cómo llegamos a esto?*

—Lo juro por mi descendencia y mi imperio —dijo, haciendo que me enderezara de la sorpresa —. A cambio pido la verdad.

Oh mierda.

No podía confiar en nadie, mucho menos en el ser que me acabó de preparar una emboscada. *Miente hasta que sea creíble,* me había dicho Marcus. Me tembló la voz cuando intenté mentir, por eso miré hacia delante. Esto era difícil.

Pero esto era lo que mi rey esperaba de mí. No existía nada más importante que este momento, porque significaba cumplir con mi propósito. Era una oportunidad que enorgullecería a mi reino, especialmente a mi rey. Tenía que arriesgar una de las dos cosas; lo que había descubierto respecto a Laila con este desconocido o tomar a mi rey como prioridad y hacer lo que sea necesario para hacer una alianza.

—Bueno, esto es nuevo —dijo después de mi largo silencio.

—¿Qué cosa? —susurré, todavía era incapaz de mirarlo a la cara.

—Ser rechazado. No soy una persona que suplica. Mayormente es al revés —dijo con una sonrisa torcida.

Traté de sofocar mi risa y disimuladamente me tapé la boca, pero luego me eché a reír. La ironía. El príncipe de ojos azules y de larga rubia cabellera trató de convencerme de ser su aliado. Por supuesto que todos le suplicaban a él. Con solo mirarte, podía persuadirte a cualquier cosa.

—Quiero rechazarte solo para tener el honor de ser el primero —le dije entre risas.

—De ser el único —me corrigió.

—Eres el príncipe azul más idiota que he conocido. Tu sonrisa puede funcionar con todas las damiselas que tratas de convencer, pero no conmigo.

—Entendido —asintió y me atreví a mirarlo. Alexander fijó su mirada en el entrenador que acababa de llegar y recogió sus cosas sobre la mesa, listo para irse.

Ah, maldito seas tú y tus ojos tristes, pensé, exhalando con irritación.

Alexander se puso de pie y yo cerré los ojos mientras decía:

—Fue idea de Khloe —dije al fin. La mirada de Alexander se abrió con tal sorpresa que no pudo decir nada —: y sí, estaba desesperado, no por conocer el dragón, sino por tener un aliado. Por eso la seguí y casi perdimos la vida.

Alexander se hundió en la silla lentamente y miró hacia otro lado. No dijo absolutamente nada.

—Ahora la perdí hasta de amiga y todos me miran como un objetivo al que aniquilar— concluí —. Por el dios Krea, Alexander, di algo.

Alexander me volvió a mirar y respiró hondo.

—¿Cómo es? —preguntó en voz baja.

Recordé sus ojos y su bramido, estremeciéndome. No quería seguir hablando del tema, pero ahora no podía echarme hacia atrás.

—Aterrador —dije incapaz de mirarlo—. Su problema no es el fuego, es su velocidad. Sus patas las mueve como un maldito lagarto.

Alexander se rió, pero parecía nervioso.

—Omhet, no puedes decirle a nadie —me dijo ahora con más calma—: y tendrás que entrenar mejor si quieres tener oportunidad en siete meses.

—Trabajo en eso.

—Déjame ayudarte. Me conviene escuchar de ti lo que descubriste del dragón y te conviene a ti tener mi protección cuando llegue la batalla.

Lo pensé un momento y supe que pronto tenía que dejar el tema cuando los asientos comenzaron a ser atendidos por los demás, listos para la última estación.

—Te conté un grave secreto, tendrás que quedarte como mi aliado o tendré que matarte.

Y de esa manera, los dos estallamos de la risa. Si era un error o no lo que hice solo el tiempo lo dirá. Por ahora, traté de convencerme de que tal vez compartir algunos secretos podía funcionar. Podía traerme ese aliado que necesitaba y que mi padre tanto demandaba. Solo esperaba que aprovecharme de lo que descubrí no fuera a afectarle a nadie más. Especialmente a Laila.

—Démosle la bienvenida a un nuevo estudiante —dijo el general, de forma sarcástica mientras me señalaba—. Por fin el Glacierano pudo terminar sus estaciones a tiempo para gozar de nuestra última clase.

Le lancé una falsa sonrisa y me contuve de darle una respuesta que no le iba a gustar.

—Hoy no será una clase de combate o supervivencia —comenzó, sentándose en su escritorio, dejando caer su chaqueta y arremangándose las mangas. Esta clase prometía ser larga—. Después de lo sucedido con el dragón, quiero hablar sobre el último festival que se llevó a cabo en Andebeck. El festival de la princesa perdida. Cuando el dragón atacó por primera vez, fue en medio de la boda de la princesa Laila Blume, pero eso ya todo el mundo lo sabía. La princesa desapareció y el dragón destruyó todo el castillo, matando a casi todos los Blume... ya conocen el resto.

El general había acomodado imágenes sobre la mesa. El primero que escogió fue una imagen de Laila y un príncipe llamado Rafael. Estaban en un altar, vestidos para la boda. Exhalé lentamente, frunciendo el ceño ante todas las preguntas que pasaban por mi mente.

En el dibujo, ambos parecían enamorados.

Y ahora... se ve tan devastada. ¿Por qué? ¿Qué diablos pasó?

Un codazo me hizo sisear, casi tirándome de la silla.

—Adivina de dónde es el príncipe Rafael —me preguntó Karl.

—Me muero por saber —respondí entre dientes.

—De Ettezi, por supuesto. ¿O crees que iba a ser de tu corte?

No le respondas. No te atrevas a responder.

Aunque me quedé callado, me preguntaba por qué Laila elegiría a alguien de ese lugar. Ella se merecía algo mejor. No un reino que miraba a la mujer como su objeto. Laila se merecía un príncipe que se arrodillara ante ella y le prometiera seguridad... y quien le jure amor incondicional.

—Tal vez el dragón le hizo un favor al arruinar su boda. Al menos la salvó de tu dichoso reino —respondí en un susurro, apenas moviendo los labios.

—Pequeño hijo de...

—¿Hay algún problema? —preguntó el general.

Escondí mi sonrisa y fue difícil cuando al fin Karl estaba en problemas. No respondió, simplemente se puso de pie y cambió de asiento sin decir una palabra.

—Deja de provocarlo o no vas a llegar vivo a la batalla —me regañó Alexander.

—Trataré —sonreí torcidamente.

—Como decía —prosiguió el general —, un año después de la desgracia, se celebró en la ciudad un festival en honor a Laila y Rafael, la tragedia más grande en la historia de nuestro territorio. Hubo estatuas, obras de arte, obras, bailes y jolgorios. Incluso, hubo visitas de reinos que no formaban parte de la unión.

Mostró la siguiente imagen del festival, donde tenía las esquinas quemadas.

No podía imaginar un festival de esa magnitud en Andebeck, ya que la ciudad era aburrida y su gente no parecía del tipo de hacer fiestas. Se había convertido en una sociedad asustada y carentes de simpatía. Definitivamente ni siquiera podía imaginarlos bailando.

—El dragón llegó sin avisar —continuó en un tono más serio —. La ciudad, las casas, toda la bahía y la gente estaban envueltos en llamas. Los gritos se escucharon en todo el reino, los edificios se quemaron hasta los cimientos y la bestia devoró todo lo que pudo agarrar. Desde entonces, la ciudad nunca ha vuelto a celebrar ni permitido invitados de otros reinos. Sonará drástico, pero funcionó. Nunca más hubo señal de la bestia... hasta ahora.

Bajé la mirada en cuanto el general me miró al decir la última frase. Me sentí tan culpable.

—Les sugiero leer la historia de Andebeck, escuchar a los civiles que conozcan en la ciudad y comprender que esta bestia no será fácil de destruir. Se necesitarán más que estaciones y clases para derrotarla. —Respiró hondo, mirando a todos a su alrededor —. Les deseo suerte a todos, porque la van a necesitar.

Aunque todos parecieron concentrados en hacer equipos con sus aliados, en entender la historia y planificar formas de asesinar a la bestia, no pude siquiera reaccionar. Laila estuvo a punto de casarse y lo perdió todo en una sola noche.

Laila, solo puedo imaginar cómo debes sentirte. Perderlo todo y estar viva para recordarlo... todos los días.

—¿Quieres hablar de la estrategia? —le pregunté a Alexander, tratando de fingir que la historia no me afectó.

—Aquí no —dijo mirando a su alrededor —. Pueden escucharnos, tendremos que fingir que no nos importa.

—Fácil —dije tratando de relajarme.

El resto de los grupos se apiñaron, arrastraron sillas para comenzar a planificar la gran batalla que se avecinaba. Se supone que debería hacer lo mismo, pero realmente iba a ser imposible usar este tiempo para hacer algo productivo. No cuando sentía las miradas sobre mí. Hasta donde estaba podía escuchar los ásperos murmullos entre Pierre y Alanis. A estas alturas no creo que estuvieran molestos conmigo, sino con nosotros dos. Vi celos en cada gesto y mirada que me daban.

—Quiero invitarte a una reunión, será al séptimo día, para que nadie se dé cuenta que no estamos.

No quise sentirme emocionado de ser invitado a algo por fin, pero lo estaba. Oficialmente Omhet Espinho logró hacer su primer aliado. No estaba seguro si debería tomarlo con tanta alegría luego de que casi me estrangularan sin piedad, pero decidí confiar. Tarea que era fácil, ya que él proyectaba confianza, como si su entero ser expresara cuan privilegiado era el simple hecho de que me hablara. Parecía casi ilegal que alguien como yo estuviera a su lado, pero no me quería menospreciar, al contrario, me sentí dichoso. Al fin podía ser ese aliado que él necesitaba. El compañero que cada héroe necesita así sea para hacerlo reír o para ayudarle si las urgencias se presentaban.

—¿Por qué algo me dice que esta actividad tuya no está permitida?

—Está permitido, solo que ni Marcus, ni los generales, ni los reyes se pueden enterar —dijo como si nada, haciéndome reír —. Te buscaré cuando caiga la noche, no quiero un no de respuesta.

—Está bien, iré.

—Te estás acostumbrando a que te rueguen. No me gusta. ¿Quién te crees que eres? —bromeó.

—Omhet Espinho, cuarto hijo del rey Guillermo y príncipe de las altas montañas Timantti.

—Lo que sea que hayas dicho —me dio un puñetazo en el brazo —. Estoy empezando a arrepentirme de esta alianza.

—No, no lo estás.

Acepté su invitación. Por una vez, quería divertirme.

Entonces me di cuenta de que había dicho que la reunión era el séptimo día. Mi sonrisa comenzó a desvanecerse, mis ojos mirando a ninguna parte. *Oh, no.* Ya tenía previamente una promesa que cumplir esa noche y no quería abandonar a la princesa. Lo peor de todo, estaba escuchando la voz de mi padre en mi cabeza, sabiendo que si le preguntaba qué haría él en mi lugar, elegiría al aliado por encima de todo lo demás.

Capítulo 17

«No vas a ir a las ruinas, no vas a ir a las ruinas», repetía en mi mente, mientras caminaba de un lado a otro en mi habitación. Todo finalmente comenzaba a mejorar y podía pasar tiempo en mis estaciones y entrenar con Alexander. Se sentía más como un amigo que como un aliado y no podía, por ninguna razón, arruinar esto.

Pero la situación de Laila me urgía con la misma importancia.

—Oye, Shin —llamó Lucas desde el escritorio —. ¿Crees que estas palabras suenan similares a las de Omhet? *"Lamento no escribir con la constancia que solía tener, estaba decumbente por el agotamiento del severo adiestramiento. Estarán estupefactos con mi nueva afiliación con el príncipe de Atsoc..."*

—Por todos los cielos, Lucas —interrumpió Shin —. No creo que Omhet siquiera sepa qué significa la mitad de esas palabras.

Shin y Luca estaban tratando de escribir una carta a mi familia a mi nombre, porque siendo honesto, no tenía ganas de escribir cartas, así que les ordené que lo hicieran por mí. Hasta ahora, Lucas ha estado haciendo un trabajo terrible. Sacudiendo la cabeza, me asomé en la habitación de Cheikh. Escuchaba la radio, molestándose cuando algo o alguien lo interrumpía.

—Las protestas en la capital se han acentuado y la multitud ha tratado de llegar al ministro a toda costa. Hay rumores de que Puerto Escondido trajo barcos de guerra a la costa, pero el ministro aún tiene que confirmar o desmentir estas afirmaciones. ¿Qué le espera a Andebeck si la competencia se sale de control? ¿Es la batalla contra el dragón o contra el ciudadano...?

Quería seguir escuchando la noticia, pero Cheikh la apagó al verme en la puerta.

—Los ciudadanos cada vez están más enojados, ¿eh? —comenté, tratando de entablar una conversación normal con Cheikh.

—El miedo se está convirtiendo en violencia— explicó —. Temen que en cualquier momento se podría repetir el festival si la competencia sigue provocando al dragón —Cheikh se recostó del espaldar de la cama, cruzándose de brazos —, pero, Marcus parece calmado. En la última entrevista se atrevió a admitir que no les tenía miedo a los ciudadanos, porque no los veía como una amenaza. No tanto como un dragón, por supuesto.

—Aquí parece que todos se mueren por esta corona, más que por la vida de la princesa —respondí con irritación.

—*Destruye al dragón y gana el reino, o salva a la princesa y regrésale la corona.* Dime, Príncipe Omhet, ¿qué elegiría alguien en una competencia?

Estaba listo para discutir con él, pero escuché que arrastraban la silla detrás de mí. Mirando por encima de mi hombro, vi a Shin y Lucas detener lo que estaban haciendo. Se veían preocupados.

Relajé mis hombros y exhalé lentamente.

—No estoy tratando de discutir. — Cheikh levantó una ceja —. Lucas enviará una carta al rey para calmarlos. Seguramente cuando se enteren de que he hecho un aliado, dejarán de llamarte tanto.

—Krea te oiga —concluyó levantándose —. Ahora vamos a hacer la plegaria de la noche. No quiero tener que contarle a tu madre que te escapas de tu rutina cada vez que puedes.

—Respecto a mi rutina, quería hablar de eso —dije rascándome el cabello.

Seguí a Cheikh de regreso a mi habitación, dándole un minuto para preparar un poco de té en la mesa. No tenía ni idea de cómo hacerle la pregunta.

—Me invitaron a una reunión con Alexander —dije con calma.

—Una reunión —repitió. De nuevo, levantó la ceja. Esa no era una buena señal —. ¿Qué tipo de reunión?

—Se está reuniendo en privado con otros aliados y me han invitado a... —Dejé de hablar cuando Cheikh sacó su cuaderno de notas de su bolsillo y comenzó a revisarlo —. No, Cheikh, no encontrarás el evento en el programa. Es un poco informal.

—¿Informal te refieres a clandestino? —preguntó, cerrando el cuaderno.

—Clandestino es una palabra muy grande —dije, pero Shin y Lucas ya se habían girado hacia mí como si fueran tres padres analizando la fuga de su adolescente —. Él me invitó y creo que, es una gran oportunidad para nuestra alianza.

Cheikh no dijo nada y bebió un poco de té, sin dejar de mirarme.

El silencio me desesperaba. Se supone que debo tener el privilegio de dar las órdenes, de vestirme cuando quiera y de irme sin decir una palabra.

¿Pero a quién estoy engañando? Me tenían en sus manos.

—No he usado mi uniforme para una ostentosa cena en mucho tiempo —dijo Cheikh.

¿Ostentosa cena?

—Oh, no, tú no vienes.

—Te recuerdo que tú no puedes ir solo ni al baño —me dijo y cuando traté de interrumpirlo levantó su mano —. Llévate a Shin entonces. No hagas que me arrepienta.

Cheikh se llevó la taza de té a su pequeño cuarto y cerró la puerta. Sabía que ahora se arrodillaría delante de la cama y haría su rutina de rezos a Krea antes de dormir. Miré a Shin con una ceja enarcada, pero él parecía más enojado que yo.

Me vestí con mi mejor ropa: chaqueta oscura, camisa abotonada, botas y peiné mi cabello oscuro y ondulado. Necesitaba verme igual a los otros reinos. Nada podía empañar esta noche. O eso esperaba, cuando sin querer llevé mi vista a la ventana, donde pude ver las ruinas mientras el sol caía detrás de la montaña. *Enfócate,* me gruñí para mis adentro, desviando la mirada.

Estaba listo para irme, pero Shin estaba en el mismo lugar donde lo había dejado, con su cotidiano uniforme puesto. Seguro ya me estaba esperando y él parecía que quería arruinarme la noche con su indiferencia.

—Shin, por Krea, dime que no vas a ir así.

—Primero que nada, yo no creo en Krea; segundo, soy tu guardián; tercero, no soy un invitado —me recordó con actitud.

—El punto de ir es tratar de ser parte de los grandes y salir con un chaperón es básicamente lo contrario —discutí, pero Shin me miraba con tan poca importancia que me hervía la sangre.

—Lo toma o lo deja —concluyó —. ¿Le tengo que seguir recordando que es el único adolescente?

—¡Ya me veo como tal! —chillé, sintiéndome acorralado como si fueran mis padres. Ya fui tratado como un niño por los otros representantes. ¿Qué podría ser más humillante que entrar con un chaperón?

En medio de la terrible discusión tocaron la puerta. No tenía más opción que salir con mi guardián y, honestamente, prefería ir con la sombra de Shin, a no ir en lo absoluto. Esperaba que mi guardián fuera un fantasma, lo suficiente invisible para no convertir una oportunidad en una humillación. Ya bastante experiencia he vivido de eso para seguir acumulando más. Además, nunca me había puesto tan elegante, necesitaba aprovechar esta oportunidad.

Cuando abrí la puerta, Alexander me estaba esperando con los brazos cruzados, apoyado contra la pared. Su largo cabello estaba suelto, notando que era más largo de lo que aparentaba. El atuendo del príncipe variaba del turquesa al blanco, con adornos dorados. Amaba y odiaba que Alexander solo tuviera que existir para parecer el príncipe perfecto que podría salvarte la vida sin esfuerzo.

—Traes a tu nana —me acusó Alexander.

—No, Shin es... un amigo. —Pero cuando traté de darle un codazo juguetón, Shin puso mala cara alejándose de mí. *¡Shin! ¡Disimula!*

—Claro. O tal vez el general no confía en ti —dijo Alexander, refiriéndose a Cheikh.

—¿Por qué no confiaría en mí? —pregunté, lanzándole una mirada amenazante a Shin.

—Tal vez por miedo a que te puedas escapar a buscar un dragón —dijo Alexander como un chiste.

Me eché a reír a carcajadas, la risa más falsa que me pudo salir, pero realmente me hizo sudar hasta las manos. Shin me miró, sabiendo que Alexander tenía razón.

—Cómico el Alexander, ¿ah?

Shin viró los ojos de malhumor, pero al menos no contestó. ¡Qué serio eran mis guardaespaldas!

No tomamos el pasillo principal, sino que nos colamos por una puerta tan pequeña que tuve que agacharme. Seguimos el angosto camino iluminado por antorchas y hasta pensé que llegaríamos a unas mazmorras donde me esperaría otra emboscada. Era difícil ocultar lo nervioso que estaba cuando no podía encontrar el final del pasillo. No lo vi hasta que Alexander abrió la última puerta y la brisa del exterior me golpeó la cara y casi apaga algunas de las antorchas.

—Ni siquiera lo piense. Regrese ahora mismo —ordenó Shin, cuando vio un carruaje esperando —. Cheikh jamás permitiría salir de los límites del palacio. Especialmente con las protestas que están ocurriendo en la ciudad.

—No me voy a meter en problemas. Confía en mí —respondí, mientras seguía a Alexander a toda prisa.

—Omhet, juro que...

Me detuve en seco y me volví hacia él.

—Te prometo que regresaremos si surgiera algún peligro. ¿Mejor?

—No, claro que no. —Pero ya estaba entrando en el gran carruaje —. Cheikh me va a matar.

❧❦

—¿Primera vez en la ciudad? —preguntó Alexander.

—¿Tanto se nota? —respondí.

Estaba con la ventana abierta y, si pudiera, sacaría la mitad de mi cuerpo. Quería verlo todo. Me impresionaban incluso las pequeñas cosas como la carreta que se movía sin caballos, postes con luces eléctricas y un camino empedrado. Sin nieve ni olor a caballo. Los techos de las casas eran de terracota, las ventanas de madera variaban en llamativos colores y el olor a mar comenzaba a intensificarse a medida que nos acercábamos a la bahía. Era una ciudad hermosa y de noche lo era aún más.

—Hay demasiada gente. No me gusta nada esto —comentó Shin.

—Tranquilo, guardián. Las protestas solo se ven durante el día. Además, no hay civil que quiera desperdiciar el único día libre en semejante estupidez. Todos buscan un escape, como nosotros —dijo Alexander.

Nos bajamos en medio de la calle y traté de captar todo el alrededor. El cielo estaba estrellado hoy y las cuatro lunas iluminaban nuestro camino. Las casas estaban oscuras ya que todos dormían, pero podía escuchar música en diferentes partes. La vida nocturna había comenzado.

Caminé junto a Alex, hablando de cualquier cosa sin importancia, excepto la competencia. Solo éramos dos amigos huyendo de nuestras vidas por primera vez. Esperaba no arrepentirme, pero por sobre todas las cosas, esperaba no meterme en problemas.

—No te pierdas, guardián —bromeó Alexander, mirándolo por encima del hombro. Shin estaba teniendo dificultades para mantenerse cerca de nosotros, con tanta gente tropezándose con él.

—Quiero ver la playa —dije, olfateando el aire, casi saboreando la sal en la brisa —. Nunca he visto el mar.

—Y no será hoy —Shin logró aparecerse a mi lado, su respiración agitada por la prisa —. Ninguno de ustedes puede acercarse a la bahía. Es obvio que no saben lo peligroso que es Andebeck por la noche, especialmente en el muelle.

—No permitiré que nada te pase a ti ni a Omhet. Nunca me ha pasado nada desde que visité la taberna Las Lunas Gemelas y no creo que hoy sea diferente. ¿Por qué tanto miedo?

—Está paranoico... —Traté de responder por él.

—No, no lo estoy. No tienes idea de la facilidad con la que este chiquillo se mete en problemas —dijo, señalándome —. Hasta en Glacier hay rumores de que Omhet es tan frágil que murió tres veces el primer momento en que intentó entrenar con espadas.

—Dime que estás mintiendo —se rió Alexander con tanta fuerza que me sonrojé.

—¡Shin! ¡Ya es suficiente! —Traté de interrumpir.

—Puedo pasar el resto de la noche explicando por qué sacar a Omhet del palacio es una terrible idea—dijo Shin, ahora ambos dejándome atrás mientras disfrutaban de la conversación a mis expensas.

—Los rumores no son ciertos. No morí tres veces, eso fue exagerado. ¿Podemos cambiar de tema? —le supliqué. Este tipo estaba arruinando mi noche.

Shin se detuvo, formando un círculo de personas que comenzaron a caminar a nuestro alrededor.

—Entonces, ¿es solo un viejo rumor?

—¡Tenía ocho años!

—Mi hermana me ganó en combate cuando ella tenía seis años— se mofó Alexander.

Observé a Shin con una mirada furiosa. No podía creer que me estuviera haciendo esto.

—No estaba entrenando —le expliqué enojado —. Guillermo me llevó en medio de la noche...

Shin frunció el ceño.

—¿Guillermo? Eso no tiene sentido. ¿Para qué?

No pude responder. Mi voz tembló cuando traté de explicar que fue un accidente. Quizás Guillermo se levantó del lado equivocado esa mañana... y todas las anteriores.

Alexander puso su brazo alrededor de mi cuello en un abrazo amistoso. Era tan alto que casi pierdo el equilibrio.

—Todos los mayores intentan matar a su hermano menor al menos una vez en la vida. Como hermano mayor, te puedo asegurar que, es parte de nuestro rol.

Pero Shin estaba petrificado, como si hubiera descubierto un secreto que nadie sabía.

—Omhet —susurró Shin —. No lo sabía, yo...

—No fue nada —traté de gritarle, pero fue apenas un susurro —. Solo viejos rumores y estupideces que me persiguen. ¿Algún otro rumor que quieras compartir, general?

Shin trató de responder, pero se mordió el labio y negó con la cabeza.

Ya no hablamos el resto del camino. ¿Qué iba a decir? Shin mencionó eventos estúpidos que solo servían para humillarme. Alexander probablemente pensó que fui un niño idiota, débil e inútil que permitió que su hermano mayor lo usara durante años a su antojo. Pero la verdad es que, fui peor que un muñeco de trapo para mi hermano. Yo fui su perversa diversión.

—Entonces...—comentó Alexander —, veo que no tienes una buena relación con tu hermano mayor. No debería sorprenderme, eres un imán para el caos.

Creo que estaba tratando de animarme.

—Tengo una buena relación con toda mi familia, excepto con Guillermo. No es gran cosa, de todos modos — respondí indiferente, porque realmente tenía unas ganas inmensas de dejar el tema.

—¿No es él quien será el rey de Glacier? Si es tan malo es ahora, no puedo imaginar cuándo llegue al trono.

Y aunque nunca se lo he admitido a nadie, he tenido pesadillas toda mi vida sobre ese día.

La taberna Lunas Gemelas era enorme.

En Glacier las tabernas eran de un nivel, un bar y todos nos sabíamos los nombres.

No en Andebeck. ¡Tenía tres niveles! En dos esquinas diferentes del primer piso había dos bares y en medio un escenario redondo, donde estaban los músicos tocando con tanta energía que, apenas podía escuchar mi propia voz. Estaba repleto cada nivel, excepto el tercero.

El tercer nivel tenía docenas de puertas como si fuera una especie de posada, pero ¿dentro de una taberna? ¿Por qué habría habitaciones en el tercer nivel de una taberna?

—¿Qué hay en el tercer piso?

—No pregunte —interrumpió Shin y me empujó por el hombro —. No pierda de vista a Alexander, no se distraiga, no se aleje de mí...

Tantas instrucciones me hicieron resoplar. Shin estaba frenético.

El lugar estaba tan lleno de gente que pensé que perdería de vista a Alex, hasta que se detuvo frente a un pasillo con escaleras a un sótano.

—Bienvenido de nuevo, su Alteza —lo saludó una mujer, a la vez que levantó su mano y acarició su rostro.

Si alguien me tocara así, me habría sonrojado hasta las orejas, pero Alexander actuó como si fuera normal. Me hizo señas para que caminara delante de él y Shin puso una mano en mi hombro. Creo que trataba de detenerme, pero no le hice caso. Bajé las escaleras y entré por la única puerta al final del pasillo.

Al entrar, encontré una habitación privada. Alfombras rojas, bar propio y camareros uniformados. Era más elegante que el resto de la taberna en el piso principal, pero este lugar era solo para invitados. Y pude reconocer a todos los presentes.

Especialmente a Karl.

—Bienvenido a nuestro pequeño escape —dijo Alexander, entrando detrás de mí.

Exhalé del alivio. Me alegró ver que no fue una emboscada.

—¿Por qué lo trajiste? —protestó Alanis.

La joven se acercó con su usual falda amplia y su blusa que mostraba parte de su vientre. Esta vez no tenía su cabello recogido; lo tenía rizo, libre y con su preciosa flor en la oreja.

—Ya —le pidió Pierre, mirándome de reojo —es el invitado de Alex.

Como si eso significara algo Alanis no protestó más, como que tampoco la música se detuvo por mi llegada. Eso era bueno, me hizo hasta acercarme más a Alexander con la esperanza de sentirme seguro. Nadie parecía atreverse a mirarme demasiado cuando Alex estaba conmigo.

Ni siquiera Karl. No solo estaba con sus guardias socializando con sus cortes, sino que Khloe también estaba con él. Por supuesto, tan pronto como Karl me vio, se colocó más cerca de ella. Lo peor de todo es que ella ni siquiera me miró por más de un segundo ante de continuar socializando con los demás.

Un suspiro llamó mi atención y noté cómo Shin la miraba fijamente. No podía culparlo: Khloe tenía puesto un vestido donde la tela translúcida le llegaba hasta los tobillos, pero había grandes aberturas en los muslos. Tuve que darle un codazo a mi guardián y apartó su mirada sonrojada.

—Alguien está emocionado de ver a una vieja amiga —comenté.

—Si alguien escucha lo que está insinuando, señor, soy hombre muerto —se sonrojó Shin y contuve la risa, pero tiene razón. No debí haber dicho eso. A nadie se le permitía tocar a una mujer Ettezi sin permiso. Mucho menos alguien tan corriente como Shin o podrían sentenciarlo a muerte por tan solo mirarla a los ojos.

—Omhet —me llamó Alexander —. Quiero presentarte a la hija de la Alta Lady de la corte sur. Sani de Sierra Adaza —señaló a la mujer frente a mí, cuya piel oscura brillaba a la luz de las velas.

Al principio no la reconocí, estaba acostumbrado a verla en su uniforme de entrenamiento. Se movió hacia mí con gracia, como si no tuviera un enorme tocado de tela con diseños dorados que hacían juego con la tela de sus prendas. Su atuendo cubría la mayor parte de su piel, pero sus aretes y accesorios la hacían lucir como una diosa.

—*M'lady.* —Como el respeto demandaba, hice un corto acto de reverencia para saludarla, sin tocarla—. ¿Es la corte Sierra Adaza tan preciosa como usted? Si es así, sería todo un paraíso.

Cuando sonrió, su belleza iluminó aún más.

—Seas bienvenido tú y tu familia —me dijo con alegría y su acento musical —. Estarás familiarizado con los territorios pequeños; el mío es el segundo en la unión.

Sin causar ningún problema, pude tener una conversación con Sani y conocí de su cultura y su corte. Fue interesante descubrir que el suyo era un país principalmente conectado con el desierto, cerca de Ettezi, pero que también tenían costa. Aún más interesante fue cuando me explicó que Ettezi y Sierra Adaza tuvieron décadas de guerra antes de unirse a la unión como aliados.

—La historia está escrita con sus falsedades. Convencieron al mundo de que eran piratas que adoptaron el desierto rojo, pero es una vil mentira más. El desierto rojo era nuestro. Ahora, estamos acorralados a la costa.

Los camareros pasaron junto a nosotros con bandejas de entremeses y bebidas en copas. Estaba tan absorto en su historia que no me atreví a mirar a los Ettezi al otro lado del salón. Podría jurar que sabían que estábamos hablando de ellos, estaba seguro.

—En teoría, ¿Sierra Adaza y Ettezi son amigos o enemigos?

—Estamos en paz —concluyó, pero noté cómo su voz tropezaba un poco —. Pero Ettezi no es de fiar, Omhet. Sé que te has visto como un amigo de Khloe, pero debes ser prudente.

—Khloe es diferente a Ettezi. Ella no quiere ser como ellos —insistí.

—Tal vez, pero ella es parte de ellos y aunque no quiera, tiene que comportarse como tal. No tiene otra opción. —Miré disimuladamente a Khloe, viendo que estaba actuando como una Ettezi. A diferencia de cómo se comportaba cuando su hermano no estaba cerca —. Teníamos el desierto hasta que nos invadieron. Eran meros piratas antes de comenzar sus guerras y logramos defendernos. Ahora están aquí, tratando de conquistar la capital con sus caras bonitas.

No pude evitar observar tanto a Karl como a Khloe, entendiendo mejor su historia. Dichoso reino que le gustaba destruir lo que tocaba. Ni siquiera fueron parte del desierto en el pasado y actuaban como si pudieran conquistar el mundo con su tóxica arrogancia.

—Quiero ganar esta competencia aliada a Puerto Escondido —continuó Sani —: y lo único que pido a cambio es quitarles poder a esos conquistadores.

Desvié la vista de Karl cuando me atrapó mirándole con amargura.

—Toda cultura puede cambiar. Solo se necesita una pequeña llama para hacer una gran explosión —comenté, pensando en Khloe. Porque sé que en el fondo ella detestaba la parte injusta de su cultura tanto como yo.

—Reza a tu dios para que Khloe de Ettezi gane, entonces —concluyó —, porque, si Karl lo hace, ni siquiera ella será feliz.

Quería saber más sobre Ettezi, pero Sani se interrumpió y miró por encima de mi hombro. No fue hasta ese momento que me di cuenta de que alguien se acercaba a mí y supe de quién se trataba con solo escuchar sus pasos.

—No empieces —le advirtió Sani, parecía a la defensiva.

—Vine en son de paz —dijo Karl.

Me volteé sin mostrar nada de miedo, mirándonos a los ojos con la usual seriedad. Era obvio que lo detestaba y que él me detestaba en mí.

—Interesante, porque si bien recuerdo, la palabra *paz* no existe en tu diccionario —respondió Sani.

—Somos naturalmente seres de guerra y es por eso que he dedicado mi vida entera a ser el mejor. Prefiero que el enemigo me tenga miedo, a convertirme en su presa.

—Igualmente somos seres racionales que hemos aprendido a perdonar —concluyó Sani, haciendo un movimiento de mano para que sus guardianas se movieran con ella —. Que no se te olvide la piedad, príncipe Karl, porque puedes perder el control fácilmente.

Tuve que respirar profundo tratando de armarme de paciencia, porque cuando Sani se unió a otro grupo lejano, supe que, no solamente se estaba alejando de Karl, pero que ahora era mi turno de lidiar con él.

—Imagino que no tienes ni idea que estás delante de los países que dominan esta competencia —comenzó Karl, cruzándose de brazos —. Debes sentirte como un ratón en medio de un parlamento de búhos.

Quería responderle como si estuviéramos teniendo una conversación normal, sabiendo que había gente alrededor que podría defenderme... pero realmente estaba solo. Alexander estaba con Alanis bailando, sin darse cuenta de que me estaban acorralado. Entonces miré a Shin, pero él se había alejado, para ir donde...

¿Dónde Khloe? Le tocó el hombro y cuando ella se dio la vuelta, le dijo algo que la hizo reír. ¿Qué diablos estaba pasando?

—Cuatro territorios en la delantera, querrás decir —aclaré a su comentario y traté de mostrarme valiente a pesar de que me sentí vulnerable —. Debe sentirse terrible de entender que ya no eres el único.

—Es bueno siempre tener tus contrincantes claros —respondió, encogiéndose de hombros —. Mientras más los conoces, mejor.

—Qué fastidio para ti que yo esté aquí con cuatro reinos principales, ¿no, Karl? —dije burlón.

—Oh, no te confundas —dijo y agarró unas cuantas uvas de la mesa de al lado —. ¿Crees que ser la sombra de Alex te hace tener un poderoso aliado? —casi se rió —. Tienes algo valioso que ellos quieren. Si quieres un consejo de mi parte, ten cuidado.

Miré a Álex. Se lo estaba pasando genial bailando con Alanis y por eso no le pude responder a su veneno, sintiendo que el drama de este lugar era demasiado para mí. Sobre todo, porque no veía maldad en ellos... en Alexander. O tal vez esa era su especialidad: manipular con su encantadora personalidad. Ya lo hizo una vez, no sería extraño que lo hiciera una segunda vez.

Deja de pensar tanto. ¡No escuches a Karl!

—Puedes actuar como el idiota más grande con tu cara bonita e inocente —me susurró Karl, acercándose a mi espalda para hablarme al oído —, pero todos saben que tuviste las agallas para acercarte al maldito dragón y es por eso que están atraídos a ti, para robar toda la información que puedan...

—No tengo nada que ofrecer —protesté —. Lo que pasó fue un accidente.

—Estás en una competencia a muerte y por error o bendición, te has rodeado de aliados y enemigos, pero ¿puedes identificar cuál es cuál? —preguntó y escuché que se metía otra uva en la boca.

Quería defender a Alexander. Quería decir que sabía quiénes eran mis aliados, pero mientras lo miraba me di cuenta de que no tenía ni idea de quienes eran realmente todas estas personas.

—¿Qué te importa, de todos modos? —discutí, tratando de mantener mi actitud.

—Me importa —dijo, acercándose a mi oído. Podía sentir su enorme cuerpo casi presionado contra mi espalda —. Porque te quiero para mí, Omhet. —Todos los sonidos de fondo, música, cacofonía y parloteo desaparecieron cuando la ira se apoderó de mí —. No quiero que ningún enemigo te toque antes que yo, porque cuando me convierta en rey, adivina qué reino voy a conquistar primero.

—No puedes... —Me giré con actitud, alejándome al menos tres pasos. No podía dejar que su cercanía me intimidara.

—¿O qué? ¿Qué va a hacer un cobarde como tú? ¿Llorar? —Dio media vuelta y se fue para volver con su gente.

Apreté los puños y los dientes. Crecí como el hijo menor, de quien se burlaban constantemente y tuve que aprender a defenderme. Por eso sentí el terrible impulso de pelear con Karl. Quería saltar sobre él y reventarle la cara. No podía salirse con la suya burlándose de mí de esa manera, así que comencé a caminar hacia él tan pronto como me dio la espalda. Lo halé del brazo y antes de que tuviera tiempo de reaccionar, le di un puñetazo en la cara con tanta fuerza que todos se quedaron boquiabiertos por la sorpresa. Hasta la música se detuvo.

—No vas a intimidarme, ni amenazarme —le grité —. Puedes meterte conmigo, pero en tu maldita vida vuelvas amenazar a mi reino o te juro que no respondo.

Sus aliados comenzaron a acercarse hacia mí de manera amenazadora, pero Karl le hizo señas para que se alejaran.

—Has atrevido a tocarme delante de...

—Me importa un carajo tu ego —le escupí las palabras con coraje, acercándome sin miedo alguno.

Esperé que me golpeara, lo vi ponerse agresivo, cuando de repente Alexander se posó detrás de mí, luego Alanis y al final Sani.

—¡Es suficiente! —ordenó Alexander.

Karl me miró a mí y a los que estaban detrás. Sin decir nada más, agarró su chaqueta y abrió la puerta.

—Khloe —bramó Karl.

—No he terminado —dijo y tomó una copa de vino de un sirviente que pasaba.

Karl estaba furioso. Me recordó a la mirada que solía darme Guillermo cuando entraba a mi habitación y tiraba de mi cabello hacia el pasillo. Me estremecí al recordarlo.

Pero él no dijo una palabra y salió furioso por la puerta dejando a Khloe atrás.

Pensé que había arruinado la noche y que me metería en muchos problemas, pero cuando giré para encontrar al inútil de Shin, estaba apoyado contra la pared junto a Khloe, bebiendo cerveza con una sonrisa victoriosa.

¿Me dejó solo a propósito?

—Él no dormirá feliz esta noche —le dijo Khloe a Shin y se rieron.

No podía controlar mi respiración. Estaba furioso. Ni siquiera una pequeña victoria me hizo sentir mejor.

—Relájate —dijo Alex —. Todos aquí están celebrando contigo. Te prometo que habrá tiempo para las consecuencias más tarde —dijo y me ofreció una copa de vino.

Asentí, escuchando las risas a mi alrededor a expensas de Karl. Cuando la música regresó, fue más enérgica que antes.

Traté de volver mi atención al grupo como lo hicieron ellos y disfrutar de cómo Alexander se movía entre la multitud con tanta facilidad, pero las palabras de Karl se quedaron conmigo. En el fondo sabía que Karl tenía razón en muchas cosas. No sabía quién diablos era mi aliado o mi enemigo. O si incluso, había diferencia en esta competencia.

Por el momento, acepté la copa que me ofreció Alexander y traté de disfrutar lo que me quedaba de noche. Pude sonreír por un momento, al final, Karl no me volvería a humillar.

Matar tal vez, pero humillar no.

—Eres muy celoso con tu reino —comentó Khloe.

Me sorprendió que se hubiera atrevido a hablarme, pero ahora que sus guardaespaldas no estaban allí, ni tampoco su hermano, vi a la misma Khloe que conocí por primera vez.

—Es lo único que tengo.

—Convertirse en enemigo de Ettezi para un reino tan vulnerable como el suyo es arriesgado —dijo, sentándose en un taburete, apoyando la espalda contra la pared.

—Es por eso que no puede ganar esta competencia —insistí y bebí de mi copa de vino, amargo, como esta noche.

—Todos saben que cada vez es más difícil competir con él. Tiene a las cortes Rustilla y Or-Mua de su lado...

—Del lado de Ettezi —aclaré y decliné cuando un mesero me ofreció un aperitivo de la bandeja —. Eres una Ettezi y tienes todo el derecho de reclamarlos como tuyo tanto como Karl.

Se rió amargamente y lo ocultó con su copa mientras bebía su vino.

—Deja tus arriesgados comentarios para los que de verdad tienen un ejército para pelear —. Con un gesto, señaló a los demás disfrutando de su noche. Los verdaderos héroes de la competencia de fuego.

No dijimos nada más y mantuvimos la distancia. Uno en el que parecía que nos odiábamos, pero por el contrario, me sentía cómodo teniendo una conversación normal con Khloe una vez más.

Cuando Shin regresó con dos bebidas estuve a punto de agradecerle porque se me había acabado la mía...

Si no fuera por el hecho de que era una para él y otra para Khloe. Dejé caer mi mano. Me dio la espalda para hablar con ella, haciendo que me alejara más de ellos.

¿Qué demonios le pasó? Él nunca se reía de mis bromas, pero se reía como un idiota mientras ella se acomodaba el cabello detrás de la oreja.

Estaba a punto de interrumpir su insolencia cuando alguien me haló del brazo.

—Déjalos respirar —dijo Alexander.

—Si alguien lo ve cerca de ella...

—Hay muchas reglas en esta sala, una de ellas es que no hay títulos. En otras palabras, lo que sucede en este salón no sale de estas paredes. No te preocupes.

—Sí, pero Karl...

—¿Crees que estarías de una pieza si no fuera por las reglas que nos protegen aquí? Karl te habría asesinado como exige su cultura. Lo humillas públicamente.

—¿No crees que debería haber conocido estas reglas antes de llegar? —pregunté, notando que me estaba acercando más y más a la pista de baile.

—Se suponía que debías sonreír y disfrutar de la noche. ¿Cómo iba a saber que ibas a terminar provocando al tipo más violento de la competencia?

Resoplé.

—*Sonríe y disfruta*. Hablas como mi padre.

—Por una buena razón.

Intenté contenerme, pero ya me estaba riendo cuando me miró. Creo que estoy empezando a entender por qué mi padre no me quiere en la batalla. Sería un milagro si llego vivo a invierno por mi imprudencia.

Me detuve al borde de la pista de baile, con gente a mi izquierda y derecha. Alanis se quitó las sandalias y la música se adaptó a sus movimientos.

Ella resplandeció en su baile. Tambores y guitarras llenaron toda la habitación mientras ella comenzaba a mover su falda. Me pareció fascinante que sus movimientos controlaran la música y no al revés.

—¿Sabes bailar, príncipe de las altas montañas? —Alanís me preguntó.

—Así no —dije al instante.

—Deja que te enseñe.

Me ofreció su mano y yo dudé. Alanis era la última persona en la que confiaba...

Pero Alex me empujó y tomé su mano en mi tropezón. Alanis se alegró de mi aceptación forzada y yo bailé. Por supuesto que bailé.

Nunca fui un combatiente ni un estudioso, pero si en algo tengo experiencia es en la vida nocturna.

Si la batalla por venir fuera por bailar, mi vida hubiera sido más fácil.

Me reí mientras bailaba con decenas de invitados, perdiéndome en esta agradable sensación. Incluso Alexander me agarró por la cintura mientras imitábamos los movimientos de Alanis. Además de estar borrachos, estábamos insoportablemente felices.

O eso quería, hasta que vi a uno de los invitados con el pelo rojizo bailando entre los demás.

Me pareció de lo más estúpido tener que decepcionar a unos para hacer feliz a otros.

Capítulo 18

—Bien, es suficiente. Estás borracho —dijo Shin, tirando de mí por la camisa.

Tropecé con el camarero y cayeron varios vasos. Traté de disculparme a través de mi risa, pero seguí empeorando las cosas.

—Llévatelo, Shin —gritó Alexander, con Alanis en su regazo.

Ambos parecen los dioses de esta habitación, sentados en una silla del tamaño de un trono.

Khloe bebió hasta el último trago detrás de la mesa como si no la afectara. Sani estaba bailando y Alexander parecía demasiado ocupado con Alanis para hablar con nadie más.

—Amigos, los veré en el campo de batalla —dije, inclinándome como si estuviera terminando un acto.

Shin me haló hacia el pasillo y esta vez subí las escaleras a trompicones, empujando y perdiéndome entre la multitud. Hasta que estuvimos afuera y las cuatro lunas nos saludaron.

—Vomita en la cuneta, donde no tenga que verte —me ordenó Shin.

Ya no había ni un alma en las calles de la ciudad. Debía ser pasada la medianoche, e irónicamente, la ciudad se veía más hermosa que nunca.

Me enderecé, aparté el cabello de mi cara y ajusté la chaqueta en su lugar.

—No estoy borracho. Sólo estaba fingiendo —le dije a toda prisa —. Ahora, vámonos antes de que sea demasiado tarde — pedí a la vez que me eché a caminar por la calle en dirección opuesta al palacio.

Shin me miró confundido. Creo que mi cambio fue demasiado drástico para su comprensión.

—¿A dónde vas?

—Tengo un lugar más a donde ir —dije, trotando a través del callejón —. Laila me está esperando.

—¿Qué...? ¿Laila? ¡Omhet! ¡Regresa!

Shin gritó mi nombre varias veces, pero lo ignoré y crucé el callejón, ahora saliendo de los límites de la ciudad. Iba directamente a los caminos a través del bosque, porque iba en dirección a las ruinas.

Donde terminaban las avenidas y comenzaban las interminables calles fuera de la ciudad, había una estación de caballos. Estaban principalmente cerca de la posada para que los turistas descansaran y era eso justo lo que estaba buscando. Porque iba a pedir *prestado* un caballo.

—¡Omhet! —gritó Shin, alcanzándome —. Debemos volver al palacio o Cheikh me matará...

—Cheikh, el rey de Glacier, Marcus... ¿Cuántos líderes por encima de nosotros? —respondí con actitud, mientras entraba al establo —. Siempre habrá alguien diciéndome qué hacer. El poder es agobiante.

No había muchos caballos en los corrales ni guardias. Tenía que ser rápido, así que agarré la silla de montar y corrí hacia el primer caballo que encontré.

—Señor, si algún día es rey, entenderá todo lo que los líderes tienen que hacer para mantener la paz en el reino— me regañó, enojado.

—¡Paz! —repetí, deteniéndome un momento antes de abrir el corral —. Los reyes solo cuidan sus propios intereses y la prosperidad que les conviene. No seas ingenuo Shin, que no todo es blanco o negro.

Ensillé al caballo tan rápido como mis dedos pudieron moverse. Salté sobre el animal y me dirigí hacia la salida. Hasta que Shin se paró delante, impidiendo mi escape.

—¿Por qué hace esto? —preguntó, dejando caer sus brazos de manera rendida. Nunca lo había visto tan frustrado.

—Porque para esto es que estamos aquí —respondí con prisa, tratando de pasarle por el lado.

—¡Así no! *¡Espere!* —me ordenó —. No voy a seguir consintiendo esta estupidez. Tarde o temprano alguien se enterará de lo que está haciendo, ¿ha pensado en eso?

Hubo un momento de silencio antes de responderle, porque ya estaba enojándome bastante.

—¿Quién lo va a decir? ¿Tú?

Shin gimió de la frustración.

—Omhet, está jugando con fuego y me va a quemar con usted.

—Tienes dos opciones —dije, totalmente decidido —. Corre, cuéntale a Cheikh o a Marcus. Ellos le notificarán al rey de Glacier y probablemente me desterrarán de Andebeck. Entonces yo mismo haré que te remuevan de tus cargos y tu rango. —Shin dio un paso atrás, asombrado de mi amenaza —. O quédate callado, cumple tu misión de guardián como mi rey le ordenó y ayúdame a salvar a Laila Blume, que es lo único que importa.

—No me haga elegir entre usted y mi deber. Se lo pido.

—¿Alguna vez tu corazón ha contradicho a la razón? —Sus ojos se agrandaron, pero no respondió.

No dije nada más y ordené al caballo que corriera.

Tal vez fue el vino, la adrenalina o la desesperación, pero haberme desquitado con Shin con tanta dureza me hizo sentir como un pedazo de mierda. No sería capaz de quitarle los cargos a Shin. Mi padre primero me deshonraría antes de permitirme arruinar la vida de mi guardián.

Que sus vidas sean para proteger la mía, como la mía para proteger las suyas, había pactado y hoy acabo de escupirle en la cara lo peor que pude haber dicho, pero estaba desesperado y no podía permitir que le dijera a Cheikh. Si mi padre me sacara de esta competencia, todo habría sido en vano. En Andebeck se estaban matando por una corona, mientras que, en las ruinas había una mujer desesperada por ayuda. Si alguien descubría lo que yo sabía, podría ser peor, podrían usarlo como una excusa para acabar con el dragón.

Laila no solo era la respuesta a esta competencia, sino a todos los problemas de Andebeck. A los míos también. Me preguntaba tantas cosas que solo ella podía responderme, por eso apresuré mi caballo por el camino que ya estaba aprendiéndome de memoria.

Me bajé en el mismo árbol de la última vez, amarrando el caballo y observando las oscuras y silenciosas ruinas. No escuché ni un murmullo, así que rodeé el tronco buscando alguna nota o una señal de que ella estuvo aquí. Seguro debió, por lo menos, haberme dejado un mensaje de agradecimiento o de rechazo. Lo que fuera, pero que me conteste, porque sentía que si no volvía a saber de ella me volvería loco.

Me asomé en el árbol buscando sobre la rama donde había dejado el maletín, pero no lo encontré. Lo que significaba que sí tomó el maletín, pero no dejó respuesta y no supe cómo sentirme al respecto. Necesitaba tomar una decisión y aunque sabía que me convenía simplemente abandonar lo poco que había descubierto, mi corazón se aceleró en contradicción. ¿Qué rayos me sucedía con ella?

Estuve a punto de buscar más arriba de las ramas alguna señal cuando escuché un bramido, como el de un felino asechando a una presa. Un felino grande. Me paralicé, bajando de regreso al suelo, no porque le tenía miedo a un animal salvaje, pero porque de repente el caballo actuó con tanto terror que me puso nervioso. Esa era mi señal para salir de ahí de inmediato. Así que me dejé caer al suelo y me volteé para salir corriendo de regreso...

Un jadeo salió de mis labios, a la vez que me detuve de golpe, cuando aquellos ojos amarillos estuvieron sobre mí.

Dejé mi espalda chocar con el tronco del árbol. Por un momento olvidé hasta de respirar. Ese dragón no estaba escondido en las ruinas; estuvo entre las sombras, esperando por mí.

—Por los cielos —susurré, sintiendo que casi me fusionaba con el tronco. Creo que el efecto del alcohol se me fue hasta los pies.

Ignorantemente pensé que el dragón no saldría de las ruinas, que tal vez la bestia estaba tan encerrada como Laila, pero no. Ahí estaba, delante de mí. Podía ver su cola moviéndose, sintiendo las ráfagas de viento que hacía con sólo moverla. Un coletazo y me partía en dos. Tal vez debí haber reaccionado, sin embargo, no podía dejar de mirarlo. Sin moverme... sin tan siquiera respirar, vi cómo el dragón comenzó a enseñarme los dientes, exhalando aire tan fuerte por su nariz que botó humo.

—Cómeme ahora, rostízame si quieres, porque si no lo haces pasaré por encima de ti y de Tiara. Pero Laila Blume será libre algún día, te guste o no —le dije al dragón, con voz trabada. No quería mostrar miedo, quería verme fuerte, pero mis temblores no ayudaban mucho.

El dragón gruñó, como si hubiese entendido cada palabra que dije.

Interesante...

—¿Por qué no me has bañado en fuego? —susurré, más por curiosidad que por sorpresa.

El dragón abrió la boca y bramó fuerte, como un enorme felino. Su aliento caliente me azotó tan fuerte, que sentí como si hubiese abierto un horno por accidente. Traté de mantenerme tranquilo, aunque me ardían hasta los ojos.

Me despegué del tronco y di un paso hacia el dragón.

Éste dio un paso hacia atrás.

Sonreí. Él me huyó en vez de comerme.

—No vas a lograr asustarme. No lo suficiente —dije, dando un paso más, mirándolo a los ojos —. Eres una criatura... —Traté de encontrar las palabras correctas, pero al final, cuando pude acercarme lo suficiente, sólo quedó fascinación. Mis hombros se relajaron y casi se me escapó una sonrisa, mientras lo observaba —. Eres una criatura hermosa.

El dragón me entendió, escondiendo los dientes al fin y hasta pude apreciar el color rojizo de sus escamas.

Hizo algo que no esperé. Bajó su cabeza a mi nivel, mirándome cara a cara, como si quisiera comerme, como si estuviese listo para despedazarme, pero no hacía nada. Levanté mi mano, mirándole a los ojos, con tranquilidad y temor a la vez.

El dragón me gruñó, amenazándome, así que me detuve. Lo volví a intentar. Levanté mi mano de nuevo y la acerqué lentamente.

Respiré hondo, lo contuve con todas mis fuerzas, bajé la vista y di un paso más.

Toqué al dragón. Justo en su mejilla, mientras me miraba haciendo ese ronroneo de advertencia. No me despegué. Esperé la muerte en ese momento, pero no pasó nada.

Expulsé el aire de mis pulmones.

El dragón seguía mirándome, pero ahora confundido.

—No —dije respondiendo a su mirada curiosa —. No te tengo miedo. —*Al menos no tanto*, corregí.

Mi fascinación ganaba cualquier temor. Era una bestia enorme, pero era hermoso. Me acerqué más. Quería poner mi otra mano sobre su gruesa piel. Quería tocar sus escamas...

Cuando sus alas se abrieron con tal fuerza que me hizo caer. Eran dos alas que sobrepasaban su tamaño y que, al moverlas, tuve que espetar las manos al suelo, pues la brisa tenía la suficiente fuerza como para desestabilizarme. No me dio tiempo a moverme, porque de la nada el dragón salió volando por los aires, en dirección a las ruinas. Seguro iba a esconderse, pero ¿por qué tan repentinamente?

Me reí, tirado en el suelo, viendo al dragón alejándose de mí a toda velocidad. Definitivamente estaba borracho o estaba completamente loco. No podía esconder mi sonrisa y mi fascinación. Sentí que pasé demasiados años encerrado en Glacier ¡Esto era increíble! Quería volverle a ver. Quería poder ganarme su confianza, quería montarlo y volar por los cielos. Quería... quería que las cosas fueran diferentes.

¿Por qué teníamos que matarlo? ¿Por qué no simplemente buscarle un hogar donde pueda ser libre de la hechicera y de Laila? El dragón no tenía culpa de la maldición. En el fondo parecía una buena criatura.

—Eres el tipo más loco que conozco —alguien dijo a mis espaldas.

Cuando subo la mirada desde el suelo vi a Shin, asomado detrás del árbol. Tan asustado, que temí que se fuera a desplomar.

—¡Fuiste tú! Lo espantaste —lo acusé, poniéndome de pie.

No esperé respuesta, sino que salí corriendo hacia las ruinas. Tenía que volver a ver a la criatura, tenía que volverle a tocar y sumergirme en sus ojos colmados de cautela, pero a la misma vez llenos de curiosidad.

—¡Omhet! —gritó Shin, corriendo detrás de mí —. ¡No, Omhet!

Corrí sin fatigarme, saltando sobre los escombros y los escalones destruidos. Hasta que llegué a la entrada del castillo, asomándome sin hacer ruido. El dragón estaba ahí, escalando con sus garras las paredes, destruyendo todo a su paso. Como si conociera ya el camino se metió entre los huecos de las paredes, hasta que desapareció como si fuera su nido. No me había fijado en ese hueco la primera vez, ya que estaba tan oscuro que no lo creería hasta que lo vi. Ni siquiera parecía posible de escalar, honestamente.

Shin logró llegar detrás de mí, asomándose con la espada en la mano, mirando a todos lados.

—Tenemos que advertir a Marcus y al resto de la Unión. Podemos tenderle una emboscada y cortarle las alas y la cabeza y... —Pero cuando le fulminé con la mirada él se quedó callado — ¿Qué?

—¿Qué pasa contigo?

—¡No! ¿Qué pasa con *usted*?

—Baja tu maldita voz, Shin. ¿Quieres morir?

—Gracioso, yo iba a preguntarle lo mismo. — Rodé los ojos —. ¿Podemos irnos ahora?

—No estamos aquí por el dragón...

—¿Y por qué entonces? No me digas, ¿por el fantasma de Laila? —estalló y el eco rebotó.

—Vamos, cobarde, ya pasamos la parte más difícil.

—¿Soy yo o suenas muy seguro de sus palabras? —gritó mientras lo dejaba atrás —. Es una bestia peligrosa. Usted no sabe si ya hemos pasado por la parte más difícil. Tal vez nos esté esperando al otro lado. Tal vez seamos su maldita cena.

Caminé por el pasillo que había recorrido con Khloe, mientras Shin lloriqueaba detrás de mí. No me estaba dejando concentrarme, mientras trataba de recordar a qué dirección había corrido la primera vez, hasta encontrar la torre.

Sabía que estaba cerca cuando entré por una puerta doble y encontré la destruida biblioteca. Ni siquiera podía ver más allá de los primeros anaqueles por culpa de la noche. Nuestra única ayuda era la luz de las cuatro lunas que entraba por la ventana.

—¿Escucha eso? —susurró Shin, agachándose.

Sí, podía escuchar un ronroneo, como si el dragón estuviese sufriendo o roncando. No era muy experto en bestias, así que me quedé en la entrada de la biblioteca sabiendo que estaba cerca.

—Nos pasamos la entrada —dije regresando los pasos —. Recuerdo que doblé por uno de estos pasillos.

—Este lugar es tres veces más grande que el castillo de Andebeck, nos perderemos —protestó Shin. No puedo creer que el miedo lo había consumido por completo.

Si se hubiera callado por un momento, podría haberle explicado que sabía lo que estaba haciendo. Podría haberle demostrado que la primera vez que corrí de la biblioteca al salón principal, de alguna manera, esa carrera desesperada me había llevado a los escalones que conducían a una torre. Al menos eso es lo que quería decir, pero cuando di la vuelta por el pasillo, encontré esos ojos esmeraldas en los que había estado pensando tanto.

Laila...

Ella se sostenía de la pared y se detuvo también como si me hubiese estado buscando. Apenas podía verla, pues utilizaba la sombra para esconderse. Shin jadeó y me detuvo. Reaccionó no como si hubiera visto un fantasma, sino un demonio.

Ella cerró los ojos y se apoyó en la pared. Intenté dar un paso hacia Laila, pero se alejó de mí.

—Te advertí... —dijo con tono de voz débil, pero enojado —, que no volvieras.

Shin parecía aterrorizado. Pensé que se desmayaría como yo en mi primer día en la competencia. Estaba muy pálido.

—¿Realmente quiere que me vaya? —pregunté con cierta tristeza —. No quiero invadir, solo quiero ayudar.

Ella gimió y yo quería cerrar el espacio que nos separaba para sostenerla. Parecía como si un dolor terrible le brotara de la cabeza porque se la sujetó con la mano.

—¿Qué no entiendes? —comenzó a sonar más y más débil. Traté de acercarme un poco más, viendo sudor en su frente, parte de su cabello enredado cubriendo su rostro y sus rodillas doblándose como si estuviese a punto de caer de la debilidad —. A quien trato de salvar es a ti.

¿A mí? ¿A mí trata de salvar? Es ella quien necesita la ayuda, pero no pude responder todo eso, porque de momento sus ojos se cerraron y comenzó a caer. Estaba esperándolo, por eso caí a su lado, sujetando su cabeza junto a mi pecho.

Shin se agachó cerca de nosotros, levantó su mano y quitó el cabello de su rostro para mirarla mejor. Se estremeció cuando se dio cuenta que ella era real. Cobarde. Era valiente para enfrentar cualquier enemigo, pero para fantasmas y dragones casi vomitaba de los nervios.

—Ella es real —susurró y me miró a los ojos —. ¿En qué rayos se ha metido?

—Este no es el momento para esto —le dije a toda prisa —. Shin, perdóname por haberte amenazado y por actuar como un idiota, pero esto es lo que necesitaba mostrarte. Necesito a alguien que me ayude, no puedo hacer esto solo. Ella nos necesita y yo... Shin, te necesito.

Mi guardián asintió, aunque no parecía convencido.

—Está bien, le ayudaré por hoy.

—Gracias.

—No. No me dé las gracias. Voy a contarle todo a Cheikh tan pronto como regresemos y no volverá a amenazarme nunca más. ¿Entiende, Príncipe Omhet?

¿Le contará *todo*?

Sabía que los resultados serían horribles después de esto, pero no dudé en responder.

—Asumiré las consecuencias, guardián. Y nunca volveré a amenazarte.

Me levanté con ella sin perder más tiempo, sorprendido de que pareciera no pesar nada. Era tan ligera y delgada que pude llevarla en brazos e incluso subir al trote las escaleras hasta la torre sin descanso. Necesitaba traerle comida inmediatamente... espera. *¿Puede ella comer?*

Cuando la solté en su cama, pude observarla al fin con la poca luz nocturna que entraba por la ventana. Su respiración era jadeante, como si se esforzara por mantenerse con vida. Su vestido estaba deteriorado y sus mejillas sonrojadas. No perdí más mi tiempo y comencé a buscar en el baúl, las esquinas y hasta en el baño el maletín que le había traído.

—Omhet —me llamó Shin en tono urgente y me volteé. Él estaba a su lado, con la mano en su frente —. Ella está mal.

Me moví a su lado y toqué su empapada frente. Estaba tan caliente, que tuve que mover mi mano. Miré a Shin, nervioso.

—No podemos dejarla morir.

El baño tenía una ducha sin bañera, por lo que no podía llenar nada con agua hasta el borde. *Maldición.* Sólo se me ocurrió una cosa y fue abrir la ducha. Luego me quité la chaqueta y los zapatos para no mojarme más de lo necesario. Salí corriendo del baño y me acerqué a Laila de nuevo.

—Creo que está agonizando —dijo Shin —. Está hablando en otro idioma, con ojos en blanco.

Me le quedé mirando un momento, sintiendo que su vida se me escapaba de las manos.

—La fiebre está a un nivel que jamás había sentido —dije a la vez que levantaba a Laila, esta vez por los brazos, recostando su rostro sobre mi hombro.

Sin pensarlo más, me metí debajo de la ducha fría, gimiendo cuando sentí el agua helada sobre mi cuerpo. Laila casi se resbalaba por el agua, así que la cargué mejor, abrazándola hacia mí, con su cabeza recostada de mi hombro y su rostro en dirección hacia el chorro de agua fría. Podrá sonar absurdo, pero sentía que su temperatura quemaba mi piel, como una hornilla pegada a mí.

Shin se asomó por la puerta, tan nervioso como yo. Ninguno esperó que la noche más divertida terminara conmigo abrazando a una chica, metidos dentro de una vieja ducha.

Laila entreabrió sus ojos y al fin miró. No pudo ponerse de pie, no se movió tan siquiera. Parecía como si se debatiera entre estar dormida o despierta. Debía estar tan confundida.

—No se asuste —le susurré, echándole los cabellos mojados fuera de su rostro —. Estás a salvo.

Ella volvió a recostar su cabeza en mi hombro, esta vez cerrando sus ojos voluntariamente.

—Nadie lo está —susurró, pero no supe si hablaba conmigo o con ella misma.

Sonreí, pues al fin había logrado bajarle la fiebre que tenía.

Lentamente la devolví a su cama, notando que ya no parecía que fuera a morir en cualquier momento. Hasta parecía que dormía. Lo que significaba que no quedaba nada más que hacer, que descansar. Me tiré al suelo, apoyé la cabeza contra la pared y miré a Laila en silencio, sintiéndome más cansado de lo que quería admitir. Con solo mirar por la ventana me di cuenta de que el amanecer iba a llegar en cualquier momento.

—Esto es una locura —dijo Shin, sentándose en la esquina más lejana —. ¿Qué pasa si el dragón aparece? ¿O la hechicera?

—Si hay una hechicera, no vive con Laila. Creo que ella está maldita a vivir aquí con el dragón. No creo que haya nadie más.

Shin asintió y no comentó más al respecto. La verdad, no tendría sentido que una hechicera, (si es que estaba viva), viviera con ella en semejante situación. Si era tan mala como contaba la leyenda, seguro estaba en otra parte del mundo, disfrutando la buena vida. No en este terrible y tortuoso lugar.

—¿Qué va a hacer, Omhet?

—Por ahora... —susurré y la miré a ella, haciéndome sentir perdido —. Por ahora, esperar.

Sé que Shin se estaba preguntando acerca de todo el lío, pero no tenía una respuesta.

¿Sería prudente seguir ayudando a Laila?

¿Cómo voy a esconder este secreto de todos nuestros líderes y reinos?

¿Qué haría ahora que había tocado al dragón y comprobado que no era un completo monstruo?

¿Qué haría si todos se enteraran y me echaran de la competencia o me acusaran de traicionar la confianza de los ministros?

¿Qué iba a hacer con todas mis responsabilidades respecto a mi reino, mientras jugaba con fuego sin sentir el más mínimo arrepentimiento?

Lo peor de todo era que, en el fondo, no me importaba en lo absoluto.

—Tengo una hermanita —susurré, mirando a Laila dormir —. Ella me hacía contarle historias de caballeros y damiselas en apuros. Especialmente tu leyenda. Eres bastante famosa, ¿sabe?

No hubo respuesta. El único sonido era el suave ronquido de Shin cuando se quedó dormido. Seguí hablando, esperando que Laila respondiera. Que pasara algo. Cualquier cosa. Quería, desesperadamente, ver alguna señal de vida, además de su débil respiración.

—En todas las historias, los caballeros eran atractivos, altos, fuertes, poéticos y, a menudo, le cantaban a la princesa. —Rodeé los ojos —. Yo no tengo ninguna de esas cualidades, por supuesto —miré por la ventana, inmerso en mis pensamientos. —Recuerdo la sonrisa que daba Estefanía cada vez que leía la parte donde el caballero salvaba a la doncella, rescatándola de la malvada bruja y su reacción me daba valor para tratar de ser como ese caballero que ella admiraba. Por Estefanía y... —Inhalo profundamente —, por usted, me convertiré en lo que no soy. Porque sé lo que se siente esperar todos los días un milagro y, al contrario, llega un demonio a la habitación en vez de un héroe.

Odiaba hablar de mi experiencia con Guillermo, pero por primera vez en mi vida pude hablar de del tema sin tartamudear.

—Hay personas que te quita la esperanza de vivir y eso es peor que morir, *creo*. Mi hermano mayor... um... —Cerré los ojos —. Él me arrebató mi esperanza una vez. Estuve un año sin poder hablar y mi madre pensó que nunca más volvería a decir una palabra, pero mi terco hermano Cayetano... él me salvó.

"Omhet, por favor, háblame" recuerdo las lágrimas de Cayetano, mientras yo lo ignoraba, sumido en la ventana y la caída de nieve que cubría mi reino.

No lloré ni discutí. Estaba vivo y muerto al mismo tiempo. *Las tres muertes*, decían los rumores. Si supieran que estaban en tiempos separados porque Guillermo no quería parar, intentó una y otra vez. Por muchos puñetazos que le propinara Cayetano o las amenazas de mi padre, siempre estuvo protegido como el futuro Rey de Glacier.

Y cedí al miedo.

No pude hablar.

Un día Cayetano me obligó a mirarlo y lo empujé con violencia, porque no quería que nadie me tocara. Solo quería quedarme escondido detrás de la pesada cortina, sentado en el arco de la ventana, viendo la nieve caer.

"Maldita sea, no puedes dejar que te derrote. Eres más que eso" me pidió Cayetano, pero no pude responderle. Después de un año, mi espalda se curó del espadazo que me había dado y se suponía que ninguna lesión me impedía

hablar, pero ni siquiera podía mirarlo a los ojos *"Perdóname por no estar cuando te atacó"* susurró y noté que su voz temblaba *"Los dioses saben que lo habría matado si hubiese estado. Eres el chico más loco, atrevido y alegre de la familia. No puedes dejar que te robe eso. No puedes dejar que el miedo te derrote, regresa... Regresa. Por favor... por favor, regresa, hermanito. Di algo. ¡Cualquier cosa!"* Sollozó *"Háblame, por favor. Omhet, por favor, háblame..."*

—Laila —la llamé en un suave susurro —. Por favor, háblame.

Capítulo 19

La luz del amanecer me despertó lentamente, con suficiente luz para apreciar mejor la habitación. Sentí el efecto del alcohol de anoche de una manera negativa y pesada, pero sobre todas las cosas, me sentía exhausto. Cerré los ojos de nuevo, gimiendo por la punzada de dolor de cabeza. Qué noche...

Dormir por tan pocas horas me tenían reventado. Me restregué los ojos y miré rápidamente a mi lado.

Y por segunda vez, Laila no estaba.

Golpeé mi cabeza contra la pared detrás de mí por la frustración. ¿Cómo diablos se levanta de entre los muertos y se va sin decir adiós? Definitivamente no era bueno como un caballero y Laila era aún peor como damisela. Miré frente de mí, encontrando a Shin dormido en la otra esquina. Me moví, agarré el zapato a mi lado y lo lancé con todas mis fuerzas a la cabeza de Shin. Dio un grito de sobresalto y desenvainó su espada al mismo tiempo que se despertaba. Me habría reído si no fuera por la noche agotadora que acababa de tener.

—¿Dónde está? —pregunté, mirando a todos lados.

Shin me arrojó el zapato de vuelta, con coraje, ya que el susto que le había dado lo dejó en total confusión. Incluso después de entender que no corría ningún peligro.

—¿Qué voy a saber yo? —refunfuñó —. ¿Esperabas que hiciera guardia por ella también?

Suspiré, frustrado. Comencé a ponerme los zapatos y la chaqueta. La verdad, yo era todo un desastre.

—Nos tenemos que ir, dentro de poco harán la primera formación —dijo Shin, poniéndose de pie de forma somnolienta —. Cheikh ya debió haberse dado cuenta que no estamos, pero si Marcus lo descubre, estamos perdidos.

—No puedo creer a esta chica —comenté, ignorando la preocupación de Shin —. De nuevo desapareció como si me la hubiera imaginado, tal vez estoy alucinando.

Shin me miró como si fuese un idiota.

—Omhet, yo también la vi. Sea lo que sea que esté pasando, esto tiene que parar aquí, ahora.

—Pensé que cuando la vieras entenderías que necesita ayuda.

—¿Qué vas a hacer exactamente? Esto se te saldrá de las manos tarde o temprano.

—Mira a tu alrededor —le pedí, exasperado — ¿Crees que es fácil fingir que no descubrí nada de esto y entonces la ignore a su suerte?

—No lo es, pero no es algo que tú ni yo podamos arreglar. Te aseguro que serán más los problemas que los resultados. ¡Déjale esto a manos de Marcus!

—No —protesté, apretando mis puños del coraje —. No sé si te has dado cuenta, pero los intereses de Marcus están lejos de esta realidad. Lo único que le importa es el reino y aniquilar el dragón para su propio beneficio. Si le cuento sobre Laila tal vez se complique más la situación.

—No lo conoces.

—¡Estás ciego! Siempre verás lo mejor en tus líderes porque eso es lo que te han entrenado toda tu vida, pero yo sé... he visto lo que pueden ser cuando nadie los ve y tengo un presentimiento de que Marcus no es tan bueno como parece. Dame una oportunidad. Sé que puedo arreglar esto.

Shin se movía inquieto, mientras negaba con la cabeza.

—Ya te dije que seré tu confidente, pero eso no significa que esté contento mientras lo haga.

La puerta del baño se deslizó con fuerza, sobresaltándonos. Estuve a punto de ponerme a la defensiva, pues a mi cansado cerebro no se le ocurrió pensar que un dragón tan grande no cabría en un baño tan pequeño.

—¿Quién es Marcus y qué exactamente quiere hacer él? —preguntó Laila con actitud.

Shin y yo quedamos atónitos por un momento. Laila estaba de pie, frente a nosotros, con un vestido largo y limpio. Su rostro se veía mucho mejor y más vivo, aunque sus ojos aún se veían cansados. Era la primera vez que veía a Laila con el aspecto de una persona normal, alerta y fuerte. ¿Cómo diablos lo hizo? Había pasado de estar mortalmente enferma a actuar de repente como si nada estuviera mal. ¿Era parte de la maldición? Una chica normal con una actitud terrible durante el día, pero delirante por la noche.

Shin me empujó, tratando de hacerme hablar. Los dos nos quedamos pasmados viendo a la hermosa princesa delante de nosotros.

—¿Está bien, princesa? —pregunté, olvidando qué rayos fue lo que ella me preguntó.

Laila me miró directamente a los ojos, haciéndome sentir... nervioso. No el tipo de nervios que me hacía huir, más bien nervioso del tipo de *no puedo creer que eres real*. Me llegó un torbellino de preguntas. Quería saber quién era realmente, si era cierto que había estado encerrada durante casi un siglo, si sabía dónde podíamos encontrar al dragón y qué podíamos hacer para romper la maldición. Santo cielo, demasiadas preguntas, no podía pensar con claridad.

—Sí —asintió, con rostro sombrío —. Gracias. —De nuevo otro incómodo silencio. La teníamos delante y no sabíamos qué hacer con ella —. Gracias por la medicina, pero no me van a ayudar en nada.

—¿Qué está sucediendo con usted? —finalmente pregunté, dando un paso hacia ella y lamentándolos, porque inmediatamente Laila dio un paso atrás.

—No importa lo que me pase, sobreviviré —dijo tratando de evadirme la mirada. Me di cuenta con ese pequeño gesto que no quería tener esta conversación —. No voy a morir... no puedo morir.

Shin y yo nos miramos de soslayo. No entendía exactamente lo que quería decir.

—¿Eres inmortal? —pregunté, atragantándome con mis propias palabras.

Ella viró los ojos.

—¿Crees que puedo vivir un siglo y seguir viva o al menos con apariencia de dieciocho años?

Shin resopló. Le molestó su actitud.

—Sólo tratamos de ayudar, ¿sabes?

—Y no hay forma de ayudarme —dijo y luego me miró a mí —. Deberías hacerle caso a tu amigo y no meterte en mi vida, Príncipe... *quienquiera* que seas.

—Omhet. —Me presenté, sintiéndome como un idiota —. Y usted debe ser la princesa Laila, ¿O me equivoco?

Si decía que era Tiara, me tiraría por el balcón, lo juro.

Ella asintió al fin. Me di cuenta que me quería lejos de su vida, que no quería ningún tipo de ayuda y que le molestaba la visita. No era así como imaginé que se tornaría todo este lío. ¡Me estaba volviendo loco!

—¿Dónde está el dragón? —preguntó Shin.

Laila cerró sus ojos, como si le hubiesen mencionado algo terrible. Incluso, se abrazó hacia sí misma como si le hubiese dado frío.

—Escondido —respondió, de repente tímida.

—¿Dónde? —presionó Shin.

Se estremeció y se aplastó contra la pared. Claramente no quería responder y conozco ese sentimiento muy bien.

—Shin —le llamé, enojado —. Basta.

—No responde nada —se quejó.

Miré a Shin, sin paciencia.

—Espera afuera, es una orden —le dije, ya harto de su actitud.

Shin me miró, no se lo podía creer, me miraba tan enojado. Por eso, sin decir nada más salió con actitud y cerró la puerta con fuerza.

—Deberías irte con él —comentó Laila —. No hay nada que tú ni nadie puedan hacer para ayudarme.

La forma en la que desvió la mirada, se cruzó de brazos y forzó un tono de voz enojado era dolorosamente familiar. Ella se había dado por vencida. Laila no quería tener esperanzas y estaba tratando de salvarme, pero no del dragón...

Laila estaba tratando de salvarme de sí misma.

—Está bien —finalmente asentí—. Respetaré su decisión y no intentaré ayudar o visitarla de nuevo.

Ella levantó una ceja.

—Vas a pedirme algo a cambio, ¿no?

Contuve una sonrisa. Ya me conocía y por esa sencilla razón mi corazón se aceleró como loco.

—Quiero saber por qué me aleja.

Sus hombros se hundieron.

—¿No es obvio? Estoy maldecida para siempre, no puedo tener a nadie cerca de mí y no quiero que vuelvas a lastimarte. Sé lo que te hizo el dragón y no sé si *l-la* próxima *v*-vez que yo... si esa bestia ataca... no puedo protegerte...

—Oye, lo siento, lo siento —corrí cerca de ella y tomé sus manos. Por Krea, estaba temblando. Cuando me miró creo no ser el único atascado, porque no podía mirar nada más que sus ojos. Apretó mis manos entre las suyas y sonreí un poco—. Princesa —. Estaba tan cerca que hablé en un susurro—. No quiero dejarle a menos que diga que me desprecia. De lo contrario, ninguna bestia impedirá que esté aquí.

Cerró los ojos y respiró hondo.

—Tu presencia no me molesta, pero no quiero ser responsable de tu muerte. Te permitiré quedarte, pero será para una breve conversación. Una y luego te irás.

Sonreí ampliamente. Creo que mi emoción hizo que Laila se sonrojara. Lo podía ver en sus mejillas y como sus hermosas pecas irradiaban sobre su piel.

—Es todo lo que quería.

Ella puso los ojos en blanco, pero ya no estaba enojada.

—Tienes razón, sí eres más terco que yo.

❦

Todo el territorio del castillo podría estar en ruinas, pero me sorprendía descubrir cada vez un lugar nuevo. Esta vez visité un jardín interno que se creó de forma natural, donde antes fue un salón de actividades. Podía ver el mosaico de cristales en el techo roto, pero cuando los primeros rayos del sol golpearon, el salón se iluminó de arcoíris.

Caminé por el centro, viendo cómo las enredaderas y las flores salvajes se apoderaron de las paredes y el suelo en loza de mosaico estaba agrietado. A pesar que parecía un lugar abandonado, hasta ahora era mi lugar preferido en todo el castillo. Silbé de la sorpresa.

—Parece pequeño ahora —me contó Laila, recostada del arco de la entrada —, pero un día fue tan grande que aquí se celebraron las actividades principales.

¿Cómo tu boda con Rafael?, gritó mi mente de inmediato, haciendo que parpadeara rápidamente, como si así pudiera borrar el pensamiento. Molesté alguna que otra mariposa blanca, hasta verla posarse en mis dedos.

—Quiero hacerle tantas y tantas preguntas, que no sé por dónde empezar —admití, viendo la mariposa abriendo y cerrando las alas. La dejé ir, para luego voltearme hacia Laila metiendo mis manos en los bolsillos —. Quiero saber qué fue lo que realmente sucedió.

—Comienzo explicando que, si has escuchado cualquier cosa sobre mí, probablemente no sea real —dijo, pero parecía que detestaba hablar del tema —: o al menos no la versión correcta. –Asentí, eso ya me lo sospechaba –. Dime, ¿Qué quieres saber?

—¿Dónde está Tiara? —pregunté sin miedo.

La miré a los ojos, esperando algo terrible... pero simplemente se encogió de hombros. Creo que mi decepción se notó en cada parte de mi rostro.

—La gran y aterradora Tiara, tan despreciable que trajo consigo un dragón para arruinar la boda más esperada —diciendo eso, viró los ojos —. La busqué e invoqué para que me quitara esta maldición y desapareció como la peor hada madrina que haya existido.

No puedo creer que me reí con tanta fuerza que me cubrí la boca. Imaginar a Tiara como una cobarde fue más de lo que a mí se me hubiese ocurrido.

Laila por poco se ríe. Por poco.

Tengo que verte sonreír antes de marcharme. Tengo que lograrlo...

—Bueno, no fue la versión de gran hechicera que estaba esperando —respondí al fin.

Mi próxima pregunta sería por qué Tiara tendría miedo a lo que ella misma creó, pero no me dio tiempo cuando Laila me interrumpió.

—Me toca a mí —dijo y comenzó a caminar en mi dirección. Me era curioso verla descalza y con su cabello revuelto; parecía una ninfa en medio de un jardín de hadas. Se me hizo difícil enfocarme por un segundo —No reconozco tu acento ni tu elegante vestidura. ¿Quién eres y de dónde vienes?

Haciendo acto de reverencia, me presenté como si fuera la primera vez.

—Omhet Guillermo Espinho de Glacier —respondí como lo haría mi rey —. He venido por una invitación de parte de Marcus, el último de apellido Blume.

—¿Marcus? —repitió —. Ese debe ser el ministro —asentí, parecía bastante aislada a los temas del palacio —. ¿Es Glacier una corte...?

—Un reino, princesa —interrumpí. No pude esconder mi tono —. En la alta montaña de las cordilleras.

—Lo siento, no quería ofender. Cuando fui niña solo eran dos reinos —explicó caminando de manera distraída alrededor del salón —. Solo recuerdo haber visitado a Ettezi y las playas de Puerto Escondido.

—Quisiera llevarla algún día a Glacier —la invité de inmediato y ella se detuvo para voltearse hacia mí. Bajé la mirada, un poco sonrojado, ¿soné muy insistente? —. A mi reino le encanta la visita.

Ella casi sonrió, pero seguía alejada. Distante en cuerpo y mente de mí. Por eso metí de nuevo mis manos en los bolsillos, para que no temiera de mí y que la distancia la hiciera sentir segura.

—No puedo —dijo y su mirada de tristeza regresó —. No puedo salir de este castillo. Nunca lo he hecho y nunca lo haré.

Iba a preguntar por más, cuando ella se volteó y salió del salón. Me pregunté si fue mi culpa que regresó su terrible humor y hasta quería dejar el tema de su condición para volver a ver su sonrisa. Sin embargo, tenía que recordarme que estaba aquí para saber todo lo que pudiese de ella y todavía sentía que no había ni comenzado.

La perseguí de inmediato, volviendo a los inestables pasillos con paredes agrietadas.

—Princesa —la llamé, pero ella no se detuvo —. Laila —la llamé con más fuerza y esta vez se detuvo —. No estoy aquí para aprovecharme de usted y mucho menos darle falsas esperanzas —comencé a acercarme lentamente —. Soy un ignorante a la magia y su situación, pero quiero su permiso para poder regresar.

Laila se volteó lentamente y vi dolor en su mirada.

—Querido príncipe, quien no quiere darle falsas esperanzas soy yo. Si han pasado cien años sin una solución, ¿por qué quiere insistir en buscarla?

—Porque hace cien años no existía yo —dije a forma de chiste.

Ella se cubrió el rostro y pensé que era por coraje, pero entonces vi una risita. Una pequeña. Era suficiente, por ahora.

—Ay Omhet, estás demente.

Paso a paso me acercaba, apretando los puños en mis bolsillos. Quería con todas mis fuerzas volver a sentir sus manos entre las mías.

—Un poco —me reí con ella —. ¿Qué dice? —pregunté nervioso por su respuesta —. ¿Me dejará visitarla? —Pero ella negó con la cabeza. Sin embargo, no lo dijo en voz alta —. Prometo traerle un hueso a tu lagarto cuando vuelva.

—El dragón no es un perro —chilló, entrecerrando los ojos.

—Deme un par de semanas, lo domaré igualmente.

Algo encontró interesante en mi comentario que se sonrojó y bajó la mirada.

—¿Siempre eres así de gracioso?

—Estoy tratando de controlarme, solo por ser la primera impresión.

Ella sacudió la cabeza. Se divertía conmigo, aunque trataba de esconderlo.

Cuando mejor me sentí con ella, escuché a Shin silbándome desde afuera. Me asomé por la ventana y lo escuché gritándome algo desde la distancia, pero no lo pude entender. Dado al apuro que irradiaba supe que estaba en problemas.

Respiré profundo, pues lo que me esperaba no sería agradable.

—Debo irme.

Tuve que pasarle por el lado con prisa, cuando de repente fue ella quien me tomó la mano.

—No puedes irte —me dijo y sentí que estuve a punto de hasta rechazar mi apellido por quedarme ahí atrapado con ella —. No me has contado qué haces aquí y qué quiere Marcus.

—Entonces déjeme volver —le pedí, casi como una súplica —. Sé que es difícil confiar en un completo extraño que invade su hogar, pero créame en una cosa; estoy aquí con el único y solemne propósito de ayudarle.

—Confío en ti —sus palabras desataron un torbellino en mi corazón —, pero si algo te pasa, nunca me lo perdonaré.

Quería insistir y persistir. Quería contarle que ya toqué al dragón y no me atacó. Que buscaría la manera... por Krea, *encontraría* cualquier forma de visitarla, de controlar al dragón, y de salvarla de su maldición. Pero cuando escuché la voz de Cheikh cerca de las ruinas, mi estado de ánimo se vino abajo. *¡Oh, mierda! Él no, Cheikh no.*

La situación empeoró y no quería involucrar a la princesa. Tenía que irme y era ya.

—Vendré al próximo séptimo día —dije con harto apuro —. Le contaré todo.

Ella apretó mis manos un poco más.

—¿Lo prometes?

—¿Alguna vez he dejado de molestarle con mi presencia? —respondí, en tono de broma.

Su sonrisa fue suficiente respuesta para mí. Me quedé idiotizado viéndola reír *¿Qué me estás haciendo?*

Cuando soltó mis manos, me fui corriendo, pero había dado dos pasos cuando me detuve.

—Oh, lo siento. Yo y mis modales —dije, regresando hacia Laila.

Agarré su mano, le di un beso con respeto y luego de una corta sonrisa me fui corriendo de nuevo.

—Esperaré por ti —escuché su susurro. Creo que se lo dijo a sí misma.

No voy a decepcionarla. La veré pronto, lo juro que así será.

Capítulo 20

Detuve al caballo con tanta fuerza que se levantó sobre dos patas, casi haciéndome caer. Estaba frente al laberinto de jardín, lo más cerca de la arena de entrenamiento posible. Cuando me giré para correr hacia formación, vi a Cheikh bajarse de su caballo y trotar rápido hacia mí. Trataba de escapar de él, buscando desesperadamente una ruta alterna.

—¡Omhet Espinho! —me gritó Cheikh.

—Lo siento, pero estoy tarde —me excusé y salí corriendo.

Cheikh había ido a buscarme a las ruinas y estaba seguro de que esto solo me traería problemas que no podía enfrentar en este momento. Necesitaba llegar a la arena y comenzar mi primera estación.

No importaba que apenas hubiera dormido o que estuviera usando la misma ropa que la noche anterior. O que la prenda estuviera húmeda por haber estado en la ducha con Laila...

¡Estoy jodido!

Corrí a través del jardín, luego el camino de piedra, pasé junto a los guardianes y todas las entradas principales hasta que llegué al campo de entrenamiento. Estaban todos reunidos frente al escenario, en sus filas de formación, mientras Marcus se dirigía a todos los representantes. Lo que significaba que no solo me perdí el calentamiento matutino, sino también el desayuno en el comedor.

Como de costumbre, me coloqué lentamente al final de la fila, mirando por encima de mis hombros, viendo que mis guardianes se quedaban atrás. Esto era peor de lo que imaginé; ninguno se atrevió a acercarse. *Esto es una mala señal*, pensé, justo cuando Marcus se calló.

—*Mierda, mierda, mierda...* —dije en un inaudible susurro.

—Príncipe Omhet —me llamó Marcus, desde la tarima.

Respiré hondo y miré hacia adelante. Todos se habían quedado en silencio y me di cuenta de que habían hecho un pasillo para dejarme subir al escenario. Encontré el coraje para acercarme a Marcus, repitiendo en mi mente que no había hecho nada malo, porque todo lo que hice era por una buena causa. Lástima que no podía explicar nada de eso, así que apreté mis labios, tratando de pensar una mentira improvisada que me pudiera salvar.

—Acérquese— me ordenó Marcus, cuando me quedé a los pies de la tarima.

Subí los escalones de concreto y entonces estuve en el último lugar donde quería estar; delante de los representantes, los guardianes de cada reino, con Marcus, su consejera Brenda a un lado y Lois al otro. Estaba completamente rodeado.

—Llega un poco tarde —criticó y escuché algunas risas disimuladas detrás —. Se hubiese tomado la molestia de al menos cambiarse de ropa.

—Podemos hablarlo en privado —sugerí rápidamente. La humillación era innecesaria.

—No esta vez —dijo sin pena alguna —. Mi paciencia se acabó, joven Glacierano. Su fachada es inaceptable, hasta acá me llega el olor del vino en su ropa.

—Puedo explicarlo —traté de interrumpirlo.

—Como si yo no supiera lo que sucede con usted y cada uno de sus movimientos —me acusó delante de todo el mundo y abrí mis ojos del asombro. No podía delatarme delante de todo el mundo. Si lo hacía, estaba perdido.

Estar rodeado de cada uno era embarazoso, pero saber que escuchaban el regaño de manera pública se sintió como si me fueran a quemar en una hoguera, como a las brujas. No me atreví a mirar detrás de mí.

—Un niño entre adultos puede tomar la decisión de madurar o de resaltar su idiotez y usted sabe bien qué es lo que está mostrando —continuó ahora mirando en general —. Ropas estrujadas, olor a alcohol, ojos rojos; este muchacho estuvo en una fiesta clandestina y por más ágil que sea, sé que no lo hizo solo —continuó y expulsé el aire del alivio, cerrando mis ojos. No mencionó ningún dragón y con eso me bastaba —. Dígame aquí y delante de todo el mundo, ¿con quién estuvo anoche?

El silencio se profundizó con todas las miradas sobre mí. Me rasqué el cabello mirando a mi alrededor, viendo que hasta Alexander abrió sus ojos con temor.

Me encogí de hombros, más aliviado de lo que debería estar.

—No recuerdo.

Creo haber escuchado risas entre la multitud, pero Marcus arrugó la frente del coraje.

Traté de relajarme un poco más, porque nada ya podía ser tan terrible como imaginé. Laila y sus secretos estaban bien guardados. Por ahora.

—¿No recuerdas? —repitió ahora Lois, en tono tan enfurecido como su hermano.

—Ni un poco —dije encogiéndome de hombros —. El alcohol hace eso a veces.

Marcus miró Lois y de nuevo a mí. Parecía como si realmente quisiera decapitarme como castigo.

—Escucharlo hablar es perder el tiempo —dijo enfurecido —. Damas y caballeros. —Se volteó hacia los reinos, hablando con todos en general —. Sé que algunos de ustedes escapan para ir a lugares prohibidos. Ya hoy atrapé a uno de sus invitados de honor—dijo con sarcasmo. —. Y le daré un castigo que durará hasta que me diga la verdad sobre dónde estuvo anoche.

Cuando me miró, supe que ya no estábamos hablando de mi escape a la ciudad. Marcus puede ser muchas cosas, pero idiota no es una de ellas.

—Ministro... —intenté interrumpir, pero Marcus levantó la mano haciéndome callar.

—Expulsarlo de la competencia sería muy fácil y una vergüenza abismal a su rey que quiero evitar —continuó con voz fuerte para que todos escucharan. Esto no era un simple castigo, esto era un juicio público.

Creo hablar por todo el mundo cuando digo que, nadie nunca lo había visto enfurecido.

—Miss Brenda —llamó Marcus, acercándose rápidamente a su consejera —. Será encargada del joven y de mostrarle su nueva posición: servidor de nuestro palacio.

Expulsé aire de golpe, mirándolo como si me hubiese insultado. Expulsarme no sonaba terrible después de todo, era como si estuviese desquitándose conmigo por todos mis errores con un solo castigo. Entre el público pude escuchar risas y jadeos. No pude ni reaccionar. Busqué a mis guardianes con la mirada, suplicándoles por ayuda, pero no los encontré.

—Miss Brenda le proveerá el uniforme y le mostrará su nueva habitación —continuó Marcus —. El castigo durará hasta fin de mes, joven Omhet.

¿Joven Omhet? ¿Me quitó el título?

—Tiene que ser una broma —dije. De momento estaba pasmado.

—¿Le parezco como una persona que bromea? —dijo, mirándome severamente y condujo de regreso a la multitud —. El que se atreve a tratar de ridiculizar a mí o a mi reino, le castigaré tres veces peor—. Habiendo concluido, dio media vuelta y se fue por la puerta con su hermana y sus guardaespaldas.

El general Méndez ordenó a los representantes a volver a su formación para prepararse para el entrenamiento. Mientras, busqué a mis guardianes con desesperación. Cuando traté de bajar por los escalones sentí que un guardián de Andebeck me agarró por el brazo y no me dejó siquiera alejarme. Esto no era bueno.

—Cheikh —lo llamé cuando lo encontré, pero se estaba retirando con mis otros dos guardianes.

Cuando me miró, lo hizo como si me odiara. Les pedí ayuda con mi mirada, pero Cheikh dijo algo a mis guardianes y sin inmutarse continuó su camino.

Tenía que ser una exageración. Si no volvía a ver a Laila en una semana, estaría fallando en la promesa más importante que jamás haya hecho. Tenía que haber una manera de salir de este lío. Tenía que volver a ver a Laila, o la pizca de confianza que construí con ella se echaría a perder, como si todo lo que ya había pasado en su vida no fuera suficientemente malo.

❧❧❧ ❧❧❧

El área del servicio era como un mundo aparte del resto. No tenía ni idea de que bajando las escaleras de servicio encontraría pasillos, salones e incluso alojamientos donde residía todo el personal de palacio. No había color en las paredes de piedra ni alfombras en el suelo. Docenas de personas uniformadas corrían frenéticamente de un lado a otro, empujándome en el hombro tantas veces que tuve que aplastarme contra la pared. En el pasillo no cabían dos personas, pero eran expertos en desplazamiento y me pasaron tres a la vez sin tocarse.

Creo que descubrí que podría ser claustrofóbico o estaba a punto de serlo. Parecía que las paredes se encogían y, para empeorar las cosas, apenas había luz. No había electricidad, solo lámparas de aceite en cada pared. El techo era bajo y había tantas puertas que me sentí como si estuviera en un laberinto aterrador.

—Muévase, señor Omhet —me ordenó Brenda, deteniéndose varios pasos delante de mí.

La consejera me miró severamente con una actitud que superaba a la de mi hermano mayor Guillermo. Era rubia, con el pelo recogido con tanta fuerza que no le quedaba ni un solo mechón suelto. Llevaba el uniforme de soldado, pero con falda y tacones. Me hizo preguntarme si, tal vez, fue parte de la milicia de Andebeck. Su edad era difícil de descifrar, con un rostro sin manchas ni arrugas, pero su mirada era tan rígida y despiadada que la hacía parecer mayor de lo que probablemente era.

Tuve que ponerme en marcha *tratando* de no golpear a nadie más, pero casi tropiezo cuando un mozo me pasó por el lado con bandeja en mano y me empujó por la prisa. Iba a salir con un moretón de tanto golpe, estaba seguro.

Brenda abrió una puerta para mí y cuando traté de pasar primero, la cerró haciendo que me golpeara la frente con el borde. Siseé echando pasos hacia atrás, ¿qué demonios fue eso?

—Ya fallaste —me regañó —. Sostenga la puerta por mí y no me mire a los ojos.

—Eso fue innecesariamente hostil —la critiqué, sosteniendo la puerta para ella.

Brenda entró primero y la seguí, encontrándome un salón con mesas redondas y tantas personas que el bullicio era desesperante. Sin embargo, cuando Brenda se posó delante del salón todos se callaron la boca, se enderezaron como soldados y el silencio reinó. Le tenían un temor increíble.

—Intendente —le saludó un hombre mayor de cabello gris, arrugas hasta en sus manos y tono de voz neutral por el respeto.

—Gerónimo, tiene tarea —dijo y me hizo señal con un dedo para que me acercara—. Este es el señor Omhet. —*Príncipe* —. Necesita uniforme, cuarto y ser asignado a uno de sus equipos. —El hombre lució tan confundido cuando me miró —. El señorito perdió el título. Ahora es su responsabilidad. Será un criado como cualquier otro; ordeno que sea tratado como tal, vestirlo y enseñarle todo lo que saben. Estará bajo su tutela y serás responsable de todo lo que él haga bien o mal, ¿entendido?

Gerónimo abrió la boca, pero no salió sonido alguno. Pareció que respondería, pero se quedó callado; se notaba que quería preguntar muchas cosas, pero no pudo.

—Por supuesto —dijo al fin e hizo otro acto de respeto inclinándose un poco. Fulminé a Brenda, molesto. No lo podía creer.

—Esto es ridículo —dije y me reí, pero no precisamente de alegría.

—Puede irse si quiere —dijo ella con gran actitud —. Agarre sus cosas, móntese en el primer tren hacia Glacier y lárguese de Andebeck, ¿qué le parece?

Enarqué una ceja, mirándola con la misma actitud.

—Ya quisiera usted. Me quedaré aquí, le guste o no. Su miserable hostilidad no va a...

Antes que pudiera terminar, me cacheteó la cara fuertemente.

Sorprendido, levanté mi mano sintiendo mi mejilla caliente ¿Qué rayos le pasaba a todo el mundo en este lugar? ¿Se habían vuelto locos o qué?

—Intendente para usted —me recordó, acercándose tanto que tuve que dar un paso hacia atrás —. Tú no eres nadie ahora mismo, lo puedo meter al calabozo si se atreve a volver a faltarme el respeto, niño insolente.

¿Cómo se atrevió a tocarme?

—Cuando recupere mi título, usted se tragará sus...

No me dejó terminar.

Me volvió a cachetear.

Hubo jadeos de sorpresa de muchas personas a nuestro alrededor. Indudablemente nunca habían visto a una mujer malhumorada golpear a un príncipe sin poder, ni título.

—¿Decía algo más? —preguntó Brenda, ahora sí endiablada —. ¿O prefiere hablarme desde el calabozo?

Tragué con dificultad. Cerré mis ojos, tratando de esconder la ira.

—No —dije al fin, con voz trabada del coraje. Jamás me había sentido tan violento —. Todo claro.

Se atrevió a agarrar mi cara por debajo de la barbilla y me acercó para mirarme a los ojos.

—Todo claro, *intendente* —me corrigió.

Apreté los dientes y no respondí, pero sentí sus uñas espetarse en mi piel. Quería empujarla, como mínimo.

—Todo claro, intendente —dije finalmente, con la voz ahogada por la ira. Nunca había sentido tanta rabia.

Al fin retiró su mano y se alejó de mí.

—Mejor —dijo y por más que trató de disimularlo, vi una sonrisa maliciosa escapar de sus labios—. Ahora que conoce su lugar, espero que se pueda comportar. — Habiendo dicho eso se fue, cerrando la puerta con fuerza.

Estaba tan molesto que sin poder controlarme pateé una silla estrellándola contra la pared. La débil madera se rompió al impacto y no me importó un comino. Traté de controlarme, así que me senté en la mesa, cerrando mis ojos, masajeándome la cien lentamente. *Soy príncipe Omhet, del reino Glacier,* repetía en mi mente, para tratar de opacar semejante humillación. Si mi padre tan solo se enterara de todo esto, seguro me defendería, pero él no estaba aquí, ¿no? Eso significaba que tenía que salir de ésta solo.

Por mí.

Por mi reino.

Por Laila.

Capítulo 21

Cuando tenía dieciséis años besé a Lady Mishka, una invitada de la corte de Daonna. Fue intenso. Dejé marcas en su cuello y sus labios hinchados.

Recuerdo que luego estaba tomando la cena, acompañados de tanto mi familia Espinho como los invitados, en medio de una cena formal. Discutían el posible matrimonio arreglado entre la joven y mi hermano mayor Guillermo.

Nadie había notado las marcas y me estaba impacientando...

Hasta que sentí cuando Guillermo cambió de asiento con mi hermano Rodrigo, para estar a mi lado. Escondí mi sonrisa mientras bebía vino.

—Chiquillo de mierda...

—Cuidado, hermano, no querrás interrumpir una reunión tan importante sobre tu futura esposa —le susurré.

Las familias se reían juntas, los camareros traían más comida y los músicos tocaban canciones típicas de la corte de Daonna. Nadie nos estaba prestando atención todavía.

—Mi futura *esposa* no puede dejar de mirarte —me acusó en el mismo susurro —. Dime que no fuiste tú quien le hizo esas marcas en el cuello.

—Mmm... —Lo pensé por un momento —. Deberías ver las que dejé en su pecho. Probablemente lo notarás en la luna de miel.

Guillermo golpeó fuerte la mesa y cuando se levantó, la silla cayó hacia atrás.

—No habrá boda —gritó y todo quedó en silencio —. No me voy a casar con esa zorra.

—¡Guillermo! —exclamó la reina, poniéndose de pie.

El caos comenzó de inmediato; mi madre corrió detrás de mi hermano mayor y los invitados comenzaron a discutir. Al rey no le quedó más remedio que perseguir a los invitados, tratando de disculparse, mientras Rodrigo sacaba a Estefanía del comedor.

Lady Mishka me sonrió mientras se levantaba.

—Gracias —me susurró antes de salir.

Cuando iba a marcharme, me sobresaltó la intensa mirada de Cayetano a mi lado.

—Fuiste demasiado lejos esta vez.

—Fue solo un beso —me encogí de hombro.

Cayetano iba a decir algo más, cuando el bramido de mi padre gritando mi nombre resonó en las paredes.

Cayetano me palmeó la espalda.

—Lo siento, hermanito, pero no puedo protegerte del rey —me dijo con resignación.

Cuando llegué a su oficina, él miraba a través de la ventana con los brazos cruzados. Mi padre era enorme, gracias a sus hombros y espalda ancha. Cerré la puerta, dejándome a solas con él.

—¿Qué excusa tienes esta vez?

Tragué nervioso. Su tono de voz era severo.

—Prácticamente le salvé la vida. Deberías ver lo feliz que estaba. —Cuando se dio la vuelta, la expresión de su rostro me hizo callar —. Guillermo no la merecía y nadie quería escucharme, entonces lo hice a mi manera.

—¿Estás jugando a ser un rey, Omhet? ¿Es eso lo que estás intentando?

—*¡¿Qué?! ¡*No!

—No soy lo suficientemente bueno como rey o padre, al parecer. ¿Quieres mi corona, Omhet? —Arrojó su corona a mis pies y se rompió cuando golpeó el suelo. Ver la corona en el suelo me dolió más que la ira de mi padre. Me puse de rodillas para recogerla —. ¡No te atrevas a tocarla!

Me levanté de inmediato. Mi padre comenzó a acercarse a mí, lo que me hizo levantar la vista lentamente.

—Esta guerra entre ustedes dos tiene que terminar...

—Nada de lo que le he hecho se compara ni un poco con lo que él me ha hecho a mí.

—¡No me importa! —su grito me dejó en silencio. Sus palabras dolieron más que un insulto. Él sabe lo que mi hermano me ha hecho y nunca ha hecho nada al respecto.

Porque no le importaba.

—Cierto. Lo siento, su Majestad, olvidé mi lugar —dije, tratando de contener mi frustración. Él era mi rey, después de todo.

Mi padre negó con la cabeza y sin decir nada, fue él quien tomó la corona del suelo.

—Esta cosa no representa a Glacier ni a mi estatus. Somos todos los que representamos a los Espinho, incluyéndote a ti. ¿Por qué no puedes comportarte como uno de nosotros por una vez?

Eso me dolió, se me humedecieron los ojos y aparté la mirada. *Como uno de nosotros*, repetí.

—Padre, con todo respeto, sé que no entiende mi comportamiento, pero debe saber que estoy tratando de que me preste atención por una vez... —trató de interrumpirme, así que grité —. ¡Guillermo no puede ser rey! ¡Es un imbécil!

Levantó la mano. Iba a pegarme.

Retrocedí unos pasos del susto, choqué contra una mesa y caí con todo y tazas. Fue un desastre. Se rompieron vasos y recipientes.

El rey pasó por encima de la cerámica rota y me agarró por la camisa para acercarme a su rostro de manera enojada.

—Impedir que Guillermo sea rey es admitir que yo fui un pésimo líder, padre y rey. ¿Quieres ver Glacier en ruinas?

—Por supuesto que no...

—Será rey, nos guste o no. No hay nada que pueda hacer para evitarlo. Debemos aceptarlo. Entonces, deja de actuar de manera tan inmadura y nunca me avergüences como lo acabas de hacer, Omhet. Te lo advierto —me amenazó y luego se dio la vuelta, dejándome en el suelo.

Quería levantarme del desastre, pero siseé cuando me di cuenta de que tenía un pedazo incrustado en la palma de mi mano. Intenté quitármelo y siseé de nuevo.

Mi padre se sirvió una copa de vino y se acercó a la ventana por un momento. No me atrevía a moverme. Yo estaba temblando. Mi padre nunca antes se había comportado violentamente conmigo.

—Antes no éramos nada —dijo el rey en un tono controlado, pero severo —. Éramos un mero territorio de Andebeck, un pedazo de tierra que fue explotado hasta que no quedó más oro ni piedra kalica. Los esclavos nativos se rebelaron hasta que muchos de ellos fueron asesinados y el resto de nosotros nos quedamos con linajes mixtos. —Bebió un poco de vino, pero prosiguió sin mirarme —. Cuando finalmente ganamos nuestra independencia y creamos nuestra propia bandera, a mi abuelo le costó ser reconocido como rey... y todavía nos cuesta. ¿Sabes lo que pasó en estas tierras para tener nuestros privilegios como los demás? —No respondí porque no sabía nada —. Los esclavos, los nativos, los refugiados y los aliados se unieron y eliminamos a los opresores. No somos linajes mixtos. Somos un solo país.

Finalmente se giró y comenzó a acercarse, para arrodillarse frente de mí. Me estremecí, pensando que intentaría golpearme de nuevo.

—Y hoy, me avergonzaste frente a mis invitados —me dijo, mirándome a los ojos.

Tuve una pequeña victoria contra Guillermo, pero ¿a qué precio? Rara vez teníamos visitantes de otros territorios y la enemistad que tenía con mi hermano estaba arruinando nuestras vidas y el reino. Si esto afectara a Glacier, nunca me lo perdonaría.

—Padre —susurré, mirando al suelo —. Lo siento.

Pero mi padre me levantó la barbilla y me hizo mirarlo a los ojos.

—No inclines la mirada —ordenó —. Ni a mí ni a nadie más. Eres un Glacierano, hijo mío y eres más grande de lo que crees. ¿Quieres ganar a tus enemigos? No actúes como ellos, sé mejor que ellos. Y sobre todas las cosas, nunca más deshonres tu único hogar delante de nadie.

—Si, su Majestad.

La experiencia con Brenda resonaba en mis recuerdos y esa primera noche estaba tan molesto, que no pude dormir. Así que, me quedé mirando la lámpara de aceite, jugueteando con el brazalete de hilo en mi muñeca, mientras me perdía en mis pensamientos. Ser abofeteado por Brenda me hizo recordar ese día con mi padre y recé a Krea para que nunca descubriera lo que sucedió hoy, porque todo ha sucedido contrario a lo que me había pedido que hiciera.

La habitación era tan pequeña que podía tocar ambas paredes si estiraba los brazos. No tenía nada, excepto una cama pequeña sin sábanas y una mesa con cajones, donde se suponía que debía guardar mis uniformes. Al menos me dejaron una lámpara de parafina. Mantuve el fuego muy bajo e intenté conservar la mayor cantidad de aceite posible porque, para colmo, tuve la mala suerte de estar en una habitación subterránea sin ventanas. Ni siquiera sabía qué hora era, podía ser mediodía o medianoche, no había diferencia.

Me hubiera gustado tener las cartas que me ha enviado mi familia para releerlas y encontrar el valor para superar los problemas en los que me metí. Daría cualquier cosa por tener la oportunidad de hacer una llamada al rey, por solo un minuto. Quería escuchar la voz de cualquiera de mi familia o recibir algún consejo sabio de mi madre. Respiré profundamente, cruzando los brazos. En el fondo, sabía que incluso si tuviera la opción, preferiría que el dragón me comiera antes que ver la cara de mi padre si descubría lo que me había pasado. No solo fallé en enorgullecer a mi reino, sino que también estaba arrastrando el nombre de mi familia más bajo de lo que pensé que era posible.

Necesitaba salir de aquí. Necesitaba hablar con Marcus y explicárselo, pero ¿cómo exactamente? ¿debo admitir que me escapé a las ruinas y hablé con una princesa que debería haber muerto hace un siglo? Por Krea, este problema era más grande que yo.

Escuché que alguien puso la llave en mi puerta para abrirla. Fue Gerónimo quien abrió, asomando la cabeza y ordenándome que me levantara rápidamente. Apreté la mandíbula, tratando de no decir nada sarcástico por una vez. La peor parte era saber que podía renunciar: podía pedirle a Marcus que me llevara a la estación de tren y lo haría sin dudarlo.

Pero como eso era lo que todos esperaban de mí, era justo lo contrario de lo que iba a hacer.

—¡Avanza!

—No es como si pudiera dar un paso en este pequeño lugar sin tropezar con algo.

Gerónimo me arrojó ropa cuando me levanté y apenas las atrapé en el aire. Para luego ordenarme a salir al pasillo que parecía más ocupado que avenida de ciudad. Todos corrían sin cesar. Supuse entonces que era a media mañana, la hora más ocupada del día.

Gerónimo me gritó muchas instrucciones mientras caminábamos rápidamente por el pasillo, pero no pude escucharlo porque había mucho bullicio en tan estrecho espacio.

Nos detuvimos frente a una puerta que no reconocí, porque todas se veían iguales. Me sentí como si estuviéramos dando vueltas en círculos.

—Cinco minutos para la ducha, ponerse el uniforme y salir.

No tuve más que asomarme a las duchas, para regresar de inmediato.

—Hay hombres desnudos aquí adentro.

Se masajeó las sienes con impaciencia.

—Es el baño de hombres, señor Omhet.

Príncipe Omhet, me hubiera gustado corregirlo.

—Entonces, ¿quieres que me desnude y entre con todos ellos?

—Agradece que haya duchas disponibles. Por la tarde, tendrás que compartirla con aún más chicos —luego me empujó dentro.

Traté de no mirar a nadie, pero ellos no pararon de observarme tan pronto me reconocieron. Esto era tan difícil. Busqué la ducha más aislada posible y aún así, mis manos temblaron cuando comencé a desvestirme.

Alguien silbó, luego siguió una carcajada estruendosa.

Tenía que recordar a mi familia y la razón por la que estaba en este lugar más que nunca, si quería sobrevivir a tal vergüenza. Traté de mantener mis ojos en el piso cuando me metí debajo de la ducha, pero grité alto cuando sentí la corriente de agua fría golpear mi pecho desnudo.

El hombre detrás de mí se rió aún más fuerte.

Busqué entre mis pocas cosas mi nuevo cepillo de dientes: un delgado palillo de madera con una brocha débil. También tenía jabón y una navaja de afeitar. Nunca me había afeitado la cara sin espejo, ni mucho menos en cinco minutos, mientras hacía el resto.

—Oye, amigo —alguien me silbó, pero lo ignoré.

Gemí cuando me corté la mejilla, tratando de afeitarme lo más rápido posible. Quería salir de allí y no ducharme nunca más, durante el resto de mi castigo.

Unos brazos se envolvieron alrededor de mi cuello en un abrazo y lo empujé con un bramido, mientras chocaba con alguien más detrás de mí. Corrí de regreso al lado opuesto, dándome cuenta de que estaba siendo rodeado. Sostuve la navaja, por si acaso.

—¿Será que el dragón le hizo esa cicatriz en la espalda? —preguntó uno.

—Omhet, el cazador de dragones —bromeó otro.

—Él no es el cazador del dragón. Es la perra del dragón. —Todos se echaron a reír.

—Aléjense de mí —le ordené.

—¿Y quién lo ordena? ¿tú? —preguntó un tercero.

Yo no era nadie para ellos. La morbosa sonrisa me hizo darme cuenta de que estaba en peligro.

Sin pensarlo, me empujé entre ellos, agarré mi ropa y me vestí mientras salía corriendo del baño. Camisa color crema con botones, pantalones rojo-vino oscuros, chaqueta con adornos dorados y botas negras. Me sentí tan estúpidamente incómodo.

—Tarde. —Gerónimo me regañó tan pronto me vio —. Acabas de perder tu oportunidad de tener desayuno.

—Imposible.

Me golpeó las manos con una vara que llevaba en su espalda.

Siseé, sacudiendo mis dedos.

—No soy tu amigo. Soy tu supervisor y merezco respeto.

—Pero...

—Hablarás solo cuando yo lo diga. De lo contrario, no quiero escuchar tu voz. ¿Está claro? —preguntó Gerónimo, pero no respondí —. Mucho mejor —dijo con más calma —. Ahora, sígueme.

Cuando se dio la vuelta, puse los ojos en blanco.

Desquiciado viejo amargado. No podía hablar, no podía comer y ni siquiera podía elegir mi trabajo para el día. Intenté preguntarle si al menos podía correr con mi grupo de entrenamiento y me golpeó la mano con esa maldita vara sin responderme. Cuando le pregunté a qué hora tenía mi descanso, me golpeó de nuevo y esta vez me dejó una marca.

El primer lugar al que me llevó fue al comedor principal. No había nadie allí, solo un desastre enorme en la mesa que alguien tenía que limpiar. Y ese alguien era yo.

—Prepararemos la mesa para el almuerzo. Solo tenemos un par de horas, así que, manos a la obra.

—No tengo idea de cómo se prepara la mesa —admití, agarrando una bandeja de queso y panecillos y luego comiéndolos sin pedir permiso.

Gerónimo trató de regañarme, pero se rindió cuando vio lo hambriento que estaba. La comida probablemente se desperdiciaría de todos modos. Además, no iba a poder hacer nada si estaba con hambre.

—Empieza a recoger este desorden o te haré limpiar las letrinas de los sirvientes con tus propias manos —me amenazó.

❧ ☙

Cuando Gerónimo vino a buscarme a la mañana siguiente, ya estaba vestido con el uniforme. Solo necesité limpiarme la cara con una toalla de manos todos los residuos de jabón que quedaron después del afeitado.

—¿Qué crees que estás haciendo?

—Ya me aseé.

—¿Cómo? Te dejé encerrado.

Apreté los dientes. Obvio que estaba encerrado, traté de escapar toda la maldita noche y nada funcionó.

—Con el agua de la cantimplora. Nunca más volveré al baño público.

Gerónimo miró al techo y creo que lanzó una plegaria.

—Eres repugnante. Date prisa y sal ahora mismo.

Otra mañana limpiando las mesas, pero esta vez tenía un equipo, mientras Gerónimo supervisaba de cerca. No puedo decir que aprendí a preparar la mesa correctamente, pero trabajé en silencio, imitando lo más posible a Gerónimo. Además, yo solía cenar en esas mesas todos los días, debería saber el orden mejor que los demás.

Golpeó mis manos, haciendo que las retirara con un siseo.

—¿Los cubiertos te parecen perfectamente verticales? —me regañó.

—Te aseguro que no habrá noble que se dé cuenta —levantó el palo para golpearme —. ¡Bien! Me quedaré callado.

Gerónimo en realidad no hacía nada. Él solo supervisaba a los trabajadores y los golpeaba si era necesario, cosa que había hecho solo conmigo.

Cuando escuché que se abría la puerta, me enderecé, esperando a uno de los representantes o, mejor aún, a Marcus. Necesitaba hablar con él y convencerlo de que detuviera esta estupidez. Este castigo tenía que ser una broma solo para molestarme, porque parecía imposible que me obligaran a hacer esto por el resto del mes. Pero la persona que entró era solo otro sirviente que pasaba.

—Muévete —ordenó Gerónimo.

¡Necesitaba hablar con Marcus! Quería volver a mi rutina y a mis guardias. Iba a encontrar una manera de escapar de este castigo. Estaba decidido a que encontraría una salida antes del séptimo día.

✦ ✦ ✦

—¿Se me permitirá volver a la arena para entrenar más tarde? —pregunté, mientras atendíamos en el laberinto de flores.

—No se puede confiar en ti, prefiero mantenerlo alejado de los demás —explicó Gerónimo —. Si los representantes van al comedor, trabajarás afuera. Puedes regresar al palacio cuando regresen a la arena.

El viejo me estaba sacando de quicio. Me hizo cortar flores específicas en el jardín y quitar las hojas y las espinas para mantenerme alejado de todos los que conocía en el comedor. Resoplé con molestia.

—No podrás tenerme prisionero para siempre. Sabes tan bien como yo que esto es ridículo —me golpeó la mano una vez más—. ¡Ya basta!

—¿Por qué es tan difícil hacerte callar?

—Déjame hablar con Marcus —le exigí, girándome hacia él con las flores en mis manos—. Si no puedo convencerlo de que me saque de este infierno, cumpliré el resto de mi condena en silencio.

Gerónimo se cruzó de brazos. Parecía exhausto.

—Me sorprende tu descaro al tratar de negociar conmigo. He encerrado en mazmorras por menos de esto.

—No hay mucho que puedas hacer conmigo, no sin el permiso de Marcus —le recordé—. Al final del día, siempre seré un príncipe. Es mejor que me dejes hablar con Marcus para que él me saque de tus narices.

Volví a cortar más flores.

Gerónimo me miró con severidad y no sé si estaba frunciendo el ceño por la ira o si solo lo miraba así por sus innumerables arrugas. Él estaba pensándolo. Lo pude ver en sus ojos, pues él quería deshacerse de mí, tanto como yo de él. Tal vez fue el orgullo y el deseo de rechazar automáticamente mi propuesta lo que lo hizo dudar, pero al final, él sabía que yo tenía razón: volver a mi rutina era lo mejor para los dos.

—Sígueme —dijo finalmente y dejé escapar un suspiro de alivio.

Por una vez, lo seguí sin protestar. Me condujo a través de los estrechos pasillos de servicio, más allá del comedor público y más allá del alojamiento y las duchas. Confié en Gerónimo para que me ayudara a hablar con Marcus y acabar ya esta fanfarria.

Gerónimo abrió una puerta al final del pasillo. Me pareció sospechoso que fuera la única puerta del corredor y que estuviese tan oscuro adentro que no podía ver más allá del borde. Me sentí aislado. No había nadie en toda esta sección. Incluso, el silencio se sentía aterrador.

—Adelante —ordenó. No me moví —. Aquí encontrarás la respuesta a tu propuesta.

—¿Una mazmorra?

—No, Omhet —dijo, rodando los ojos —. No es una mazmorra. No puedo encerrarte en una sin el permiso de tu rey. —Me incliné dentro de la puerta y me tapé la nariz cuando el olor me golpeó. Era un hedor horrible, tanto que me dejó sin aliento por un momento —. Pero las letrinas no son un calabozo, ¿verdad?

—¡No! —Me di la vuelta, pero Gerónimo me empujó adentro y cerró la puerta.

Me tomó un segundo entender que esta era la letrina de los sirvientes. Era tan oscuro e increíblemente repugnante que me ahogué cuando intenté gritar.

—¡Gerónimo! —Grité, golpeando la puerta —. ¿Qué diablos crees que estás haciendo?

—No saldrás de allí hasta que estén todos limpios —dijo con calma —. Espero que te diviertas. Volveré por ti, tal vez mañana.

¿Tal vez?

Grité y pateé la puerta.

—¡No puedes hacerme esto! —bramé —. Tu reino no puede quitarme mi título, ¡nadie puede! Yo soy el...

—Príncipe Omhet —me interrumpió. Parecía divertido por la situación —. Quizás eres importante en tu pequeño e inútil reino, ¡pero mira a tu alrededor! No hay diferencia entre dónde estás y lo que tu reino representa.

Oh, él no dijo eso. Pateé la puerta más fuerte. ¡Nadie insulta a Glacier!

Pero por más que grité, me dejó en ese terrible lugar. Era tan repugnante que terminé agachándome y vomitando en el suelo. Tarde me di cuenta de que también tendría que limpiar eso.

«Antes no éramos nada», me había dicho mi padre, sin tener la menor idea de que todavía no éramos nada para los ojos de los demás.

Capítulo 22

Cuando por fin abrieron la puerta, me costó levantarme del suelo por el insoportable dolor que tenía en el abdomen. Cada vez que intenté limpiar las letrinas, continué vomitando hasta que perdí la cuenta. El esfuerzo había agotado cada onza de mi fuerza.

Un soldado que no reconocí me sacó por el hombro. Tuve que agarrarme a la pared, consciente de que mi piel estaba tan verde como un cadáver. Ni siquiera pude reaccionar enojado cuando vi a Brenda y Gerónimo frente de mí.

—Su silencio es música para mis oídos —comentó Brenda, triunfante.

—Eso no tiene sentido —respondí, gimiendo mientras me agarraba el vientre. Sentí ganas de vomitar de nuevo, pero no me quedaba nada en el estómago.

—La próxima vez no vuelvas a hablar si no es para aceptar, no vuelvas a fallar a nada de las órdenes y tal vez el tiempo que le queda con nosotros corra mejor para usted.

Me enderecé lo mejor que pude, mientras aún sostenía mi abdomen con fuerza.

—Como sea, intendente —dije, apretando los dientes con tanta fuerza que me dolió la mandíbula. No tenía ningún deseo de estar encerrado en la letrina de nuevo. Preferí dejarla ganar, por hoy.

—Se ve mejor —le dijo Gerónimo a Brenda.

Quería preguntar qué parte de mí se veía mejor. ¿Fue porque me veía débil, encorvado y sumiso?

—Dale un baño y enciérralo por ahora —ordenó Brenda, con calma —. El día de la prensa está demasiado cerca para dejar que lo arruine.

—Por supuesto, intendente.

Tenía curiosidad acerca de qué evento estaban hablando, no había oído hablar de la prensa antes. Me intrigaba saber si era un evento nuevo, pero no podía preguntar. Dejé que Gerónimo me acompañara a la ducha sin protestar, para que pudiera enjuagar toda suciedad y ponerme uniforme limpio. No me negué a ir a las duchas públicas. No me importaba en absoluto a este punto.

—Para haber estado casi dos días encerrado, no te ves tan mal —comentó Gerónimo mientras me acompañaba a mi habitación.

Me detuve en medio de mi cuarto y, me giré, reaccionando lentamente a sus palabras.

—¿Dos días?

—Que tengas una buena noche —concluyó y cerró la puerta.

Me dejé caer en mi cama, tomándome un largo y tendido tiempo para comprender lo que acababa de decir, sintiendo que las horas pasaba absurdamente lento. No sabía si era de día o de noche. No tenía radio para escuchar lo que estaba pasando. Ni siquiera podía interactuar con nadie.

Este no era un castigo habitual por desobediencia. Yo era un prisionero.

❧ ❧

Decidí que cuando encontrara a mis tres guardianes, ellos pagarían por esto, por dejarme solo, por no hacer lo imposible para sacarme de tal humillación y ni siquiera buscarme para confirmar que estaba bien. Sentí que me abandonaron cuando su único trabajo era estar a mi lado. Estaba furioso. No sabía qué día era, qué estaba pasando en la competencia, ni nada fuera de mis deberes diarios. Me tenían corriendo por los túneles de servicio sin parar, ya sea ayudando en el fregado interminable de la cocina o en las despensas de alimentos. Cualquier lugar que no tuviera una puerta de salida al exterior. Para colmo, Gerónimo siempre estaba donde podía verme. ¿No tenía a nadie más para supervisar? Su desconfianza era tan grande que nunca me dejaba solo. Aunque había pasado varios días seguidos fingiendo cooperar y ser cortés, sabía que nada lo convencería de que había aceptado mi castigo.

Necesitaba escapar y creo que Gerónimo podía verlo en cada parte de mí. Ni siquiera permitiría que otros sirvientes me hablaran directamente. Todos se apegaron a su rutina sin importar qué, como si vivieran para servir toda su vida. Puede que digan que Andebeck no tenía esclavitud como en Or-Mua o Ettezi, pero la falta de tiempo libre y trabajar por un salario tan deprimente era casi lo mismo.

—Tienes diez minutos —me dijo Gerónimo, entregándome un tazón de sopa.

Me senté en un taburete en una esquina de la cocina cerrada. Mis manos estaban sucias, mi cabello grasoso y me dolía la espalda. Había tanto que hacer en este lugar que hacía el tiempo pasara rápido, al menos.

Sentí arcadas cuando probé la sopa. Me tragué todo lo que pude soportar, dejando la mitad en el tazón.

—Típico príncipe ingrato —dijo Gerónimo, tirando el tazón en el fregadero.

—¿Cómo puedo estar agradecido por una comida tan terrible? —protesté —. ¿Por qué le dan al representante toda la buena comida y dejan a los sirvientes con migajas?

—Supongo que tu reino distribuye perfectamente la comida entre los monarcas y sus sirvientes —dijo con sarcasmo.

—¿Por qué no? —protesté —. Damos la misma comida a todos y cuando llega el invierno, se cortan las raciones para todo Glacier. Todos somos ciudadanos del mismo reino...

—Guarda tu discusión filosófica para los reyes. — Me tiró una cantimplora que atrapé en el aire. Por lo menos me dio agua limpia —. Glacier no es un reino real, es una mezcla de exiliados que intentan convencer a todos de ser un país.

Me levanté lentamente.

—Deberías estar agradecido de que mi rey no esté aquí para escucharte —respondí, tratando de controlar mi ira. No pude golpearlo como lo hice con Karl.

—Dale gracias a tu dios porque nunca serás rey —espetó —. Te daré un consejo: renuncia y aléjate. Nadie en este reino te necesita y lo sabes. Llévate tu reino inútil y desesperado a otro lugar.

Lo vi marcharse con una ola de ira palpitando dentro de mi cabeza. Lo dejé ir, controlando mis impulsos y entendiendo que discutir con él no valía la pena. Su veneno no era solo suyo, sino también de todos los que estaban aquí, incluido el ministro.

Mi fuerza no provenía de sus comentarios o sus insultos. Yo sé quién soy y sus humillaciones no podían derribarme...

Pero estaría mintiendo si negara que quería renunciar. Estaba listo para irme a casa y no volver a hablar de esta humillación nunca más. Sería tan fácil rendirse.

Pero no estaba aquí por ellos, los ministros o Andebeck. Ya ni siquiera lo estaba haciendo por mi padre.

Había alguien más que me necesitaba desesperadamente. *Laila.* Cerré mis ojos y recé para encontrar una manera de volver a ella.

Por ahora, obedecí las órdenes de Gerónimo por el resto de la tarde. Tenía que tratar de convencerlo de que podía comportarme, si es que eso era posible.

Honestamente, pensé que no funcionaría, pero al final me sacó del túnel de servicio y me asignó un nuevo trabajo cerca del comedor principal. El sol me cegó al principio y se sintió extraño estar cerca de la ventana después de estar bajo tierra durante tantos días. Tenía la esperanza de encontrarme con mis guardianes mientras estaba al aire libre, pero a este punto no sabía si los golpearía o abrazaría.

—Vas a pulir cada cubiertos y bandeja de plata con el paño —ordenó, abriendo la puerta del almacén.

Cada utensilio de plata se mantenía estrictamente organizado y lo primero que me pregunté era por qué tenían tantos cubiertos. No me quejé porque al menos no tenía que fregar platos, ni limpiar letrinas. Imité lo que hacía Gerónimo en silencio, tomando los utensilios de las cajas en fila, uno encima del otro, puliéndolos suavemente y luego colocándolos en cajones específicos. Tuve que organizarlos por tamaño, lo cual no fue demasiado difícil.

Varias veces Brenda se asomó para darle información a Gerónimo, impacientándolo cada minuto un poco más. Algo me decía que tenía que ver con el famoso día de la prensa que tanto mencionó. No pregunté de qué se trataba y, finalmente, Gerónimo me dejó solo en el almacén, bajo amenazas e instrucciones.

Era la primera vez que me dejaba solo y no quería decepcionarlo.

Tararé mientras pulía una cuchara, planificando un escape en mi mente. Si Gerónimo estaba ocupado durante los próximos días para seguir vigilándome, podría usar el tiempo para buscar a Marcus. Pero antes, tenía que encontrar una buena explicación de dónde había estado la noche que estuve en la ciudad. Hablarle de Laila estaba fuera de la ecuación, pero ¿qué podía decir para hacerle entender, o al menos que pudiera perdonarme y acabar con mi castigo? Sabía que no podría aguantar mucho más esta situación porque eso era lo que querían, que me rindiera. Y lo peor de todo es que, estaba funcionando.

No te atrevas a rendirte, grité en mi mente, respirando profundamente. *Puedes hacerlo. Todo va a estar bien.*

—Oye, sirviente. Se requiere tu servicio —llamó alguien.

Cuando me di la vuelta, estaba Khloe de Ettezi con una sonrisa burlona.

Me sentí abrumado por las emociones. Estaba tan feliz de ver una cara familiar por fin. Su cabello estaba recogido hacia atrás, con flecos cayendo a ambos lados de su rostro. Todavía estaba en su uniforme de entrenamiento, lo que significaba que se estaría preparando para ir a almorzar después de completar su primera estación. Entonces me invadió la decepción y la frialdad y mi sonrisa desapareció. Me había sacado de su vida como si nuestra amistad nunca hubiera importado o como si todo lo que había sucedido fuera solo culpa mía. No confiaba en ella, lo que me hizo enojar más porque quería hacerlo. Ella no confía en mí, o tiene miedo, pero ¿de qué y por qué?

—Su Alteza —saludé como si fuera un sirviente —. ¿Qué puedo hacer por usted?

No le gustó mi saludo cuando se dio cuenta de que no estaba fingiendo, al contrario, estaba haciendo mi parte como se esperaba de mí. Khloe se acercó, me arrebató los cubiertos que aún sostenía de mi mano y los arrojó al cajón más cercano.

—¡Acabo de pulir eso!

—Déjate de tonterías. Eres el príncipe Omhet, no seas absurdo —me regañó, poniendo sus manos en sus caderas —. Cuando termine tu castigo, volverás a la rutina, te mantendrás alejado de los problemas y, sobre todo, dejarás de provocar a Marcus.

—Si solo fuera así de fácil.

—¿Por qué no? —presionó y antes de que pudiera responder, cerró la puerta detrás de ella —. Dime que estabas tan borracho que te perdiste en la ciudad. Dime que tal vez te quedaste dormido en el callejón, pero por favor, dime que no regresaste a las ruinas, Omhet. —Se acercó a mí tanto, que levanté mis manos para tratar de calmarla —. Dímelo.

—No te ofendas, pero no confío en ti.

Khloe gruñó.

—¡Eres increíble! —gritó, agitando sus manos agresivamente —. Sabía que había algo extraño con este castigo. Es porque Marcus sabe...

—Khloe, baja la voz. —Traté de interrumpir. Si Gerónimo me encontraba encerrado con ella... no quería ni terminar ese pensamiento.

—Incluso las súplicas de Alexander no ayudaron a quitarte la penalización ¡porque se trata de nada más ni nada menos que las malditas ruinas...!

—Espera, ¿Alexander trató de ayudarme?

—...Después de todo lo que pasó, ¿por qué demonios volviste por más? —continuó, sin escuchar una palabra de lo que dije.

—¡Porque no puedo abandonarla! —grité y, por una vez, Khloe se quedó en silencio —. Ella nos necesita.

—¿Ella? —repitió, perdiendo la voz.

Respiré hondo y la miré a los ojos, preguntándome si decírselo sería un error.

—Laila está viva —dije finalmente. Khloe se recostó contra la pared. Pensé que diría algo, pero no lo hizo —. Esta competencia no es sobre nosotros o el dragón o Marcus, o incluso tu hermano. Hay algo más complicado que todo eso.

Khloe se cubrió la boca y se dio la vuelta por un momento.

—¿Estás seguro de que es ella?

Exhalé todo el aire, dejando caer mis hombros.

—Mira dónde estoy, Khloe. ¿Crees que no estaría completamente seguro?

Ella asintió, pero todavía estaba procesando la información.

—¿Quién podría haber adivinado que, de todos los representantes, descubrirías tú tal secreto? —dijo finalmente.

—Gracias —dije, rodando los ojos.

—Escúchame. Debes alejarte de todo esto —me ordenó con gran preocupación —. Deja que Marcus se ocupe de...

—No —dije con fuerza —. Nadie puede saber de ella. Ni siquiera confío en mi sombra.

—¿Cómo puedes asumir una responsabilidad tan grande? Te van a aplastar. Piensa en tu reino —me regañó severamente.

—Hay mucha gente que piensa en todos los reinos de la Unión, pero nadie piensa en ella. *Mata al dragón y gana la corona,* el resto básicamente no vale un carajo...

—¡Deja de preocuparte por ella!

—¡No puedo! —el silencio que siguió me hizo darme cuenta de lo enojados que estábamos ambos. Podía oírlo en nuestras respiraciones agitadas.

Recuerdo lo desesperado que me sentí mientras yacía en mi propio baño de sangre. Pensé que, de todos los intentos de Guillermo, esa noche sería mi fin.

Hasta que llegó Cayetano gritando mi nombre.

Mi padre encubrió a Guillermo, diciendo que era un juego horrible de su parte y simplemente le ordenó que nunca más se acercara a mí. Mi madre me culpó por seguirlo, por ser tan idiota. Por seguirlo cuando me lo pidió.

Pero Cayetano entró en la enfermería gritando el nombre de Guillermo y lo golpeó y lo golpeó y lo golpeó... pensé que lo mataría.

Quizá no hablé durante un año, pero Cayetano nunca me abandonó.

—A veces solo necesitas una persona. Solo una para marcar la diferencia —susurré.

—Omhet, por favor...

—Necesito tiempo, es todo lo que estoy pidiendo —expliqué, sintiendo crecer la desesperación en mí —. Si pudiera convencerte a ti y a mis guardianes para ayudarla, sé que podríamos...

—No —me interrumpió —. Ni siquiera pienses en arrastrarme a esto. No puedo hacer nada que haga que mi hermano sospeche, no después de lo que sucedió en las ruinas. Estás solo —concluyó, alcanzando el pomo de la puerta.

—Khloe.

Antes de irse, se detuvo una vez más, mirándome. Por los dioses, estaba tan enfadada.

—Todos quieren pasar por encima de los demás por la corona de este reino, incluyéndote a ti y tal vez incluso a Laila. Si crees que encontrarla resuelve tus problemas, entonces no tienes idea de cómo funciona esta competencia. —Se dio la vuelta y me dejó solo en el almacén.

Mi corazón estaba acelerado, las ganas de seguir la farsa de cumplir mi castigo se fueron al demonio, haciendo que cerrara los cajones con actitud y no hiciera nada más que pensar. Estuve tan distraído las últimas semanas con lo que sucedió en las ruinas, que no había prestado atención a lo que sucedía a mi alrededor.

—Por todos los cielos —susurré, tan nervioso que cerré mis ojos un momento—. Laila, ¿qué voy a hacer contigo?

Capítulo 23

«Sabes que nunca debiste dejar Glacier. No eres suficiente y nunca lo serás», volvió la voz de Guillermo y traté de ignorarla. Traté de encerrarla en el fondo de mi cabeza, mientras corría a través de los angostos pasillos de servicio.

A mi mente le gustaba compararse con mis hermanos y por más que trataba de actuar como si no existieran, los demonios en mi cabeza no se callaban. Esas malditas voces intentaban aplastarme. Normalmente trataba de callarlas, pero algunos días eran más difíciles que otros de sobrellevar.

Mientras mi padre se dedicó a preparar a Guillermo para ser el futuro rey, Cayetano se concentró en ser un gran político y la futura mano derecha de la corona. Él era impresionante con las palabras; Cayetano podía recitar cualquier discurso frente a cualquiera y parecer tan natural como si hubiera nacido para ser admirado. Siempre obtuvo todo lo que quiso sin esforzarse en convencer a la gente; un rasgo que había heredado de nuestro padre.

Rodrigo es un caso aparte. Era introvertido, pero escuchaba y sabía todo lo que pasaba como si tuviera oídos en las paredes. Era astuto; a mi padre le encantaba llevarlo consigo a las complicadas reuniones en el consejo. Si hubiera alguien que pudiera resolver cualquier problema, por difícil que fuera, sería él.

Luego estaba yo.

Es increíble cómo nunca tuve el tiempo o la necesidad de analizar todo esto, hasta la mañana en que me ofrecí como voluntario para esta competencia. Pensé que, si lograba hacer que mi rey se sintiera orgulloso de mí, podría encajar con mis hermanos.

Tal vez no encajo en ningún lado y me he apresurado a tratar de satisfacer a todos a la vez. Tal vez pensé que encontraría mi lugar en este viaje y ya no tendría que compararme con mis hermanos u otras personas a mi alrededor. Pero de alguna manera, encontrar a Laila me cambió por completo.

No quiero ser el compinche de Alexander ni de nadie más. Me avergüenzo de haber pensado tal cosa, fue mero desprecio creer que yo podría ser el segundo en esta historia. Ya no quería ser el simple bufón que hace reír al héroe.

Soy más que esto.

—Desayunarás en el comedor de la servidumbre —me ordenó Gerónimo.

Esa mañana, Gerónimo estaba más apurado que de costumbre y yo estaba agradecido, porque no tenía que desayunar prisionero en mi cuarto.

Me paré en una larga fila detrás de los demás. Todos tenían el mismo color de uniforme, pero con estilos diferentes. Los más elegantes eran los que servían en el comedor principal, vestían chaquetas y guantes con bordes dorados, mientras que los demás podían vestir camisas lisas de botones y pantalones color vino oscuro.

Cuando logré tomar mi bandeja, solo me quedaban tres minutos, lo que me hizo sentir frustrado. Estaba acostumbrado a tomarme la hora completa asignada para cada comida, no a prisa y desorden.

—Gracias —le dije a la señora que me dio la bandeja. Lo que obtuve en respuesta fue una dura mirada.

¿Cómo puede un reino vivir en tal hostilidad? Es abrumador

Buscando un espacio para sentarme en el ajetreado desorden y las mesas ocupadas, miré mi desayuno con alivio. Era comida caliente.

Pensé que la mañana sería más placentera sin Gerónimo respirándome en el cuello, cuando encontré a mis tres guardianes en una de las mesas redondas, desayunando y luciendo relajados. Apreté tanto la bandeja de madera en mi mano que la sentí fragmentar.

Pasé junto a las mesas, golpeando accidentalmente algunas de ellas y cuando llegué a la mesa de mis guardianes, dejé caer la bandeja, esparciendo comida por todas partes. Por supuesto traje su atención de inmediato. ¿Cómo se atreven a lucir como si fuera un día normal? estaban charlando con los guardianes del reino Atsoc como si fueran camaradas.

—Buenos días —dije, apretando los dientes, tratando de no explotar como quería.

Los tres se quedaron en silencio por un momento, incluso los guardias de Atsoc comenzaron a alejarse un poco, preocupados cuando notaron mi agresión.

—Te ves mejor —comenzó Cheikh y regresó su atención a su plato para seguir comiendo su ensalada de frutas. Juro que mi párpado comenzó a temblar de pura ira. —El castigo te ha hecho bien, te ves sumiso.

Tuve que respirar hondo, esto no iba a terminar bien.

—Ahora eres un sirviente, ¿no? —bromeó Lucas —. Si te pido que me traigas agua...

Sin dejarlo terminar, agarré la primera jarra de agua que encontré y se la vertí por la cabeza, para luego golpear la jarra sobre la mesa con un ruido sordo. Lucas jadeó, levantándose para sacudirse, notando como la gente a nuestro alrededor poco a poco se callaba.

—Demasiado temprano para bromas —le dijo Shin a Lucas, mientras bebía té sin inmutarse —. Te lo mereces.

—¿Bromas? —estallé —. Llevo días bajo tierra, ¿dónde estaban? —Cheikh intentó responder —. Se suponía que estaban aquí para mí.

Como no lo dejé hablar, Cheikh se levantó de la mesa limpiándose los labios. Luego, me agarró por el hombro con tanta fuerza, que no pude resistirme cuando me sacó del comedor. Todos se habían quedado mirando con atención, como si fuera un espectáculo.

—Comencemos por la parte donde me da las *gracias*, ¿quieres? —comenzó Cheikh, halándome por los pasillos como si fuera su niño. Traté de que me soltara el hombro, pero no lo hizo —. Solo tienes un corto castigo por llegar tarde a una formación, ¿te imaginas si hubiese mencionado algo de que estuviste en las ruinas? ¿Y no solo una, sino dos veces?

—Baja la voz, Cheikh —dije, estábamos pasando a docenas de personas a la vez.

Finalmente me soltó en medio del concurrido pasillo.

—Entonces tú bájale a tu actitud —me respondió, señalándome la cara con el dedo. Estaba tan enojado como yo.

Estábamos siendo observados de todas partes, ya que estábamos a punto de ser atropellados por la multitud.

Sin decir nada más, me indicó que lo siguiera. Me tomó un segundo decidir si quería ir o no, pero para ser honesto, volver con Gerónimo sería aún peor. Refunfuñando seguí a Cheikh, rogando que pudiera encontrar una manera de liberarme de este castigo. Mi único cometido era estar el séptimo día con Laila, y no podía romper esa promesa. Tengo que cumplirla. Cueste lo que cueste.

Salimos por la puerta trasera, llevándonos al ala oeste entre el laberinto de jardín y el campo de entrenamiento. El cielo estaba tan gris que parecía que iba a llover en cualquier momento, con fuertes truenos y ráfagas de implacables vientos. Ha pasado un tiempo desde la última vez que vi el cielo y aún más sorprendente fue ver a los voluntarios entrenando en un clima tan desagradable.

Todos estaban ejercitando en diferentes estaciones. Pude ver al General Méndez en la carpa dando las clases mientras un grupo corría por los senderos del bosque y el resto se dividía en el resto de las estaciones. No puedo creer que extrañaba estar con los demás.

—Es *ahí* donde deberías estar —comenzó Cheikh —. No limpiando letrinas.

—Por favor, dime que nadie sabe nada de ese evento.

—Salió en todos los periódicos, querido príncipe.

Respiré con inquietud. No sabía cómo explicar que odiaba esta situación tanto como él, pero no me arrepentía, porque tenía que huir de nuevo.

Cheikh iba a matarme.

—Cheikh... —Me quedé atascado en mis palabras —. Tengo que volver a verla y necesito tu ayuda —dije finalmente y Cheikh se dio la vuelta, luciendo como un soldado a punto de ir a la guerra —. Hay un día en la semana que es el más ligeros de todos, por lo que no debería ser difícil escapar por un par de horas...

—¿Te estás escuchando? —me interrumpió —. ¿No has aprendido nada?

—Estoy haciendo lo correcto —le expliqué, tratando de convencerlo. Estaba desesperado —. Hay un decreto firmado por el último rey de Andebeck que dice que *nadie puede tocar la corona excepto su hija, Laila Blume.* Salvémosle la vida y todo el drama habrá terminado. ¡Esta competencia inútil al fin terminará!

—Marcus descubrirá que estás rompiendo todas las reglas existentes y no solo te meterás en problemas, sino también a Glacier. Si te atreves a poner nuestro reino en desgracia, tu padre nunca te lo perdonará.

—Estoy haciendo exactamente lo que él hubiera esperado de mí. No me deja luchar contra el dragón y obviamente no soy bueno para hacer aliados. ¿Qué podría ser mejor que terminar la competencia de fuego antes de que llegase la batalla a muerte?

No podía quedarse quieto, agitando los brazos y paseando de un lado a otro.

—No voy a discutir con un adolescente enamorado —*¿Enamorado dijo?*—. Si hubo alguna conexión entre ese fantasma y tú, debes saber que terminó hace dos días. —Antes de que pudiera preguntarle a qué se refería, me soltó sin piedad—. El séptimo día ya pasó. Rompiste tu promesa. Ahora, termina tu castigo y olvídate de volver a las ruinas.

Me di la vuelta y traté de tragarme la noticia. No era posible. Pensé que había marcado los días y contado correctamente. En mi mente, había estado en mi estúpida prisión durante cuatro días, no nueve.

Tal vez fue porque había dejado de concentrarme en los ruidos a mi alrededor, como el entrenamiento, la voz de Cheikh y los caballos en los establos lejanos, pero sentí que el aire se volvía violento. La brisa silbaba, e incluso podría jurar que el trueno sonaba más fuerte. Aunque no llovió, sentí el clima igual a mi tormenta interior.

—Omhet —llamó Cheikh, pero no pude responderle, estaba a punto de perder todo el control —. Puedo hablar con Brenda en este preciso momento y ordenarle que te lleve con Marcus, para que te regrese al entrenamiento. Podemos empezar desde cero.

—¿Pudiste haber hecho eso todo este tiempo? —Cheikh simplemente exhaló. Lo que significa un sí —. *¿P-por* qué...? ¿por qué no lo hiciste entonces?

Dudó por un momento.

—Rompiste el pacto más importante que tenemos nosotros, como guerreros Glacieranos, *que sus vidas sean para proteger la mía, como la mía para proteger las suyas.* Amenazaste a Shin, lo expusiste al peor de los peligros y olvidaste tu promesa a tu Rey Guillermo. Estaba profundamente decepcionado de ti.

—Cheikh, por favor, déjame explicar...

—Y todavía lo estoy. —No pude interrumpir. Cada palabra suya me dolía más de lo que esperaba —. Pero, creo que ya has sufrido suficiente. Si vuelves al entrenamiento y nunca mencionas el nombre de Laila de nuevo, te prometo que perdonaré todo lo que has hecho.

El general Méndez comenzó a gritar cuando cayeron las primeras gotas de lluvia. Dijo algo sobre el día de la prensa. No sé. Estaba demasiado lejos para oírlo y ya no formaba parte de lo que fuera que iba a pasar a continuación.

—Mi padre también vive decepcionado de mí, porque hago las cosas más estúpidas que se me ocurren, pero es que, él nunca quiso escucharme. Y tú tampoco. Mi lugar es obedecer como un títere y lo he intentado. Te juro que lo he intentado y estoy cansado de eso. Necesito que confíes en mí por una vez.

—Lo siento, pero no lo haré. —Mis hombros cayeron con frustración —. Tu único lugar es obedecer y hacer lo que te ordenó tu Rey y los ministros.

—Soy yo quien pide disculpas, general, pero a veces hacer lo correcto está mal. No espero que usted entienda eso, pero no me voy a someter a esta morbosa competencia por una maldita corona —concluí y pasé de largo totalmente enfurecido.

Si le explico a Laila por qué rompí la promesa, tal vez lo entienda, pensé, con el corazón acelerado. Le había fallado a Laila.

¡Por Krea, le había fallado a Laila Blume! ¿Qué la vida no le ha cobrado suficiente para que un adolescente inexperto le fallara también?

Corrí por el camino que conducía a los establos, sintiendo a Cheikh persiguiéndome. Era bienvenido si quería ir conmigo, pero yo estaba decidido a ir a las ruinas y nadie me iba a detener. Me enfrentaría al dragón y que me atacara si quisiera, pero tenía que ver a Laila, tenía que explicarle, tenía que decirle...

—¡Omhet! —me gritó. Su velocidad era imbatible. Me detuvo en unos pocos pasos largos, al pararse frente de mí.

—No vas a detenerme, así que ni lo intentes.

—Si entras en ese establo, se termina todo —me amenazó —. Marcus no te dará otra oportunidad y no mentiré más por ti. Tienes que decidir qué es más importante.

Me encontraba en una encrucijada, mirando el establo y luego la arena. El área de entrenamiento estaba vacía de representantes. Todos se habían ido a un evento del que yo era el único que no formaba parte. Solo faltaba decidirme, atrapado en un estúpido limbo donde le había fallado a Laila, a mi rey, a Andebeck, a mis guardias y a mi propio ser.

—Muchacho, escúchame —dijo Cheikh, en un tono más suave —. Concéntrate en Su Majestad Guillermo. —Cuando dijo el nombre del rey, no pude evitar mirarlo —. Tu padre espera mucho de ti y tú estás haciendo todo lo contrario. Debes recordar quién eres y qué estás haciendo aquí.

—Defraudar a Laila no se siente bien —susurré, sintiendo que la ira era reemplazaba por la frustración.

—Si ella es real, será fuerte —insistió —. Ella ha estado sola un siglo, podrá esperar un par de meses más. ¿Cómo puedes ayudarla si te conviertes en el traidor de Andebeck con lo que estás haciendo? —Dejé que pusiera su mano en mi hombro. Por una vez, no nos estábamos gritando. —. Si quieres ayudar a la princesa, tendrás que ser más inteligente que esto. Ir a la guerra con Marcus no te ha ayudado en lo absoluto.

—No puedo simplemente ignorarla. Déjame al menos hablar con ella una vez más...

—No —me negó rotundamente —. El tema de Laila ha terminado. Serás el representante que nuestro rey espera que seas y te prometo que al final valdrá la pena —concluyó Cheikh.

Quisiera pensar que tenía la opción de elegir entre mi deber y mi voluntad, pero no había nada entre lo que elegir.

—¡Mierda! —Escupí amargamente, cerrando los ojos con frustración —. Ni modo.

Regresé al palacio con Cheikh en silencio, sintiendo que no solo le había fallado a Laila, también me había fallado a mí mismo. Y nunca me iba a perdonar por eso.

Laila, lo siento tanto.

Las gotas de lluvia que iban aumentando no me molestaban, me molestaba más mi conciencia. Esto estuvo mal.

Cuando llegamos a la entrada de servicio, vi a Gerónimo y Brenda esperándome desde lejos. Parecían furiosos.

Gemí, reduciendo mi ritmo. ¿Era esto realmente mejor que ir a las ruinas?

—Déjame hablar a mí —dijo Cheikh.

—Buena suerte con eso —respondí, mirando hacia abajo. Ya estaba temblando, porque sabía que esto no iba a terminar bien.

—Oye —me llamó Cheikh, pero lo ignoré —. Levanta esa mirada.

—Hoy no.

—Eres el príncipe de Glacier. Levanta la mirada, dije.

Di una sonrisa triste.

—¿No escuchaste? No soy nadie.

Cheikh me detuvo cuando estábamos casi en la puerta y no dijo nada hasta que lo miré.

—¿Qué? —pregunté, molesto.

—¿Quién eres?

—Una decepción —bromeé, pero no se rió.

—¿Quién eres?

Suspiré.

—Cheikh, me están esperando.

—Dime quién eres —comenzó a levantar la voz —. Dilo.

Lo miré y negué con la cabeza.

—Ya no sé quién soy.

Iba a decir algo más cuando sentí que ambos comenzaron a rodearme, como si fuera su presa.

—Señor Omhet —dijo Brenda y cerré los ojos. Aquí vamos de nuevo —. No deberías haber dejado las paredes del palacio.

—El *príncipe* y yo estábamos teniendo una conversación importante —explicó Cheikh, directamente a Brenda.

—No me importa, general. El joven ya no es su responsabilidad sino nuestra propiedad —lo interrumpió Brenda y vi cómo Cheikh se puso a la defensiva. ¿Fui yo, o estaba moviendo su mano más cerca en dirección a su espada?

Inmediatamente me puse nervioso porque probablemente Brenda no tenía idea de quién era Cheikh.

—Por su bien, señora, espero que no le dé al príncipe un castigo innecesario —dijo Cheikh, acercándose tanto a Brenda que Gerónimo dio un paso atrás. Brenda se veía pequeña con Cheikh frente a su rostro —. Para usted, él es solo otro joven, pero para mí, él es el Príncipe Omhet Guillermo Espinho y las consecuencias, si lo lastima, serán graves. Le guste o no, debe respetar eso.

Brenda tardó en responder, tratando de ocultar lo intimidada que estaba.

—Le recuerdo que soy yo quien está a cargo del joven —se atrevió a decir —. Solo Marcus puede decir lo contrario.

—No lo repetiré —presionó Cheikh y como si los hubiera convocado, Shin y Lucas aparecieron junto a nosotros con una actitud que no había visto hasta ahora. Por una vez no los vi como nanas, pero como mis guardianes —. Si me entero de que castigó a nuestro príncipe más allá de lo que ordenó Marcus, pediré la sentencia de Glacier para usted y créame, no le gustará.

—No tienes derecho a amenazarme.

—No es un derecho. Es la ley —dijo Lucas con voz firme —. Escoja bien sus próximas palabras, porque las haré llegar al rey de Glacier.

—¿Desde cuándo un ministro es más importante que un rey? —preguntó Shin. Los tres la tenían acorralada entre ellos y la puerta de servicio —. ¿O ha olvidado que está organizado una competencia desesperada porque su gente no tiene un señor supremo que los proteja?

—Diría que este es el reino más vulnerable. ¿No crees, Cheikh? —preguntó Lucas.

—Un imperio sin rey es reino débil —coincidió Cheikh —. Si yo fuera usted, tendría cuidado. Sería tan fácil invadir que da risa.

A Brenda le temblaron los labios, pero se tragó sus palabras. Nunca pensé que los líderes de Andebeck podrían ser derrotados por tres Glacieranos y maldición, qué bien se sintió. Después de ofenderme en cada oportunidad que encontraron, ahora estaban temblando como niños. Cuando me miró, estaba divertido esperando por sus próximas palabras.

Exhaló y miró a Gerónimo.

—Llévatelo...

—¿Llevar a quién? ¿Lo siento? No escuché —interrumpió Lucas, con severo sarcasmo.

Miró a Lucas, pero sin opción me miró a mí.

—Gerónimo —intentó de nuevo —. Lleva al *príncipe* Omhet a Marcus de inmediato —dijo Brenda por fin y sentí un alivio abrumador —. Que lo espere en la sala de prensa.

Gerónimo se inclinó ante mí y señaló el camino, tratándome no como a un sirviente sino como a un príncipe, dejándome ir primero.

Miré a mis guardianes una vez más y les sonreí respetuosamente.

—Gracias —les susurré —. No tienen ni idea de cuánto los extrañaba. No me dejen solo nunca más, se los ruego.

Desearía poder expresarles lo arrepentido que estaba por todo lo que había hecho. Quería mostrarles a mis tutores cuánto significaban y lo que han hecho por mí hoy, nunca lo olvidaré.

—Estaremos cerca, mi príncipe —respondió Cheikh.

Sin decir nada más, asentí y comencé a retirarme, cuando sentí que Cheikh puso su mano en mi hombro.

—Lamento todo esto —me dijo antes de dejarme ir —. No te daré la espalda así otra vez.

Asentí y me fui con Gerónimo.

Finalmente hablaría con Marcus y esperaba que esta vez pudiera encontrar una salida a este estúpido castigo.

Capítulo 24

La biblioteca del palacio era tal como uno podría imaginar. Tenía tres pisos, ventanas altas y estanterías en el segundo y tercer nivel con infinitos libros. En el primer nivel estaba la sala principal de reuniones. Fue interesante cómo lo prepararon para los reporteros instalando trípodes de madera. Al mismo tiempo, otros prepararon máquinas de escribir sobre una mesa larga. Cuando entré, uno de los reporteros que instalaban las cámaras me miró y le hizo señas a otro. Confundido por su interés, no me dio tiempo de reaccionar y me tomó una foto mientras caminaba junto a Brenda y Gerónimo. No eran cámaras fáciles de manejar: eran cajas con lámparas tan pesadas que tenían que usar un trípode solo para obtener una imagen sin color en un periódico.

—No. —Gerónimo se paró frente delante de mí —. No habrá entrevista ni fotografías para este joven. Él no es parte del evento.

Estaba tan confundido que usé a Brenda y Gerónimo como escudo cuando la gente con cuadernos y trípodes comenzaron a rodearnos.

Al otro lado del salón vi a Marcus escoltado por los guardianes. Se sentó en una mesa al frente de la sala, donde comenzó a responder preguntas de los reporteros.

—¿Es cierto que el reino Glacier ha atacado al dragón?

—¿El castigo es permanente?

—¿Es cierto que el Rey de Glacier vendió a su hijo menor por sus deudas?

—¿Cómo puedes asegurar que la batalla tendrá éxito si no hay control sobre los voluntarios?

—*Omh, zela ezpwlzapo?*

Preguntaron en diferentes idiomas, lo que hizo darme cuenta de que no eran solo personas de la prensa de radio y periódicos de Andebeck, sino reporteros de todos los territorios, incluido Glacier. Pude ver la diferencia en la tecnología, algunos con cámaras que podían sostenerse en las manos de una persona y otros que eran más antiguos que necesitaban soporte. Reconocí a los periodistas de Glacier por sus parkas ligeras y por su forma de informar, que hacían dos personas en equipo: uno hacía la pregunta, mientras que el compañero escribía en su libreta sin hablar.

—¿Que está pasando? —Pregunté, dando un paso atrás.

—Si quieres hablar con Marcus, tendrás que esperar a que termine el evento —dijo Gerónimo, alejándome de la muchedumbre.

Fuimos al segundo piso y me apoyé contra la barandilla, contemplando con admiración a Marcus. Parecía tener la situación bajo control, mientras los reporteros esperaban para hacer preguntas. Marcus se preparó una taza de té, sentado erguido y atento a todo lo que sucedía.

Karl y Khloe entraron al salón con sus excéntricas vestiduras y expresión controlada, como lo exigía su cultura. Mantuvieron sus ojos siempre mirando hacia adelante.

Los reporteros se volvieron locos con preguntas y algunos incluso intentaron acercarse a ambos.

—Con un mes completado, ¿te preocupa que otros reinos puedan aprender de usted durante el entrenamiento y superar su lugar? —preguntó el primer periodista a Karl.

Karl se rió, haciendo que mi estómago se revolviera.

Le detestaba.

Era tan pedante y arrogante que parecía como si creyera que la corona ya descansaba sobre su cabeza.

—Mis oponentes pueden entrenar y admirar mis virtudes —respondió con voz retumbante —. Pero el único aquí que se desarrolló para pelear fui yo, y para compartir con eso no hay entrenamiento que los salve.

Miré a Khloe, rogándole que me mirara, con la esperanza de poder instarla a hablar. Ella tenía mejores cosas que decir y estaba seguro de que si Karl tenía alguna posibilidad de ganar, era solo porque ella estaba aquí con él. Sin embargo, Khloe permaneció en silencio todo el tiempo, como si fuera solo su decoración.

—Princesa Khloe. —Uno de ellos le habló al fin —. ¿Cuál es tu rutina para verte tan bien en ropa de hombre?

Apreté los dientes. ¿Qué clase de pregunta era esa?

Khloe se rió, pero no respondió. Creo que estaba tan decepcionada como yo.

—¿Es difícil concentrarse con tantos hombres a tu alrededor? —preguntó otro.

¿Por qué le hacían esa clase de preguntas? Khloe era capaz de contestar preguntas como guerrera, mejor que el mismo Karl.

Él le susurró algo al oído y ella asintió mientras su sonrisa caía. Lo que sea que Karl le haya dicho a Khloe la hizo levantarse, diera una rápida disculpa y se marchara.

—¿Desde cuándo se llevan a cabo estas entrevistas? —Le pregunté a Brenda, que estaba parada a mi lado.

—Se harán una vez al final de cada mes. Esta es la primera —respondió sin mirarme.

Hubo risas en la prensa. Cuando me di la vuelta vi a Alanis haciendo su entrada, diciendo algo divertido, haciendo a todos reír. La habitación se llenó de colores con su amplia falda y su flor nativa en la oreja. Ella nació para la atención y la llevó extraordinariamente. Incluso el ministro estaba sonriendo.

Pero cuando entró Alexander, fue todo lo contrario. El silencio reinó. Su cabello, ropa y figura hicieron que todos esperaran a que dijera las primeras palabras.

—No se pongan nerviosas. Todavía no he empezado —bromeó Alexander, haciendo reír a las mujeres.

Me reí un poco. Me parecía fascinante cómo inquietó a todas las damas con solo aparecer.

—¿Es cierto que tienes una relación secreta con Alanis? —Hicieron la primera pregunta.

Alanís se rió a carcajadas.

—Ya quisiera él.

Alexander la miró con una sonrisa traviesa.

—Soy para ella lo que ella diga que soy.

Preguntas y más preguntas. Me preguntaba si alguien en todo este gentío recordaba cuál era la real urgencia en esta competencia. Todos parecían más interesados en sus relaciones y conflictos internos que en la competencia de fuego.

—Somos buenos amigos —dijo Alanis por fin —. No hay tiempo para relaciones personales. Hay cosas más importantes.

—Pero se puede disfrutar en los días libres. Ayuda a relajarse —bromeó Alexander, haciendo que Alanis se sonrojara.

—Alex —lo regañó y Karl puso los ojos en blanco. Sin ningún esfuerzo, los dos se habían llevado toda la atención que antes pusieron en Karl.

Marcus se puso de pie y, por respeto, hubo silencio una vez más.

—Estimados invitados —Marcus se dirigió directamente a los entrevistadores —. Déjame presentarles oficialmente a los héroes de Andebeck.

Los tres reinos se levantaron y se inclinaron. Los entrevistadores soltaron todo lo que tenían y empezaron a aplaudir y aplaudir durante varios minutos sin parar.

—No me trajiste aquí para hablar con Marcus, me trajiste para que pudieran ver en lo que me he convertido —acusé a Brenda, los aplausos ahogaron todo sonido.

Sus ojos se iluminaron maliciosamente.

—Tu reino te verá usando un uniforme de sirviente en todos los periódicos, mientras que los otros reinos son reverenciados sin esfuerzo. Si yo fuera tu rey, te sacaría de aquí para evitar más vergüenza.

Hija de...

Apreté mi rabia en mi puño. Si perdiera el control, sería como complacer a esta horrible mujer. Por eso volví a mirar a los reporteros, pero ya no podía escuchar ni prestar atención a nada.

—Tú exiges respeto, pero no das respeto —respondí finalmente, penetrándola con mi enojada mirada —. ¿Qué tipo de líder es usted?

Como si mis palabras la ofendieran más de lo que esperaba, no me respondió, sino que dio media vuelta y se alejó, dejándome con Gerónimo. No tenía nada más que decirme porque el daño ya estaba hecho.

Las entrevistas organizaron a todos los representantes juntos para tomar fotografías, con Marcus en el centro. Debería haber estado endiablado porque me excluyeron, pero en cambio, me sentí aliviado. Toda la absurda manera de conducir las entrevistas me hizo sentir que este era un espectáculo del que me alegraba no ser parte.

Un fuerte trueno sacudió las ventanas, viendo que la tormenta finalmente estaba sobre nosotros. El diluvio se extendió por todo el reino y los relámpagos comenzaron a iluminar el cielo.

—A ellos no les importa —susurré. Gerónimo me miró, pero yo no le hablaba a nadie en particular —. Esto no se trata del dragón. Esto es solo un concurso de poder.

—¿Señor? —preguntó.

Pude ver muchos destellos provenientes de las cámaras que molestaban mis ojos desde donde estaba. Todos se lo estaban pasando en grande. En ningún momento hablaron del dragón, solo de ellos mismos.

—¿Qué he hecho? —Susurré. Miré a la ventana de nuevo, buscando las ruinas.

Mi corazón estaba latiendo fuerte. Estaba decepcionado conmigo mismo por fingir que era parte de este...este error.

«Todos quieren pasar por encima de todos los demás por la corona de este reino, incluyéndote a ti y tal vez incluso a Laila», recordé lo que Khloe me había dicho en el almacén y lo repetí hasta que me cansé de pensar en ello.

—Tengo que irme —dije finalmente, mi mente más clara que nunca.

—Si tanto te molesta estar aquí, te puedo escoltar a su habitación —ofreció Gerónimo, complacido.

¿Molestar? No, a mí me importaba una mierda el evento. Al contrario, me abrió los ojos. Todos tenían objetivos claros y el mío nunca sería el mismo de ellos.

Estaba cansado de fingir que era como cualquiera de los presentes, pero, explicarle eso a Gerónimo sería una pérdida de tiempo, así que lo ignoré. Estaba tratando de ocultar mi deseo de huir, así que, para evitar llamar la atención, comencé a alejarme lentamente, hacia las escaleras.

—Omhet —me llamó Gerónimo, tratando de no gritar.

Solo tengo que atravesar la puerta de la biblioteca y seré libre, pensé, tratando de resistir el impulso de correr. Sin importarme si estaba llamando la atención, tan pronto alcancé la puerta, la abrí de un tirón y me eché a correr más rápido que si estuviese en mi entrenamiento. Gerónimo no podía alcanzarme ni aunque lo intentara, así que me fui sin mirar atrás. Corrí por los pasillos, pasándole por el lado a guardianes y sirvientes que me miraban con curiosidad.

Subí las hermosas escaleras principales, donde me perdí por un momento porque hacía mucho que no estaba en semejante pasillo. Se sintió tan bien entrar a mi habitación una vez más.

—¡Cheikh! ¡Lucas! —grité, sacudido por la adrenalina y la prisa —. ¡Shin!

Me quité la estúpida chaqueta de servicio y me subí las mangas hasta los codos. Tenía prisa, no por el mal tiempo, sino porque alguien me fuera a detener.

Corrí a la habitación privada de mis guardianes, pero ellos no estaban aquí. Maldije con enojo y me apoyé contra la pared por un segundo.

Iba a tener que ir sin ellos.

Respiré hondo, conteniendo las ganas de saltar del balcón para ahorrar tiempo. Lo primero que hice fue cambiar mi ridículo uniforme. Me arranqué la camisa, haciendo saltar los botones, para agarrar uno de los uniformes de mis guardias: el uniforme de soldado de Glacier. Cuando estaba atando los cordones de mis botas negras, noté un arma al lado de la cama de Cheikh. Una espada.

Me levanté lentamente y tomé su espada en mis manos.

Mientras mis dedos temblaban, apreté mi mano alrededor de la empuñadura. *No soy un valiente caballero*, pensé. *Pero soy un príncipe loco*, continué, riéndome de mi propia broma. El miedo no iba a controlarme, no esta vez.

Mientras amarraba la espada a mi cinturón, fui a mi habitación y casi grité cuando vi a la hermana de Marcus sentada en mi cama, como si hubiera estado esperando todo este tiempo. ¿Tiene una llave maestra o qué? Ni siquiera la escuché entrar. Es la primera vez que la veo con ropa formal, probablemente por el evento. Llevaba un vestido oscuro, abierto a la mitad enseñando las piernas y su cabello negro y lacio caía como una cortina por su espalda.

—Todos en este palacio están ocupados hoy con el evento y probablemente nadie notó que te fuiste. Elegiste un buen momento para hacer la locura que estás a punto de hacer —comentó, cruzando una pierna sobre la otra.

—¿No se supone que deberías estar ocupada también?

—Cálmate, mi querido príncipe. No estoy aquí para detenerte —dijo, pero yo seguí mirando hacia la puerta, esperando una emboscada en cualquier momento —. Solo vine a conocer tus intenciones —explicó, levantándose con la gracia de una gacela —. Dependiendo de tu respuesta, tal vez pueda ayudarte.

—¿Cómo? —Pregunté a la defensiva, ya no confiaba en nadie.

—Puedo darte el privilegio de ir a las ruinas cada séptimo día.

Resoplé. Por supuesto. ¿Pensó que yo era un idiota?

A pesar de saber que sonaba como una perfecta oportunidad, presentía que Lois querría algo ridículo a cambio. Por mi poca experiencia con Marcus, parecían personas con motivos ocultos en todo lo que decían o hacían. Tenía que estar a la defensiva, o al menos parecerlo.

—¿Qué quieres a cambio? — pregunté inmediatamente.

Se acercó a mí y pude oler el aroma de lavanda en su piel.

—Quiero que me jures que matarás al dragón cuando llegue el momento.

—Si puedes convencer al rey para que me permita estar en la batalla...

—Hecho —me interrumpió —. ¿Algo más?

Está hecho entonces. Iré a la batalle en invierno.

—¿Es todo lo que pides? ¿Así de fácil?—pregunté, sintiendo que faltaba algo en este trato.

Se mordió el labio como si escondiera una broma interna.

—Es fácil, pero no para ti —respondió. Había algo más en sus ojos —. Pero a diferencia de los demás, yo sí quiero darte la oportunidad.

—¿Quieres darme la oportunidad? —repetí sarcásticamente. Nada de lo que decía tenía sentido —. Acabas de admitir que no crees que nada de esto sería fácil para mí, como si fuera débil.

—No, no débil —interrumpió y colocó sus manos sobre mi pecho —. Eres vulnerable, pero de aquí.

Mi corazón latía con fuerza en su mano y sabía que podía sentirlo. Esto era un dichoso rompecabezas que Lois no estaba armando para mí.

—Su alteza, me vas a disculpar, pero no te entiendo —le dije. Su cercanía me puso nervioso.

—El príncipe Karl tiene ventaja en esta competencia por su obsesión al poder. Alanis luchar con su entera vida por lo que cree y el príncipe Alexander tiene la apariencia perfecta para gobernar. Pero tu fuerza está en tu sensible corazón. —Iba a preguntar por qué, pero ella continuó —: pero, todavía no estoy segura si tendrás el valor de enfrentarlo.

Me vino la imagen del dragón y me estremecí.

—Es sólo una bestia —susurré.

—Una bestia para los ojos de los demás —sonrió con malicia —, pero, no para el príncipe que se enamoró del dragón.

No respondí porque estaba tratando de no reírme. ¿Cómo podría una persona enamorarse de un dragón?

Miré las ruinas más allá del balcón, mientras caía la lluvia torrencial, cuando Lois comenzó a caminar hacia la puerta para irse. Estaba más confundido que nunca. La conversación solo me había asegurado dos cosas: los líderes del reino estaban obsesionados con tener la cabeza del dragón a toda costa y ambos estaban irrevocablemente locos.

—Quiero dejar una cosa clara —dijo antes de salir por la puerta —. El día que decidas defender a la bestia, te convertirás en mi enemigo, Omhet. No tomes este favor a la ligera.

Asentí, sin saber si era una amenaza o un recordatorio.

—No sé si eres mi hada madrina o si soy tu prisionero, pero acepto.

Capítulo 25

El caballo trotó sobre los baches causados por el diluvio, salpicando barro en mis pantalones. Apenas podía ver con las gotas de agua salpicando mis ojos, pero no aminoré el paso. No podía ir despacio.

No *quería* ir despacio.

Los truenos y relámpagos me inquietaban, pero más me aterraba que fuera demasiado tarde para regresar. Haberle fallado fue mi mayor error. Mi corazón latía con anticipación y no podía soportar la espera por más tiempo. El camino se sentía eterno. Traté de acelerar más el caballo, pero no respondió. La paranoia me estaba volviendo loco. Mi mente me gritaba que los guardias de Andebeck podrían estar persiguiéndome o que Lois podría estar permitiéndome escapar como una excusa para sacarme de la competencia. Miré hacia atrás tantas veces que casi perdí el equilibrio. No quería que nadie me siguiera. Si me atrapaban esta vez lucharía.

Casi había llegado, podía ver el árbol donde solía atar el caballo cuando lo visitaba. Estaba tan cerca... hasta que cayó un rayo cerca de mí. No pude verlo, pero sentí la vibración y el trueno fue tan intenso, que el caballo me derribó cuando se encabritó sobre dos patas.

—¡Cobarde! —Le grité, sacudiendo el barro de mi ropa.

El caballo casi se escapó. Rápidamente me levanté y agarré las riendas. Tiró de mí hacia atrás, pero no lo solté; enterré mis botas en la tierra y tiré con fuerza. Tal vez no sabía cómo pelear con espadas, pero controlar un caballo no podía ser tan difícil.

—Estás entrenado para la batalla, pero no puedes soportar un maldito rayo —le grité con frustración.

Intenté tirar de él y controlarlo, pero el caballo me dio una patada en la cara y caí de espaldas al suelo, para luego huir de mí. Gemí, tapándome la boca. Un maldito caballo me ganó.

—Brillante —dije, poniéndome de pie.

Ignorando la lluvia torrencial, troté el resto del camino irritado. Estaba aquí para enfrentarme a un dragón, pero ni siquiera podía controlar a un caballo. Esto no era como suele suceder en las historias de los libros.

Cuando llegué a la entrada principal, escupí la sangre de mi labio roto gracias al estúpido caballo y desenvainé mi espada con más confianza de la que realmente tenía. Me asomé por la puerta y entré.

—Laila —la llamé valientemente, pero no pasó nada.

Caminé con cuidado, mirando alrededor, esperando que la bestia apareciera en cualquier momento.

Después de caminar media hora por los pasillos principales como el pasillo destruido y el salón de baile, me di cuenta de que no había ningún dragón a la vista. Bajé la espada, la volví a poner en la vaina de mi cintura y subí los escalones hasta la torre.

Me puse nervioso cuando llegué a la cima. Mi ropa estaba hecha un desastre, el cabello me cubrían la cara y goteaba agua de lluvia.

—Laila —la llamé, poniendo mi palma en la puerta. Me habría oído claramente si hubiera estado en su habitación.

Ella no me respondió.

Abrí un poco la puerta y me asomé. La habitación estaba vacía y todo rastro de Laila había desaparecido. La última vez que estuve aquí había pertenencias personales por toda la habitación, pero esta vez ni siquiera había sábanas en la cama. Era como si hubiera abandonado el castillo.

¿Y si la hechicera regresó?

¿Y si Laila estaba en peligro?

¿Y qué si ya era demasiado tarde?

Me dolía la cabeza de tantas posibilidades. Corrí de regreso al nivel principal, frente a la escalera rota y el pasillo con el techo hueco.

—¡Laila! —grité, mirando a todos lados. Los truenos competían con mis gritos y la lluvia se acumulaba a la altura de mis tobillos —. ¡Laila, por favor!

Pero no sabía por qué estaba implorando.

Para que me diera una señal.

Para que me perdonara.

Para que me diera otra oportunidad.

Para que regresara.

Joder.

Para que... *por Krea,* regrese a mí.

Pero no escuché ninguna respuesta. El último lugar al que entré fue a la biblioteca no con la intención de buscarla, sino porque me había rendido por completo.

Sintiéndome desesperado me apoyé contra la puerta destruida y miré el castillo abandonado. Este salón era dónde más caos provenía; porque varios chorros de agua brotaban del techo como cascadas, cayendo sobre los estantes y destruyendo lo que quedaba de la biblioteca. Caminé por la habitación sintiéndome frustrado por haberle fallado a la única persona que confió en mí.

En el fondo, sabía que tenía que salir de allí y nunca volver. Si seguía lloviendo así, el primer nivel se inundaría. Las viejas marcas en las paredes me advertían donde el agua había llegado durante tormentas anteriores. Sin embargo, me quedé, hipnotizado por el alrededor, sintiéndome como si estuviera en una librería encantada. Las paredes tenían enredaderas, con florecillas que habían consumido los bloques de piedra hasta colgar del techo. La destrucción agrietó el suelo y sería un milagro encontrar un libro en buen estado. Incluso, traté de tomar uno de un estante sobre mi cabeza y se desmoronó en mis manos como hojas secas.

Oí un ruido y me di la vuelta con la mano en la empuñadura de mi espada, pero no vi nada. Debió haber sido el sonido de los estantes moviéndose, cuando el nivel del agua comenzó a subir.

O tal vez fue ella...

Me relajé y saqué mi mano de la empuñadura.

—La primera vez que vine a este lugar, lo vi aterrador —comenté en voz alta. Estaba hablando con Laila y recé para que pudiera oírme, por eso continué —: pero, ahora me doy cuenta de que es como entrar en un mundo alterno. Podría jurar que las hadas o los fantasmas podrían bailar aquí y sería perfecto.

Acaricié las florecitas de las paredes y me detuve frente a un espejo roto en la pared. Me miré a la cara y levanté una ceja burlonamente. Mi labio estaba hinchado y goteaba sangre fresca. Lo limpié con el brazo y seguí caminando.

—A veces siento que puedo escuchar música saliendo de estas paredes —continué —. Tuvo que haber un piano de cola en alguna parte. Puedo imaginarla tocándolo mientras sus hermanos estudiaban... ¿tenías hermanos?

A pesar de no obtener respuesta, no dejé de hablar. Aunque no tenía sentido, podía jurar que alguien me estaba escuchando.

Había un agujero en el suelo en medio de la biblioteca. Me acerqué al borde y miré hacia abajo, pero no pude ver el fondo. Me pregunté si el dragón había creado el agujero o si años de exposición a lluvia lo habían hecho crecer lentamente con el tiempo. Retrocedí unos pasos para ganar impulso antes de saltar al otro lado, resbalándome un poco. Casi vuelvo a caer en el agujero.

Pasé por un arco, a una sección diferente de la biblioteca. *Increíble,* el salón parecía infinito en tamaño y con más de seis niveles de altura, con el techo completamente abierto en dos. Silbé de la sorpresa. Era hermoso, a pesar de lo destruido que estaba.

Me acerqué a la pared del fondo, donde una vez hubo escalones de madera que solían conducir a los otros niveles, pero ahora no quedaba nada. Sin embargo, había una pintura en el suelo con la imagen de la familia real.

Mi mano tembló cuando toqué el arte con mis dedos, sintiéndome extraño al ver a la familia Blume por primera vez.

—Entonces, sí tuvo hermanos —dije, en un tono más débil. Podía sentir la sonrisa en mi voz.

Había un hombre, el rey Arien Blume, con cabello oscuro. Luego estaba la madre de Laila y por los cielos, eran iguales. Tenía cabello pelirrojo y ojos verdes. Justo a su lado estaba Laila, sentada con una sonrisa más amplia de lo que suele tener la gente en los cuadros. Para que un artista pinte a la familia real, tiene que quedarse quieto durante horas. Lo que tenía que significar que Laila estuvo sonriendo en toda la sección. Miré a su hermana y hermano menor, ambos parecían tener menos de diez años.

—¿Eres la mayor? Oh, usted y yo no podemos ser amigos —dije en broma —. Soy el menor y sabes lo que eso significa, ¿verdad? —Me reí —. Soy la molestia de la familia. Usted es la mayor, la que regaña y exige silencio a los pequeños.

Respiré hondo, alejándome de la pintura. De repente me sentí triste, no podía dejar de mirar la obra.

—Extraño a mi familia —susurré —. No puedo escribirles lo que siento, porque tengo miedo de que piensen que soy débil —suspiré —. No quiero imaginar estar en tu lugar, sola durante tanto... tanto tiempo. — Mi voz tembló un poco. Quería desesperadamente hacerle saber a Laila que no tiene que pasar por esto sola. Puede que no esté maldecido, pero puedo entender lo que se siente estar solo —. Laila, perdóneme por fallarle. —Me alejé un paso del cuadro —. Es la última persona a la que quería decepcionar, pero lo hice.

Me obligué a alejarme de la pintura, sintiendo una ola de decepción cuando me volteé y no la encontré detrás de mí. Me quité el pelo de la cara, aunque no tenía sentido, el agua entraba por todas partes.

Retrocedí unos pasos y salté de nuevo por encima del agujero para regresar... pero resbalé y casi me caigo por el hueco. Tuve que clavar las uñas en el suelo, aferrándome a las grietas, siseando cuando no sentí suelo bajo mis pies. *Bueno, fue un error haber explorado tanto*, pensé, tratando de arrastrarme contra el chorro de agua, que me empujaba hacia el agujero.

Espeté mis dedos con fuerza y tiré lo mejor que pude, hasta que logré sacar las rodillas del precipicio y arrastrarme lejos. Me senté contra un estante, observando cómo la corriente de agua ganaba fuerza.

Exhalé el aire agotado en mis pulmones y golpeé suavemente mi cabeza contra la estantería detrás de mí. Un libro cayó, casi golpeando mi cabeza. No pude evitar reírme por el desastre que era. Cerré los ojos y dejé que mi mente divagara por un momento, preguntándome cómo terminé aquí. Pequeñas decisiones acumuladas una por una, hasta que fui sacado de una vida privilegiada a estar en un reino desconocido y ahora unas ruinas oscuras, donde se escondía un dragón.

Algo me decía que cuando volviera a casa, no iba a ser la misma persona y solo por eso, no me arrepentí en absoluto.

—Eres un divino desastre —me susurró.

Laila.

Mordí mi labio para ocultar mi sonrisa. Laila estaba aquí, todo el tiempo estuvo aquí, escuchándome. Pero no abrí los ojos porque, aunque la sentía tan cerca, tenía miedo de que volviera a desaparecer si la buscaba.

—Vienes con espada y coraje, pero el que parece llevar la maldición y el encierro eres tú —me dijo. Pude notar un tono burlón en su voz, ¿se estaba burlando de mí?

Sonreí cuando abrí los ojos y la vi parada frente de mí. Su cabello era más largo ahora que estaba empapado y su vestido estaba pegado a su piel mientras goteaba.

—Hola —la saludé en un susurro.

Se arrodilló en el suelo frente a mí y me miró a la cara como si estuviera preocupada. Sin decir nada, puso su mano en mi rostro y me estremecí. Sus perfectos ojos esmeralda estudiaron mi rostro mientras tocaba mis labios. Tuve un segundo de confusión, hasta que noté que me había limpiado un poco de sangre de los labios.

Levanté mi mano y sostuve la de ella. Su piel era más suave de lo que recordaba.

—No es nada —le dije, cuando vi su frente fruncir el ceño por la preocupación.

Aunque dejó de mirar mi herida, no quitó su mano de la mía.

—Te esperé —dijo y pude sentir más tristeza que resentimiento en su voz —. Nunca había permitido que nadie pusiera un pie en estas ruinas en cien años, pero lo hice contigo.

Noté el temblor en su voz y quise abrazarla, pero no me atreví.

—Laila, puedo explicarlo. Lo intenté...

—Me fallaste —retiró su mano abruptamente —. ¿Por qué no regresaste cuando dijiste que lo harías? ¿Por qué viniste aquí ahora?

—Traté de escapar, pero los ministros no me lo permitieron. Ni siquiera me di cuenta cuando pasó el día que prometí venir, hasta que fue demasiado tarde.

Ella se rió y no fue una risa alegre.

—No puedo creerlo —la miré confundido por su reacción —. Tuviste todo este tiempo para crear una excusa, ¿y esto es lo mejor que tienes?

Ella se iba a ir. Oh, esta vez no. Tomé su mano y la halé de regreso.

—No estoy mintiendo —le dije, ahora su rostro delante de mí.

—Bueno, deberías —bramó, tratando de quitar su mano de la mía —. Inténtalo de nuevo, príncipe. Pero esta vez, dime algo más emocionante, al menos. Dime que el dragón te mordió en el regreso al palacio, o mejor aún, que fuiste maldecido por una bruja y te quedaste dormido todo este tiempo. Al menos me hubiera gustado escuchar cualquier cuento, en lugar de esta patética excusa.

Iba a responder cuando vi una lágrima corriendo por su mejilla, *¿Qué he hecho?*

—Lo siento mucho... muchísimo. Admito que pensé que sería más fácil escapar...

—¿Escapar de qué, Omhet? —gritó y apartó su mano de la mía en un solo brusco movimiento — ¿Qué podría ser peor que esto?

Se puso de pie, señalando todo: las ruinas, su vida, su maldición, ella misma.

—Tengo reglas que debo seguir para evitar que me echen de Andebeck. Habría venido al día siguiente si no fuera por eso —respondí, mientras me levanté del suelo.

Ella me miró a los ojos y vi su lucha interna, queriendo rechazarme o, peor aún, echarme de su vida para siempre.

—Si supieras lo difícil que es para mí confiar en la gente —dijo con voz temblorosa —. No puedo volverlo a hacer. No puedo volver a caer en esto.

Se alejó de mí a la huida, entre anaqueles y corrientes que, lentamente, se formaban de agua.

Inmediatamente comencé a seguirla, pero ya no estaba cuando doblé por el pasillo. Continué hasta la siguiente fila de estantes, siguiendo el sonido de sus pasos. El dichoso lugar era como un laberinto de anaqueles caídos y se me hizo todo un reto encontrarla de nuevo.

—Convencí a la hermana del ministro para que me permitiera venir cada séptimo día, ¡y ella accedió! —expliqué, persiguiéndola en la dirección de dónde venía el eco de sus pasos —. La convencí de terminar con mi castigo y poder visitarla más a menudo. Sé que puedo ayudarle a deshacerte de ese maldito dragón.

—¿Castigo? —exclamó. Siguiendo su voz logré encontrarla, solo porque se detuvo a mitad de pasillo a esperarme. Se dio la vuelta, con una mirada confundida en su rostro —. ¿Qué tipo de castigo?

Un trueno me interrumpió cuando fui a responder. Exhalé con frustración, ¿Cómo explico tanto de esta manera?

—Sé que esto sonará estúpido, pero me quitaron el título y me encerraron bajo tierra. Lo intenté... por Krea, intenté escapar todas las noches, pero no pude.

—Nadie puede quitarte tu título —dijo y no pude mirarla a los ojos. Me sentí tan avergonzado —. Y mucho menos encerrarte como un criminal. ¿Todo porque me visitó?

—No es culpa suya. Es solo que... —mis pensamientos estaban por todas partes — No podía decirles que te conocí. Traté de mentir, pero esas personas son como demonios, son groseras y violentas. Odié cómo todos disfrutaban cada momento de mi miseria.

Ella se acercó, ahora la ira reemplazada por la preocupación.

—¿Por qué no regresaste a tu reino?

Me quedé callado y di otro paso más cerca de ella.

—Lo haré si viene conmigo —le dije y tomé sus manos suavemente —. No voy a dejarla, Laila. Nunca quise hacerlo.

Pensé que me alejaría, cuando al contrario sentí que sus dedos se entrelazaban con los míos.

—No puedo —respondió y noté lo difícil que era para ella decirlo.

—Entonces me quedaré aquí con usted —negó con la cabeza, sus ojos se vieron aguados, pero casi vi una sonrisa —. Le pondré un nombre al dragón. —Hizo un sonido tierno como una risa y un sollozo al mismo tiempo —. Incluso puedo hacer algunas renovaciones en las ruinas, pero no me iré hasta que encuentre una manera de romper su maldición.

Ella se acercó y apenas quedó espacio entre nosotros. No pude decir nada más, ahora mirando sus labios... ¡sus *ojos*! Mirándola a los ojos.

—Todavía estoy tratando de entender cómo una persona como tú terminó aquí en mis ruinas —susurró y levantó una mano para dejarla descansar sobre mi pecho. Mi respiración se aceleró al instante —. Desde el momento en que apareciste, no he podido pensar en nada más que en ti, así que, por favor, te lo ruego, *n-no* me des falsas esperanzas.

—Al contrario, princesa. He sido traído desde Glacier para acabar con esta maldición. —Tan pronto lo dije, vi la confusión correr por su entera expresión —. Prometí explicarle lo que está sucediendo y lo haré —dije con calma. Sus ojos sorprendidos se agrandaron cuando me arrodillé, respetuosamente, frente a ella —. Su Majestad, he venido desde Glacier para ofrecerme como voluntario para la competencia de fuego. He jurado someterme a las reglas y al entrenamiento y enfrentarme al dragón al comienzo del invierno, en la fecha exacta que marca el siglo de su maldición. En su nombre, así será.

Laila exhaló y, por un segundo, pensé que nunca volvería a respirar.

—¿Competencia? —repitió ella. Parecía ahogada —. ¿Tú y toda la unión están aquí para matar al dragón? Oh, no —dijo, cerrando los ojos como si estuviera tratando de controlar el pánico o la ira. Le empezó a temblar la mano y se le cortó la respiración.

Me levanté, buscando en mi mente una forma de calmar sus emociones. Parecía a punto de colapsar.

—Son buenas noticias —expliqué, tratando de sonar optimista —. Cinco reinos y siete cortes se han unido para acabar con este infierno. En el gran día de la batalla, el dragón será asesinado. Hemos venido a liberarte.

—¿De quién fue la idea? —exigió —. ¿Fue este Marcus que mencionaste tanto?

Quería preguntarle por qué estaba temblando, pero asentí, confundido por su rabia.

—¿Qué pasa, Laila? —Pregunté, sintiendo como si hubiera dicho algo terrible.

Se alejó de mí, presionándose contra el estante como si los necesitara para mantenerse de pie. Intentó hablar, pero lo que salió fue un gemido de dolor.

—Vete —ordenó sin mirarme.

—No debe tener miedo —le dije, acercándome de nuevo —. Esta vez, no permitiremos que el dragón lastime a nadie más, especialmente a usted.

—¡Corre, Omhet! —ella me gritó. Se agarró la cara mientras caía de rodillas.

—Laila —la llamé, dejando caer una rodilla frente a ella —. ¡Déjeme entender por qué está tan molesta! Déjeme ayudarle —exclamé, tomándola suavemente por los hombros, tratando de hacer que me mirara.

—¡Te va a matar! —gritó, como si algo la estuviera lastimando —. ¡El dragón viene!

No pudo decir nada más, porque un chillido escapó de sus labios.

Sintiendo el horror en su voz entendí lo que quería decir, así que saqué mi espada y me di la vuelta, buscando a la bestia por todas partes. No dejaría que la tocara o incluso se acercara. Intentaría llevármela de aquí si pudiera. Ya no le tenía miedo.

O eso pensé.

Un escalofrío de horror me recorrió cuando escuché al dragón bramar detrás de mí.

Lentamente me di la vuelta, como si entender lo que estaba pasando fuera demasiado para mí. Bajé mi espada y me negué a creer lo que estaba viendo.

—¡Laila! —la llamé.

Cayó por completo, agarrándose la cabeza, mientras jadeaba exageradamente. Como si se estuviera muriendo o...

—¿Dónde está el dragón?

Levantó la cabeza y cuando me miró a los ojos, no grité, pero sentí el miedo invadir cada parte de mí. Retrocedí unos pasos, hasta que golpeé mi espalda contra el estante.

—¡Corre! —gritó, con una voz que ya no era la suya.

No pude reaccionar, ni siquiera cuando sus ojos ya no eran verdes sino amarillos.

Escamas rojizas comenzaron a esparcirse rápidamente por toda su piel y de sus uñas salieron garras que se espetaron en el suelo.

—Laila, no...—negué con la cabeza —. Usted no...

Intentó decir algo más, luchando contra lo que crecía dentro de su cuerpo, pero no pudo. Su vestido se rasgó en pedazos, su piel se ensanchó, sus hombros se expandieron y su cabeza se distorsionó de una manera aterradora. No tuve más remedio que alejarme rápidamente, pero me negué a irme.

No pude siquiera alejarme. Me quedé petrificado al ser testigo de la aterradora transformación de Laila a un dragón.

Acto Tres

La Maldición

Capítulo 26

El ruido abrupto de los estantes chocando con las paredes me despertó más que el propio rugido. Estaba seguro de que todos, desde el palacio hasta la costa de Andebeck debieron haber escuchado a la bestia.

Cuando sus ojos amarillos se clavaron en los míos, corrí.

El dragón trepaba, arañaba y rugía salvajemente, lo cual aproveché para mi ventaja. Su falta de autocontrol hacía que tropezara con todo y rompiera lo que se interpusiera en su camino, dándome tiempo para correr. Salté sobre el agujero en el suelo, pero no había puerta, ni ventanas al otro lado del salón, solo unas escaleras destruidas que antes condujeron a los otros niveles de la biblioteca.

Tuve que darme la vuelta con la espada en la mano, queriendo al menos dar una buena pelea, pero un coletazo me golpeó antes que pudiera localizar su mera mirada. Todo mi cuerpo rodó por el suelo hasta que la pared me detuvo y mi espada se estrelló contra la pared. No pude moverme, ni siquiera arrastrarme. Solo pude abrir los ojos débilmente, viendo el animal siseando con violencia. Fue en ese momento que vi la luz salir de su boca, haciendo que jadeara del susto. Reaccioné tarde, lanzándome hacia un lado. Un esfuerzo inútil, porque casi al instante el fuego incendió un lado de mis ropas, consumiendo de hombro hasta los dedos.

Bramé de dolor, arrodillándome mientras trataba de levantarme. Tuve que saltar, no para apagar el fuego, sino para protegerme de sus dientes. Casi me muerde como si quisiera arrancarme la cara.

Caí por un segundo que pareció eterno por aquel agujero que tanto me había esforzado por evitar. Por alguna razón, mi mente prefería morir por una caída antes que ser masticado vivo.

Grité por un segundo, antes de caer en una poza de agua profunda, creado por la lluvia acumulada. El fuego de mi brazo, hombro y hasta los dedos se apagó.

Estaba tan desorientado que sentí que todo corría en cámara lenta mientras me hundía más en la piscina. Pude ver los ojos de la bestia mientras cerraba los míos, sabiendo que tendría pesadillas sobre este momento, si es que sobrevivía. Traté de nadar, pero tuve problemas para decidir hacia qué dirección. Hasta que finalmente logré salir a la superficie en una violenta y desesperada bocanada de aire. Miré por el agujero y vi un dragón furioso que no cabía dentro por su enorme cabeza. Intentó una y otra vez sacar la cabeza por el hueco, con una rabia que me tenía paralizado. Abrió su boca para bramar, disparando llamas de nuevo. Jadeé, sumergiéndome bajo el agua, sintiendo como si no hubiera tenido suficiente aire esta vez.

Esto es el fin. Voy a morir, pensé, pero seguí luchando. No entendía cómo había pasado de hablar con una dulce princesa a huir de un monstruo. Me negué a aceptar que ella y la bestia...

Por los cielos, por mi dios Krea y por mi reino. ¿Qué voy a hacer ahora?

Nadé hasta la superficie de nuevo, tosiendo y escupiendo agua, agarrándome al borde del pozo. Miré hacia arriba y vi al dragón arañando el agujero, tratando de meter la cabeza con desesperación y me sentí aterrorizado. Su deseo de devorarme era impresionante. Traté de permanecer completamente inmóvil durante unos minutos, con la extraña esperanza de que me hiciera invisible.

—¡Laila! —Grité en voz alta —. ¡Por favor, detente!

No sé por qué traté de rogarle, estaba claro que ella no estaba allí.

O eso pensé, porque el dragón siseó como si luchara contra sí mismo. Golpeó contra las paredes y los anaqueles. Algo parecía estar obligándolo a alejarse de mí porque estaba gritando y aullando de puro dolor.

Se alejó fuera de mi vista desde el fondo del agujero, pero pude oírlo destrozando todo a su paso, golpeándose a sí mismo, como si quisiera autodestruirse.

Sabía que debía quedarme donde estaba y esperar pacientemente a que se fuera o a que alguien viniera por mí, pero ¿a quién estaba engañando? Solo me tomó un minuto de silencio para empezar a escalar, gimiendo cuando obligué a mi mano lesionada a agarrarme de las grietas en la pared. A pesar de lo peligrosa que había parecido la inundación de agua, terminó salvándome el pellejo.

Cuando llegué al borde del agujero, grité de dolor mientras rodaba y finalmente vi mi brazo quemado. Me arranqué la manga de la camisa y siseé cuando vi ampollas creciendo sobre mi piel. Esto no fue una simple quemadura, por el cielo, casi había perdido mi brazo desde el codo hasta los dedos.

—Mierda —murmuré, sintiendo horror por lo que mi brazo se había convertido. Ahora no iba a poder ocultarlo.

Con dolor en todo mi cuerpo, me obligué a levantarme, encontrando al dragón más cerca de lo que pensaba. Su cuerpo estaba escondido en la sombra del rincón más apartado de la biblioteca. Estaba acurrucado en una bola, donde solo podía escuchar su respiración, como un bramido suave y violento.

Sostuve mi brazo, acercándome lentamente, sin apartar los ojos del dragón. Ni siquiera podía ver el color de sus escamas en la oscuridad. Estaba tratando de esconderse de mí, o peor aún, estaba tratando de controlarse.

Me detuve cuando me enseñó los dientes. Lo mejor que podía ver ahora eran sus ojos amarillos, en medio de la oscuridad. Gruñó una advertencia y esperé un momento, hasta que el dragón volvió a cerrar la boca.

Me acerqué solo un poco, incapaz de ocultar lo aterrorizado que estaba.

—Perdóname —susurré, mirándola a los ojos —. No quería hacerte daño —le expliqué con una mano levantada. Di otro paso hacia ella —. Por favor, Laila, vuelve a mí.

El dragón mostró un poco los dientes, pero no bramó.

—Laila —repetí su nombre —. Tendré que trazar una línea con tu dragón. Si te invito a una cita, el dragón no puede venir, ¿de acuerdo?

¿Por qué diablos estaba haciendo una broma estúpida en tal situación?

Di otro paso, pero el dragón se había hartado de mí y me atacó con la cola. Esta vez logré esquivarlo, pero cuando la cola golpeó el estante, éste cayó encima de mí.

No sabía si eran los libros o la madera que me aplastaba contra el suelo, pero era demasiado para mí. Lo último que salió de mí fue un doloroso gemido.

Traté de arrastrarme, pero antes de que pudiera llamarla por su nombre una vez más, perdí el conocimiento y me entregué al destino.

❧❧

Laila, susurré en mi sueño, *regresa.*

—Hasta que al fin has descubierto al dragón —dijo una voz —. Te tomó más tiempo de lo que esperaba.

Pensé que se revelaría un paraíso, como mi madre me había enseñado sobre lo que sucedería después de la muerte, pero en cambio, estuve frente un campo de batalla, escuchando gritos de dolor. Había cadáveres de guerreros a mi alrededor, todos con rostros que reconocí bien.

Me alejé, tratando de no pisar ningún cuerpo, pero no pude. Estaban por todas partes. *Es una pesadilla, contrólate,* me grité, tratando de mantener la calma. El cielo estaba rojo, el humo se elevaba desde el suelo en llamas y los gritos provenían de la ciudad de Andebeck. Desde la distancia pude ver que cada casa y edificio estaba envuelto en llamas, mientras el dragón volaba por encima, destruyendo todo a su paso y sin piedad.

El palacio donde me había entrenado ya no estaba en pie. No quedaba nada. Era el final.

—Déjame contarte un secreto —continuó la voz —. Así es como terminará Andebeck si te empeñas en protegerla. El dragón necesita morir.

Me di la vuelta y vi el mismo espectro que había visto una vez. Su cara gris como si fuera un cadáver, ojos completamente amarillos y cabello largo y negro como la sombra de la noche. Era Tiara apareciendo en mi mente una vez más, lo que significaba que esto no era una mera pesadilla.

—Entonces dime cómo romper la maldición.

Ella rió sarcásticamente.

—Príncipe estúpido. ¿De verdad crees que puedes resolver todo a tu manera?

—Podré ser un estúpido por arriesgar mi vida de la forma en que lo hice, pero no fui yo quien causó esto. Fuiste tú.

Como un parpadeo, desapareció y reapareció frente d mí. Jadeé de miedo, pero no me moví. Ella no era real, ¿no?

—Tú no sabes nada de mí —bramó, sonando como si fueran varias voces en una. Ella era aterradora —. Y dudo que alguna vez lo entiendas.

—Trata de iluminarme —la desafié —. ¿Qué eres y por qué no liberas a Laila de su maldición?

—No puedo liberarla de algo que se hizo a sí misma —respondió, dejándome aún más confundido.

—¿Qué...? —Pero negué con la cabeza. No tenía sentido. Laila nunca haría algo así a propósito —. ¡Estás mintiendo! Esto es obra tuya.

—¡Pregúntale entonces! Y entiende que nadie puede romper la maldición excepto ella.

No la escuches. Solo necesito encontrarla y destruirla, pensé, sintiéndome confundido.

—¿Quién eres tú? —pregunté enojado —. Enfréntate a mí en mi mundo.

Ella se rió y luego desapareció de mi vista.

—Incluso si me mostrara frente a ti, no me reconocerías.

❧ ❧

Como la pesadilla misma, su voz comenzó a desvanecerse cuando me desperté con un fuerte grito de dolor.

Cuando abrí los ojos, me encontré estrujando una sábana entre mis dedos, mientras apretaba la mandíbula con tanta fuerza que dolía. Me di cuenta de que estaba gritando, así que traté de respirar hondo y controlarme. Estaba desorientado, acostado en una cama dura, con una ventana rota cerca. Ya no llovía, pero estaba nublado, con truenos lejanos en medio de la noche oscura.

—Cheikh —llamé, tratando de mover mi brazo, pero algo me detuvo de inmediato.

—Vas a estar bien —escuché un susurro —. Por favor, no cierres los ojos, quédate conmigo.

Me sentí tan aliviado de escuchar su voz, que me calmó un poco. Giré la cabeza, despertándome por completo cuando vi sus ojos esmeralda llenos de lágrimas. Laila era quien tenía mi mano herida entre las suyas, tratando de curarme. Me dejé caer de nuevo en su cama, preguntándome cómo pudo haberme traído hasta aquí.

Tenía un terrible dolor de cabeza, así que cerré los ojos de nuevo.

—Y el valiente caballero fue acabado por un coletazo —gemí, sosteniendo mi cabeza.

—No es divertido, Omhet —lloró Laila. No sabía si estaba enojada o triste, tal vez ambas cosas.

Laila me limpió el brazo con una gasa y apreté los labios con fuerza.

—Para torturarme tienes que amarrarme, amor —le recordé y luego grité involuntariamente cuando presionó la gasa en mi brazo.

—Omhet, por tu dios, si dices una broma más...

Me reí entre dientes por el dolor. Risa débil y adolorida que fue reemplazada por tristeza cuando vi su rostro. Lentamente limpié una lágrima de su mejilla con mi mano buena.

—No es tu culpa.

Dejó lo que estaba haciendo y cerró los ojos con fuerza.

—Pensé que te había perdido. —Presionó los labios en una línea. Creo que estaba tratando de no llorar. ¿Por qué era tan dura consigo misma? —. Pensé que te había matado. Perdí la cabeza cuando te vi debajo de los estantes. — Intenté interrumpirla, pero no me dejó —. Te dije que corrieras.

—Lo sé y lo siento. Debí haberte escuchado.

—Ahora, quédate quieto, o te ataré de verdad.

Asentí, tomando una profunda respiración. Su estado de ánimo no había cambiado en lo absoluto, así que dejé que limpiara la piel muerta, los pedazos de tela pegados a mi brazo y la suciedad que cubría mis heridas. Me senté en la cama, presionando mi espalda contra la pared. Me estremecí cuando sentí la piedra fría, dándome cuenta de que no tenía mi camisa. Lo que significa que ella me la quitó.

Logré controlar mis gemidos, aunque no mis muecas.

—Laila —imploré, conteniendo las ganas de gemir de nuevo.

—Si no lo limpio, se infectará —respondió —. Casi termino, lo prometo.

Tiró la gasa sucia y vi el maletín de medicinas que le había traído una vez, encima de la cama. La ironía. El que terminó necesitándolo fui yo.

Finalmente, envolvió una compresa fría alrededor de mi mano y se sentó en el otro extremo de la cama. Ella no me miraba, ni siquiera parecía que me quisiera allí.

Lo arruiné todo y no sabía cómo arreglarlo.

—Di algo, por favor —le supliqué. Aunque estábamos sentados uno al lado del otro, la sentí tan lejos.

Laila respiró hondo. No podía apartar los ojos de mi brazo, como si lo hubiera quemado ella misma... *porque eso es precisamente lo que sucedió*, pensé, sin saber cómo manejar la situación. Por ahora, solo decidí ser paciente.

Laila vestía una bata sin diseño ni forma. Su cabello estaba despeinado como de costumbre y su rostro estaba sudoroso. Podía notar la fiebre en su rostro, en el rubor de sus mejillas, el sudor en su frente y sus ojos cansados.

—Por lo general, duermo durante horas hasta que puedo recuperarme —explicó —. No puedo pensar con claridad. Todo duele.

Ahora entendía por qué nunca logró despertarse cuando la encontré, porque todo el tiempo que había interactuado con ella acababa de salir de su fase de dragón. Tenía tantas preguntas. Quería saber si tal vez fue ella fue quien asesinó a su padre y a toda su familia, pero entonces ¿de dónde salió Tiara? ¿Podía controlar a la bestia, aunque sea un poco?

Bueno, eso último era obvio: estaba vivo para contarlo, ¿no?

El mundo entero estaba vivo para contarlo, la verdad.

Laila cerró los ojos y me lancé a poner mi mano sobre sus hombros cuando empezó a caerse. Ella no estaba bien.

—Sería mejor si te doy espacio —dije, arrastrándome fuera de la cama. Laila necesitaba la cama mucho más que yo.

—No —rogó y tomó mi mano inmediatamente —. No te vayas, todavía no. Cada vez que te vas, no sé si volverás. Omhet... —vaciló, mirándome con timidez —. ¿Te quedarías conmigo esta noche?

Contuve la respiración, sabiendo que estaba esperando una respuesta, pero me puse tímido. No sabía de dónde venía este nerviosismo, así que solo asentí. Uno al lado del otro, nos acostamos en la misma cama. Mientras Laila miraba al techo me di cuenta cómo la luz de las lunas brillaba en su rostro, sobresaltando sus hermosas pecas.

Sentí su caricia y luego me miró. Observé cómo Laila jugaba lentamente con su dedo alrededor de mi buena mano, hasta que entrelacé mis dedos con los de ella. El silencio no me molestó. Al contrario, la miré y sonreí un poco, cansado, adolorido, confundido, con mil preguntas corriendo dentro de mi mente, pero aun así sonreí.

¿Qué estábamos haciendo tomados de la mano, acostados en la misma cama y mirándonos como lo hacíamos? La brisa sopló a través de nuestros cabellos y la noche me recordó que no debería estar aquí. Pero me quedé, mirándola a los ojos, cuando lágrimas silenciosas comenzaron a caer de su mejilla. De inmediato me pregunté si sería demasiado si le daba un abrazo. Por Krea, no sé cuánto tiempo he querido hacerlo.

—Omhet, yo... lo siento tanto —susurró, cerrando los ojos.

—No fuiste tú.

—Fui yo —explicó con dolor en su voz —. Puedo sentir la sangre de mis víctimas en mi boca. Puedo sentir la necesidad de querer matar sin razón. Aunque mi mente grite lo contrario, apenas puedo controlarlo.

Saqué mi mano de la de ella y le sequé las lágrimas, acariciando su piel y su mejilla y...

Abrió los ojos y congelé mi mano en su rostro, acariciándola lentamente con mi pulgar. No fue un abrazo, pero fue suficiente para mí.

—No voy a juzgarte. A veces quiero quemar a algunas personas yo mismo.

—Omhet —me interrumpió —. Esto es serio.

—Lo sé.

—He matado...

—Lo sé y no te tengo miedo —se mordió el labio para sofocar un suave sollozo —. Me quedaré aquí y hablaremos sobre tu situación cuando te sientas mejor.

Por esta noche, solo... —Me encogí de hombros. Haré lo que sea que ella me pida.

—Dices que no tienes miedo, pero puedo sentir tu mano temblando en mi rostro —dijo, poniendo su mano sobre la mía.

Di un suspiro nervioso.

—Tú... —¿Cómo puedo explicar lo inexplicable? —. Laila, me pones nervioso cuando estoy cerca de ti. *N*-no sé cómo explicarlo, pero al menos puedo asegurarte de que no quiero alejarme, al contrario, quiero estar más cerca de ti.

Ella no dijo nada. Pensé que ese sería mi final. Seguro dije demasiado, debí haberme quedado callado...

Pero Laila se levantó y empezó a acercarse lentamente. No tenía ni idea de lo que iba a hacer, pero se estaba deslizando más y más. Contuve la respiración, casi cerrando los ojos, cuando se recostó sobre mi hombro, usándome como almohada.

Estaba petrificado. No supe cómo reaccionar.

—¿Te molesta? –me preguntó.

Finalmente me moví, dándome la vuelta para acomodarla mejor en mi hombro y poder rodearla con brazo, hasta que la abracé.

Estaba abrazando a Laila.

—No —respondí en un atragantado susurro.

—Nunca he pasado la noche con nadie en la misma cama. Se siente bien no estar sola por una vez en esta eternidad —dijo, sintiendo como cada parte de su cuerpo se acercaba al mío. Me preguntaba cómo volvería a dormir solo después de esta noche.

—*Dios*, Laila, tu piel es tan cálida.

—Y tu piel está fría —dijo, devolviéndome el abrazo —. Se siente... agradable.

Su piel era mi delirio y quería sumergirme en ella. Estar más cerca, presionar mis labios en su cabello...

Quería absorver su maldición y tomar su lugar si pudiera.

Respiré hondo, viendo cómo se estremecía. Sus temblores por su maldición me llevaron a la desesperación.

—Dime qué hacer, por el amor de Dios. No puedo soportar verte así —dije desesperado.

—Duerme —susurró débilmente —. Estaré bien por la mañana, como si nada hubiera pasado.

La observé mientras se dormía entre suaves sollozos y gemidos de dolor. No fue hasta que la sentí tranquila y sin fiebre que me dejé llevar por su tranquilidad y me quedé dormido junto a su piel.

Capítulo 27

Hubiera jurado que sentí caricias en mi cabello, haciéndome caer en un sueño tan profundo que me costó despertar. Podía oler su aroma, familiarizándome con él. Me recordó a una mañana de primavera llena de suaves lloviznas y delicadas flores que se abrían al sentir el sol.

Sin embargo, debo haber estado soñando, porque estaba solo cuando abrí los ojos. Me senté en la cama y me froté la cara, sintiéndome un poco desorientada por todo lo que había sucedido. El amanecer se colaba entre las nubes grises, dando la bienvenida a un nuevo día sin lluvia, ni truenos. Aunque las nubes aún estaban opacas, el cielo finalmente se aclaró.

Una súbita sensación de pánico me invadió, cuando todo lo que había pasado se derrumbó sobre mí. Tenía un brazo quemado por un dragón y una herida horrible en la cabeza que podría haberme causado una contusión.

—Laila es el dragón —caí en cuenta y me froté la cara en medio de una exhalación confusa.

Le había explicado que vendría un batallón de personas para matar a la bestia... para matarla a ella.

¿Cómo diablos voy a volver a la competencia con esta información? Si los demás descubrían este secreto, ¿la ayudarían o lo utilizarían en su contra?

Cuando traté de jugar con el brazalete en mi mano, no estaba allí. Mi pulsera de hilo no estaba, probablemente se había quemado.

Exhalé con fuerza y dejé que mi cabeza golpeara el respaldo de la cama, mientras cerraba los ojos.

No puedo liberarla de algo que se hizo a sí misma, me había dicho Tiara y aunque me prometí no creerle a ese demonio, sus palabras se repetían en mi mente.

¿Qué sucedió? ¿Por qué está maldita a convertirse en un dragón?

—Conozco esa mirada —dijo Laila, interrumpiendo mis tortuosos pensamientos.

Entró luciendo como si nada. Llevaba un vestido color turquesa con sandalias y su cabello estaba atado en una cola de caballo. Se veía mejor después de dormir, pero yo miré mi brazo y se veía peor. Supongo que el lado positivo de estar maldecido es la capacidad de autocuración.

Laila llevaba una sencilla bandeja de madera con dos tasas de té.

—¿Qué mirada? —pregunté y noté que mi voz estaba ronca de tanto gritar el día anterior.

De manera relajada, sirvió té en cada taza y luego me ofreció una. Olía dulce y a limón al mismo tiempo. A la taza le faltaba un fragmento pequeño y la bandeja era solo un trozo de madera, pero el té era uno de los más dulces que había probado en mi vida. Puedo garantizar que este ha sido el único té que me ha gustado.

Laila se sentó en la cama en el rincón más alejado de mí. Parecía desconfiar, como si tuviera miedo de que saliera corriendo.

—La mirada que tuve la primera mañana que me desperté, entendiendo que esta maldición era real —explicó en un susurro controlado —. Me veía así.

Escondí la mirada bebiendo té. No sabía cómo explicarle a mi confusa mente que esta terrible pesadilla era real. Me negaba rotundamente.

—Tú siempre has sido el dragón —dije finalmente y ella asintió —. ¿Cómo lo invocas?

—Por las emociones —dijo con calma —. Ira, tristeza, miedo... —se encogió de hombros —. Cualquier cosa negativa.

Asentí y tragué profundamente.

—Anotado —dije en un tono jocoso, tratando, con todas mis fuerzas, de ocultar mis verdaderas emociones.

El siguiente silencio fue incómodo. Creo que esperaba que dijera algo, pero no sabía por dónde empezar. Debo admitir que no quería provocarla de nuevo y ninguna de las preguntas en mi mente parecía impedirlo.

—Tengo una pregunta —dijo finalmente, mientras yo bebía mi té —. ¿Todavía crees que puedes domar al dragón en un par de semanas?

Me recordó uno de los chistes malos que le conté la última vez que la visité, lo que provocó que me atragantara con el té y tosiera sin control. Ella mostró una sonrisa divertida y bebió su té como si nada. Casi me ahoga.

—No quise referirme a ti *d-de* esa manera —dije, sonrojándome. Rara vez alguien lograba derrotarme con mis propias palabras —. No sabía que el dragón y tú... —Negué con la cabeza y me quedé en silencio. Se rió un poco. Me di cuenta de que estaba tratando de calmar mis nervios.

—Lo sé —dijo y se levantó con su taza en la mano —. Preparé ropa para ti. Todo lo que necesitas está en el cofre. Te espero abajo.

Asentí. Estaba agradecido de tener un momento a solas, aunque fuera para sacudir mi timidez. Fue difícil para mí aceptar tantas cosas a la vez y creo que se dio cuenta.

Por ahora, me dejó aseándome en su baño y dejé que mi mente divagara por un momento en libertad. Me convencí de que no me iba a contener a hacer todas las preguntas que tenía en mi mente.

Tenía que buscar la manera de saber si su maldición tenía alguna forma de romperse, antes de que alguien se entere de su mayor secreto. Esto era un desastre, pero si esta información caía en manos equivocadas, sería aún peor.

❧ ❦

Bajé los escalones lentamente, mientras me ponía una camisa ligera que apenas rozaba con mi piel. Era suficiente para protegerme del frío de la mañana, y lo suficientemente suelto como para no tocarme la piel. Mi brazo dolía constantemente. No podía moverlo, ni siquiera podía abrir y cerrar los dedos. Necesitaba atención urgente, pero lo ignoré por ahora.

No estaba seguro de qué camino tomar hasta que escuché algunos ruidos. Me di cuenta de que las escaleras bajaban más de la torre, así que continué hacia un área que no había visitado. Honestamente, estas ruinas eran tan grandes como una pequeña ciudad. Sabía que sería difícil explorar el lugar completamente.

Al final de los escalones encontré una puerta entreabierta y, al asomarme, encontré la mejor habitación en la que había estado hasta ahora. Había una pequeña estufa de leña que ocupaba gran parte de la zona de estar y una chimenea en el otro extremo de la habitación. El sofá de cuero ocupaba una esquina entera, del techo colgaban de hilos plantas en jarras y una mesa de trabajo donde vi una máquina de coser. Esto no era solo una habitación, era su hogar.

De todas las habitaciones del castillo que tenía a su disposición, no se me ocurrió que elegiría una tan pequeña para vivir, pero era encantador y cálida.

Laila estaba en la diminuta cocina, poniendo algo en el horno como una persona normal. Ayer parecía el fin del mundo, pero hoy, ella actuó como si nada pasara.

Me dolía la cabeza y resistí el impulso de apretarla.

Caminé hasta un agujero en la pared dañada y miré hacia afuera, viendo el amanecer que subía por las montañas. El acantilado sobre el que se alzaba el castillo era tan alto, que apenas podía ver el fondo. El ala del castillo no tenía vistas a la ciudad; en cambio, infinitas cadenas montañosas fueron interrumpidas por el cielo nublado.

—Estoy seguro de que puedo encontrar una puerta en otra habitación y hacer que encaje aquí.

—La prefiero abierta —respondió, demasiado ocupada para mirarme —.Es más fácil saltar si empiezo a transformarme.

Mi estómago se apretó. *Omhet, este no es momento para ser débil.*

—*C-*claro —traté de controlar mi tono de voz —. Suena lógico.

La sentí acercarse y fingí que estaba concentrado en las cadenas montañosas. Tenía miedo de que pudiera ver en mi rostro todas las preguntas que tantos nervios me producían.

—Omhet —dijo con tristeza. Dios, no podía engañarla —. Sabes que puedes decirme cualquier cosa — *¿Está segura?* —. Si quieres irte...

—Quiero estar aquí —dije con firmeza. No quería que sus pensamientos fueran de esa manera. Entonces, me di la vuelta, mirándola con el coraje que me quedaba —. Estoy dividido entre la realidad de lo que he descubierto y las mil preguntas que tengo en mi mente.

Ella asintió y se apoyó contra la pared frente a mí.

—Empieza por donde quieras —dijo como si hablar de eso fuera normal. ¿No fue ella la que casi me mata a coletazos por decirle que había una competencia? Debía tener cuidado con mis palabras.

—La primera —comencé —. Pensé que eras inmortal, entonces, ¿por qué veo una cocina llena de comida?

Ella exhaló y vi un poco de vida entrar en sus ojos.

—Omhet, esa no es...

—Es una genuina curiosidad —dije encogiéndome de hombros.

Laila entrecerró los ojos.

—Está bien —dijo y volvió a la cocina. Parecía decepcionada por el hecho de que no le hice una pregunta más relevante —. No creo que el término inmortalidad sea correcto —. Abrió el horno y sacó una tarta, que olía mejor que cualquier cosa que hubiera comido en el palacio de Andebeck —. Todas las mañanas se repite en mis pesadillas el evento donde me transformé por primera vez y me despierto con las marcas de los golpes, como si fueran recientes. Siento un antojo constante por el desayuno, porque fue lo último que había hecho antes de caer en esta maldición.

Laila colocó el plato lleno de tartas de mermelada en una mesa con dos sillas, que estaba cerca de la pared rota.

—Estás congelada en el tiempo.

—Estoy estancada en el tiempo —corrigió —. Puedo tener recuerdos nuevos las cosas que hago todos los días, pero si no llevo la cuenta en un calendario, es como si no hubiesen pasado cien años. Tal como si la boda hubiese ocurrido ayer.

Asentí. Pude entender bien esa parte.

—Puedo sentir hambre —continuó y agarró una tarta —. Puedo dormir, puedo sangrar si me corto y, temporalmente, puedo morir. —Miró la tarta en su mano mientras su voz se debilitaba —. Me despertaré en cualquier momento con hambre y con el vívido recuerdo de haber destruido todo sin control.

Le dio un mordisco a la tarta y sonrió al disfrutar del sabor. Su calma era contagiosa.

—Está bien, pasamos por esta parte y no hay ningún dragón a la vista —dije, aliviado.

Ella sonrió con timidez.

—Lo intento —admitió, masticando la tarta.

Cuando fui a tomar una tarta, estaba tan caliente que se me resbaló de la mano, pero Laila se la comió si nada.

—Oh, y no me afecta el calor —concluyó. Ella me dedicó una dulce sonrisa, con residuos de la tarta en su mejilla.

Laila era extremadamente adorable, con una maldición que me tenía helado hasta los pensamientos. ¿Qué voy a hacer con ella? Mi mente me gritaba que debería haber escuchado a todos cuando me advirtieron que no me metiera en esta situación, pero, aunque estaba aterrorizado por toda esta información, no quería permitir que me paralizara. No iba a marcharme. Por eso, me reí con incredulidad ante su honestidad, deseando limpiar su mejilla con mis dedos.

Metí la mano en el bolsillo para controlar mis impulsos.

—Así que... ¿Cuánto tiempo me queda? Hasta invierno, ¿no? —Asentí con cuidado —. No sé qué me intriga más; el hecho de que los ministros puedan convencer a toda la unión de ser comida fácil para un dragón o que alguien como tú haya accedido a formar parte de ella. No pareces un príncipe al que le guste ser parte de algo tan violento.

—La primera parte es fácil de responder. Todos los reinos quieren la corona, *mata al dragón y ganar la corona*. Pero la verdad es que, la batalla es mandatoria. Si renuncio, traerán a alguien de mi familia en mi lugar.

Esperó a que dijera algo más, pero no lo hice.

—¿Y tú, príncipe? ¿Por qué estás aquí?

Tragué lentamente.

—Es complicado.

—¿Quieres ganar la competencia? ¿Quieres la corona?

—No —dije más fuerte de lo que necesitaba —. Lo siento —respiré hondo —. Mi padre quiere que encuentre un aliado o que me case con alguien—. Puse los ojos en blanco —. *Q-quiero...* estoy aquí porque quería ser útil. No tenía idea en qué me estaba metiendo.

—Así que, por eso estabas con esa chica el día que te conocí...

—Sí, con Khloe.

—...Porque querías casarte con ella.

—¡NO! —grité y ella se rió —. Por Krea... —Aparté la mirada, totalmente sonrojado.

—Omhet, he estado encerrada aquí el tiempo suficiente para saber qué quieren hacer dos jóvenes cuando vienen a las ruinas para estar solos.

—Te puedo asegurar, mi princesa, que si tener un aliado es un desafío, convencer a alguien para que esté conmigo es aún más improbable —bromeé, pero cuando la miré, ella no se reía.

—No, no lo es —dijo con severidad —¿Por qué alguien te rechazaría?

—De nuevo, es complicado. —Aparté la mirada una vez más.

Me miró como si analizara cada parte de mí. Me sentí expuesto, hasta me estaba poniendo nervioso

—¿Quién fue?

—¿Quién fue qué? —pregunté, confundido.

—El nombre de la persona que te dio esa mirada.

—Laila, estoy confundido.

—Tienes miedo de algo. —Se acercó y di un paso atrás —. ¿Cuál es su nombre?

—¿De quién?

—De tu hermano.

—Tengo muchos hermanos.

—El que te hizo la cicatriz en la espalda. ¿Cómo se llama?

Me quedé helado. Tal vez Laila recuerde la historia que le conté mientras estaba inconsciente y todo hizo sentido cuando vio mi cicatriz anoche. Este no era el mejor momento, pero Laila estaba llegando a conclusiones que yo no estaba listo para responder.

Di otro paso atrás, pero me quedé atascado con la estufa.

—¿Puedo ser franco contigo? No me siento cómodo diciéndole a un dragón el nombre de mi hermano.

—No lo voy a matar. Solo lo voy a asustar —me dijo con una sonrisa pícara.

Ay, Guillermo, eres hombre muerto.

—No estamos aquí por mí, sino por ti. Olvídate de mí. Mis problemas no son ni la mitad de complicados que los tuyos, ¿de acuerdo?

Ella se rió.

—Eres tan lindo cuando te pones nervioso.

Relajé mis hombros y le devolví la sonrisa.

—Bien. Resolvamos tu situación con el dragón y luego te contaré sobre mi pasado. Pero te advierto, mi vida no es tan interesante.

Ella exhaló. Parecía decepcionada de que no quería contarle sobre mí. Como si quisiera saber cada parte de mi vida. Mi corazón se aceleró al ver cuán intensamente me miraba.

—Bueno, no quiero ser pesimista, pero el ministro está perdiendo el tiempo de la manera más ridícula.

—Sí, me di cuenta de eso anoche —El comentario se me escapó y cerré los ojos con pesar. No quería admitir que ver al dragón en acción fue lo más aterrador que he experimentado —. Hará falta mucho más que flechas y espadas para detenerte, ¿eh?

—Me pueden cortar en pedazos —dijo. Me estremecí, esta conversación fue demasiado para mí —. Necesitan entender que al amanecer reapareceré y seguramente me tragaré a quien lo haya intentado.

—Suena justo —dije, rascándome la cabeza. Era despiadada detrás de esos ojos tiernos —. ¿No dijo algo la hechicera antes de maldecirte? ¿Cualquier cosa?

—No —dijo ella encogiéndose de hombros —. El maleficio no se rompe a los tres días, ni con el beso del verdadero amor, por si te lo estás preguntando.

Levanté una ceja.

—¿Lo has intentado al menos? —Ella se rió, pero apartó la mirada, sonrojándose por completo —. Debemos cubrir todas las bases —continué —. Besar a una rana, encontrar el amor verdadero, sacrificar un hada o volar sobre el dragón.

—Omhet, por los cielos, ¿crees que estoy en un cuento de hadas? —me interrumpió, divertida con mis bromas —. Es magia oscura, no se puede romper fácilmente.

Mi sonrisa comenzó a desvanecerse.

—Entonces, ¿se puede romper?

Dime ahora mismo. Haré lo que sea. ¿Qué tan difícil podría ser?

Su sonrisa también se desvaneció lentamente. Dejó el resto de la tarta en la mesa y me miró.

—¿Estás listo?

Cuando me hizo esa pregunta, pensé en tantas posibilidades, que tuve que apartar la mirada. ¿Me usaría como rana para practicar o qué? Estoy listo... *Omhet, contrólate.*

—¿Para qué? —pregunté, sintiéndome nervioso de repente.

—Para escuchar lo que realmente sucedió —dijo con determinación. —Te lo contaré todo, desde el comienzo.

No, no estoy listo.

—Empieza, entonces —respondí, mirándola a los ojos —. Quiero saber qué pasó y, sobre todo, cómo podemos romper esta maldición.

Capítulo 28

LAILA

Una noche me fui a dormir y tuve mi primera pesadilla. Fue tan horrible que me quedé congelada en la cama, estaba paralizada. Era Tiara. La vi en mis sueños y era una imagen tan aterradora, que traté de no dormir durante los siguientes días. ¿Cómo podría una niña explicar a sus padres que vio un monstruo que parecía real? ¿Cómo podría hacerles entender el peligro que presencié sin que sonara como una mera imaginación infantil?

Mi madre me abrazó mientras lloraba y le conté sobre mi pesadilla, pero por mucho que traté de convencerla de que lo que vi era real, ella me dijo que simplemente fue un mal sueño. Solo una pesadilla.

Pero sabía que no era solo un mal sueño porque nada volvió a ser igual luego de esa noche.

Mi hogar solía ser tan alegre, que fue fácil notar el cambio. Mi padre, el rey Arien Lois Blume, se transformó como si lo hubieran reemplazado. Fue tan repentino que sus propios asesores murmuraron a sus espaldas que estaba enfermo de la mente. Pero supe que era algo más, porque yo también lo había sentido, una presencia extraña, invasiva y oscura como la niebla en medio de un bosque aterrador.

¿Qué podían hacer los demás cuando el rey tenía el control total de todo en el reino? No importa cuán cruel, insensible y violento se volviera, continuaron obedeciéndolo en lugar de buscar una manera de ayudarlo. Sólo mi madre trató de hacerle frente a su locura y debo admitir que fue su mayor error.

—¡Anni! —le grité a mi madre, en el viejo idioma. Yo era solo una niña.

Golpeé la puerta una y otra vez, hasta que mi niñera me agarró y apartó de la puerta. Se arrodilló frente a mí, levantó mis manos y las colocó sobre mis oídos, como si pudiera así esconderme de lo que estaba sucediendo en la otra habitación.

—Si no lo escuchas, será más fácil de olvidar —me dijo con calma.

Pero escuché los gritos de mi madre y los golpes en su cuerpo. Sollocé, sintiendo las lágrimas más calientes que jamás había llorado, corriendo por mis mejillas.

—Basta —le rogué a mi niñera —. Salva a anni.

—Todo va a estar bien, pequeña pejy —me consoló, usando mi apodo, que significaba cara con pecas.

Continué apretándome las orejas, mientras ella me abrazaba, para que no saliera corriendo a buscar a mi madre. Me cantó y me calmó, pero no hizo nada, ni llamó a nadie para detener la pelea en la habitación de mis padres.

Cuando mi padre finalmente salió, tenía la ropa y las manos manchadas de sangre.

Dejé de respirar.

—Dile al consejo que, Su Majestad la reina, se ha quitado la vida —ordenó mi padre a su ministro.

Su frialdad no era natural. No era la misma persona, podía verlo en sus ojos. La peor parte era que no tenía ni idea de que esto era solo el principio del fin.

Todo empeoró progresivamente en los años posteriores a la muerte de mi madre. El rey incluso se volvió a casar con la mujer que había sido mi niñera.

Los reinos comenzaron a unirse como aliados, se crearon las cortes y se expandió el reino. Aunque el rey dejó de ser visto en público, sus órdenes eran severas, aun cuando nadie podía verlo.

Ese no era mi padre, y aunque me tomó años encontrar coraje, me obligué a ser fuerte por la memoria de mi madre y para proteger a mis hermanos. Tenía que tratar de comprender a este ser a quien una vez llamé padre. Traté de encontrar respuestas: leí sus diarios, libros y cartas a otros reinos e incluso escuché sus reuniones con el consejo. Pero nada podía explicar su transformación.

Hasta el día de hoy, todavía no entiendo cómo cambió tan drásticamente.

Pasó de un padre que sonreía y amaba a todos, a un monstruo cruel que asesinó a la madre de sus hijos de una manera inhumana. Tenía que encontrar una respuesta y por eso traté de espiar lo más posible en cada rincón de este castillo.

Si había algo de lo que estaba segura, era que había un ser que controlaba al rey como un títere. Podía sentirlo, pero no tenía evidencia. El rey ya no sonreía, como si no tuviera vida. La persona que había sido ya no estaba allí.

Espías de otros reinos participaron en complots para revelar al rey como traidor. Después de que los atraparon, vi sus juicios, donde fueron sentenciados a muerte. Fueron quemados vivos frente a la gente mientras le gritaban —¡El rey está muerto!

Les creí a los espías: mi padre ya no existía.

Creo que todo el mundo lo sabía de todos modos, pero nadie se atrevía a enfrentarse a él.

—Un nuevo reino se ha unido a nuestros aliados: el gran reino de guerra, Ettezi. —Nos explicó el rey una noche, mientras cenábamos en familia.

Fue un momento tan silencioso, que escuché claramente los cubiertos de mis hermanos raspando sus platos.

—¿Qué pidieron a cambio? —Pregunté en un susurro áspero. Tenía dieciocho años y dediqué toda mi vida a comprender este reino, desesperada por descubrir a mi padre. Por eso sabía que escuchar hablar de Ettezi no iba a terminar bien —. Siempre quieren algo a cambio —agregué.

Mi padre no dijo nada por un largo momento, solo me miró. Era tan dolorosamente obvio que mis ojos comenzaron a llenarse de lágrimas. Lágrimas de rabia.

—Pensé que era evidente —respondió mi padre y bebió un poco de vino.

Mis hermanos dejaron de comer, notando poco a poco el cambio en mi estado de ánimo.

Tomé una respiración profunda, tratando de controlar la forma en que mi respiración comenzó a entrecortarse.

—No lo haré...

—Está hecho —me interrumpió. Mi apetito se fue a mis pies, mirando a mi padre a los ojos sin pestañear —. Han pedido la mano de mi primogénita y después de la ceremonia, tendrás que irte a Ettezi.

—¡No! —grité, poniéndome de pie —. No puedes echarme de mi hogar, ¡soy la heredera de Andebeck!

—Ya no —dijo, como si todo esto no significara nada. Señaló a su esposa a su lado —. Ella está esperando un heredero y él será a quien le daré la corona.

Miré a mis hermanos, viendo que bajaban la mirada como si ya lo hubiesen sabido. Escupió en la memoria de mi madre, en mi apellido y en todos sus hijos. Era demasiado para asimilar, ¿desde cuándo esa extraña mujer llevaba embarazada sin que me dijera nada? Una mujer que solía ser mi niñera. Una mujer que escuchó lo que mi padre le hizo a mi madre.

A veces me preguntaba si todavía estaba atrapada en esa pesadilla que una vez tuve, porque nada parecía real.

El rey se levantó luego de haber terminado la cena y sin esperar por nadie comenzó a retirarse. Ya estaba harta de ser la sumisa estúpida que sigue en silencio las locuras de un rey.

—No lo haré —le dije, caminando hacia él con gran coraje —. No me vas a quitar el derecho a la corona y darme a un reino que no conozco.

—Has sido criada para servir. Solo tienes que callarte la boca y someterte todo lo que tu marido te ordene.

—Al diablo con eso —dije enojada.

Antes que pudiera continuar, me abofeteó delante de todo el mundo. Me dolió más su gesto, que el golpe, por eso me quedé mirando hacia la pared, conteniendo mis lágrimas de ira. Mi padre me agarró por los hombros y yo miré sus ojos negros, en medio de un grito ahogado.

No lloré, no delante de él.

—Tienes que irte lejos, Laila, antes que termines como tu madre —concluyó mi padre, sin emoción en su voz.

—Tú no eres mi padre, ¿qué hiciste con él? —grité y vi que se detuvo un solo segundo, antes que cerrara la puerta.

Cuando estaba sola me permitía llorar hasta dormirme, no porque mi padre era un abusivo, pero porque él no era así. Le habían hecho algo y no podía averiguar qué ni cómo. Solo sabía que todo había cambiado y no podía encontrar una manera de salvar a mis hermanos o a mí misma.

Intenté escaparme con mis hermanos. Lo intenté más de una vez, pero los guardias nos arrastraron de vuelta al castillo por el pelo. Fue una vergüenza para el reino, porque todos los ciudadanos vieron el espectáculo. Intentamos escapar escondidos en vagones de carga. Nos montamos en barcos que iban a Puerto Escondido. Intentamos correr tras el tren, pero ni siquiera pudimos llegar a la frontera del reino.

Lo intentamos, lo intentamos y lo intentamos durante meses antes de mi boda. Antes del final. No podía dejar de luchar por nuestras vidas, pero a nadie le importaba.

Sabía lo que los ciudadanos decían de mí. La burla estaba en los periódicos, en los títeres callejeros y hasta en las canciones de taberna: la princesa rebelde que no respetaba a su padre. La tonta a la que no le importaba el reino. No me veían que trataba de salvar a mis hermanos, me veían como la cobarde que trataba de robarlos.

Traté de convencer a alguien en el castillo, a cualquier guardián, incluso a un ciudadano. Si alguien... cualquiera, ¡*quienquiera*! pudiera creerme y ayudarme.

La única persona que me escuchó fue mi guardaespaldas Julián, pero en cuanto mi padre se enteró de que trató de ayudarme a escapar, lo asesinaron frente a mis hermanos y a mí.

Después de eso, el rey me encerró en mi habitación como una prisionera.

No volví a ver a mis hermanos hasta el día de mi boda.

—Este es Rafael de Ettezi.

Mi niñera... bueno, la nueva reina junto con el rey, presentaron a mi prometido.

No hice un acto de reverencia y los ojos de mi padre se oscurecieron.

—Princesa, ansiaba conocerte —dijo Rafael, con profunda voz.

Era tan alto que tuve que inclinar un poco la cabeza para mirarlo a la cara. Tenía hombros anchos, cabeza rapada y barba. No tuve que mirar muy de cerca para saber que este hombre tenía el doble de mi edad. Su piel estaba teñida por el sol que recibían constantemente en el desierto y sus ojos no parecían tener compasión, aunque su voz era tranquila.

Tan pronto como lo conocí, supe que ese hombre destruiría lo poco que me quedaba. Ya había tenido suficiente experiencia con la frialdad de mi padre. Mi fin estaba cerca. Podía sentirlo y no había nada que pudiera hacer para detenerlo.

—Sé que tu reino no tiene religión, pero comprenderás que yo sí —le comenté más tarde, mientras nos servían una cena privada en mi prisión... en mi habitación. Le agradecí al cielo que la mesa fuera larga para poder mantenerlo alejado de mí —. Deseo tener mi propio espacio y habitación por esa misma razón.

—Cuando te conviertas en mi esposa, no tendrás religión —dijo sin piedad —. Caminarás detrás de mí y solo hablarás si te doy el permiso. Te prometo que te acostumbrarás.

Apreté mi mano alrededor de mi tenedor, tratando de no perder la paciencia.

—Si me conocieras, entenderías que no sé callarme ni por un minuto.

—Si me conocieras, entenderías que no tienes otra opción.

—Todavía tengo opción —dije, dejando caer los cubiertos en mi plato —. Voy a anular esta estupidez.

Rafael siguió comiendo como si yo no hubiera dicho nada y mi protesta no le molestó, haciendo que mi sangre hirviera de ira.

—Le daré a tu arrogancia un mes —respondió al fin —. Te prometo que te enseñaré cómo ser una mujer Ettezi.

Me levanté, tirando el pañuelo sobre la mesa.

—Sé que mi padre ordenó esta boda, pero debes saber que no estoy de acuerdo con esta *mierda* y no voy a cambiar solo porque seré tu esposa.

Rafael finalmente me miró a los ojos.

—La palabra esposa no existe en nuestro idioma. Eres un accesorio para que la familia se reproduzca y si es tan difícil para ti entender...

—Eres un cerdo —interrumpí con disgusto —, y no me casaré contigo. ¡Ahora sal de mi habitación!

Rafael bebió tranquilamente su vino y se levantó de su silla.

Pensé que ya conocía el infierno, pero el infierno estaba por comenzar.

Nunca olvidaré esa noche. Rafael dijo: "Déjennos a solas" a todos los sirvientes y me quedé con él en mi habitación, durante horas que parecieron una eternidad.

No pude defenderme, él era tan fuerte. Tratar de alejarlo de mí no era diferente a golpear una pared de ladrillos.

Rafael me hizo cosas terribles y nadie vino a ayudarme, sin importar cuántas veces clamé y grité hasta quedarme ronca.

Estaba gateando, tratando de atrapar la ropa que me arrancó, cuando me jaló de las piernas y me arrastró de regreso, porque no había terminado. Rafael me golpeó hasta que me hizo vomitar lo poco que había comido en la cena.

—Esta vez dejaré tu carita intacta —me dijo, agarrándome del cuello para que lo mirara a los ojos —. Tienes que estar presentable por la mañana para la boda.

Me soltó y pasó por encima de mí hasta llegar a la puerta.

—Te recomiendo que aprendas a callarte, Laila —dijo antes de irse, mirándome como si fuera de su propiedad —. Por tu bien, fui suave contigo esta vez.

No sé cómo una paliza tan brutal la consideraba suave. No podía tan siquiera levantarme del suelo, hasta que entraron mis criadas para ayudarme a vestir con ropa que no estuviera rota.

Si había algo que entendía después de esa noche, era que tenía que encontrar una manera de salir de este infierno, o morir en el intento.

Esa noche dormí entre gemidos de dolor, sabiendo que tenía que despertar para enfrentar el peor momento de mi vida: el día de mi boda.

—Puedo salvarte de esa desgracia —me dijo una voz, mientras dormía.

Era la primera vez que Tiara me hablaba directamente. No fue solo una pesadilla como cuando yo era una niña. Era real, como si fuera de carne y hueso.

Estaba en medio de un pasillo destruido y aterrador. No me atreví a moverme a ningún lado, apretándome contra la pared.

—¿Cómo? —Pregunté, pero no escuché una respuesta —. ¡Dime cómo!

No me importaba lastimar a quien fuera, solo quería destruir a mi padre, a Rafael, a Ettezi y a todos los que permitieron que el rey arruinara mi hogar y mi familia. Estaba llena de odio.

Cuando vi a Tiara aparecerse delante de mí, fue la cosa más horrible que haya visto en mi vida, como si la oscuridad misma la hubiera creado. Su cabello parecía una niebla en movimiento sin peso y sus ojos eran aterradores. Contuve la respiración cuando sus ojos amarillos, tan grandes como los de un búho, miraron dentro de mi alma.

—*Fwejo komzwme* —me susurró como si varias voces hablaran a la vez.

—¿Qué?

—*Fwego konzume* —repitió —. Lo dirás cuando estés lista.

—No entiendo.

—La magia te liberará de todos y de todo.

Esperé por una mejor explicación, pero en cambio, me desperté cuando mi hermana gritó mi nombre. Ya estaba tarde para la boda, aunque sentí que había dormido apenas por un segundo.

Me senté en la cama y vi el vestido de novia frente a mí, sostenido por dos servidores. Mi hermana había preparado una bandeja de tartas de mermelada y mi hermano salió de la nada con una caja en la mano, que supuse que contenía la corona que usaría sobre mi velo.

Me quedé congelada en la cama, mirando todo lentamente, analizando si era real.

—Cuanto más rápido te cases, más rápido nos iremos —dijo mi dulce hermanita. Mi boda podría ser mi perdición, pero para ellos su salvación. Saber que los alejarían de nuestro violento padre sonaba mejor a lo que les esperaban si se quedaban.

—Dicen que sus guerreros son mejores que los nuestros —dijo mi hermano —. ¿Crees que me dejarán unirme?

Abracé mis rodillas con mis brazos, tratando de respirar por la nariz y exhalar por la boca. Estaba teniendo un ataque de pánico y trataba de esconderlo. Enterré mi frente en mis rodillas y comencé a hiperventilar. Por los dioses, no pude controlarme.

Estaba tratando de concentrarme en lo que mis dos hermanos pequeños se decían como si ser desterrado fuera la salvación cuando no lo era. Esta era mi casa y nos la quitaron.

—Lala. —Mi hermana me llamaba por mi apodo. Me había estado llamando así desde que aprendió a hablar —. Vas a llegar tarde.

Levanté la cara con más ira que miedo.

—Déjame sola con mis hermanos —exigí con los dientes apretados.

Sentí todas las emociones terribles a la vez. Mi corazón iba a explotar.

—La reina nos ha ordenado a que... —trató de explicar el servidor.

—¡¿No me escuchaste?! —Grité con toda la hostilidad que pude reunir —. ¡Fuera! —Asusté a mis hermanos, pero seguí gritando —. ¡*Fuera*, maldita sea!

El servidor se fue y por fin quedé sola con mis hermanos.

Sequé las lágrimas de mi hermana y le sonreí. La sonrisa más deformada que pude brindar.

—Ahora, ustedes dos me ayudarán a vestirme, ¿entendido?

Quería estar con ellos dos una vez más, después de tanto tiempo sin verlos. No quería que nadie me vistiera ni me tocara. Solo quería disfrutar un momento más con las personas que amaba, aunque fuera en un silencioso momento.

Mi hermana jadeó en estado de shock cuando me quité la ropa y vio mis hematomas en todo mi torso y espalda. Incluso la cama tenía manchas de sangre. No expliqué ni dije nada. Simplemente me preparé con su ayuda lo mejor que pude y nos fuimos.

Creo que mis hermanos esperaban que dijera algo. Un adiós, tal vez un abrazo, pero apenas podía moverme. No podía hablar por el dolor en mi cuerpo. Simplemente los miré a través del velo, les dediqué una triste sonrisa y entré al salón del trono, en medio de lágrimas que empapaban mi mejilla y cuello.

Estaba lleno de gente de todo el consejo, reinos e invitados. Pero no miré a nadie, mientras caminaba por la alfombra cubierta con los pétalos de la flor de nuestro reino.

Rafael esperaba frente al colosal trono y la maldita reina tenía el libro en la mano para casarnos.

Me detuve a mitad de pasillo y me mordí el labio con un sollozo. No fue hasta que mi padre llegó a mi lado que me tomó del brazo y me ayudó a continuar.

—Por favor —lloré.

—Pronto acabará —. Fue todo lo que respondió.

Me dejó en el altar, a mis hermanos en primera fila y mi padre junto a su reina. No podía respirar, no podía dejar de sollozar y no quería mirar a Rafael.

La ceremonia comenzó, pero algo llamó mi atención. El libro que la reina estaba leyendo en el podio estaba al revés. Me pregunté si ella no se había dado cuenta. Tal vez porque todos estaban con los ojos cerrados, rezando al dios Krea.

—Léelo, Laila. *Léelo* —susurró Tiara.

La busqué por todas partes, pero no vi a nadie a mi alrededor.

El libro estaba en mi dirección y pude leer las palabras exactas que Tiara me dijo anoche, mientras dormía.

Me acerqué al libro, lista para decirlo.

—No habrá vuelta atrás —escuché la voz de Tiara.

Cuando levanté la vista, la reina había sido reemplazada por la horrible imagen de Tiara.

Nerviosa miré a mi alrededor, notando que el tiempo se había detenido.

El silencio me ahogaba.

Tenía que decidir ahora.

Casarme con Rafael o confiar en esta extraña hechicera.

—No me importa —murmuré.

Tiara sonrió y me estremecí.

—Dilo y dame de tu sangre —dijo, mientras me tendía un cuchillo.

Sin pensarlo, me corté la mano sin hacer un solo ruido. Ya no podía sentir nada.

Levanté la mano y la puse sobre el libro, dejando mi huella de sangre.

—¿Qué estás haciendo? —Rafael me preguntó.

Parpadeé repetidamente, dándome cuenta de que Rafael me miraba sin entender. El tiempo ya no estaba detenido. La gente comenzó a ponerse de pie por la curiosidad de por qué la ceremonia se había detenido.

La sangre empezó a gotear del libro al suelo. Mi corazón latía tan fuerte que se notaba en mi pesada respiración.

Tiara ya no estaba frente a mí, pero podía sentir su presencia pegada a mi cuello.

—Dilo, ahora —dijo Tiara en mi oído.

Esta vez, el cielo tronó con fuerza y □□el viento comenzó a abrir las ventanas asustando a la multitud. Hasta podía escuchar gente corriendo por el repentino cambio de clima.

Pensé que tendría que decirlo varias veces para que fuera efectivo, pero respiré hondo, cerré los ojos y dije con valentía:

—*Fwejo komzwme.*

Hubo un segundo de silencio y luego, caí de rodillas en medio de un grito de dolor, pero no traté de detenerlo, me rendí a la magia. El fuego de las antorchas se arrastró por el suelo, me alcanzó y me cubrió de los pies a la cabeza, creando escamas sobre mi piel. Mis ojos amarillos asustaron a todos a mi alrededor y mi rugido de dragón se escuchó hasta el muelle.

Me volví enorme. Era imparable. Estaba fuera de control y no me importaba. Dejé que el monstruo dentro de mí tomara el control y lo quemara todo.

Las ventanas se hicieron añicos, el techo comenzó a colapsar, la gente se agolpaba en la puerta tratando de salir y los consumí a todos.

Destruí el castillo tan rápido que, mis únicos recuerdos fueron llamas de fuego, gritos y explosiones.

Quemé sin dejar flores, el salón de trono y cada ser que se movió a mi alrededor, pero no quedé satisfecha. Tuve que volar al cielo porque estaba buscando a alguien... estaba buscando a Rafael.

Sabía a dónde iba el cobarde y no podía permitir que mi torturador escapara.

Lo encontré con sus guardias huyendo hacia el muelle.

Me abalancé y mordí la vela del barco de Ettezi. Destruí la cubierta, mientras los guerreros me atacaban con flechas. No sentí dolor, solo una furia inmensa, cuando finalmente me enfrenté al maldito de Rafael.

Cuando el barco se hundió y sus guerreros se arrojaron por la borda, aterricé en el barco y rugí frente a él. Nos miramos el uno al otro por un instante, disfrutando del miedo que lo paralizaba. Esto lo hizo soltar el arco y la flecha y caer de rodillas para esperar su final.

Yo no lo quemé. Ya estaba herido por mis llamas.

Lo atrapé con mis dientes y mastiqué y mastiqué hasta que no quedó nada de él.

Me volví bestial como si mis instintos humanos se hubieran cerrado por completo.

Cuando desperté, estaba en medio de cadáveres dentro del castillo. Nadie en este lugar sobrevivió.

La noche y el humo cubrieron el cielo. Mi cuerpo estaba vestido de cenizas y sangre, confundida sobre si todo lo que pasó fue real o una pesadilla.

Me puse la primera capa que pude encontrar y corrí, pero me caí por la debilidad. Llamé a mis hermanos y me arrastré por todos los pasillos del castillo, pero todo era muerte y silencio. Me agarré a la pared y grité, arañándome la cara con desesperación cuando me di cuenta de que todo era real. Me estaba volviendo loca. Necesitaba encontrar a mis hermanos. Necesitaba saber que estaban bien...

Hasta que los encontré cerca del altar, en la sala de ceremonias.

No podía acercarme a ellos. Estaban muertos, consumidos por mi fuego, con mi dulce hermano abrazando a mi hermana, cuando trató de protegerla de mí.

Me tapé la boca y un sollozo horrible me consumió.

Yo hice esto.

—Destruyes todo lo que tocas —escuché una voz cerca de mí —, pero no es tu culpa.

—¿Padre? —Llamé, tratando de encontrarlo.

Me asomé al pasillo y encontré a mi padre asomado al arco destruido. Lo que antes era un puente ahora es un precipicio.

—Padre, aléjate del borde —grité con mi voz débil, apoyándome en la pared para poder caminar.

Se volvió hacia mí y me quedé sin aliento cuando vi la mitad de su cara completamente quemada.

—Fui débil —dijo, mirándome como si se estuviera despidiendo —. Nunca permitiré que el monstruo me controle nunca más.

Abrí los ojos sorprendida, dándome cuenta quien me miraba y lloraba era mi padre. Mi verdadero padre. Quería abrazarlo y llorar. Quería encontrar una manera de entender todo este caos, *juntos*.

Pero mi grito se atascó en mi garganta cuando mi padre cerró los ojos y se dejó caer por el puente roto. Grité su nombre y me tapé los ojos, sollozando.

Nunca abandoné las ruinas. Esa primera noche simplemente abracé los cuerpos de mis hermanos y lloré hasta perder el conocimiento.

El Reino de Andebeck había caído.

Los pocos valientes guerreros que se atrevieron a acercarse a las ruinas y trataron de atacarme fueron consumidos en segundos, creando la leyenda más temida por todos los reinos.

Aprendí a vivir con las consecuencias de mis acciones, no porque quería, sino porque por mucho que lo intentara, no podía morir.

Ahora puedo controlar mejor a la bestia o Andebeck ya habría sido borrado del mapa. Pero ¿cuál es el punto? Las únicas personas a las que hubiera querido salvar están muertas.

No tuve la oportunidad de despedirme.

No pude decirles cuánto los amaba.

Desearía poder retroceder en el tiempo y tener el autocontrol para dejarlos montar en mi espalda y sacarlos de este maldito reino. Nada puedo hacer y debo vivir con este dolor el resto de mi vida.

Esa es la verdadera historia de la maldición de Andebeck.

Capítulo 29

—Omhet —susurró Laila —. Por favor, háblame.

Tenía mi rostro escondido en mis manos sobre la mesa. Estaba respirando pesadamente y sabía que tenía que calmarme. Quería mostrarle a Laila que podía manejar todo lo que acababa de decirme, pero por Krea, ni siquiera podía respirar normal.

No sé cómo se veía Rafael, pero lo que vi en mi mente fue a Karl golpeando a Laila y lo odié como nunca pensé que podría odiar a alguien.

Lo detestaba a él y a todos: a este reino, al padre de Laila y a Tiara.

—*N*-necesito un segundo —dije, levantándome de la mesa.

Subí los escalones de dos en dos y recorrí los pasillos con más prisa de la que quería, porque me sentí asfixiado. Finalmente llegué a la biblioteca, solo para poder salir al balcón y respirar. Jadeé ruidosamente como si buscara aire, pero no encontraba suficiente.

—Por todos los cielos —exhalé todo el aire contenido, apretando mis manos en la barandilla.

La leyenda que conocía siempre fue una mentira. Sentí que iba a vomitar. Respiré hondo, cerré los ojos y traté de convencerme de que buscar venganza no resolvería nuestros problemas.

—Ahora todo tiene sentido. El dragón consumió el festival hace años, porque todo era mentira —escupí mis palabras con ira contenida, sabiendo que ella estaba cerca... siempre lo estaba —. Una maldita hipocresía.

Me di la vuelta y la encontré apoyada contra la puerta, mirando al suelo.

—Sí —respondió ella en un susurro.

Tenía los brazos cruzados, pero me di cuenta de que estaba temblando y su voz era casi inaudible. Esto seguro era mi culpa, mis emociones la estaban haciendo perder el control de las suyas.

Pero ¿cómo pudieron hacerle tanto daño? ¿dónde diablos estaba Tiara? ¿solo aparece en las pesadillas?

—Hay algo más que quería mostrarte —dijo desde la distancia.

Hoy no, por el cielo, no puedo más, quería gritar, pero me quedé callado.

Laila se echó a caminar sin esperarme. Tuve que respirar hondo y seguirla.

Quería sacarla de aquí, llevarla a tierras lejanas donde no pudieran encontrarla. Quería protegerla y luchar contra quienquiera que trate de lastimarla. La cuidaré durante sus pesadillas y hornearé sus tartas por la mañana. Quiero esconderla de todo y de todos.

Estaba tan abrumado por las emociones que obligué a mi rostro a permanecer inexpresivo para ocultarlo.

La seguí con seriedad a una distancia razonable. Necesitaba, mínimo, un par de días para procesar todo esto. Me dolió tanto entender que toda la competencia conduciría a matarla en lugar de ayudarla. ¡No tiene sentido!

Cruzamos a otra ala del castillo en silencio. El ala Este. Era uno que no había visitado antes y estaba más destruido que las otras áreas. Aquí faltaba toda la pared de las ventanas y los muros que conectaban las habitaciones estaban totalmente quemadas. Debía tener cuidado donde pisaba, porque pareciera que el suelo fuera a romperse en cualquier momento. Era el ala más oscura de todo el castillo y lo peor fue que la reconocí: este era el pasillo de mi primera pesadilla con Tiara, cuando sus garras trataron de aplastar mi cabeza.

Laila hizo una mueca cuando empujó una puerta rota. Me agaché para seguirla y me encontré un enorme salón completamente en ruinas.

Me congelé en la entrada. La alfombra estaba quemada, había hueco en el techo y las ventanas. Escombros recorrían todo el suelo y habían marcas de uñas en la madera de la puerta, como si hubiese acontecido una masacre en esta habitación. No pude moverme del arco, lo necesitaba para no caer.

—Laila —apenas susurré —. ¿Dónde estamos?

Laila estaba de pie en medio del pasillo.

—Esta era la sala del trono —dijo y sentí que la sangre abandonó mi rostro
—. Querías saber cómo romper la maldición. Bueno, aquí está la respuesta.

No respondí. Creo que vio lo pálido que me había puesto.

La sala del trono no solo fue el lugar donde se transformó por primera vez, sino que también estuvieron miles de víctimas calcinados, incluidos los de sus hermanos. Todavía estaban los escombros, a pesar de que no había ni un solo cuerpo.

Aquí era donde había nacido la terrible maldición.

—Omhet —me llamó y finalmente la miré —. Podemos volver en otro momento.

—Muéstrame cómo romper tu maldición, Laila Blume —la interrumpí.

Ella vaciló, pero asintió lentamente. Siguió caminando hacia el trono y la seguí, controlando mis emociones lo mejor posible. Yo pedí esto y voy a continuar, pase lo que pase.

Laila no subió al trono sino a un podio, donde había un libro. Interesante detalle que todo estaba destruido excepto eso.

—Este es el libro que me maldijo —me acerqué, pero cuando vi la sangre de Laila goteando del libro, me detuve de inmediato. Parecía fresca. No como si hubiera pasado cien años, sino como si hubiera sucedido hace un momento —. Necesito un par de cosas, pero podemos hacerlo juntos. — Empezó a pasar las páginas con dedos temblorosos —. Necesitamos una piedra rara para construir estas flechas.

Había un dibujo de flechas con puntas negras en la página que estaba leyendo. No tuve que leer demasiado para saber que esto era magia oscura.

—¿Algunas flechas? —repetí, alzando las cejas. No me gustaba hacia dónde iba esta conversación.

—Necesitamos tres —continuó —. Y quiero que las tengas. — Traté de interrumpir, pero ella no me lo permitió —. Las escrituras dicen que las flechas consumirán incluso la magia más poderosa, pero solo si disparas en su punto más débil. —Me miró para ver si entendía todo este desmadre—. En otras palabras, tienes que hacerlo directamente al dragón.

—Laila... —traté de interrumpirla.

Acabó de darme la clave para ganar la competencia y ni siquiera estaba cerca de sentirme aliviado. Tal vez no necesitaría tanto entrenamiento o ganar todas las estaciones. Solo necesitaba agarrar las flechas, apuntar bien y dispararle.

—Debes dar en el centro del corazón —continuó. Su tono cambió a medida que su explicación se tornó severa —. Consumirá la magia y tan pronto como la magia abandone mi cuerpo, puedes acabar con mi vida.

—¡Laila! —tuve que gritarle para lograr silenciar su horrible pedido.

Cuando se giró a mirarme, pude ver miedo en sus ojos. El mismo que tenía yo. Nos quedamos en silencio por un segundo mientras nos mirábamos. No me gustaba lo que me estaba pidiendo, ¿cómo llegamos a esto?

—*M-me* estás pidiendo que te mate —dije finalmente. No sabía hasta entonces que mi corazón podía latir tan fuerte, hasta dolerme respirar.

Su voz temblaba cuando respondió:

—Está bien —*No, no está bien, nada está bien* —. Creo que esta es la primera vez en toda mi vida que me siento lista para rendirme.

—¿Por qué quieres rendirte ahora cuando te acabo de encontrar?

—Es *exactamente* porque finalmente te encontré —dijo con una sonrisa triste —. Confío en ti. —Negué con la cabeza con firmeza —. Omhet, debes ganar la competencia, debes ser el rey y liderar Andebeck con la pureza que llevas en tu corazón. Me sentiría más que honrada si tú...

—No —interrumpí y cerré el libro —. Escuché suficiente.

No quería tener esta conversación. Mi corazón estaba acelerado y mi respiración pesada. ¿Por qué dolía tanto? ¿Qué me había hecho Laila Blume?

—No voy a hacerlo —. le dije con dolor en mi voz —. No voy a matarte. Lucharé contra Tiara, Marcus, mi propio rey e incluso contigo, pero no me rendiré. No puedo... no *puedo*. Lo siento.

Me giré hacia la puerta, pero ella me agarró la mano de inmediato.

—¿Por qué no? —Habría respondido si ella no se hubiera acercado tanto a mi cara. Cuando la tuve tan cerca, robó todos mis pensamientos —. ¿Preferirías dejarme quemar Andebeck? ¿Prefieres que mate a todos en invierno?

Cerré los ojos, recordando la pesadilla que tuve. En invierno, el infierno vendría a Andebeck si nadie detenía al dragón.

—Mírame, Laila —le dije, exhausto —. No soy nadie.

—No digas eso, Omhet. Nunca vuelvas a decir eso —me dijo, enojándose.

—Nunca he matado a nadie y no voy a empezar contigo.

Ver la mirada en su rostro me dolió tanto, que me alejé un paso de ella. Apretó mis manos, haciéndome tragar un siseo de dolor cuando sentí mi herida.

No pude hacer esto. Quería... *necesitaba* irme de este lugar.

Podría soportar todo lo demás; la maldición, la verdad de lo que sucedió, el hecho de que Laila es el dragón y que me atacó hasta casi perder un brazo. Puedo soportarlo todo, menos su último pedido. No voy y no pienso matarla.

—Omhet, no puedes irte así —me suplicó.

Nada me ha preparado para esto. Al contrario, le había fallado tantas veces a tanta gente. ¡No puedo hacerlo!

No puedo tener aliados.

No puedo cumplir la promesa que le hice a mi padre.

No puedo cumplir con las expectativas de Cheikh.

Y no puedo y no terminaré con la vida de Laila.

Nunca debí haberme ido de Glacier.

—Lo siento, princesa —le dije y solté su agarre en un movimiento brusco —, pero te equivocaste conmigo. —Me alejé un poco más —. Regresaré a Glacier hoy. Renuncio a ti y a esta competencia.

Sin decir nada más, me alejé de ella.

—¡Omhet! —gritó, agarrándose al podio como si fuera su apoyo —. Por favor, por favor, tienes que terminar con mi sufrimiento. ¡No puedo hacerlo sola!

Seguí caminando, dejándola sola en la sala del trono.

—¡Omhet! —gritó, seguida de un sollozo.

Ni siquiera quería darme la vuelta porque si la veía, sabía que volvería corriendo hacia ella.

Entonces, corrí.

Me escapé de Laila, sintiéndome el peor hombre del mundo, sabiendo que la había dejado llorando en el gran salón. El mismo lugar donde se desató el infierno una vez hace cien años atrás. El salón donde había perdido a sus hermanos y básicamente su vida. Era el salón donde comenzó su desgraciada maldición. Por eso pude escuchar el rugir del dragón, cuando las emociones de Laila le ganaron y se transformó.

Capítulo 30

Estaba en la oficina de Marcus, en silencio, mirando por la ventana. Mi ropa estaba demacrada por la lluvia y con manchas de sangre seca de mi brazo herido y llagas mal tratadas. Estaba quebrado por dentro y por fuera, por eso no me defendí cuando Gerónimo y Brenda discutieron con mis tres guardianes. Cheikh los acusó por mi lesión y humillación. Brenda y Gerónimo trataron de gritar sobre todas mis faltas, exigiendo más castigo o sacarme de la competencia. No estaba seguro, no les estaba prestando atención.

Me quedé en el sofá, escuchando sin realmente escuchar, imaginando lo que Laila había experimentado una y otra vez: una princesa que era un dragón. Un príncipe que la golpeó. Un rey loco que asesinó a su madre. Un demonio que destruyó un reino con solo aparecer en pesadillas. Y una petición que era imposible de cumplir para un fracasado como yo. Por lo general, nunca me permito ser tan pesimista, pero esta mañana estaba desconsolado.

—¿Pueden todos dejarme a solas con el Príncipe Omhet? —preguntó Marcus, interrumpiendo a todos.

En ese momento desperté por su inesperado pedido. Brenda y Gerónimo se ahogaban con sus propias palabras cuando el ministro los detuvo de forma tan abrupta. Me hubiese sentido complacido por sus caras de sorpresa, si no fuera porque no podía sentir absolutamente nada.

—¿Príncipe? —preguntó Cheikh, mirando al ministro y a su hermana, un alma tranquila a su lado.

Asentí sin decir una palabra. Cheikh suspiró y señaló a Lucas y Shin. Fue la primera vez que noté la vacilación en mis guardianes. Estaban tan preocupados que debo admitir que me sorprendió. Era la primera vez que los vi protectores hacia mí.

—Estaremos junto a la puerta —dijo Cheikh, lo suficientemente alto como para ser considerado una advertencia.

Todos se fueron menos una persona.

Marcus miró a Lois, que estaba parada a su lado. Me miraba como si estuviera analizando todo sobre mí y sé que estaba ansiosa por saber qué me había pasado.

—Déjanos, por favor —le pidió Marcus.

Incluso, cuando intentaba parecer tranquila podía ver la tensión en sus ojos.

Después de un momento, asintió y salió de la oficina de Marcus.

El silencio reinó durante casi un minuto, haciendo que el lugar se sintiera incómodo. Nunca había deseado tanto tener mi pulsera de hilo. Quería juguetear con ella entre mis dedos, poner mi mente en algo que me diera paz con aquello tan simple.

Noté un reloj de piso; el sonido del *clic* me estaba volviendo loco. Entonces escuché el viento sacudiendo las cortinas. El golpeteo constante del bolígrafo ante la impaciencia de Marcus. Luego un fuerte rugido antes de escupir fuego en mi brazo.

Laila gritaba pidiendo ayuda mientras Karl... *no*, Rafael la golpeaba como un puto animal.

Su llanto al suplicar mi ayuda, mientras yo huía como un cobarde.

Podía escuchar todo y era tan malditamente ruidoso.

Estaba mirando a la nada. ¿No podría silenciar mi mente por un momento? Sentí que quería salir corriendo de este reino enloquecedor.

—Nunca te había visto en silencio desde que le conocí. —Comenzó Marcus, con cuidado —. Sé que algo te pasó...

—Renuncio —dije de la nada, interrumpiéndolo. Me atreví a mirarlo por fin, viendo su expresión confundida —. No quiero estar aquí.

Marcus se enderezó. Estaba seguro de que, de todas las cosas que le pude haber dicho, esta no era la que él esperaba. Miraba constantemente mi brazo cubierto con vendas sucias, que apenas ocultaban la quemadura. Era claro que necesitaba ser tratado con urgencia. Pero era más claro aún que una bestia me atacó. Una que tenía prohibido ver.

Probablemente quería que le explicara tantas cosas, pero no me importaba, prefería dejarlo en la oscuridad.

—Supongo que el rugido que escuchamos y tu mano lesionada tuvieron algo que ver con esta decisión —comentó, señalando mi brazo.

—Fue un accidente, no fue su intención...

—No quiero escuchar más mentiras —me interrumpió, pero no parecía enojado. En cambio, parecía paciente —. Conozco más secretos de los que puedas imaginar y creo que es hora de que ambos detengamos esta farsa. Sé que debes tener una buena razón para mentir tanto. Has desperdiciado cada oportunidad en esta competencia, atropellado a cada líder y decepcionado tu reino que tanto ama, y sé que la razón se llama Laila Blume.

Él siempre supo que Laila estaba viva... por supuesto que lo sabía.

Lo miré con rabia, por una vez ni siquiera me molesté en ocultarlo.

—Renuncio —repetí con voz controlada pero rígida —. No tengo nada más de qué hablar.

Marcus suspiró, luciendo decepcionado. Me di cuenta de que estaba tratando de hacerme hablar y saber qué sucedió en todas esas horas que desaparecí y por qué regresé de manera tan quebrado. Él no podía saberlo y yo nunca lo diría, ni lo confirmaría. No importa lo cerca que esté de la verdad. Teníamos dos intereses completamente diferentes: él quería lo mejor para su reino y yo quería lo mejor para Laila.

—Príncipe Omhet, puedes decirme cualquier cosa. Tus secretos están a salvo conmigo —insistió con una sonrisa tranquila —. ¿Me puedes decir qué fue lo que sucedió?

Me levanté y largué hacia la salida.

—Prepare mis cosas y haz arreglos para un carruaje. Iré a casa en el primer tren.

—No puedes dejar la competencia, así como así. Hay protocolos a seguir.

—Mírame hacerlo —lo interrumpí y cerré la puerta sin esperar respuesta.

Inmediatamente me detuve en el pasillo cuando salí, porque no solo mis guardianes me esperaban en el pasillo, sino que también todos los demás.

Estaban todos y más de los que podía reconocer; Lois, Gerónimo, Brenda, Khloe, Karl, Alexander, Pierre, Alanis, el resto de la corte e incluso parte del personal del palacio.

Todos esperando por respuestas.

Me dolía saber que nunca logré hacer aliados de la manera correcta. El único aliado real que había encontrado yacía en las ruinas, luchando contra un dragón en este momento. Mi querida Laila, abandonada una vez. Me estremecí y miré hacia abajo, tratando de alejarme de la multitud. Me encerraría en mi habitación y no saldría hasta la hora de mi partida.

—Escuchamos a la bestia otra vez, chiquillo —dijo Karl y apreté los puños, arrepintiéndome inmediatamente cuando sentí el dolor en mi piel. Él era el último reino del que quería escuchar en este momento —. Has estado a las ruinas.

Seguí caminando, sosteniendo mi brazo lesionado contra mi pecho.

—¿Fuiste capaz de encontrar alguna debilidad? —preguntó Alexander.

Todos los representantes me seguían. Ni siquiera podía sentir a mi guardián cerca. Tuve que acelerar el paso.

—Míralo, es un desastre total. Él es la debilidad —respondió Karl, con burla.

—No empieces —defendió Khloe —. Mira su brazo. Omhet, necesitas un médico *ahora*.

—Lo que necesita es dejar de provocar a la bestia, o iremos a la batalla antes de que termine la semana —presionó Sani, en tono preocupado.

—¡*Ez kletym, moz matal!* —bramó la corte de Or-Mua en el antiguo idioma.

—Nadie tiene por qué morir —dijo la corte de Rustilla al comentario de Or-Mua —. Lo que necesitamos saber es qué diablos pasó.

—Si el príncipe no empieza a hablar, vamos a morir —argumentó el representante de la corte de Zalinna, tratando de acercarse —. ¡Di algo, *pol pewz*!

Me detuve a mitad de las escaleras y me di la vuelta. Era extraño tener la atención de todos los representantes al pie de las escaleras. El hombre de la corte de Zalinna estaba vestido con colores brillantes y tenía mirada divertida, como si esta situación fuera mero espectáculo. La mujer de Or-Mua vestía con la naturaleza, con ramas en el pelo y los labios teñidos de negro. La corte de Rustilla era un hombre que siempre usaba sombrero, con un bigote fino, pero un cigarro grueso. La joven de Nova Cerise tiene el pelo blanco como la nieve y una piedra mágica a cada lado de sus ojos. Pierre con su arco como si estuviera casado con él. Sani con su colorido pañuelo en la cabeza. Y la corte Daonna era una mujer bajita y tranquila, a quien apenas puedo recordar porque es tranquila, tímida y solo habla con la corte de Nova Cerise.

Una vez soñé con conocerlos y ser parte de ellos, pero ahora era demasiado tarde.

—Lo siento, pero hay secretos a los que es mejor renunciar que enfrentarlos. Buena suerte a todos. La van a necesitar.

—No puedes irte así —gritó alguien, pero eran tantos que no pude encontrar quién —. ¿Qué está pasando? Merecemos saberlo.

—Es lo mínimo que puedes hacer — gritó otro.

—Omhet —Alexander me llamó esta vez. Cuando lo miré, dudé. No podía mentirle a él también.

Desde el final del pasillo, Marcus salió de la oficina y me lanzó una mirada de advertencia. Un hombre que creó esta competencia sabiendo perfectamente que Laila estaba viva. Y solo los dioses sabrán qué más esconde.

—Pregúntale al ministro. Si alguien ha mentido es él, no yo. —Todos se giraron hacia él, pero Marcus no miró a nada ni a nadie más que a mí, mientras su mirada se oscurecía —. Con permiso —concluí y corrí escaleras arriba.

⚜ ⚜

Usé un teléfono público y metí tantas monedas que me pareció ridículo. Era caro hacer una llamada a mi reino, pero prefería estar en la estación de tren, que en el palacio rodeado de preguntas que no podía responder. Ni siquiera a mis guardianes les había explicado lo que había sucedido.

El teléfono sonó más de lo esperado, lo que me impacientó un poco, porque la llamada era costosa y estaba perdiendo el tiempo esperando que alguien respondiera.

—Reino de Glacier, Annally al teléfono. Por favor, diga su código de permiso.

—¿Es mi nombre suficiente? —Pregunté, mordiéndome la sonrisa.

Escuché un fuerte y ahogado grito. Luego Annally comenzó a hablar de manera enredada en el antiguo idioma. Traté de decirle que se controlara, no tenía mucho tiempo, pero la llamada se quedó en silencio. Me incliné hacia atrás del teléfono, rascándome la cabeza con impaciencia, mirando por la puerta de vidrio a la gente que pasaba de un lado a otro y los trenes alineados en los rieles. Tenía que darme prisa, si no es que Annally colgó ante la emoción.

—¿Hola?

Cuando escuché la voz de mi hermana, dejé que mis ojos se cerraran con alivio.

—Solo quería escuchar una voz familiar. Los extrañé a todos —dije, sabiendo que mi llamada estaba a punto de ser cortada —. Voy a casa.

—Cheikh nos avisó, pero no dio explicaciones. ¿Qué te han hecho, Ahnani? Iré contigo a Andebeck y les patearé el trasero.

Me reí. Extrañaba tanto estar con Estefanía, que me devolvió vida a la cara.

—Te contaré todo cuando esté contigo —le prometí —. Llamé para saber cómo está el rey, quiero prepararme mentalmente.

Hubo una pausa tan pronunciada que pensé que se había cortado la llamada.

—El ministro de Andebeck lo llamó y padre desapareció desde entonces. No creo haberlo visto nunca tan furioso.

Marcus, hijo de puta, pensé, sacudiendo mi pierna nerviosamente. Así que, Marcus tomó la iniciativa y me lanzó contra mi padre antes de que pudiera decir mi versión.

Mi padre me iba a matar.

Cheikh llamó a la puerta con los nudillos: mi tren estaba aquí.

—Está bien, te veré en tres días.

Estefanía suspiró.

—Pase lo que pase, Omhet, sé que hiciste lo que creías correcto y nadie puede culparte por eso —dijo suavemente.

La cosa es que, esta vez, no estoy seguro de haber hecho lo correcto, pensé, mirando mi mano vendada. Apenas podía mover los dedos. Antes de salir del palacio, había visitado la enfermería y me habían vendado las heridas con medicinas y gasas. Pero cuando Laila me puso las compresas y me cuidó, me sentí mejor que con los cuidados de las enfermeras de Andebeck.

No me quería imaginar la cara de Estefanía cuando le contara todo lo que había pasado en poco más de un mes.

—Nos vemos en casa, querida.

Colgué y escuché como el teléfono me devolvió una sola moneda de todas las que había metido. Dejé la moneda donde estaba. Salí de la cabina telefónica y todos los sonidos me golpearon a la vez: el chirrido del tren, el conductor en la puerta con su uniforme de rayas, gente corriendo con sus maletas y otros chillando mientras se despedían de sus seres queridos, con emociones que quebraban a quien los escuchaba.

La estación estaba más ocupada que nunca, debido a los rugidos del dragón ha provocado que muchos trataran de evacuar la ciudad en pánico. Caminar en la estación se convirtió en un reto, con la avalancha frenética que había de gente por doquier.

Cheikh tuvo que agarrarme del brazo bueno y escoltarme como si fuera una persona importante. Bueno, lo era, pero fue gracioso ver cómo se activaron los protocolos en mis guardianes, ante un escenario tan impredecible, como esta ola de gente, buscando desesperadamente sus trenes.

Había un vagón privado en la parte delantera del tren, donde los pasajeros intentaba subir, pero el conductor discutía fervientemente para impedirles entrar, ya que el coche de pasajeros le quedaba espacio únicamente para mis tutores y para mí.

—Qué reacción más dramática —se quejó Shin, cruzando los brazos —. Si el dragón los quisiera muertos, ya lo estarían.

—Explícales eso, te reto —dije, tratando de hacer una broma, pero realmente soné enojado.

Cheikh sacó su reloj de bolsillo y suspiró con impaciencia. La fila no quería moverse y el conductor seguía explicando que el tren ya estaba lleno.

—¿Deberíamos intervenir? —preguntó Lucas —. Podemos sacar a estos cretinos en segundos.

—Déjalos —dijo Shin en un tono aburrido —. Si descubren que el coche se mantiene vacío para el príncipe, le quemarán el otro brazo.

Rodé los ojos. No estaba de humor para sus bromas.

Todo se había tornado absurdamente complicado. Todo se salió de control con tal facilidad que daba miedo. No podía creer las ganas que tenía de irme. *Cobarde*, decía a mí mismo, pero me estremecía cada vez que cerraba los ojos y me veía tomando un arco y una flecha para matarla. No todos nacimos con la capacidad de matar a una persona, la mayoría de nosotros nace con el deseo de ayudar. Eso fue lo que sentí la primera vez que vi sus ojos tristes y desolados: una gran desesperación por estar viva, por romper la maldición y por recuperar la libertad que a tan temprana le arrebataron. Caí en una red de desesperación al conocerla. Quería salvarla más que nada en este mundo. Era mi naturaleza, mi deber y mi honor poder ayudar. Incluso arriesgaría mi vida, pero no la de ella. No estaba en mí, por Krea, simplemente no podía hacerlo.

Extrañaba a Glacier como nunca antes.

Cheikh se abrió paso hasta la entrada del tren y trató de mostrarle nuestros pasaportes al conductor para que nos permitieran entrar. Lo que recibió fue insultos del gentío, mientras le exigían que hiciera fila, como todos los demás. Por mucho que mencionaran mi nombre en la radio o me vieran en el periódico, no era popular entre los otros reinos. No reconocieron que Cheikh vestía el uniforme de la guardia real y varios comenzaron a discutir con él.

—Esto será eterno —dijo Lucas y colgó una de las mochilas en mi brazo lesionado. Gemí, fulminándolo con la mirada —. Lo siento —dijo mientras comenzaba a caminar entre la multitud, tratando de llegar a Cheikh.

—Entonces... —murmuró Shin, ahora que estábamos solos. —, te rendiste.

—Me sorprende escuchar más decepción que alivio en tu voz —dije sin emoción —. ¿Has tenido un cambio de corazón?

Lo pensó por un momento y esbozó una pequeña sonrisa.

—¿Alguna vez tu corazón ha contradicho a la razón? —No pude evitarlo, lo tuve que mirar, sintiendo que mi corazón comenzó a volver a la vida poco a poco —. Una parte de mí está feliz de dejar de ser un mero guardián y volver a ser un general, pero... —suspiró, luciendo frustrado —. Algo me dice que esto está mal.

—Todo en este lugar está mal, pero ¿quién soy yo para tratar de arreglarlo?

—Omhet Guillermo Espinho de Glacier —respondió. Pensé que estaba bromeando, pero cuando lo miré estaba serio —. El idiota más terco del mundo.

Casi sonreí, pero luego escuché un grito y vi que alguien había tratado de golpear a Cheikh cuando trató de entrar al vagón. Cheikh y Lucas estaban en problemas.

—Príncipe, es ahora o nunca —gritó Lucas por encima de la multitud —. Si tardamos cinco minutos más, cederán tu espacio.

Miré a Shin.

—Dejaría pasar los cinco minutos solo para ver a Cheikh arrastrarlos por el pelo. —Shin finalmente se rió de uno de mis chistes.

Levanté las valijas con Shin y cuando comencé a empujar a las personas para entrar al vagón escuché que llamaron mi nombre. Fue breve, el grito se perdió entre el chirrido del tren. No me detuve, pero miré a Shin, luego mis otros dos guardianes, asegurándome que no fueron ellos los que me llamaron. Incluso, pensé que me lo había inventado.

Nuevamente, escuché mi nombre, esta vez más claramente. Descarté la idea de que me lo había imaginado cuando Shin también se detuvo para mirar hacia atrás.

Me congelé en medio de la plataforma llena de gente y miré a Cheikh, que me apresuraba agitando su brazo, mientras Lucas trataba de abrirme paso. Pero Shin se detuvo y me di cuenta de que buscaba quién gritó mi nombre ... igual que yo.

Muchas veces le narré cuentos a Estefanía para ayudarla a dormir. Normalmente las historias comenzaban con un *"Había una vez un caballero alto, guapo y fuerte que se enfrentó con valentía al dragón."* A veces, los caballeros eran primogénitos, herederos del trono, poéticos y a menudo, cantaban para la doncella. Entonces, cuando se ponían su armadura para enfrentar a la bestia, era el dragón quien salía huyendo. Cada noche veía sus ojos brillar de emoción. A veces se ponía a saltar sobre la cama en lugar de ponerla a dormir, sin tener ni idea que era yo quien se refugiaba en esas historias, tratando de huir de una criatura que no era ni bestia, ni dragón, sino mi hermano mayor.

Esas aventuras parecían suceder en todas las historias, menos la mía.

En mi caso, no sabía de batalla. Yo era el cuarto hijo y ni siquiera sabía lo que era la valentía.

Por eso, quien salió corriendo, fui yo.

—Omhet —llamó Shin. Lo miré paralizado en medio del mar de gente —. Por favor, muévete.

—¿Pero a dónde? —pregunté desesperadamente.

Shin miró a Cheikh, que se bajaba del vagón. Parecía rojo de rabia mientras intentaba volver a nosotros, seguro no podía entender por qué estábamos tardando tanto con el tren que estaba a punto de partir.

Hace unas largas y eternas semanas juré que había cometido el mayor error de mi vida cuando pedí ser voluntariado. Mi inseguridad e ignorancia no me habían preparado para todo lo que tuve que enfrentar. Pero si algo tenía a mi favor, era la terquedad.

Por eso, cuando la escuché gritar de nuevo, reaccioné.

Escuchar su voz me hizo darme cuenta de que no estaba tratando de huir de ella, sino de mis temores. Su pasado y su destino me habían paralizado por completo, pero su voz me hizo darme cuenta de que no era suficiente. Me despertó, y ahora estaba empujando a las personas, alejándome de mis guardianes y mis dudas.

—¡Laila! —Llamé con todas mis fuerzas.

Me paré en medio de la multitud, mientras me empujaban implacablemente.

Escuché su respuesta, pero ni siquiera podía descifrar de dónde. Tuve que correr y subirme a uno de los carros que se usaban para llevar las valijas. El maletero me gritó, pero lo ignoré, mirando a mi alrededor, a punto de perder el equilibrio. Me bajé, corrí un par de pasos más y luego me subí a un banco gritando su nombre con cada respiración que pude. Mi corazón latía tan fuerte, que sentía iba a explotar. El tren chirrió y vi que la multitud comenzó a subir al vagón que debió haber sido mío. Otro grito sonó desde el tren al otro lado de las vías llamando *"¡Todos a bordo!"* y juré que perdería la cabeza si no la encontraba.

Estaba a punto de gritar, cuando vi algo inusual. En la estampida de personas, había un hueco donde el flujo de tráfico se interrumpía como si algo estuviera en el suelo.

Por el amor de Dios, la encontré.

Exhalando con alivio me tiré del banco y corrí hacia ella, empujando con fuerza, pasando por encima de las valijas con que tropecé, gimiendo mientras me lastimaba la mano una y otra vez con cada hombro que chocaba, pero no me detuve.

No podía... no lo haría.

No otra vez.

Corrí y gemí. Tropecé, pero no me caí. No me detuve ni a tomar aire, hasta que finalmente llegué a ella. No hice nada más, que tirarme de rodillas.

—Laila —llamé desesperadamente.

Estaba agachada en el suelo, sosteniéndose la cabeza con los ojos cerrados. Por Krea, llegué demasiado tarde.

Podía ver tantas emociones en su rostro, que sabía que estaba a punto de perder el control. Lo que significaba que se convertiría en un dragón frente a todos.

Jadeé, nervioso. ¡Laila tenía que salir de aquí, ahora! Su suave vestido se rompería en mil pedazos tan pronto como comenzara su transformación, sin mencionar a todas las personas que morirían a nuestro alrededor.

—Laila —volví a llamar, completamente nervioso. Sin pedir permiso, agarré su rostro y levanté su mirada hasta que se encontró con la mía. Tenía las mejillas húmedas, como si hubiera estado llorando. Parecía aterrorizada —. ¿Estás loca? *N-no* puedo creer que estés aquí.

Laila levantó su mano y la colocó suavemente encima de la mía. Estaba hirviendo por el calor.

—No te puedes ir, por favor —me rogó, mirándome desesperada —. Eres el único que me ha dado esperanza después de tanto, *tanto* tiempo. ¡No puedes irte así! ¿Qué clase de príncipe eres tú?

Me reí nerviosamente, acariciando su rostro con mi pulgar con la más eminente ternura. No sabía que me sentiría aliviado de volver a verla. Como volver a casa, una que no sabía que tenía.

—Laila, no puedo acabar con tu vida —le dije totalmente devastado —. Pídeme cualquier cosa, excepto esa.

—Quédate —me interrumpió —. No te pido que me mates, pero quédate —gimió y se abrazó a sí misma, temblando. Estaba a punto de transformarse —. Al menos hasta el día de la batalla.

Parecía justo y podría darme tiempo suficiente para encontrar una solución. Pero ¿y si no podía encontrarla? ¿y si, al final, la maldición se cobra su vida?

—Es suficiente por ahora —susurré, respondiendo a todas mis preguntas.

Laila cerró los ojos y, al mismo tiempo, un gemido doloroso escapó de sus labios. Me había quedado sin tiempo para sacarla de aquí.

—¡Laila, por favor, quédate conmigo! —Le rogué, sacudiéndola por los hombros.

Gimió nerviosa, tratando de controlarse, pero cuanto más ansiosa, asustada y triste se sentía, más perdía el control.

Tenía que encontrar una manera de hacer que todas esas emociones desaparecieran por completo. Tenía que hacerla sentir diferente, algo que la hiciera salir de su trance.

Entonces, arrodillado donde estaba y rodeado de la multitud, agarré firmemente el rostro de Laila. No podía abrir los ojos, pero no necesitaba que estuvieran abiertos para escucharme.

—Laila —susurré tan suavemente como una caricia. No me atreví a decir nada más, solo probé una última locura.

Mi corazón se aceleró por lo que haría y exhalé lentamente, preparándome. Tenía que darme prisa antes de arrepentirme de esta idea impulsiva. Entonces, lentamente moví mi rostro más cerca al de Laila, sin quitar mis ojos de sus labios. Reconozco que, al acercarme a ella, sentí una avalancha de inseguridades, haciendo que me detuviera a centímetros de ella... casi rocé sus labios con los míos.

Laila abrió los ojos débilmente por la confusión.

Pensé en alejarme cuando su mirada me atrapó, pero no me detuve.

No podía ser tímido. Tenía que terminar lo que *casi* comencé, para salvar a las personas que me rodean, ¿no? Porque se trataba de distraerla, nada más.

Claro, mi mente respondió con severo sarcasmo. Incluso yo dudaba cuál era la verdadera intención. Demonios, no me importaba. Había llegado tan lejos, por eso, todas las palabras se perdieron en el fondo de mi mente.

Un escalofrío me recorrió cuando sentí que mis labios tocaron los suyos.

Laila jadeó. Sé que ella no esperaba que hiciera algo así y tuve miedo de que tratara de alejarse, así que la abracé con más fuerza, mientras hundía mis dedos en su cabello. Maldita sea, no me reconocí. Podía sentir la posesividad de mis dedos, pero la suavidad y ternura de mis labios, como si tuviera miedo de ofender o de ir demasiado lejos. Pensé que podría enojarse más, pero en cambio, sentí que su piel comenzó a enfriarse y sus manos descansaron sobre mis hombros.

¡Eso es todo! Esperé a que ella me empujara con fuerza. Tal vez incluso me abofetearía...

Pero sus dedos se movieron a mi pecho y se cerraron en mi camisa. Me preguntaba qué estaba pasando por su mente, pero cuando traté de romper con el beso, me haló de la camisa hacia sus labios, besándome con más insistencia. Quería reírme con incredulidad: ¿esto realmente estaba sucediendo frente a todos? No lo podía creer. Sin embargo, me permití finalmente disfrutar el momento.

Solté su cabello, solo para acariciar su rostro y fundirme con ella, como si el resto de la gente ya no existiera y fuéramos solo nosotros dos en medio de la gran estación.

Estábamos rodeados de gente que, probablemente, nos miraba como si estuviéramos fuera de lugar, sin tener la menor idea de que ese beso les había salvado la vida.

Cuando logramos despegarnos nos mirábamos distinto, como si hubiese sido una explosión de parte de ambos que habíamos reprimido sin querer. Por eso exhalé lentamente, mirando sus ojos esmeraldas como si fuera la primera vez. Se suponía que debía encontrar el coraje para cumplir con su último pedido, pero, por el contrario, ahora estaba convencido de que la defendería de toda la Unión cuando llegara el momento de la batalla.

—Me quedo —susurré, incapaz de soltar su rostro —. Pero necesitamos encontrar otra solución para romper la maldición.

—Y si no funciona, entonces... —No completó la oración, pero asentí con dificultad.

—Hasta invierno.

—Te quedarás hasta invierno.

Me sorprendió cuando me besó en la mejilla y me abrazó con fuerza, pero más me sorprendió que se lo devolví como si lo hubiera estado esperando.

—Gracias —susurró y sentí la esperanza floreciente en su voz.

Besé su cabello con cariño, pero no pude responderle. No debería agradecerme, todavía no. Sabía que acabar con su maldición era mejor para ella que vivir indefinidamente encajada en semejante desgracia, pero me parecía imposible rendirme. Por ahora, lo acepté, apretándola entre mis brazos, queriendo protegerla hasta de ella misma.

La fila de personas comenzó a abrirse en un camino ancho y tendido delante de mí, haciendo que levantara la mirada, solo para encontrarme con alguien que se paralizó cuando me vio.

Solté a Laila con sorpresa y cuando ella se volteó y lo vio, sé que pudo reconocerlo sin tener que decir su nombre. Era un poco obvio, de todos modos. El ruido iba disminuyendo por respeto, los guardias estaban detrás de él y la gente se apartó como si fuera un rey.

Me levanté, sosteniendo la mano de Laila con fuerza.

—Entonces, es él —susurró ella, viendo como él se detenía como si vieran un fantasma.

—Gran ministro Marcus Blume —susurré —. Lo que significa que es hora de que te vayas.

Laila me miró, luego a Marcus, que ahora estaba dando órdenes a sus guardias que yo no podía escuchar. Su expresión estaba tan controlada que no pude leerla.

—Laila, ahora —le ordené, pero ella apretó mi mano con más fuerza.

—No quiero dejarte solo.

—No se preocupe, princesa —respondió Cheikh, mientras se posó junto a ella, con la mano en la empuñadura de su espada. Lucas se detuvo a mi lado y, finalmente, Shin dio un paso casi delante de mí —. Él no estará solo.

Laila me miró una vez más.

—Te esperaré.

Sonreí ampliamente.

—Te veré pronto.

—¿Lo prometes? —su voz temblaba, temerosa de dejarme ir.

—¿Alguna vez he dejado de molestarte con mi presencia?

Casi sonrió, pero pude ver una lucha interna en sus ojos cuando finalmente soltó mi mano y se alejó. No dije nada más mientras la dejé correr entre la multitud, lejos de Marcus y de mí.

—Esto se puso interesante —dijo Shin, sonando emocionado por primera vez.

—En guardia y pase lo que pase, no se alejen de su príncipe —ordenó Cheikh, cuando Marcus estuvo casi sobre nosotros.

Me enderecé y me preparé para cualquier consecuencia que pudiera surgir en mi camino.

—Estoy listo —asentí.

Miré a Marcus con una valentía que no sabía que tenía y lo esperé para enfrentarlo.

Oficialmente, la verdadera competencia acababa de comenzar.

AGRADECIMIENTO

La primera persona a la que quiero agradecer es a la persona que lee esta oración. Gracias. Por leer todo mi libro hasta este punto.

Si me hubieran preguntado en mi adolescencia si alguna vez dejaría que alguien leyera mi libro, me habría reído de ellos, porque luché por años contra el miedo de querer de compartir mis historias. Pero ya el miedo que no me ata. Gracias por leer el libro más especial de mi vida, mi talento y parte de mi corazón. Gracias. Gracias. Gracias.

Cuando dediqué esta historia a mis padres al comienzo del libro porque creyeron en mí antes que yo, no estaba exagerando. Mi madre fue la que me regaló mi primera maquinilla cuando tenía cuatro años, la que me arreglaba los cuentos cuando estaba en cuarto grado y la que leía cada cuento que escribía como si fuera un *best-seller*. Me hizo creer que yo era escritora cuando ni siquiera sabía escribir bien. Y mi papá nunca dejó de preguntarme "cuándo vas a publicar tu libro" pero yo le daba mil excusas. Cuando decidí matricularme en la carrera de psicología, recuerdo que me preguntó mil veces: "¿Estás segura? ¿Por qué no eliges algo como la literatura?" Puedo asegurarte que no ha habido un momento en mi vida que no dejó de recordarme mi pasión. Porque me conocían mejor que yo. Porque sabían que en mí había un sueño que dormía y lloraba, esperando ser sacado. Sin ellos no lo hubiera logrado.

Por si fuera poco, me casé con el hombre más testarudo del mundo. Mi Sam me quiere, con todo y con mi lado loco. Mi amigo, mi asistente, mi coeditor, mi beta-lector, mi guía, el que rompe mis bloqueos de escritura, el que me reta a no solo ser una escritora, sino la mejor versión que puedo dar. Eres la conciencia que me recuerda quién soy y la llama que me inspira a nunca dejar de escribir sobre el amor.

A mis seguidores de TikTok, porque sin conocerme han decidido seguirme, y mes tras mes me han dado palabras de aliento para no rendirme. ¿Quién diría que podría haber personas que no saben tu nombre, ni siquiera han leído una página y te inspiran a seguir adelante? Ustedes fueron mis pilares, gracias.

Y a mi amiga Alicia. Tus palabras son mi lema y las uso todos los días. "El progreso, por más pequeño que fuere, sigue siendo progreso". Por ser la primera en reír y llorar con mis personajes. Por ser la primera en enamorarse, por hacer los primeros *fanfictions*. Por ser la primero en leer sobre El Príncipe que se Enamoró del Dragón.

Gracias.

Los Doce Territorios

. REINOS

Andebeck: Marcus
   Glacier: Omhet
   Ettezi: Karl & Khloe
   Atsoc: Alexander
   Puerto Escondido: Alanis

. CORTES

   Sierra Adaza: Sani
   Nordem: Pierre
   Nova Cerise: Odette
   Daonna: Vitya
   Zalinna: Ivar
   Or-Mua: Malin
   Rustilla: Andreus

Sobre La Autora

Jerry R. M. ha estado escribiendo historias desde pequeña. Creció en Puerto Rico y ha vivido en diferentes ciudades de Estados Unidos, actualmente reside en Texas. Estudió Psicología, pero nunca dejó de escribir. No hay nada que le guste más que encontrar un libro de fantasía que sea a la vez divertida y con un toque de romance desgarrador.

Cuando no está escribiendo (o leyendo), está tomando café, rogándole amor a su gato o fingiendo que es buena pintando acuarela.

To find out more about the author, please visit:
Website: www.jerryrm.com
Email: jerry.r.m.writer@gmail.com
Instagram: jerry_r.m_writer

9 789898 640800 2